Luanne Rice
Schattenbilder

Das Buch

Brutal wird die Künstlerin Claire in ihrem Haus von einem Vermummten attackiert. Schwer verletzt kann sie sich in einem Waldstück verstecken. Sie ahnt, wer hinter dem Angriff stecken könnte: ihr gewalttätiger Ehemann Griffin, der als Gouverneur von Connecticut kandidiert. Schon länger hat Claire den dunklen Verdacht, dass Griffin auch über Leichen geht. Aber wie kann sie das in ihrer verzweifelten Lage beweisen? Sie kann niemandem trauen, denn ihr Mann wird von mächtigen Freunden unterstützt und selbst die Polizei ist ihm unterstellt.

Claire muss unsichtbar bleiben. Ihre einzigen Waffen sind ihr Überlebenswille und ihre Erinnerungen …

Die Autorin

Luanne Rice ist die New-York-Times-Bestsellerautorin von 35 Romanen, die in 24 Sprachen übersetzt wurden. Sie wurde vom Connecticut College sowie der University of Saint Joseph mit der Ehrendoktorwürde ausgezeichnet, 2014 erhielt Luanne Rice den Kunstpreis des Gouverneurs von Connecticut für herausragende literarische Leistungen. Viele ihrer Romane wurden für das US-amerikanische Fernsehen adaptiert.

Rice ist eine kreative Partnerin des Safina Center, einer Organisation, die Wissenschaftler, Künstler und Schriftsteller zusammenbringt, um eine tiefere Verbindung zur Natur – insbesondere zum Meer – zu schaffen. Rice ist eine begeisterte Umweltschützerin und setzt sich für Familien ein, die von häuslicher Gewalt betroffen sind. Sie lebt an der Küste von Connecticut.

LUANNE RICE

SCHATTEN BILDER

Thriller

Aus dem Amerikanischen
von Alice v. Canstein

Die Originalausgabe erschien 2021 unter dem Titel
»The Shadow Box« bei Thomas & Mercer, Seattle.

Deutsche Erstveröffentlichung bei
Edition M, Amazon Media EU S.à r.l.
38, avenue John F. Kennedy, L-1855 Luxembourg
Juli 2022
Copyright © der Originalausgabe 2021
By Luanne Rice
All rights reserved.
Copyright © der deutschsprachigen Ausgabe 2022
By Alice v. Canstein

Die Übersetzung dieses Buches wurde durch Amazon Crossing ermöglicht.

Umschlaggestaltung: bürosüd⁰ München, www.buerosued.de
Umschlagmotiv: © Krasovski Dmitri / Shutterstock;
© Roberto Moiola / Sysaworld/ Getty
Lektorat: Cathérine Fischer
Korrektorat: Manuela Tiller/DRSVS
Gedruckt durch:
Amazon Distribution GmbH, Amazonstraße 1, 04347 Leipzig /
Canon Deutschland Business Services GmbH, Ferdinand-Jühlke-Straße 7,
99095 Erfurt /
CPI books GmbH, Birkstraße 10, 25917 Leck

ISBN 978-2-49671-0-755

www.edition-m-verlag.de

*Für Maureen und
Olivier Onorato*

DER ANGRIFF

1

Claire

Ich bin gestorben und durchlebe meinen Tod Stunde um Stunde erneut. Auch wenn es jedes Mal damit endet, dass ich aus dem Leben gerissen werde, so ist die Methode doch immer eine andere. Kann es sein, dass ich erwürgt wurde und in gefühllose Augen hinter der Maske blickte, während er mir mit seinen Daumen den Kehlkopf eindrückte? Oder war es der Strick, der mir um den Hals gelegt worden war? Ich versuche, die Erinnerungen festzuhalten, aber sie entgleiten mir wie Papierschnipsel, die vom Wind davongetragen werden.

Nichts ist deutlich, aber ich spüre Blut, das mir vom Kopf rinnt, und ich glaube, nein, ich bin mir sicher, dass er mich in einem plötzlichen Anflug von Wut durch die Garage schleuderte, sodass mein Kopf gegen die hintere Stoßstange des Range Rovers prallte, woraufhin er erschrocken reagierte und bereute, was er getan hatte.

Ich frage mich: Hat er versucht, mich wiederzubeleben? Oder war er gekommen, um mich zu töten, und hatte er all das auf seine typische, penible Art geplant? Hatte er sich mit einem Messer bewaffnet, vielleicht mit Fords Baseballschläger, gewusst, wann ich zurückkommen würde, und geduldig darauf gewartet, dass ich mit meinen Schätzen, die ich am Strand gesammelt hatte, die Garage betreten würde? Es war Freitag, der Beginn des Memorial-Day-Wochenendes, und ich war so glücklich.

Bin ich tot? Träume ich? Wie viel Uhr ist es? Kommen Leute zu meiner Eröffnung? Meine beste Freundin leitet die Galerie. Hat sie schon begriffen, dass ich nicht auftauchen werde? Wird sie Hilfe schicken? Ein Gedanke kommt mir in den Sinn: Ich war gewarnt worden, doch ich hatte nicht darauf gehört. Das Denken fällt mir schwer und mein Mund ist trocken; mein Gesicht und meine Hände sind von Blut verkrustet.

Das Geräusch, wie etwas auf meinen Kopf einschlägt, hallt in meinen Ohren wider. Ich höre mich selbst weinen.

Ein Seil ist um meinen Hals gebunden und scheuert meine Haut auf. Ich kann kaum atmen; ich versuche, es abzustreifen. Der Knoten ist zu eng und meine Hände versagen mir ihren Dienst – sie sind von flachen Schnitten übersät. Vor mir sehe ich das Messer, das mir in die Hände fährt, als ich die Hiebe abzuwehren versuche. Aber er hat mich nicht erstochen. Mein Handgelenk ist wund, aber nicht von Messerstichen, sondern weil er mir die goldene Uhr, ein Hochzeitsgeschenk, vom Handgelenk gerissen hat.

Ich bin noch immer in der zugigen, alten Remise, die wir als Garage nutzen. Der Beton unter mir ist fest und ich schmecke mein eigenes Blut: Anzeichen dafür, dass ich noch am Leben bin. Neben mir auf dem Boden liegen zwei zersplitterte Holzbalken. Mein Hals brennt vom Druck des Seils. Meine Fingernägel brechen ab, als ich versuche, den Knoten zu lösen. Ich werde ohnmächtig und knalle auf den harten Boden. Als ich wieder zu mir komme, spüre ich Kälte. Wie lange war ich ohnmächtig? Ich versuche, mir das Seil vom Hals zu ziehen. Der Knoten gibt nicht nach.

Noch immer auf dem Rücken am Boden liegend, strecke ich meine Beine aus und bewege meine Füße. Meine Gliedmaßen gehorchen mir. Langsam ziehe ich mich am Stoßfänger des Wagens hoch und lehne mich an die Hecktür. Ich hinterlasse blutige Handabdrücke. Meine Handflächen, Finger und die Innenseite meiner Handgelenke sind mit kleinen, kaum merklichen Schnitten übersät.

Ein Bild entsteht vor meinem inneren Auge: ein Messer, das durch die Luft saust, aber mich kaum berührt, ich schlage auf ihn ein, versuche ihm auszuweichen, aber er lacht. Ja, langsam kommt es zurück. Er trug eine schwarze Maske. Er ließ meine Uhr vor meinen Augen baumeln, eine höhnische Stichelei, die für ihn eine Bedeutung hatte, für mich aber nicht.

»Zeig mir dein Gesicht!«, schrie ich, als ich mit ihm kämpfte.

Mein Angreifer trug schwarze Lederhandschuhe und einen blauen Overall, so wie ihn Mechaniker tragen, und die Maske. Er hatte es also geplant. Es war kein plötzlicher Wutausbruch gewesen. Er war darauf vorbereitet gewesen. Er hatte sein Gesicht und seine Hände verhüllt, damit ich ihn nicht erkennen konnte. Aber es war sein Körper, groß und schlank, und den konnte er nicht vor mir verbergen.

Mein Mann ist Griffin Chase, Staatsanwalt für den Bezirk Easterly County, Connecticut, und Kandidat für die Gouverneurswahlen im November. Die Reichen sagen, er wird der nächste Gouverneur. Und in seiner Kriegskasse ist viel Geld, ein wahres Vermögen: Er hat großzügige Geldgeber, und er hat ihnen allen etwas versprochen.

Er studiert die Fälle, die er verfolgt, ganz genau und erzählt mir, was die Ehemänner falsch gemacht haben und warum er diese Fehler niemals begehen würde. Griffin überführt Gewaltstraftäter. Er schickt die Vergewaltiger, Schläger, Stalker und Mörder ins Gefängnis, dann kommt er nach Hause und erzählt mir beim Abendessen, dass sie seine Lehrer sind. Außerdem bewundert er Mörderinnen, wie zum Beispiel eine zweifache Mutter, die er für den Mord an ihrer besten Freundin drangekriegt hat.

John Marcus, ein Mörder, den er letzten Oktober lebenslänglich hinter Gitter gebracht hat, erstach seine Frau mit siebenundvierzig Stichen. Erwischt wurde er, weil er sich versehentlich selbst verletzt hatte, als seine Hand an der blutigen Klinge abrutschte und sich seine DNA mit ihrer vermischte.

»Ich kann mir nichts Schrecklicheres vorstellen, als erstochen zu werden«, hatte ich zu Griffin gesagt. »Das Messer auch nur zu sehen und zu wissen, was er damit vorhat, wäre der reinste Horror für mich.«

Jetzt kommen die Erinnerungen zurück – klar und deutlich, nicht mehr wie im Traum. Natürlich würde er mich nicht erstechen, denn die Verfolgung von John Marcus hat ihn gelehrt, was man nicht tun sollte. Aber er muss sich daran erinnert haben, was ich über meine Angst vor Messern gesagt hatte. Während ich am Auto lehne, sehe ich noch immer die Klinge vor mir, wie sie im kalten Tageslicht, das durch das Fenster dringt, funkelt und mir in die Handflächen und die Innenseite meiner Handgelenke schneidet. Nur dort und niemals tiefgehend. Mir Angst einzujagen, macht ihm Spaß.

Nachdem er mir den Stoß versetzte und mein Kopf gegen den Stoßfänger prallte, band er schnell das Seil um meinen Hals.

»Griffin, nimm die Maske ab«, sagte ich, solange ich es noch konnte, bevor sich der Knoten zuzog. Wollte er, dass mein Tod wie Selbstmord aussah? Oder würde er meinen Körper nach meinem Tod beseitigen? Mich in seinem Boot verstecken und auf den Atlantik hinaus, vorbei an Block Island fahren, wo das Meer so tief war, dass man meine Leiche niemals finden würde?

Er warf das Seil hoch. Einmal, zweimal. Erst beim dritten Mal gelang es ihm, es über den Dachsparren zu werfen. Dann begann er zu ziehen und ich konnte hören, wie über meinem Kopf das Seil über das raue Holz scharrte. Er war stark.

Mein Hals wurde gestreckt, als er am Seil zog, und ich hatte das Gefühl, meine Lunge würde platzen vor Luft, die ich nicht ausatmen konnte. Immer höher wurde ich auf die Zehenspitzen angehoben. Ich griff nach der Schlinge um meinen Hals und versuchte, ihren Griff zu lösen. Das Innere meiner Augenlider färbte sich violett und Sternchen blitzten auf. *Atme, atme, atme,* dachte ich und hörte, wie ich keuchte und gurgelnde Geräusche aus meinem Hals kamen. Ich wehrte mich dagegen, dass meine Füße vom Boden abgehoben wurden, doch es war vergebens. Ich strampelte, trat aber nur in die Luft. Dann wurde ich ohnmächtig.

Durch den Nebel des nahen Todes hörte ich draußen einen Schrei, ein hohes Heulen wie von einem wilden Tier. Hat er mich deshalb dort hängen lassen, ehe er mich töten konnte? Hatte das Geräusch ihn abgehalten? Oder hatte ich selbst geschrien? War mein Angreifer in die Küche gerannt, um sich im Haus zu verstecken? Oder war er durch die Garagentür geschlüpft und über den Strandweg geflüchtet? Er muss gedacht haben, ich sei tot oder kurz davor.

Ich schaue zur Garagendecke hinauf. Ein Dachsparren ist eingestürzt und Teile davon liegen neben mir auf dem Boden. Ich begreife, dass er unter meinem Gewicht zusammengebrochen ist, und meine Augen füllen sich mit Tränen. Diese alte Remise wurde um 1900 erbaut, zur gleichen Zeit, als Griffins Urgroßvater, der Gouverneur von Connecticut und der erste der Familie Chase, der ein politisches Amt innehatte, das »Cottage« baute, das ich als Kind immer als Villa bezeichnet hatte. Wir leben am Meeresufer und wurden bereits von unzähligen Stürmen und Hurrikanen heimgesucht. Schon seit Jahren wollten wir das Gebäude ausbessern. Der Dachsparren hatte nachgegeben, weshalb ich auf den Boden fiel und überlebte. Dieses verwitterte, alte Gebäude hat mir das Leben gerettet.

Mein linker Knöchel ist geprellt und geschwollen und meine Beine fühlen sich steif an. Kann ich es durch den Garten, über die Steinbrücke, ins Sumpfgebiet und von dort bis tief in den Pinienwald zu dem sicheren Ort schaffen, den mein Vater und ich zusammen gebaut haben? Der Weg ist lang. Werde ich eine Blutspur hinter mir herziehen, durch die Griffin mir folgen kann? Die State Police hat eine Hundestaffel. Griffin wird bestimmt dafür sorgen, dass seine Handlanger die Spürhunde auf mich hetzen.

Wann wird man mich vermissen? Ich muss dort sein, ehe jemandem auffällt, dass ich verschwunden bin. Mein ganzer Körper zittert. Werde ich es schaffen? Was, wenn die Polizei mich zuerst findet? Sie gehören zu Griffin. Mein Ehemann herrscht über den gesamten Strafverfolgungsapparat von Connecticut. Er ist seit Langem ein einflussreicher Mann, aber die Unterstützung, die er für seine Gouverneurskandidatur erhält, verleiht ihm noch mehr Macht. Das Geheimnis, das ich hüte, könnte seine Karriere ruinieren. Und sobald es ans Tageslicht kommt, ist sein Wahlkampf beendet und die Männer, die ihn jetzt unterstützen, werden erschüttert sein.

Ich muss an den Brief denken, den ich bekommen habe, und die Warnung, die er enthielt.

Warum habe ich nicht darauf gehört?

Meine Hände schmerzen. Ich sehe wieder das Messer vor mir, und meine Knie geben nach.

Mich an der Wand abstützend, wanke ich zu einem Regal im hinteren Bereich der Garage und nehme eine Dose mit Tierabwehrmittel heraus – ein faulig riechendes Pulver aus einer Mischung aus Fuchs-, Rotluchs- und Puma-Urin, das ich online gekauft habe.

Es soll Wild aus dem Garten und Hunde von Grundstücksgrenzen fernhalten.

Beim Raubtiergeruch sträuben sich ihnen die Nackenhaare und sie bekommen Angst. Mein Vater, der Förster war, brachte mir bei, dass dieses Zauberpulver auch noch eine andere Verwendungsmöglichkeit hat: Verstreut man es in der Wildnis, schreckt es nicht ab, sondern zieht die Tierarten an, von denen der Urin stammt.

Seit dem Tod meines Vaters sind wir noch immer spirituell über die Sage eines Pumas verbunden, von dem es heißt, er würde in den nahe gelegenen Wäldern leben. Vielleicht ist diese große Katze nur ein Geist, genau wie mein Vater und wie die Stammesmitglieder der Nehantic und Pequot, die vor uns hier lebten. Aber ich konnte große Pfotenabdrücke erkennen und verfolgen, habe Büschel dicken, gelben Fells für meine Arbeiten gesammelt und seinen Schatten gesehen. Könnte das Gejaule von ihm gekommen sein, genau als ich dachte, ich müsste sterben?

Der Geruch der Mischung wird die Hunde abhalten. Sie werden vom Gedanken an ein Wildtier beherrscht sein und die Grenzlinie abschnüffeln, die ich damit streuen werde. Sie werden sie nicht übertreten und ihre eigentliche Beute, also mich, vergessen. Das, was mein Vater mich gelehrt hat, meine jahrelange Liebe zum Wald und meine Beobachtungen seiner Einwohner werden mir bei meiner Flucht helfen.

Im Schrank finde ich ein Badetuch, das ich auf die Wunde an meinem Kopf presse. Es ist sofort vom Blut durchtränkt – die Menge erschreckt mich, denn auch auf dem Boden ist bereits eine große Lache. Wie viel Blut habe ich verloren?

Ich fühle mich schwach und halte ungeschickt die Dose. Etwas Urinpulver fällt auf den Boden. Ich versuche es aufzuwischen, aber bei dem ekelhaften Geruch muss ich mich fast übergeben. Wenn die Spürhunde hierhinkommen, werden sie knurren und vor dieser Ecke zurückweichen; sie werden schon in Habachtstellung sein, ehe sie überhaupt mit ihrer Suche anfangen.

Ich versuche zu gehen, aber ich trete auf das Seil, das noch um meinen Hals gelegt ist. Wenn ich es nicht schaffe, den Knoten zu lösen, kann ich das Seil immerhin durchschneiden. Ich schaue mich neben dem Range Rover nach dem Messer meines Angreifers um, doch es liegt nirgendwo. Er muss es mitgenommen haben.

An einem rostigen Nagel hängt eine Gartenschere, die ich für das Stutzen von Rosen und Hortensien benutze. Das Eisen schmerzt an den Wunden in meiner Handfläche. Zwar schneide ich mir leicht in die Haut am Hals, aber erleichtert spüre ich, dass das Seil auf den Boden fällt. Diese Anstrengung hat mich all meine Kraft gekostet und ich muss mich setzen. Hoffentlich kann ich aufstehen, ehe die Polizei kommt.

Griffins Polizeireviere im ganzen Osten von Connecticut werden mit aller Kraft mein Verschwinden untersuchen. Der Verdacht wird auf gewalttätige Verbrecher fallen, die er ins Gefängnis geschickt hat. Dafür wird er schon sorgen. Man wird davon ausgehen, dass jemand Rache üben wollte. Detectives werden jeden kürzlich entlassenen Straftäter unter die Lupe nehmen. Sie werden die Familien von Gefängnisinsassen befragen.

Mein Ehemann wird eine Pressekonferenz abhalten und sagen, dass die Polizei die Person, die mich verletzt, entführt oder getötet und meinen Leichnam beseitigt hat, schnappen und er persönlich sie strafrechtlich verfolgen und Gerechtigkeit für mich erzielen wird. Die Tragödie wird sein Image polieren: Staatsbediensteter, trauernder Ehemann. Ich werde einen Hashtag bekommen: #JusticeForClaire.

Doch er beziehungsweise jemand aus seiner Truppe oder einer seiner politischen Helfer, der zu viel zu verlieren hat, wird mich vorher finden und umbringen.

Mit letzter Kraft ersticke ich ein Schluchzen. Ich hatte meinen Mann mehr geliebt als jeden anderen Menschen. Und jetzt wollte dieser Mann mich tot sehen. Mir ist schwindelig, ich kann kaum stehen. Einen Moment lang überlege ich, ob ich in mein Atelier hinter dem Haus gehen und den Brief holen soll. Aber wozu? Ich habe ihn ignoriert, als er am wichtigsten war und er mich hätte retten können. Besser ich lasse ihn in seinem Versteck. Falls ich sterbe, falls ich niemals zurückkomme, dann ist er ein Beweis für das, was geschehen ist.

Es ist Zeit, dass ich mich auf eine Reise begebe, die zwar nur über eine kurze Distanz erfolgt, dafür aber unglaublich mühsam ist. Vielleicht bin ich im Delirium, leide noch an Sauerstoffunterversorgung, doch ich spüre die große Katze, die lautlos in den Wäldern – meinem Ziel – umherschleicht, und ich mache mich vorsichtig auf den Weg. Die Angst ist ein Geschenk. Denn sie lässt mich wachsam sein. Und nur so kann ich überleben.

2

Conor

Um Viertel vor fünf, fünfzehn Minuten vor dem Beginn von Claire Beaudry Chases Vernissage, kam Conor Reid bei der Woodward-Lathrop Gallery an. Seiner Freundin, Kate Woodward, gehörte die Galerie im Zentrum von Black Hall, und seine Schwägerin, Jackie Reid, leitete sie. Kate war auf einem privaten Charterflug und würde nicht rechtzeitig zurück sein. Conor hatte versprochen, zur Feier ihrer gemeinsamen Freundin Claire zu gehen.

Conor war Detective bei der Connecticut State Police und hatte gerade Zeugen einer Unfallflucht auf der Baldwin Bridge vernommen. Ein zu schnell fahrender schwarzer Pick-up hatte einen Subaru geschnitten, sodass dieser in die Leitplanke geprallt war. Es hatte keine Toten gegeben, aber der Fahrer war mit Kopfverletzungen ins Krankenhaus gebracht worden. Niemand hatte sich das Kennzeichen des Pick-ups gemerkt.

Es war der Freitag des Memorial-Day-Wochenendes und der Wahnsinn des Sommers an der Küste fing gerade erst an.

»Hey, du hast es geschafft«, sagte Jackie und kam herüber, um Conor zu umarmen.

Sie war mit seinem älteren Bruder Tom verheiratet. Es war seine erste und ihre zweite Ehe. Conor hatte Jackie und ihre zwei Töchter auf Anhieb gemocht. Tom arbeitete bei der Küstenwache und war häufig auf See auf Patrouille, aber man merkte ihm deutlich an, wie glücklich er jedes Mal war, zu ihr nach Hause zu kommen.

»Anscheinend erwartet ihr ziemlich viele Menschen«, meinte Conor mit einem Blick auf die Bar und den Buffettisch, der von Weinflaschen und Platten mit Käse, Brot und Räucherlachs überfüllt war.

»Sicher«, antwortete sie. »Jeder will Claires neue Werke sehen, aber bestimmt werden auch viele Leute vorbeischauen, die den Kandidaten kennenlernen möchten. Wenn ich nach den Anrufen gehe, die bei mir eingegangen sind, kommen mehr Politik- als Kunstreporter. Glaubst du, Griffin gewinnt? Wird er unser nächster Gouverneur?«

»Anscheinend hat er gute Chancen«, antwortete Conor. Er hatte mit Griffin Chase an vielen Fällen zusammengearbeitet. Chase kämpfte hart und wusste, was man tun musste, um ganz obenauf zu sein.

Immer mehr Menschen strömten durch die Eingangstür. Durch Kate wusste Conor, dass es drei Arten von Menschen gab, die Vernissagen in Black Hall besuchten: Sammler, die etwas kaufen wollten, Kunstliebhaber, die kamen, um die Werke zu genießen, und Menschen, die nur wegen des kostenlosen Essens und Weins da waren.

Auf dem Bartisch standen Plastikgläser und Flaschen mit rotem und weißem Wein; beide stammten aus Weinbergen aus dem Südosten Connecticuts. Jemand hatte in schöner Handschrift *Mit freundlichen Grüßen von Griffin Chase* auf eine Karte vor dem Wein geschrieben. Conor fand es ziemlich *clever* von Chase zu zeigen, dass er die Unternehmen in Connecticut unterstützte.

»Komm«, sagte Jackie. »Wir drehen eine Runde und schauen uns die Arbeiten an.«

»Also gut«, antwortete Conor. Er hatte noch nie sonderlich großes Interesse an Kunst gehabt; fast alles, was er wusste, hatte er von Kate gelernt. Kate war ein großer Fan von Claire. Was sie machte, konnte man weder als Malerei, Collagen oder Skulpturen bezeichnen, wobei Aspekte dieser Bereiche in ihre Arbeiten mit einflossen. Claire erstellte Objektrahmen – aus Treibholz gefertigte Rahmen, in denen Gegenstände aus der Natur, insbesondere Dinge, die man am Strand finden konnte, angeordnet waren.

»Wer kauft so etwas?«, fragte Conor.

»Claire hat treue Sammler«, antwortete Jackie. »Einer hat sie sogar damit beauftragt, ein privates Kunstwerk extra für ihn und seine Frau zu machen.«

»Welches ist es?«, wollte Conor wissen.

»Das zeigt sie nicht in der Ausstellung. Es steht in ihrem Atelier«, erklärte Jackie. »Sie meinte, es würde ›ihre Geheimnisse‹ enthalten.«

»Was für Geheimnisse?«, fragte Conor, doch Jackie schüttelte nur den Kopf. Er spürte ein Kribbeln, was für ihn häufig das Anzeichen war, dass sich ein neuer Fall auftat. Doch er meinte, es überzuinterpretieren.

Jackie schaute auf ihre Uhr. »Es ist fast fünf und sie ist immer noch nicht da.«

»Vielleicht möchte sie einen großen Auftritt hinlegen.«

»Nein, sie hat eigentlich sogar angekündigt, sie würde früher kommen, um ein paar Kataloge für Kunden zu signieren. Ich ruf sie mal an.«

Jackie entfernte sich ein paar Schritte und tätigte mit ihrem Handy den Anruf. Conor nutzte die Gelegenheit, um sich etwas Käse und ein paar Cracker zu genehmigen und seinen Blick durch den Raum schweifen zu lassen. Niemals könnte er die

Galerie betreten, ohne dabei an Beth Lathrop, Kates Schwester, zu denken. Er und Kate waren einander nähergekommen, als er den Mord an Beth untersucht hatte.

Früher hatte Beth die Galerie geführt. Nach ihrer Ermordung hatte Kate Jackie eingestellt.

Conor wusste, dass es Kate schwerfiel, hierhinzukommen. Auch für ihn war es nicht leicht: In dem Gebäude hatten sich Gewalt und eine Tragödie ereignet, doch es war seit drei Generationen in der Familie Woodward und Kate würde es niemals aufgeben. Conor hatte das Gefühl, dass Jackie Kate darin unterstützte, es in der Familie zu behalten, insbesondere für Beths Tochter Samantha.

»Hab sie nicht erreicht«, sagte Jackie, als sie zurückkam.

Conor antwortete nicht, denn er war von einem von Claires Objektrahmen abgelenkt. Dieser war ungefähr dreißig mal vierzig Zentimeter groß, von Treibholz umrahmt und mit Muscheln, Mondsteinen, Exoskeletten, Meerglas, Krebsscheren und -panzern gefüllt. Außerdem enthielt er etwas, das wie das Skelett einer menschlichen Hand aussah. Das Werk trug den Titel *Fingerknochen*.

»Diese Hand …«, murmelte Conor.

»Gruselig, oder?«, sagte Jackie.

Wieder spürte er dieses Kribbeln und merkte, dass sie seine Reaktion beobachtete.

»Das erinnert mich an irgendetwas«, meinte er. Er wollte nicht zu viel sagen, denn er fragte sich, ob sie gehört hatte, was Claire ihm am Montag beim Abendessen erzählt hatte.

»An Ellen?«, fragte Jackie, wodurch Conor wusste, dass sie genug gehört. Sie meinte damit Ellen Fielding, eine Schulfreundin von Jackie, Claire und Griffin, die vor fünfundzwanzig Jahren gestorben war.

Griffins Dienstwagen fuhr vor der Galerie vor. Selbst beim bloßen Aussteigen strahlte er eine Selbstsicherheit und Macht aus, die jedem im Gerichtswesen wohl bekannt waren. Er trug maßgeschneiderte Anzüge und Krawatten von Hermès, und Conor hatte einmal einen Gefängniswärter sagen gehört, allein mit dem Geld, das Griffin schon für Krawatten ausgegeben hatte, könne er seine Kinder durchs College bringen.

»Schau mal, wer hier ist«, sagte Jackie und lief zur Tür.

Conor blieb noch zurück und beobachtete die Szene. Griffin war als reiches Kind unter tragischen Umständen aufgewachsen. Schon früh hatte er seine Eltern verloren. Seine Freundin auf dem College war kurz nach dem Abschluss gestorben. Seine PR-Abteilung hatte ihm daher das Image verliehen, dass er aufgrund dieser Verluste unglaublich mitfühlend sei und sich ganz der Gerechtigkeit für andere widmete und sich als Staatsanwalt persönlich für die Opfer interessierte, deren Fälle er verfolgte. Die Familie eines ermordeten Kindes hatte über ihn gesagt, er sei der »einfühlsamste Mann der Welt«, weshalb ihn eine Zeitung als »Mister Einfühlsam« bezeichnete. Dieser Spitzname war hängen geblieben. Aus politischer Sicht machte er sich gut und wurde daher in vielen Wahlkampfwerbungen aufgegriffen.

Jackie begrüßte Griffin und geleitete ihn zur Ausstellung.

»Die Ausstellung ist beeindruckend«, meinte Griffin.

»Roberta Smith von der *New York Times* war hier, um sich vorzeitig ein Bild zu machen, und das *Smithsonian Magazine* möchte über sie berichten«, erklärte Jackie.

»Fantastisch«, sagte Griffin. »Hast du schon von Mike Bouchard gehört?«

»Von der *Connecticut Weekly*? Ja«, sagte Jackie. »Wir haben telefoniert und er möchte Claire heute Abend hier treffen. Ich gehe davon aus, dass jemand von deinem Wahlkampfkomitee das Interview arrangiert hat?«

Langsam füllte sich der Raum. Conor lehnte gegen die Wand und beobachtete, wie Griffin sich *Fingerknochen* genauer anschaute: Hunderte feine Silberdrähte waren am äußeren Rand des groben Holzrahmens befestigt und schimmerten so im Licht, dass die Illusion von Wasser entstand. Eine goldene Münze, die antik und echt wirkte, lag auf dem Boden unter der Skeletthand.

Conor bemerkte Griffins Reaktion. Bildete er sich das ein oder war der Staatsanwalt verunsichert?

»Ich kaufe das hier«, sagte Griffin zu Jackie und zeigte auf den Objektrahmen.

»Das ist sehr verlockend«, meinte Jackie. »Aber du musst es nicht kaufen! Ich bin mir sicher, dass Claire es dir auch so gibt.«

»Ich bestehe aber darauf«, sagte Griffin, wobei seine Stimme ihren vorherigen Charme verloren hatte. »Ich möchte nicht, dass die Galerie ihre Provision verliert.« Er zückte sein Scheckbuch und kritzelte den Betrag und seine Unterschrift auf das Papier. Conor fragte sich, ob er an Beth dachte. Griffin hatte erfolgreich ihren Mörder verfolgt; möglicherweise wusste er, dass Sam den Anteil ihrer Mutter an der Galerie geerbt hatte und die Erlöse ihr bei der Finanzierung ihrer Collegeausbildung halfen.

»Okay, vielen Dank«, sagte Jackie zu Griffin. Sie klebte einen roten Punkt an *Fingerknochen*, damit jeder wusste, dass es verkauft war.

»Ich rufe sie sofort an, um zu schauen, wo sie steckt, und ihr zu sagen, dass ich eine Überraschung für sie habe«, sagte Griffin. Er holte sein Handy hervor und wählte die Nummer.

»Liebling«, säuselte er. »Wo bist du? Wir warten auf dich. Ist alles in Ordnung?« Dann legte er auf. »Mailbox«, hörte Conor ihn sagen.

»Wahrscheinlich ist sie auf dem Weg hierher«, meinte Jackie. Dann, als ob sie die Sorge in seinen Augen gesehen hätte, fragte sie: »Was ist los?«

»Nichts«, antwortete Griffin. Doch er fügte hinzu: »Sie war in letzter Zeit irgendwie ängstlich.«

»Das ist normal«, sagte Jackie. »Lampenfieber vor der Ausstellung.«

»Hm, wahrscheinlich hast du recht«, antwortete Griffin, doch er hörte sich nicht an, als ob er das glaubte.

Der Raum war voller Leute; Conor sah, wie Griffin *Fingerknochen* von der Wand nahm. Das kam ihm merkwürdig vor, denn üblicherweise ließ man die Kunstwerke während der gesamten Dauer der Ausstellung hängen. Und als Ehemann einer Künstlerin sollte Griffin das wissen.

Griffin war schon halb aus der Tür, als er von einer Menschentraube umringt wurde. Conor beobachtete die Art und Weise, wie er lächelte, Hände schüttelte, Small Talk hielt und sagte, wie stolz er auf seine Frau sei. Einer war ein Journalist, der seinen Notizblock gezückt hatte. War das vielleicht Mike Bouchard? Griffin war ganz in seinem Element, voller Leidenschaft, und wirkte wie jemand, der dazu geboren war, für das Amt des Gouverneurs zu kandidieren.

Plötzlich schlüpfte Griffin mit dem Objektrahmen unter dem Arm zur Tür hinaus, öffnete den Kofferraum seines Wagens und legte *Fingerknochen* hinein. Conor, der die Szene beobachtet hatte, spürte wieder dieses Kribbeln.

3

Claire

Das mit Griffin und mir reicht schon ewig zurück. Bereits in der achten Klasse habe ich mich in ihn verliebt. Damals war er ein hoch aufgeschossener Junge und toller Sportler, der unglaublich schnell Fußball und Tennis spielte und die Zuschauer in Erstaunen versetzte, wenn er ein Tor schoss oder einen Punkt holte. Er hatte markante Wangenknochen und tief liegende grüne Augen – gefühlvolle Augen, mit denen er mich manchmal anschaute, als wollte er mich etwas fragen. Nachts lag ich wach und grübelte, um welche Frage es sich handeln konnte.

Er ging immer mit coolen Mädchen aus dem Country Club oder dem Beachclub aus. Diese gingen auf Privatschulen, fuhren Sportwagen und hatten sich Kaschmirpullover über die Schultern gelegt. Griffin und ich trafen manchmal bei Tennisturnieren, bei denen jeder gegen jeden spielte, aufeinander oder sahen uns bei einem Feuerwerk am Strand, aber das war es im Grunde schon. An einem nebligen Abend im Sommer vor unserem letzten Highschooljahr kamen er und eine Horde Jungs vom Country Club zum sandigen Parkplatz in Hubbard's Point. Jimmy Hale hatte eine Kühlbox im Kofferraum und

Griffin und ich langten gleichzeitig nach einem Bier. Griffins Fingerknöchel streiften meine. »Hi«, sagte er. »Hi«, antwortete ich. In seinen Augen lag wieder diese Frage, aber ich war so schüchtern, dass ich weggguckte. Lange Zeit danach passierte nichts. Bis nach dem College.

Griffin ging nach Wesleyan, genau wie Ellen Fielding, ein Mädchen aus unserer Stadt. Sie fingen an, miteinander auszugehen, was niemanden überraschte. Sie kam aus der gleichen reichen Gesellschaft wie Griffin und lebte in einem Herrenhaus an der Main Street. Obwohl sie sich keine Gedanken darüber machen musste, wie sie das College finanzieren oder ihre Bücher kaufen sollte, kellnerte sie jeden Sommer mit Jackie und mir im Black Hall Inn. Ihre Familie meinte, das würde zur Charakterbildung beitragen. Sie arbeitete genauso hart wie wir und brachte uns mit ihren absolut zutreffenden Imitationen unseres betrunkenen Chefs und des aufdringlichen Managers zum Lachen. Sie trug immer ein schweres Goldarmband mit einem Anhänger, der wie eine antike Goldmünze aussah. Mir erzählte sie, dass es früher ihrer Großmutter gehört hatte.

Wenn Griffin sie im Sommer vor dem letzten Collegejahr nach ihrer Schicht abholte, bemühte ich mich, ihn nicht anzuschauen. Denn ich fürchtete, Ellen oder, sogar noch schlimmer, Griffin würde merken, wie sehr ich mich zu ihm hingezogen fühlte. Aber manchmal konnte ich es nicht vermeiden, ihm Hallo zu sagen, wenn ich an seinem Auto, einem alten MGB in British Racing Green, vorbeilief. Er saß dort mit laufendem Motor und heruntergelassenem Verdeck und beobachtete mich mit seinen ernsten Augen. Dann kam Ellen raus und sie fuhren davon.

Ich ging an die RISD, die Rhode Island School of Design, und verliebte mich in die Welt der Kunst und Künstler. Zuerst war ich mit einem Bildhauer zusammen, der Mitschriften aus seinen Therapiestunden in polierten Stahl ritzte, dann mit einem Performancekünstler, der den Geist von Orpheus heraufbeschwor und auf der Bühne die Unterwelt besuchte. Doch ich träumte noch immer von Griffin.

Er und Ellen trennten sich direkt nach dem Abschluss. Statt den Juli über wie geplant in London zu verbringen, zog sie wieder bei ihren Eltern ein.

Griffin fing an, nach meiner Schicht im Inn aufzutauchen, obwohl sie nicht mehr dort arbeitete. »Ellen hat sich verändert, Claire. In den Frühjahrsferien war sie weg und hinterher war nichts mehr wie vorher«, erzählte er.

»Warum?«

»Ich habe keine Ahnung. Sie sagt nicht, was passiert ist, dabei kann sie mir doch alles erzählen. Jetzt möchte sie mich nicht einmal mehr sehen.«

»Das tut mir leid«, sagte ich.

»Das Schlimmste ist«, fuhr er fort, »dass ich mir sicher bin, dass ihr etwas Schlimmes widerfahren ist. Hat sie dir gegenüber irgendetwas erwähnt?«

»Nein, was denn zum Beispiel?«

»Ich weiß es nicht genau«, antwortete er. »Sicher, dass sie nichts gesagt hat?«

»Absolut sicher«, sagte ich.

Jackie und ich machten uns Sorgen um sie. Ich fühlte mich schuldig, weil ich jetzt mehr mit Griffin zu tun hatte, weshalb sich Jackie bei ihr meldete, um zu hören, wie es ihr ging. Sie hatte mit Freunden der Familie in Cancún einen Strandurlaub verbracht, einen letzten tollen Urlaub vor dem Collegeabschluss. Sie fragte Jackie: »Glaubst du an das Böse?«

»Was meint sie damit?«, wollte ich von Jackie wissen.

»Ich habe keine Ahnung. Sie hat mich einfach nur angestarrt. Claire, ihre Augen waren richtig leblos.«

»Mein Gott, die arme Ellen«, sagte ich.

Griffin war am Boden zerstört und ich wurde zu seiner Vertrauten. Zuerst war da nicht mehr, nur ein Junge mit einem gebrochenen Herzen und ein Mädchen, das ihn tröstete. Doch langsam änderte sich das und ich konnte es kaum glauben. Wir kamen aus derselben Stadt, aber aus ganz unterschiedlichen Welten.

Ich lebte in Hubbard's Point an einem magischen Strand, an dem man die Zeit vergaß. Kleine, schindelgedeckte Cottages, die in den 1920ern und 30ern von Familien der Arbeiterklasse gebaut worden waren, säumten einen Felsvorsprung am Ufer des Long Island Sound. An den verwitterten Cottages prangten Blumenkästen voller Geranien und Petunien und in die bunten Fensterläden waren Aussparungen in Form von Seepferdchen und Segelbooten gefräst.

Die Familien von Hubbard's Point trafen sich häufig zu Grillfesten. Aus Kindheitsfreunden wurden Freunde fürs Leben, so wie Jackie und ich. An jedem vierten Juli gab es ein Muschelessen am Strand und eine Fahrradparade der Kinder. Sonntags und Donnerstagabends wurden am Strand Filme gezeigt, zu denen alle Strandstühle mitbrachten und Klassiker auf einer Leinwand schauten, die sich so stark im Wind bog, als wäre sie aus Segeltuch. Am Ende des Strands lag ein geheimer Pfad, der sich durch die Wälder bis zu einer versteckten Bucht wand. Mit verbundenen Augen hätte ich mich dort zurechtgefunden.

Griffin wuchs am anderen Ende dieses schmalen Pfads auf, in einer noblen Enklave namens Catamount Bluff, die aus nur vier Grundstücken an einem Privatweg bestand. Das Haus der Chases – das, in dem wir nun leben – war von seinem Urgroßvater väterlicherseits, Dexter Chase, auf der Landzunge gebaut worden. Er hatte Parthenon Insurance, das größte Versicherungsunternehmen in Hartford, gegründet, bevor er für das Amt des Gouverneurs kandidierte und dieses zwei

Wahlperioden lang innehatte. Sein Sohn, Griffins Großvater, war drei Amtszeiten lang Senator von Connecticut gewesen. Griffins Vater war Anwalt und Berater bei Parthenon gewesen. Sie verwendeten *Sommer* als Verb – sie *sommerten* in Catamount Bluff. Als ich Griffin zu seiner Mutter befragte, sagte er nur: »Das möchtest du nicht wissen.«

Ich war ein Einzelkind, das bedingungslos von seinen Eltern geliebt wurde; wir gingen an den Strand, wenn im Juni die Schule aus war. Meine Mutter war Kunstlehrerin an einer öffentlichen Schule, mein Vater Dozent für Umweltstudien am Easterly College. Er brachte mir alles bei, was ich über die Wälder wissen musste, und sie ermutigte mich zu malen, was ich sah. Als ich neun war, starb sie bei einem Autounfall; sie verlor in einem Eissturm die Kontrolle, prallte gegen einen Baum und war auf der Stelle tot.

Vor Schock und Kummer waren mein Vater und ich wie gelähmt. Wir verbrachten unsere Zeit in der Natur. Nach der Schule und der Arbeit sowie an den Wochenenden trotteten wir durch den Wald und erklommen den Felsvorsprung zwischen Hubbard's Point und Catamount Bluff. Angehörige des Pequot-Stamms hatten in diesen Wäldern gelebt. Ein Friedhof lag auf einem von Felsbrocken übersäten Hügel. Für meinen Vater war dieses Land heilig und er erwartete von mir, dass ich es auch so behandelte. Er brachte mir bei, wie man im Wald einen Weg markierte, sich Felsen, Bäume oder einen abgebrochenen Ast merkte und diese als Anhaltspunkte nutzte, um sich nicht zu verlaufen. Abends zeigte er mir den Polarstern und brachte mir bei, wie man sich an den Sternen orientiert. Am Ende jenes Sommers bauten wir eine Hütte am Rand des Sumpfs auf der anderen Seite des Hügels im fast undurchdringlichen Wald. Als wir in einer Nacht dort schliefen, hörten wir ein gespenstisches Heulen, das uns das Blut in den Adern gefrieren ließ.

Es gab die Legende von Pumas, deren Lebensraum in den Wäldern im Norden Connecticuts durch Farmen zerstört worden war und die sich daher durch Grünflächen und Naturschutzgebiete ihren Weg bis zum Flusstal suchten. Der Name *Catamount Bluff*, der so viel wie »Pumakliff« bedeutet und den das Land im 19. Jahrhundert erhielt, zeugt noch von der langen Geschichte dieser Legende. Mein Vater und ich schauten uns die Felsvorsprünge ganz genau an. Wir suchten nach Spuren, Anzeichen von weißschwänzigen Wildtieren, irgendeinem Hinweis darauf, dass dort Pumas lebten.

Er starb an einem Aneurysma, als ich zwanzig war. Die Familie seines Bruders in Damariscotta, Maine, hätte mich aufgenommen, aber mein Kummer war zu groß, um Hilfe anzunehmen und zu versuchen, mich in eine andere Familie einzugliedern. Ich verließ das College. Die Hütte erinnerte mich an meinen Vater und wurde meine Zuflucht. Dort spürte ich seine Anwesenheit. Nachts schaute ich nach dem Polarstern und wusste, dass er bei mir war. Ich fing an, aus Gegenständen, die ich in der Nähe fand, Objektrahmen herzustellen: aus Flechten, Kieselsteinen, getrocknetem Seetang, Muscheln oder den Knochen von Mäusen in Eulengewöllen.

An jenem Abend im August, im Sommer nach Griffins Abschluss, als der Meteorstrom der Perseiden am Himmel zu sehen sein sollte, sagte er mir, ich solle zur Bucht zwischen Hubbard's Point und Catamount Bluff kommen.

Ich ging davon aus, dass wir uns dort zu mehreren treffen würden. »Soll ich Jackie mitbringen?«, fragte ich deshalb.

»Nein, Claire«, sagte er geheimnisvoll. »Nur du. Ich möchte mit dir die Sternschnuppen sehen. Möchtest du das auch?«

»Ja«, antwortete ich.

»Wir sehen uns dort«, sagte er.

Ich lief von Hubbard's Point über den Waldweg und mir stockte fast der Atem bei dem Gedanken daran, dass er von seinem Haus aus über den Weg lief – um *mich* zu treffen. Ich konnte es kaum glauben. Auf halbem Weg wurde ich langsamer und blickte zu dem steilen Hügel, der von buschigen Eichen, Weymouthskiefern, Gagelsträuchern und Ilex bedeckt war. Tief in diesen Wäldern lagen die Gräber der Pequot und dahinter meine Hütte.

Er wartete in der Bucht. Als ich die Decke sah, die er am Ufer ausgebreitet hatte, und daran dachte, dass wir dort gemeinsam sitzen würden, bekam ich weiche Knie. Wir waren weit entfernt von einer Stadt oder Häusern und nur umgeben von Granitfelsen, Wäldern, Sumpfland und Salzwasser. In der Dunkelheit des Neumondes leuchtete der Himmel vor Sternen.

Sein dunkelbraunes Haar fiel ihm in die Augen. Eine weiße Strähne zierte seine linke Schläfe – erschreckend, wenn man bedachte, dass er erst einundzwanzig war. Im Sternenlicht funkelten seine Augen smaragdgrün und sahen genauso fragend aus wie immer.

»Was ist los?«, meinte ich nervös lachend. »Ich habe immer das Gefühl, du würdest dich etwas fragen.«

»Tue ich«, sagte er. »Habe ich schon immer. Ich habe schon immer gefühlt, dass du meine beste Freundin bist. Und mehr als das.«

»Wir haben kaum miteinander gesprochen«, erwiderte ich.

»Nicht mit Worten«, meinte er und lehnte sich auf einen Ellbogen gestützt zurück.

Er zog mich zu sich auf die Decke hinab. Als er mich diesmal anschaute, war die Frage aus seinem Blick verschwunden. Ich hörte, wie die Wellen gegen die Felsen schlugen und auf dem Sand aufplatschten. Er rollte sich zu mir und legte seine Arme um mich. Dann drückte er seinen Körper gegen meinen und küsste mich. Unser erster Kuss war sanft, dann grob. Ich konnte praktisch die Wellen unter uns spüren, als ob sich der Sand in die See verwandelt hätte.

Ich berührte sein Gesicht, ließ meine Finger über seinen Hals gleiten; sein Puls fühlte sich unter meinen Fingerspitzen schnell an, genau wie meiner. Vom Wasser her kam ein merkwürdiges, schabendes Geräusch, aber ich war zu aufgeregt, um dem Bedeutung beizumessen.

»Hörst du das auch?«, fragte er.

Es war ein kratzendes Geräusch: krrk-krrk, so wie das Schaben von rauem Sandpapier auf Holz.

»Was ist das?«, fragte ich.

»Ich weiß es nicht. Aber es ist doch eigentlich egal«, meinte er.

Er zog mich wieder zu sich heran und küsste mich erneut, wobei er mir über die Seite streichelte. Mit dem Daumen fuhr er in den Bund meiner Jeans. Ich wollte, dass er weitermachte, konnte aber das Geräusch nicht mehr ignorieren.

Jetzt hörte es sich mehr wie ein Klicken an und schien aus dem Gezeitenbecken zu kommen. Bei Neumond waren die Gezeiten immer extrem und dieses Gezeitenbecken war sehr niedrig und man konnte die Felsen sehen, die normalerweise unter Wasser lagen.

Ich erhob mich von der Decke und ging auf die Felsen zu.

»Claire«, rief Griffin. »Sei vorsichtig!«

Das Licht der Sterne erhellte die weißen Hauben der flachen Wellen, den schwarz glänzenden Seetang und einen Schwarm Taschenkrebse, der vollständig einen klumpigen Gegenstand im flachen Gezeitenbecken bedeckte. Die Krebse bewegten sich wie eine Einheit und nicht wie tausend Individuen, die aus Felsspalten von dem, was unter ihnen verrottete, angelockt worden waren. Ihre Scheren machten klick-klick-klick.

Ich dachte, es müsse sich um einen toten Fisch handeln – einen großen Fisch, vielleicht einen Felsenbarsch. Oder sogar eine Robbe. Sie überwinterten hier bis zum Frühjahr. *Bitte lass es keine Robbe sein,* dachte ich. Und auch kein anderes

Meeressäugetier. Keinen Delphin oder Babywal. Der Gestank nach Verwesung war überwältigend.

Beim Näherkommen stampfte ich mit den Füßen auf die nassen Steine, um die Krebse zu verscheuchen. Dann sah ich, was unter ihnen war. Abgenagte Knochen blitzten weiß auf. Lange, braune Haare, verfilzt wie Seetang, waren zu sehen. Etwas Goldenes glitzerte am halb zernagten linken Handgelenk. An den Oberarmen waren noch Fleischreste zu erkennen, doch die Handgelenke und -knochen waren vollkommen freigelegt. Es waren Skeletthände; die Fingerknochen waren lang, dürr und gekrümmt.

Ich schrie. Es war Ellen Fielding.

Ich stürzte mich auf die Krebse und trat sie weg, damit sie Ellen in Ruhe ließen. Kurz zerstreuten sie sich, machten sich dann aber sofort wieder über sie her.

»Claire!«, rief Griffin und zog mich von Ellens Leichnam weg.

Schluchzend starrte ich auf das Goldarmband an dem grauenvoll zugerichteten Handgelenk, an dem eine antike Goldmünze an dicken Goldgliedern baumelte und das Ellen von ihrer Großmutter bekommen hatte.

Griffin wollte, dass wir beide zu ihm nach Hause gingen und von dort die Polizei anriefen, aber ich weigerte mich, Ellen allein zu lassen. Die Flut könnte einsetzen, sie davonspülen und das, was von ihrem Körper übrig geblieben war, auf das offene Meer hinaustragen. Ich saß im nassen Sand und bewachte sie. Sternenlicht fiel auf die schwarzgrünen Panzer der Krebse, die sie mit ihren Scheren in Stücke rissen.

Endlich kam Griffin mit einem Polizeibeamten aus Black Hall zurück. Dieser kniete sich neben die Leiche, dann forderte er Forensiker und ein Polizeiboot an. Bald schon bog das Boot um die Landspitze und suchte mit Scheinwerfern die Bucht ab.

»Wozu ist das nötig?«, wollte Griffin wissen.

»Vielleicht war sie auf einem Boot«, sagte der Polizist. »Es könnte gesunken sein und vielleicht ist noch jemand da draußen und benötigt unsere Hilfe.«

»Das ist nicht heute Nacht passiert«, hörte ich mich selbst sagen. »Die Krebse haben sie bereits völlig zernagt!«

Der Polizist war jung, nicht viel älter als wir. Ich hatte ihn schon in der Stadt gesehen, wie er den Verkehr beim Midsummer's Festival oder nach Konzerten auf der Kirchenwiese regelte oder Knöllchen auf der Route 156 verteilte.

»Ich bin Officer Markham«, stellte er sich vor. »Wie heißen Sie?«

»Claire Beaudry«, antwortete ich.

Griffin stand neben mir und hatte mir den Arm um die Schultern gelegt. Mir war kalt, weil ich so lange im feuchten Strand gesessen hatte, und ich zitterte an seinem warmen Körper.

»Warum sind Sie beide heute Abend hier?«, wollte Officer Markham wissen. »Ziemlich dunkel und spät für den Strand.«

»Wir wollten die Sternschnuppen sehen«, sagte Griffin.

»Wie haben Sie die Leiche gefunden?«

»Claire hat sie gefunden«, antwortete Griffin.

»Ich habe die Krebse gehört«, erklärte ich.

»Okay«, meinte der Polizist. »Wir müssen das Opfer identifizieren. Geben Sie mir Ihre Telefonnummer, falls wir noch Fragen an Sie haben.«

Mein Herz raste. Meine Lippen kribbelten und meine Hände fühlten sich taub an. Ich wartete darauf, dass Griffin ihm sagen würde, dass es sich um Ellen handelte, doch er schwieg. Konnte es sein, dass er das Armband nicht erkannt hatte?

»Ich weiß, wer sie ist«, meinte ich schließlich, weil Griffin nichts sagte.

»Wer?«, fragte Officer Markham.

»Ellen Fielding«, antwortete ich.

Griffin sog scharf die Luft ein, als ob er geschockt war.

»Oh mein Gott, oh mein Gott«, sagte Griffin, vergrub den Kopf in seinen Händen und lief im Kreis herum. »Sie hat es getan.«

»Was getan?«, fragte der Polizist.

»Selbstmord«, sagte er. »Sie war so niedergeschlagen.«

»Sie kannten sie?«, fragte der Polizist.

»Wir beide kannten sie«, antwortete Griffin. Ich wartete darauf, dass er hinzufügte, dass er mit ihr zusammen gewesen war, doch Officer Markham bat uns nur um unsere Telefonnummern und meinte, wir sollten nach Hause gehen und dass möglicherweise ein Detective mit weiteren Fragen an uns heranträte.

Anschließend begleitete mich Griffin durch den dunklen Wald nach Hause. Den ganzen Weg über zitterte ich. Direkt über dem überwachsenen Pfad zu meiner Hütte war ein Loch im Laubdach über uns. Plötzlich erschienen darin lauter Sternschnuppen.

»Schau mal«, sagte Griffin und zeigte nach oben. Ein paar Sekunden lang blickten wir hinauf.

»Endlich das, weswegen wir hergekommen sind. Die Perseiden.«

»Sie sind für ...«, ich setzte zu *für Ellen* an.

»Sie sind für uns, damit wir diese Nacht niemals vergessen.«

»So etwas Schönes«, flüsterte ich. »Nach etwas so Schrecklichem.«

In den nächsten Tagen ermittelte die Polizei. Wie Officer Markham gesagt hatte, befragte mich ein Detective darüber, wie ich Ellens Leiche gefunden hatte, ob wir Veränderungen ihrer Stimmung bemerkt hatten oder wussten, ob jemand ihr hatte schaden wollen. Tucker Morgan, Commissioner der State Police, war ein Freund von Wade Lockwood – Griffins Nachbarn in Catamount Bluff und Ersatzvater. Er selbst nahm die Befragungen vor. Unter Anwesenheit von Wade. Beim Lunch im Jachtclub.

Nachdem der Leichenbeschauer sie untersucht hatte, kam es zu einer gerichtlichen Untersuchung.

Die toxikologischen Tests waren negativ, also hatte Ellen keine Überdosis genommen. Sie hatte eine Schädelfraktur. War sie gestürzt? Oder hatte jemand sie angegriffen?

Sofort machten Gerüchte die Runde: Was auch immer in Cancún geschehen war, hatte bei ihr zu einem Zusammenbruch geführt, weshalb sie sich ertränkt hatte. Oder sie war in etwas Illegales hineingeraten, was so gefährlich gewesen war, dass jemand sie ermordet hatte. Aber Commissioner Morgan wollte keinem dieser Hinweise nachgehen. Wade überzeugte ihn, dass die Theorie, jemand sei Ellen bis in den Norden gefolgt, habe sie ermordet und ihre Leiche am Strand abgeladen, zu weit hergeholt war. Sie war auf den Felsen ausgerutscht und das war es.

Mein Intermezzo mit Griffin dauerte den ganzen August an: Feuer, Leidenschaft und starke, gegenseitige Faszination. Ellens Leiche zu finden, war ein traumatisches Ereignis. Zuerst verband es uns, doch irgendwann brachte es uns auseinander. Wir beide wollten nicht mehr an die Nacht denken.

Griffin ging an die Yale Law School. Ich überlegte, wieder an die RISD zurückzukehren, aber stattdessen machte ich weiter meine eigene Kunst. In den kommenden Jahren heirateten wir beide andere Partner. Und obwohl ich es versuchte, ich konnte nicht aufhören, an Griffin zu denken. Ich hasste mich dafür, aber ich wollte seinen Körper spüren, wenn Nate, mein erster Ehemann, mich im Arm hielt. Später erzählte mir Griffin, dass es ihm bei Margot, seiner ersten Frau, genauso gegangen sei. Diese Jahre der Sehnsucht, in denen wir nicht zusammen waren, machten unser Bedürfnis und unser Verlangen nacheinander fast unerträglich. Ich hatte keine Kinder, aber er und Margot hatten Zwillinge, Ford und Alexander.

Griffin wurde Anwalt und letztlich Staatsanwalt für den Easterly County, wo er nur dem Oberstaatsanwalt untergeordnet war. Nachdem Margot die fünfte oder sechste Entziehungskur hinter sich hatte, ließen sie sich scheiden und er bekam das Sorgerecht für die Söhne. Sie zog nach New Hampshire, wo sie aufgewachsen war. Die Jungs sah sie nie. Griffin musste irgendwie dafür sorgen, dass es einigermaßen lief und sie weiterhin das Gefühl hatten, ihre Mutter würde sie noch lieben, auch wenn sie sie nie besuchte oder zu sich einlud. Zumindest erzählte er es mir so.

Als wir uns bei einer Cocktailparty in Black Hall über den Weg liefen, war ich getrennt von Nate, einem Mann, den ich sehr gern mochte, aber nicht liebte. Nate bettelte, ich solle zu ihm zurückkommen, doch dann war ich mit Griffin zusammen und ließ mich scheiden. Griffins Söhne, die durch die Abwesenheit ihrer Mutter für immer traumatisiert waren, waren allerdings nicht bereit für eine Stiefmutter.

Einer gefährlichen Liebe wohnt eine erstaunliche Kraft inne. Man ist so fokussiert auf das Verbotene daran und darauf, seine Entscheidung vor der Welt zu rechtfertigen – dass ich mich in Griffin verliebte, obwohl ich gesetzlich noch mit Nate verheiratet war, und dass Griffin mir all seine Aufmerksamkeit schenkte, statt mit Margot eine funktionierende Umgangsvereinbarung auszuarbeiten und sich um seine niedergeschmetterten Söhne zu kümmern –, dass man übersieht, dass man vollkommen falsch füreinander ist.

Ellens Tod ließ mich nie wieder los. Er beeinflusste meine Arbeit, führte mich tief in die Dunkelheit der Natur, deren furchtbare Schönheit sich in jedem meiner Objektrahmen widerspiegelte. Griffin meinte, ihr Tod sei der Grund für sein Jurastudium gewesen. Er hatte Anwalt werden und gegen den Schmerz und die dunkle Seite des Lebens kämpfen wollen – um dadurch Ellen zu ehren.

Das war eine Lüge.

Ellen wurde auf dem Heronwood-Friedhof beerdigt. Mit der Zeit ebbten die Gerüchte, sie sei das Opfer eines Gewaltverbrechens geworden, ab. Vielleicht war sie ausgerutscht und auf den Felsen geschlagen, bei einem furchtbaren Unfall gestorben. Oder, was die meisten glaubten, sie hatte sich selbst umgebracht.

Anfangs hatte auch ich an einen Selbstmord geglaubt, tat es aber nicht mehr. Ich bin mir sicher, dass es ein Tötungsdelikt war, genauso wie ich mir sicher bin, dass Griffin mit mir zur Bucht ging, damit ich ihre Leiche fand.

Und das weiß ich, weil er mir quasi gestanden hat, dass er sie umgebracht hat.

Ich sehe uns noch vor mir, Griffin und mich, in unserer Küche in Catamount Bluff. Spät abends kam er von einem Treffen des Last Monday Clubs zurück. Er hatte seine Krawatte gelockert, seine Smokingjacke trug er über der Schulter. Ich sagte etwas »Falsches« – keine Ahnung mehr, was es war; über das Wetter zu sprechen konnte schon »falsch« sein, wenn er für so ein Gespräch nicht in der Stimmung war.

Er kam mit seinem Gesicht ganz nah an meins heran, seine grünen Augen wurden richtiggehend schwarz – und er sagte: »Willst du, dass dir das Gleiche passiert wie Ellen?«

Solche Dinge hatte er ständig zu mir gesagt. Auch über andere Mordopfer, deren Mörder er verfolgte, hatte er so gesprochen. »Mit dem Angeklagten hatte man es zu weit getrieben, Claire. Genauso wie du es mit mir zu weit treibst. Ich muss meinen Job machen und ihn ins Gefängnis schicken, aber das heißt nicht, dass ich nicht verstehen kann, warum er das getan hat. Er schluckt alles runter, bis er irgendwann nicht mehr kann. Und dann stirbt sie.«

»So wie Ellen?«, fragte ich. »Hat sie es mit dir auch zu weit getrieben?«

Das war meine verhängnisvolle Frage.

Jetzt, wo ich bald als vermisst gelten werde, wird Griffin bei jedem regionalen Fernsehsender aufkreuzen – verrückt vor Liebe und Sorge um mich. Die State Police wird Flüsse, Salzseen und die Küstengewässer von Long Island Sound absuchen, Taucher in Seen und Becken schicken, Steinbrüche, Felsvorsprünge und Moränenhügel durchkämmen. Sie werden meine Freunde und meinen Ex-Mann befragen, meine Nachbarn, andere Künstler und Naturfreunde. Griffin wird dafür sorgen, dass die Polizei meine Notizbücher liest – die, die ich nicht versteckt habe – und meine Computerdateien und mein Handy durchforstet, das ich im SUV gelassen hatte, als ich angegriffen wurde.

Es wird Blutspuren geben und ein Team aus Forensikern wird sie analysieren.

Blutschwalle aus meiner Kopfwunde, Tropfen aus den halbherzigen Schnitten. Oh, das Messer – ständig sehe ich den Angreifer vor mir, der damit vor mir herumfuchtelt. Ich dachte, es würde mein Herz durchbohren, deshalb versuchte ich, dem Messer auszuweichen. Die Spitze ritzte meine Unterarme und Handflächen auf, aber ständig zog er es weg, sodass ich nie von der ganzen Klinge getroffen wurde.

Griffin hätte mich nie mit einem Messer getötet.

Zu viel Dreck, zu viele Beweise.

An dem Abend, als die Jury John Marcus für schuldig befunden hatte, waren Griffin und ich in der Küche, nur wir zwei, und wollten zu Abend essen. Es war ein kühler Oktoberabend, sodass auf unserem Halloweenkürbis schon Frost lag. In der Küche war es gemütlich. Ich hatte ein Brathähnchen gemacht und er hatte eine Flasche Veuve Clicquot mitgebracht, um auf seinen Sieg anzustoßen. Die Leute redeten bereits darüber, dass er für ein höheres Amt kandidieren sollte.

Ich erhob mein Glas. Er zerteilte das Hühnchen.

Genau dort, direkt neben unserer weißen Kücheninsel aus Marmor, hob er das Messer über seinen Kopf und machte einen Satz auf mich zu. Ich zuckte so heftig zusammen und wich zurück, dass ich mein Champagnerglas fallen ließ, das klirrend zu Boden fiel.

»Mein Gott! Das war ein Spaß!«, sagte er. »Du gibst mir ja das Gefühl, ich sei ein Verbrecher, wenn du dich so sehr erschreckst.«

»Dann geh doch nicht mit einem Messer auf mich los!«

»Wenn ich mit einem Messer auf dich losgehen würde, würdest du es schon merken, Claire.«

Ich fühlte, wie mir das Blut aus dem Gesicht wich.

»Keine Sorge, ich würde dich niemals erstechen«, sagte er vollkommen ruhig. »Warum glaubst du, kam die Jury nach zwei Stunden zurück? Weil er ein Idiot war. Er hat so viele Fehler begangen. Er hat praktisch darum gebettelt, geschnappt zu werden. Man muss klug sein. Keine DNA hinterlassen. Aber weißt du was, Claire? Genau jetzt ist mir danach. Das Glas war aus Baccaratkristall. Es gehörte meiner Großmutter.«

Tja, ich kann nicht behaupten, er hätte mich nicht gewarnt.

Dann muss ich an den Brief denken und bin innerlich aufgewühlt, weil ich nicht darauf gehört habe.

Wie weit kann ich wohl laufen?

Er wird nicht aufgeben, ehe er mich findet. Und wenn er das tut, wird er dafür sorgen, dass ich nie wieder nach Hause zurückkehre.

Der ganze Bundesstaat Connecticut wird ihn für seinen Verlust bemitleiden.

Griffin ist mit Ellen davongekommen, aber bei der Sache mit mir wird er das nicht.

Es ist Zeit, dass ich aufbreche. Mühsam erhebe ich mich erneut vom Fußboden.

Meine Beine versagen mir fast ihren Dienst; ich stolpere durch die Seitentür. Ich weiß, dass ich, um keine Fußabdrücke zu hinterlassen, an der Felskante entlanggehen und den Boden hinter mir mit einem Pinienast kehren muss, und dass ich bis in die Tiefen der Wälder vordringen muss.

Ich werde mich in der Wildnis verstecken, da, wo ich mich am sichersten fühle. Meine Füße kennen ihren Weg auf diesem Pfad. Ich gehe nach Nordosten, schlage aber Kurven und reibe, ehe ich wieder zu meiner ursprünglichen Route zurückkehre, Felsen und Baumstämme mit der Tierurinmischung ein. Der Geruch wird die Hunde von meiner Fährte ablenken.

Ich werde dafür sorgen, dass Griffin geschnappt wird. Ich werde alle wissen lassen, dass das Licht eine Lüge und die Dunkelheit seine einzige Wahrheit ist.

Ich mache das für mich; und ich mache es für Ellen. Während ich laufe, sage ich immer wieder ihren Namen, und ich spreche mit meinem Vater. »Dad, hilf mir. Hilf uns, mir und Ellen. Bring mich zur Hütte.« Ich spüre, wie mein Vater mich hochhebt, durch die Wälder trägt, und plötzlich ist mein Zufluchtsort in Sicht.

4

Conor

»Sie ist immer noch nicht da«, sagte Jackie zu Conor. »Es ist ihre eigene Vernissage und sie ist noch nicht aufgetaucht.«

Er schaute auf seine Uhr; es war fünf Uhr dreißig. »Eine halbe Stunde zu spät«, stellte er fest.

»Das passt überhaupt nicht zu ihr«, meinte Jackie.

Nate Browning, Claires erster Ehemann, kam auf sie zu.

Er war Professor an der Yale, und vor Kurzem berichtete die Regionalzeitung über seine Walforschungen in Alaska. Hinter ihm gingen drei Frauen, die alle teuer, aber in Künstlermanier gekleidet waren.

»Dafür bin ich jetzt gar nicht in Stimmung«, murmelte Jackie leise. »Die Catamount-Bluff-Frauenrunde.«

»Wer?«, fragte Conor.

»Claires Nachbarinnen. Leonora Lockwood, Sloane Hawke und Abigail Coffin.«

Conor erkannte Leonora, eine Grande Dame, die mit Wade Lockwood verheiratet war, der bei Wohltätigkeitsveranstaltungen zugunsten der Polizei immer großzügig spendete. Sie, die schon fast majestätisch wirkte, war Ende siebzig, trug einen gewagten, grün-gelb bedruckten Kaftan und goldene Armreifen auf gebräunter Haut. Ihr langes, weißes Haar war zu einem französischen Dutt hochgesteckt, und sie trug ihre Falten mit Stolz. In Juristenkreisen war allgemein bekannt, dass sie und Wade politische Geldgeber und sozusagen Griffins Zieheltern waren.

»Wo ist Claire?«, fragte Leonora und ließ ihren Blick durch den Raum schweifen.

»Ich weiß es nicht genau«, sagte Jackie und schaute Hilfe suchend zu Conor.

»Sie sollte hier sein und ihre Gäste begrüßen!«, meinte Leonora. »Und im Übrigen auch Griffins Publikum. Alle möchten die nächste First Lady unseres Bundesstaats kennenlernen.«

»Ich bin sicher, sie kommt jeden Moment«, sagte Nate. Er war ungefähr eins fünfundsiebzig, wirkte zerzaust und hatte einen gewaltigen Bauch. Mit seinen ungeschnittenen Haaren und seinem ungepflegten Bart war er das Gegenteil des makellosen Griffin.

»Was halten Sie von ihrer neuen Arbeit?«, fragte Leonora Nate und sofort setzte die Gruppe zu einer Diskussion über die Arbeiten an.

Conor beobachtete Griffin, der am anderen Ende des Raums in ein Gespräch mit Eli Dean, dem Besitzer des West-Wind-Jachthafens, vertieft war. Viele Leute aus der Stadt hatten dort ihre Boote liegen. Als Conor sah, dass Griffin die Hände vors Gesicht schlug, ging er zu ihm.

»Ist etwas nicht in Ordnung?«, fragte er und stellte sich zwischen Griffin und Eli.

»Claire hat mir heute Morgen erzählt, sie wolle nach Gull Island rudern, um vor der Vernissage ihren Kopf frei zu bekommen«, erklärte Griffin.

»Aber ich habe ihm gerade erzählt, dass sie überhaupt nicht bei der Bootswerft war«, sagte Eli. »Ich habe fast den ganzen Tag auf Dock zwei gearbeitet und ihr kleines Ruderboot wurde die ganze Zeit über nicht bewegt.«

»Wann haben Sie zuletzt mit ihr gesprochen?«, wollte Conor von Griffin wissen.

»Heute Morgen«, antwortete Griffin. »Nach dem Frühstück.«

»Ach«, meinte Eli. »Es ist heute heiß in der Sonne, wenn kein Wind weht; wahrscheinlich wollte sie bei der Hitze einfach doch nicht mit dem Boot fahren.«

»Dreiundzwanzig Grad«, entgegnete Griffin. »Meiner Meinung nach eigentlich perfektes Wetter.« Er holte tief Luft. »Ich mache mir Sorgen.«

»Wie kann ich helfen?«, fragte Conor.

»Ich schaue nach, ob sie dort ist«, sagte Griffin.

Das Kribbeln, das Conor schon beim Betreten der Galerie verspürt hatte, wurde stärker.

»Ich fahre hinter Ihnen her«, beschloss Conor. Und er und Griffin Chase eilten zu ihren Autos.

5

Jeanne

Am späten Nachmittag war es am östlichsten Zipfel des Long Island Sound ungewöhnlich ruhig und das Wasser leuchtete bernsteinfarben im Licht der untergehenden Sonne. Jeanne und Bart Dunham segelten auf der *Arcturus*, ihrem Tartan 36, von Block Island Richtung Nordwesten. Dabei sprachen sie allerdings kaum ein Wort, weil Bart zuvor im The Oar zu viel getrunken hatte und Jeanne fand, sie sollten mit ihrer Rückkehr nach Essex, Connecticut, bis zum nächsten Morgen warten.

Jeanne stand am Steuerstand, während Bart sich im Cockpit ausstreckte. Die Segel waren gehisst, aber das Boot lief mit Motor. Es herrschte keinerlei Wind. Sie hatte sie durch das seichte Gewässer der Watch Hill Passage gebracht, was ein ziemlicher Nervenkitzel gewesen war, und vorbei an Fishers Island, Race Rock und der Mündung des Thames River.

Es herrschte wenig Schiffsverkehr, denn es war erst Anfang der Saison. Doch sie und Bart waren Rentner und wollten schon den Sommer einläuten. Sie erwogen, ihr Haus zu verkaufen, nach Fort Lauderdale zu segeln und an Bord der *Arcturus* zu leben. Diese kurzen Trips waren Testdurchläufe.

Angewidert blickte sie zu Bart. Er hatte den Test nicht bestanden.

Sie hatte beobachtet, wie die Fähren zwischen New London und Orient Point aneinander vorbeifuhren. Vorsichtig lenkte sie sie über Schifffahrtswege, wo Schlepper und Lastkähne auf dem Long Island Sound pendelten. Die Gezeiten meinten es gut mit ihnen nach dem langen Tag auf dem Wasser und sie konnte es kaum abwarten, nach Hause zu kommen, Bart ins Bett zu befördern und sich unter die Dusche zu stellen.

»Wie läuft's, Schatz?«, fragte Bart.

»Gut«, antwortete sie kurz angebunden.

»Keine schlechte Laune bei diesem Wetter!«, sagte er. »Keine Ahnung, worüber du dich so aufgeregt hast. Stell auf Autopilot und komm rüber, Liebling.« Er streckte seine Arme aus. »Das ist ein tolles Leben, nicht wahr?«

Sie ignorierte ihn und schaute konzentriert nach Westen auf das schimmernde Wasser, das vor ihnen lag.

»Ah, okay«, meinte er. »Du liebst mich also nicht mehr.«

»Was ist das?«, fragte sie von etwas im Wasser abgelenkt.

»Wo, Liebling?«

»Da drüben«, sagte sie mit ausgestrecktem Zeigefinger. »Da schwimmt etwas.«

Bart stützte sich auf die Ellbogen und schaute nach Westen in Richtung der untergehenden Sonne. »Fische oder so. Ein Schwarm Blaufische, der irgendwas frisst.«

»Das ist kein Schwarm, nur eine Flosse. Oh mein Gott, ein Hai?«

Das Boot glitt über die goldene Wasserfläche und zog eine Heckwelle hinter sich her. Die Segel flatterten im Wind.

»Was zum Himmel macht er da?«, fragte sie.

»Schwimmen, was Haie am besten können«, sagte Bart sarkastisch. »He, schau mal das ganze Öl. Hat er eine Robbe getötet?«

Veränderte Wassertemperaturen hatten eine Robbenpopulation in den Süden von New England gelockt. Robben waren das Lieblingsfressen von Haien. Jeanne verlangsamte das Tempo, als sie näher kamen. Auf dem Wasser glitzerte ein Ölfilm; möglicherweise hatte Bart recht und ein Hai hatte eine Robbe getötet. Doch dann merkte sie, dass es keine Flosse, sondern ein kleines, pelziges Tier war.

Sie steuerte auf das Tier zu.

Das war keine Robbe.

Es war ein winziger Hund, der hektisch paddelte und versuchte, auf ein Brett aus weißem Fiberglas zu klettern. In den Sekunden, die Jeanne brauchte, um sich den Bootshaken zu holen, fing ihr Herz zu rasen an. Sie rechnete schon damit, dass ein Hai emporsteigen und sich den Hund schnappen würde, ehe sie ihn herausholen konnte.

Doch das geschah nicht; sie griff über den Bootsrand, bekam das leuchtend pinke Halsband des jungen Hundes mit dem Bootshaken zu fassen und zog den kleinen Yorkshire Terrier ins Cockpit. Auf der silbernen Marke am Halsband stand *Maggie*. Jeanne drückte die stark zitternde Maggie fest an ihre Brust.

»Mein Gott, das arme Tierchen«, sagte Jeanne.

»Wahrscheinlich ist sie von Bord gefallen«, überlegte Bart.

»Alles gut, Maggie. Du bist in Sicherheit, Süße«, sagte Jeanne. Als sie sich den Hund unter ihre Fließjacke steckte, um ihn zu wärmen, schaute sie in alle Richtungen, ob ein Boot nach ihr suchte.

»Woher kommt das Öl?«, fragte Bart und starrte auf das Wasser.

Der Ölteppich, den Jeanne zuvor für Robbenblubber gehalten hatte, verlief als gewundener Strom, wie ein Fluss im Meer. Jetzt konnte sie sehen, dass er Stücke aus Holz und weißer Glasfiber enthielt, das am Rand geschwärzt war. Teile blauer Styroporisolierung schwammen vorbei, gefolgt von einer leeren Flasche Polar Seltzer und zwei roten Schwimmwesten, auf denen der Name des Boots stand: *Sallie B.*

»Bart!«, rief Jeanne. »Wir kennen das Boot!«

»Tausend Mal gesehen. Ist aus West Wind«, sagte auch er.

»Sieht so aus, als hätte es gebrannt«, meinte Jeanne mit Blick auf ein rußgeschwärztes grünes Sitzkissen, das vorbeischwamm. Sie suchte den Horizont nach Rauch oder einem noch immer glimmenden Boot ab.

Die R 22 – die rote Glockenboje, die das Allen's Reef markierte – schaukelte rund hundert Meter weiter südlich im Wasser. Die Bewegung der Wellen ließ die Glocke ertönen, doch zwischen ihren wehmütigen Klagegeräuschen hörte sie eine Stimme, die ganz schwach nach Hilfe rief.

Jeanne setzte Maggie auf den Boden und steuerte auf die Boje zu. Bart stolperte nach unten, rief über das Funkgerät die Küstenwache und gab ihre GPS-Koordinaten durch.

»Hier draußen ist ein Boot gesunken«, erklärte er. »Die *Sallie B.* Jemand hat überlebt. Wir können die Person hören, drüben bei der R 22. Wir fahren jetzt dorthin.«

Jeanne drückte aufs Gas, und als sie näher kamen, sah sie einen Mann, der sich an den roten Metallkörper klammerte, der hoch im Wasser aufragte und wild auf der Flut hin und her schaukelte, sodass der Glockenklöppel bei jeder Welle anschlug. Sie wusste nicht, wie er hieß, aber sie erkannte ihn – er war einer der vielen Skipper in der Gegend, die einander grüßten, wenn sie sich auf dem Meer begegneten. Häufig hatte sie eine Frau und zwei Kinder mit ihm im Cockpit gesehen. Zu wissen, wer er war, und sich zu fragen, was mit seiner Familie geschehen war, machte es noch schlimmer, und sie unterdrückte ein Schluchzen.

6

Conor

Die Straße nach Catamount Bluff war weder markiert noch befestigt und schlängelte sich am Westrand eines dreihundert Hektar großen Wald- und Naturschutzgebiets entlang. Ein Sicherheitsmann war an der Straße positioniert. Conor Reid erkannte ihn als Terry Brooks, ein Polizist aus Black Hall, der gerade nicht im Dienst war. Häufig arbeiteten Polizisten aus der Stadt nebenher noch als private Sicherheitsmänner und bewachten exklusive Anwesen an der Küste. Conor winkte, als er an ihm vorbeifuhr.

Sein Ford Interceptor hatte keinerlei Probleme mit den Spurrillen, als er Griffin Chase hinterherfuhr. Sie passierten drei Briefkästen; die Häuser, zu denen sie gehörten, lagen hinter Hecken versteckt. Das war diese Art von Residenzen des alten Geldadels, bei denen man sich nicht um verschnörkelte Tore oder auch nur eine asphaltierte Straße kümmerte.

Die Straße endete beim Haus der Chases. Conor fuhr auf das Rondell vor einem großen Haus mit hellgrauen Schindeln, das auf der Klippe über dem Felsstrand lag. Der Long Island Sound glitzerte in der Ferne. Conor war überrascht, an der

Vordertür Ben Markham, einen uniformierten Polizisten aus Black Hall, zu sehen.

Er wartete kurz, ehe er aus dem Auto stieg, und beobachtete, wie Griffin mit Markham sprach. Man konnte eine große Vertrautheit zwischen den beiden erkennen. Markham war bei einigen von Griffins Verfahren als Zeuge berufen worden; außerdem war er ein lokaler Polizist, der regelmäßig hier patrouillierte und wahrscheinlich genau wie Brooks einige Schichten als Wachmann übernahm.

Das weitläufige alte Haus der Chases stand auf einem Gelände direkt am Ufer, das weitaus mehr wert war, als sich ein durchschnittlicher Staatsanwalt und eine Künstlerin leisten konnten, doch alle wussten, dass Griffin aus einer vermögenden Familie stammte. Conor schätzte, dass dies eine der teuersten Immobilien des Bundesstaats war.

Er stieg aus, ging zu den beiden Männern und nickte Markham zu.

»Ich habe eben Ben angerufen, damit er sich hier mit uns trifft«, erklärte Griffin.

»Ah, okay«, meinte Conor. Er hatte den Anruf nicht über den Polizeifunk gehört, woraus er schloss, dass Griffin sein Handy benutzt hatte.

»Claire war richtiggehend nervös«, sagte Griffin. »Jackie meint, das sei nur Lampenfieber, aber ich bin mir nicht sicher. Irgendetwas hat sie in der letzten Woche beschäftigt, aber sie würde um keinen Preis ihre eigene Vernissage verpassen.«

»Meinst du, ihr ist etwas zugestoßen?«, fragte Markham und blickte stirnrunzelnd zum Haus.

»Bestimmt ist alles in Ordnung«, meinte Griffin. »Aber wir sollten nach ihr suchen. Am besten fangen wir in ihrem Atelier an.«

Er führte sie ums Haus herum durch einen Bogen in einer Ligusterhecke bis hin zu einer soliden Blockhütte am Rand der

Klippe. Im Vergleich zu dem über hundert Jahre alten Haus sah sie wie neu aus. Griffin entriegelte die Tür, und Markham und Conor folgten ihm hinein. Conor scannte kurz den Raum. Er verfügte über eine offene Raumaufteilung, nach Norden gerichtete Fenster, eine Staffelei, einen Arbeitstisch, ein Tagesbett und Bücherregale. Es roch nach Ölfarbe, Terpentin und Strand.

»Sie hat ihr Atelier selbst designt«, erklärte Griffin. »Und ich ließ es für sie bauen.«

Es gab keine Innenwände – man konnte sich nirgends verstecken.

»Sie ist nicht hier«, sagte Conor.

Griffin nickte und war schon zusammen mit Markham zur Tür hinaus. Conor ging ein paar Schritte hinter ihnen und hatte seinen Blick auf das Haus geheftet. Französische Türen und hohe Fenster waren zum Meer hin ausgerichtet. Die Türen waren geschlossen, die Glasscheiben unversehrt. Griffin holte seine Schlüssel hervor und öffnete die Küchentür. Conor blickte sich im leeren Raum um – fast jede Wand und Oberfläche war weiß.

Er sah einen Viking-Herd, einen Kühlschrank in Industriegröße, und über einer großen Kücheninsel aus weißem Marmor hingen Kupferpfannen von der Decke. In der Spüle im Landhausstil standen dreckiges Geschirr und zwei halb leere Kaffeebecher.

»Sie haben gesagt, Sie hätten zusammen gefrühstückt?«, fragte Conor.

»Ja«, antwortete Griffin.

»Wann sind Sie weggefahren?«

»Ungefähr um sieben Uhr fünfundvierzig. Ich hatte eine Vorverhandlung um neun.«

»Und Claire wollte rudern gehen?«

»Ja, sie hat gerade ihre Sachen zusammengepackt, als ich aus dem Haus gegangen bin.«

»Würde sie losfahren, ohne vorher die Küche aufgeräumt zu haben?«

Griffin sah ihn überrascht an. Conor hatte ihn nicht beleidigen wollen, indem er Claires Haushaltsführung kommentierte, aber er wollte sich einen Überblick über die zeitlichen Abläufe verschaffen.

»Kann sein«, antwortete Griffin. »Wenn sie inspiriert ist, verliert sie manchmal die weltlichen Dinge aus den Augen.«

»Inspiriert? Für ihre Kunst?«, wollte Conor wissen.

»Ja. Zum Dock zu gehen, gehört auch dazu. Sie sammelt Dinge vom Strand, um sie in ihren Arbeiten zu verwenden. Spazieren oder rudern zu gehen, gehört für sie genauso zum Kunstschaffen dazu, wie ihre Kunstwerke tatsächlich herzustellen. Das erdet sie. Was sie insbesondere in letzter Zeit sehr braucht. Ich habe keine Ahnung, was mit ihr los ist. Sie ist in letzter Zeit so ... ich weiß nicht ... zerstreut.«

Conor dachte an Montagabend, als Claire überraschend zum Familienessen bei Tom und Jackie aufgetaucht war. Er hatte gemerkt, dass etwas sie beschäftigte, erwähnte es jetzt aber nicht.

Langsam ging Conor in der Küche umher. Ihm fiel ein dunkler Messerblock auf der Marmorküchenzeile auf. Er war von der Marke *Sabatier*. Ein Schlitz war leer.

»Was steckt normalerweise hier drin?«, fragte er und zeigte auf den Schlitz.

Griffin schaute auf den Messerblock und sagte: »Ein Tranchiermesser, glaube ich.«

»Kann es irgendwo anders sein?«, fragte Conor.

»In der Spülmaschine vielleicht?«, meinte Griffin und öffnete sie. Sie war leer.

»Manchmal sortiert die Putzfrau Gegenstände falsch ein. In die Speisekammer oder auch in den Werkzeugschrank.« Er durchwühlte beides, aber das Sabatier-Tranchiermesser war nirgends zu sehen.

»Wo suchen wir jetzt?«, wollte Markham wissen.

»Oben«, sagte Griffin. »Im Schlafzimmer.«

Markham und Griffin verschwanden den Flur hinunter, aber Conor folgte ihnen nicht. Er roch etwas, das dort nicht hingehörte. Das musste nicht unbedingt bedeuten, dass es sich um etwas Totes handelte, aber ihm standen die Nackenhaare zu Berge.

Er kontrollierte das kleine Badezimmer neben der Küche, aber das war makellos. Nein, der Geruch drang durch eine Tür am Ende eines kurzen Durchgangs, die ihm zuvor nicht aufgefallen war. Sie stand einen Spaltbreit offen. Mit dem Fuß stieß er sie weiter auf und trat in ein altes Gebäude, das scheinbar als Garage diente.

Conor hatte bereits Räume betreten, in denen es nach Tod gerochen hatte, daher wusste er sofort, dass der Geruch nicht daher stammte. Es war ein strenger Geruch, wie der eines Tiers, das sein Revier markiert. Schnell fand er die Quelle, etwas ausgeschüttetes, ranzig riechendes Granulat zu Füßen einer hohen Regalreihe mit Gartenutensilien. Es roch nach Tierurin. Hatten die Chases Katzen? War ein Stinktier oder Waschbär hineingekommen?

Die Garage – mehr eine Scheune oder Remise – bog sich leicht durch. Sie war alt und trug die Last von hundert Jahren Küstenstürmen. Conor schaute zu splittrigen Dachsparren hinauf; zwischen zwei Sparren war eine Sperrholzplatte gelegt worden, um als behelfsmäßige Plattform für Ruder, Segelsäcke und einen abmontierten Mast zu dienen. Die Garage bot Platz für drei Autos; ein schwarzer Range Rover stand auf einem Parkplatz, die anderen beiden waren leer. Die Türen im Scheunenstil waren geschlossen, aber das späte Tageslicht fiel durch zwei Fenster.

Er schaute in das Auto – es sah sauber und leer aus, keine Spur von Claire. Dann ging er um das Auto herum zu der der Wand zugewandten Seite und sah das Blut: rostfarbene, verschmierte Flecken auf dem Betonboden, der rechten Tür des Range Rovers und der rechten Heckstoßstange – eine gerinnende Pfütze direkt neben dem Reifen.

Er ging weiter zur Vorderseite und fand zwei zerbrochene Stücke eines Kiefernholzbalkens auf dem Boden. Ein langes, weißes Seil – so eins, das man auf Booten verwendete – lag unordentlich dazwischen. Ein Ende war rot von Blut, das frischer aussah als die bräunlichen Kleckse. In der Mitte war das Seil sauber durchtrennt – es hatte keine ausgefransten Enden. Er legte den Kopf in den Nacken, um zu schauen, wo der Sparren durchgebrochen war. Dann kniete er sich hin, um das gespaltene Holz genauer zu untersuchen. In den Splittern erkannte er weiße Fasern, als ob das Seil dort befestigt gewesen war. Ein blutgetränktes, blau-weiß gestreiftes Handtuch lag zerknüllt unter dem Fahrzeug.

Hier hatte ein Angriff stattgefunden, das war eindeutig. Griffin hatte gesagt, Claire sei zerstreut gewesen. War sie in die Garage gekommen, wo der Täter wartete, und hatte den Angriff nicht kommen sehen? Sie hatte viel Blut verloren. Schnell suchte er nach einem Messer, fand aber keins.

Conor hörte Stimmen, die sich von der Küche aus näherten. Ihnen entgegengehend, öffnete er die Tür abermals mit dem Fuß. Seit er zu dem Haus gekommen war, hatte er nichts angefasst. Griffin und Markham wollten gerade die Garage betreten, doch Conor hielt sie auf. Griffin sah blass aus.

»Sie hatten recht«, sagte Conor. »Es ist etwas passiert.«

»Haben Sie sie gefunden? Lassen Sie mich zu ihr«, sagte Griffin. Er versuchte, sich vorbeizudrängen, aber Conor hielt ihn an der Schulter zurück.

»Sie ist nicht hier, Griffin«, erklärte Conor. »Aber da ist jede Menge Blut.«

Griffin hielt sich an der marmornen Küchenzeile fest, dann kauerte er sich nieder, als ob ihm die Beine weggesackt wären. Markham beugte sich hinab, um Griffin festzuhalten.

»Ben, holen Sie Ihre Kollegen hinzu«, sagte Conor zu Markham.

Markham nahm sein Funkgerät aus dem Holster und rief die Einsatzleitstelle an.

»Sind Sie okay?«, fragte Conor Griffin, wobei er sehr genau auf seine Reaktion achtete.

»Nein«, antwortete Griffin. Seine Stimme war kaum mehr als ein Flüstern.

Conor wartete kurz, dann half er ihm auf die Füße. Griffin war bei den Menschen in Connecticut sehr beliebt und fast jeder Polizist, den Conor kannte, war ihm ergeben. Seine Ehefrau wurde vermisst und er wirkte wie im Schock. Griffin zog sein Handy aus der Tasche und drehte sich um, um einen Anruf zu tätigen. Das war zwar nicht ungewöhnlich, aber dennoch hatte Conor ein merkwürdiges Gefühl und fragte sich, wer da wohl am anderen Ende der Leitung war.

7

Tom

Die *Sallie B* war nach Sallie Benson benannt: einer zweiundvierzigjährigen Innendesignerin und der Ehefrau von Dan Benson, Mutter von Gwen und Charlie und Frauchen von Maggie, dem Yorkshire Terrier. Bislang waren nur Dan und der Hund lebend gefunden worden. Der Kommandeur der US-Küstenwache, Tom Reid, war inmitten einer Such- und Rettungsoperation für Sallie, Gwen und Charlie.

Sobald die Mitglieder der Benson-Familie als vermisst gemeldet worden waren, waren die Schiffe der Küstenwache ausgelaufen, Hubschrauber aufgestiegen und die Rettungsdisponenten sammelten Daten, um die für die Suche hilfreichen Modelle zu erstellen. Sie analysierten Faktoren wie Schiffswrackteile, Gezeiten, Ströme, Lufttemperatur, Temperatur an der Meeresoberfläche, Windgeschwindigkeit und -richtung. Sie koordinierten die Informationen, die sie von Jeanne und Bart Dunham sowie durch das kurze Gespräch mit Dan Benson erhalten hatten. Letzterer hatte aufgrund seiner Verletzungen einen Schock erlitten und war ins Easterly Hospital gebracht worden.

Die Simulationssoftware spuckte einen Computeralgorithmus aus, um die ungefähre Abdriftungsrichtung zu bestimmen und ein Suchmuster zu erstellen. Der letzte bekannte Standort der *Sallie B* – ein zwölf Meter langes Loring-Motorboot – stellte eine besondere Herausforderung dar, weil er nahe der Stelle lag, an der der Long Island Sound auf den Fishers Island Sound traf, in den Block Island Sound und von da in den Atlantik floss, was das Suchgebiet unendlich viel größer machte. Und jetzt war bereits Nacht.

Die Sonne war um zwanzig vor neun untergegangen. Zu dem Zeitpunkt, also vor dreißig Minuten, war die Such- und Rettungsaktion bereits seit zwei Stunden im Gange. Tom war an Bord des achtzig Meter langen Küstenwachenschiffs *Nehantic*. Ebenfalls an der Suche beteiligt waren zwei jeweils dreizehn Meter lange Rettungsboote der Küstenwache in Port Twigg auf Rhode Island, ein HC-144-Starrflügelflugzeug sowie ein MH-60-Jayhawk-Helikopter der Luftwaffenstation in Cape Cod.

Obwohl es ein warmer Tag mit Höchstwerten von fünfundzwanzig Grad, also wärmer als normalerweise Ende Mai, gewesen war, war die Temperatur jetzt um einundzwanzig Uhr zehn auf fünfzehn Grad gefallen. Die Temperatur an der Meeresoberfläche betrug zehn Komma sechs Grad. Unter diesen Bedingungen konnte eine Person dreißig bis sechzig Minuten überleben. Weniger, wenn sie schwer verletzt, sehr alt oder sehr jung war.

Gwen war neun und Charlie sieben.

Von dem, was Tom anhand der Trümmer gesehen und durch das kurze Gespräch der Ermittler mit Dan Benson gehört hatte, hatte es an Bord der *Sallie B* eine furchtbare Explosion gegeben. Mit Ausnahme der Rumpfstücke und einiger persönlicher

Gegenstände, die auf dem Meer schwammen, war das Boot auf ein quer zur Strömung verlaufendes Riff gesunken.

Dan Benson hatte sich auf den Sockel der Glockenboje R 22 geschleppt und wurde zurzeit im Easterly Hospital wegen Unterkühlung, Verbrennungen an Händen und Unterarmen zweiten und dritten Grades sowie einer Lungenverletzung behandelt. Er war sediert und für eine Lungenoperation in den OP gebracht worden. Laut Lieutenant Alicia Gauthier von der Küstenwache, die vor zwei Stunden mit dem Opfer gesprochen hatte, war Benson untröstlich – *hysterisch*, wie Gauthier es bezeichnet hatte – und weinte um seine Kinder und flehte, dass man sie fand.

»Was ist mit Sallie?«, wollte Tom wissen.

»Nach ihr hat er nicht gefragt«, erklärte Gauthier. »Nur nach den Kindern.«

»Hast du nachgehakt?«, fragte Tom, der überlegte, was genau Benson wohl gesehen hatte, seine tote oder sterbende Frau, nicht aber seine Kinder?

»Er konnte kaum sprechen. Alles, was ich aus ihm rauskriegen konnte, war, dass Sallie nach unten gegangen war, um das Abendessen zu machen«, sagte Gauthier. »Die Kinder hatten in irgendwas wie einem Floß an Deck gespielt. Hörte sich eher nach einem Spielzeugboot an. Gelb. Und er meinte, sie hätten Rettungswesten getragen – Familiengesetz draußen auf dem Wasser.«

»Sie waren also mit ihm an Deck?«

»In seiner Nähe. Im Spielzeugboot. Tom, was ist, wenn sie genau wie er von Bord geworfen wurden?«

»Es ist furchtbar kalt da draußen«, meinte Tom mit einem Blick auf die See. »Danke dir, Alicia.«

Tom fragte sich, ob das Boot wohl explodiert war, als Sallie unten gewesen war. Hatte der Propanofen einen Defekt gehabt? War etwas auf der Kochplatte in Brand geraten? Oder war durch ein Leck Benzin in den Kielraum geflossen und hatte sich entzündet?

Suchscheinwerfer erhellten Meer und Himmel. Was, wenn Sallie und die Kinder genau wie Dan und der Hund den Flammen entkommen waren? Selbst wenn, wäre es unwahrscheinlich, dass sie im kalten Wasser und in der Nacht überlebt hätten. An manchen Rettungswesten waren wasserfeste Blinklichter und Trillerpfeifen befestigt, doch es wäre schwer, diese bei den grellen Scheinwerfern zu erkennen oder beim Dröhnen der Schiffs- und Hubschraubermotoren zu hören. Aber Tom wusste, dass jeder, der mit der Suche beauftragt war, ganz genau die Augen aufhielt.

Toms Handy vibrierte. Er schaute auf das Display: Der Anruf war von seiner Stieftochter Hunter Tyrone. Angeregt durch Toms jüngeren Bruder Conor war sie der Connecticut State Police beigetreten und eifriger Neuling. Tom drückte auf den Knopf, um das Gespräch mit einer Nachricht abzuweisen: Kann jetzt nicht sprechen. Zwei Sekunden später schrieb sie zurück: Notfall. Geh ran!

Erneut klingelte es und diesmal hob er ab.

»Hunter, was gibt's?«, fragte er.

»Bist du bei der Suchaktion für die Benson-Familie?«

»Ja, darum kann ich jetzt auch nicht reden.«

»Tom, ich bin mit Jake im Krankenhaus.« Ihr Partner bei der State Police. »Detective Miano ist auch hier.«

»Jen, ja?«, fragte Tom. Jen Miano war ein paar Jahre lang Conors Partnerin gewesen.

»Sie hat gerade mit dem Vater gesprochen – er ist aus dem OP raus – und wird alle anrufen, die bei der Küstenwache was zu sagen haben, aber ich weiß ja, wie lang es dauern kann, bis die Informationen zu euch durchdringen. Darum wollte ich dafür sorgen, dass du es sofort hörst.«

»Was will sie uns sagen?«

»Zuerst, dass Dan sagte ›sie haben sie‹. Das hat er immer wieder wiederholt.«

»Was hat das zu bedeuten?«, wollte Tom wissen. »Hat er über Sallie gesprochen?«

»Ich weiß es nicht. Er war nicht ganz bei sich. Detective Miano wird ihn weiter befragen, wenn er richtig wach ist. Aber hör zu, Tom – die Kinder könnten es geschafft haben. Dan meinte, sie hätten in dem kleinen Boot gespielt, und als er nach der Explosion auftauchte, hätte er gesehen, wie es davonschwamm – und zwar unversehrt.«

»Das war ein Spielzeugfloß«, erwiderte Tom. »Darüber hat mir schon unser Ermittler berichtet.«

»Nein, es war kein Spielzeug. Er meinte, die Kinder würden manchmal darin spielen, aber es war in Wahrheit ein Rettungsfloß. Sie könnten noch am Leben sein. Das ist absolut möglich.«

»Wow. Danke, Hunter«, sagte Tom und legte schnell auf. Dann benachrichtigte er über Funk den Rest der Flotte, und voller neuer Energie legte die Suchaktion wieder an Geschwindigkeit zu. Nun wurde nach einem kleinen gelben Boot mit den zwei Benson-Kindern gesucht.

FÜNF TAGE DAVOR

8

CLAIRE

Am Sonntagmorgen stand ich kurz vor Sonnenaufgang auf. Griffin lag schlafend neben mir, weshalb ich mich vorsichtig bewegte, um ihn nicht zu wecken. Ich stellte in der Küche die Kaffeemaschine an, nahm meine rote Patagonia-Fleecejacke und ging nach draußen. Die Luft war kühl, die Sonne noch nicht am Horizont aufgetaucht und im Osten färbte sich der Himmel langsam hellblau.

Statt den Pfad durch die Wälder einzuschlagen, kletterte ich die wackeligen Stufen zum Strand hinab. Ich ging beim beruhigenden Klang der Wellen, die ans Ufer schlugen, am Meer entlang. Als die Sonne aufging, sammelte ich Muscheln und Meerglas. Mondsteine schimmerten im feuchten Sand und klapperten, als ich sie in meine Tasche steckte. Am Strand spazieren zu gehen, wirkte sich auf mich immer tröstend und inspirierend aus.

Bei einem Blizzard im letzten Dezember war ein ganzer Baum, entwurzelt vom Wind, an Land gespült worden. Wind und Wellen hatten die Rinde abgeschält, und wie ein gewaltiger, weißer Knochen lagen die Überreste am Strand.

Bei jedem anschließenden Sturm brachen die Zweige und das Wurzelsystem weiter in Stücke. Zu gern hätte ich gewusst, wo der Baum ursprünglich herkam. Ich blieb stehen, um ihn zu betrachten. Kleine Äste und abgebrochene Zweige funkelten im frühen Morgenlicht; ich hob ein paar der kleinsten Ästchen auf und steckte sie zu meinen anderen Schätzen.

Als ich die Bucht erreichte, ging ich zielstrebig zu der Stelle, an der ich vor fünfundzwanzig Jahren die Leiche von Ellen Fielding gefunden hatte. In letzter Zeit war ich wie von einer mächtigen Kraft angezogen oft hierhergekommen. Ellen und ich hatten so viel gemeinsam. Beide hatten wir die andere Seite von Griffin kennengelernt, jene, die er vor allen anderen versteckte. Ich fragte mich, ob auch Margot sie gesehen hatte. Ich schätzte ja.

Eine Zeit lang hatte ich Blumen zu der Stelle gebracht, an der Ellens Leiche gelegen hatte, doch sie erschienen mir zu hübsch, zu fröhlich. Darum hinterließ ich stattdessen Kiesel, Mondsteine und sogenannte Wunschsteine – glatte, dunkle und runde Steine mit einem hellen Streifen. Ich kniete mich nieder und legte eine Handvoll Gaben an eine flache Stelle im Wasser. Es war, als wäre überhaupt keine Zeit vergangen; noch immer erinnerte ich mich an das Geräusch der Krebse.

Dort kniend sammelte ich leere Krabbenschalen und -scheren. Sie waren nicht mehr glänzend, sondern nur noch trocken und brüchig und von einem von Meer und Sonne ausgeblichenen hellen Orangerot.

»Ich habe es fast geschafft«, flüsterte ich. »Du hast mir dabei geholfen. Ich verspreche, ich komme wieder, ganz gleich, was passiert. Ich werde ihn verlassen. Und ich werde es sagen.«

»Mit wem sprichst du?«, fragte Griffin. Ich fuhr auf – so erschrocken, dass ich fast in das Gezeitenbecken gestolpert wäre. Er stand direkt hinter mir. Ich hatte ihn nicht kommen gehört.

»Warum bist du so früh auf?«, fragte ich mit klopfendem Herzen.

»Dir auch einen guten Morgen«, gab er zurück. Er streckte die Hand aus, um mir aufzuhelfen. »Ich habe gehört, wie du rausgegangen bist, und dachte mir, dass du den Strand absuchst. Weniger als eine Woche bis zu deiner Vernissage. Bastelst du auf den letzten Drücker noch an ein paar Dingen für Objektrahmen?«

»Ja«, sagte ich. »Ich habe einen noch nicht ganz fertig.«

»Okay, es ist Sonntag, mein einziger freier Tag, und ich hatte gehofft, wir könnten mit dem Boot rausfahren«, sagte er. »Das ist eine gute Gelegenheit für eine Fotosession. Die *Shoreline Gazette* schickt einen Fotografen. Das Übliche, die Chase-Familie ist draußen unterwegs. Die menschliche Seite des Kandidaten wird gezeigt.«

»Es hält doch jetzt schon jeder große Stücke auf dich, Griffin«, meinte ich. Konnte er meine wahren Gefühle erahnen? Die Vorstellung, die Rolle der lächelnden Ehefrau zu spielen, die im Wahlkampf an seiner Seite stand, erschütterte mich bis ins Mark.

»Kommst du mit aufs Boot?«, fragte er.

»Natürlich«, antwortete ich, weil *natürlich* immer die richtige Antwort für Griffin war. »Sollen wir davor frühstücken? Und lass mich die Sachen hier erst ins Atelier bringen.«

»Claire, was willst du mit toten Schalentieren?«, fragte er mit Blick auf den Stapel Krabbenpanzer, den ich auf den Felsvorsprung gelegt hatte. »Du möchtest deine Arbeiten doch verkaufen, oder? Sammler werden nichts kaufen, was nach Verwesung stinkt.« Dann zertrümmerte er mit dem Fuß die zerbrechlichen Schalen.

Ich riss mich zusammen und tat so, als ob es mich nicht kümmerte. Früher hätte ich darauf reagiert, aber ich habe dazugelernt. Es gab eine andere Möglichkeit.

»Du wirst es mir danken«, meinte er. »Wenn du am Freitag in die Galerie kommst und sich die Leute nicht die Nase zuhalten. Stimmt's?«

»Ja«, sagte ich.

Einer von Griffins Lieblingsschachzügen war, mich zu verletzen und zu beleidigen und mich dann sagen zu lassen, ich würde ihm zustimmen, ihn verstehen oder dafür bewundern, dass er nur mein Bestes wollte. Es hatte keinen Sinn, dagegen anzukämpfen.

»Warum bist du überhaupt hier?«, fragte er.

»Ich liebe den Strand«, sagte ich.

»Ich rede nicht vom *Strand*«, entgegnete er. »Ich rede von dieser Bucht. Sie steckt voller traumatischer Erinnerungen. Für uns beide.«

»Oh, Griffin«, sagte ich. »Weißt du noch, wie du mich in der Nacht nach Hause, nach Hubbard's Point, begleitet hast und sagtest, es sei unsere Nacht und wir sollten uns wegen unseres Kusses und der Sternschnuppen an sie erinnern?«

Er starrte mich an. Merkte er, dass ich ihn verspottete? Dieser Moment konnte sich in zweierlei Richtungen entwickeln; angespannt wartete ich darauf, dass er an die Decke ging. Doch er entschied sich dafür, sich lieber sein Ego von mir streicheln zu lassen. »Ja«, sagte er. »Jene Nacht war unser Anfang.«

»Ja, das war sie«, stimmte ich ihm zu. Ich blickte in seine meergrünen Augen und versuchte, mich daran zu erinnern, wie ich mich damals auf der Decke, als ich auf seinen Kuss hoffte, gefühlt hatte. Noch immer war er der attraktivste Mann, den ich kannte. Sein Blick war durchdringend – bei seinen Fällen blickte er direkt in das Innere seiner Angeklagten, sah, wer sie waren, und benutzte dieses Wissen, um sie zu überführen. Als er mich mit dem gleichen Blick bedachte, hatte ich das Gefühl, er könne bis in meine Seele schauen. So hatte ich mich immer gefühlt.

»Als ich eben zu dir gekommen bin«, sagte Griffin, »habe ich gehört, dass du etwas gesagt hast.«

»Ich kann mich nicht erinnern«, entgegnete ich, wobei ich dachte: *Ich werde ihn verlassen. Und ich werde sagen, was ich weiß.* »Wahrscheinlich habe ich Selbstgespräche geführt.«

Ich erwartete, dass er das infrage stellen würde, tat er aber nicht. Er stand nur da und schaute mich an. Dann schenkte er mir ein Lächeln.

»Lass uns zurückgehen und frühstücken«, sagte er, mittlerweile fast schon grinsend. »Ich möchte jetzt unbedingt aufs Wasser. Es sieht nach einem perfekten Tag aus.«

Wir liefen zurück. Als ich jung war, hatte ich gedacht, in Catamount Bluff zu leben, sei das Schönste, was einem überhaupt passieren könnte. Immer schaute ich zu dem großen Haus hinauf, wo die Straße am Meer endete, und stellte mir die Menschen vor, die darin lebten. Das naive Mädchen, das ich damals war, hatte sich Griffin und seine Freunde immer in blauen Blazern und die Mädchen in Sommerkleidern vorgestellt, mit Gin Tonics auf Silbertabletts und all der Fröhlichkeit und Zuversicht, die durch das leichte Leben entstanden.

Vor sechs Jahren hatten wir in einer kleinen Zeremonie ein Stück die Straße hinab im Haus der Lockwoods geheiratet. Alexander und Ford waren Griffins Trauzeugen und unsere einzigen Gäste Leonora und Wade sowie Jackie und Tom gewesen. Ich hatte ein taubengraues Kleid und einen Kranz aus Blumen im Haar und Griffin eine kakifarbene Hose und ein weißes Leinenhemd getragen. Er hatte meine Hand gehalten, als wir vor der Friedensrichterin Enid Drake standen, und mich inmitten der Zeremonie geküsst, ehe sie uns zu Mann und Frau erklärt hatte.

»Wir sind wohl ein bisschen ungeduldig?«, hatte Enid lächelnd gefragt.

Griffin hatte sie ignoriert, nur gelächelt und mich erneut geküsst, ehe Enid mit der Zeremonie hatte fortfahren können.

Zusammen waren wir wie ein Gewittersturm, allerdings ohne den Donner, es gab keine Streitereien, nur pure Elektrizität. In jenem Sommer nach dem College hatte ich ein wahnsinniges Verlangen nach ihm gehabt und versucht, dies in den Jahren mit Nate zu vergessen, doch in dem Moment, in dem wir bei der Cocktailparty in Black Hall aufeinandertrafen, hatte es mich wieder übermannt.

Als ich von der Bucht nach Hause lief, waren meine Taschen voller Strandfundstücke. Griffin betrat das Haus durch die Küchentür, während ich mich durch die Hecke drückte und in mein Atelier ging. Ich holte tief Luft – hier fühlte ich mich viel mehr zu Hause als in dem großen Haus. Es beruhigte mich immer, hier zu sein.

Meine Sammlungen waren in Körben und Tonschüsseln organisiert – verschiedene Behälter für längliche Muscheln, für runde Muscheln, Strandschnecken, Mondschnecken, grünes Meerglas, braunes Meerglas, interessante Algen und Treibholz. Ich leerte meine Taschen und sortierte jedes Fundstück an der richtigen Stelle ein. Die vom Meer blank geriebenen Äste legte ich direkt auf meinen Arbeitstisch; ich würde sie in mein neuestes Werk einarbeiten.

Einen Augenblick lang schaute ich auf einen großen Korb. Er war voller Schalentierpanzer von Hummern und Krebsen. Noch immer hörte ich das Geräusch von Griffins wütenden Absätzen, die jene zertraten, die ich an diesem Morgen gesammelt hatte. Was hatte ihn so werden lassen? Immer wieder hallte diese Frage durch meinen Kopf, denn die Antwort war so schrecklich. Eine weitere Frage war, warum ich so lang geblieben war. Das Gewicht seiner Wut klang noch nach und ich wusste, dass ich das Geräusch und das dadurch bei mir ausgelöste Gefühl dazu nutzen würde, das Projekt zu beenden.

Ich kontrollierte, ob der Brief noch da war, wo ich ihn hingelegt hatte. Er war letzte Woche angekommen und ich hatte lange überlegt, was ich damit machen sollte. Geschrieben auf teurem, blauem, englischem Briefpapier mit EC als Monogramm, war er wie aus dem Nichts von einer Frau gekommen, die ich nur einmal getroffen hatte. Ich ließ ihn in seinem Versteck und beschloss, mich nach der Vernissage darum zu kümmern.

Als ich in unsere sterile, reinweiße Küche ging, saß Griffin am Tisch und las die *Shoreline Gazette*. Er bereitete sich auf einen Prozess vor, in dem er Gary Jackson, einen Middle-School-Lehrer, wegen sexueller Nötigung zweier Schülerinnen belangte. Fast täglich wurden Artikel darüber veröffentlicht. Ich öffnete den Kühlschrank und holte Speck, Eier und eine perfekt reife Melone hervor.

Ich füllte seine Kaffeetasse wieder auf und goss mir ebenfalls einen ein. Während der Speck briet, legte ich die Melone auf die Küchenzeile. Griffin hatte die Küche nach unserer Hochzeit erneuern lassen. Von seinen Plänen erzählte er mir an dem Tag Ende Mai, als wir einzogen. Wir waren früher von unserer Hochzeitsreise nach Italien zurückgekehrt, weil er eine Verhandlung hatte. Er hatte mich über die Schwelle getragen und es mir erzählt.

»Sag Adieu zu dieser alten Küche, Claire«, hatte er gesagt. »Ich lasse für dich eine neue machen.«

»Aber ich liebe diese hier!«, hatte ich widersprochen. Sie war gemütlich gewesen und hatte zum Strand gepasst, nichts Extravagantes: Den Holzarbeitsplatten sah man ihre jahrelange Benutzung an, die Porzellanspüle war mindestens siebzig Jahre alt, ein mit Eichenholz verkleideter Kühlschrank diente als Hausbar, und Schwarz-Weiß-Fotos der Chase-Familie hingen an den holzvertäfelten Wänden.

»Es gibt hier viele Erinnerungen, die ich auslöschen möchte«, erklärte er.

»Wirklich?«, fragte ich voller Mitgefühl. Ich hatte gedacht, er hätte eine gute Kindheit gehabt. Auch wenn er seiner Familie vielleicht nicht so nahegestanden hatte, wie ich meiner, hatte ich gedacht, seine Kindheit und Jugend wären glücklich und liebevoll gewesen. »Du redest nicht viel über deine Kindheit.«

»Es gibt da nicht viel zu sagen«, meinte er. »Ich lebe eher in der Gegenwart. Radiere meine Eltern aus, radiere Margot aus.«

Schweigend hörte ich ihm zu.

»Dort hat sie immer gesessen«, sagte er und zeigte auf die Fenstersitzbank, die ich mir schon als gemütliche Leseecke ausgemalt hatte. »Und das war ihre Bar.« Er zeigte auf den Eichenholzschrank. »Sie war nie weit weg davon.«

»Das muss wehgetan haben.«

»Ihre Sauferei? Ja, das kann man wohl sagen.«

»Wir können die Küche zu unserer eigenen machen«, meinte ich sanft. »Indem wir Kleinigkeiten verändern.«

Ich wollte diesem Haus, das seit Generationen im Besitz seiner Familie war, nicht meinen Geschmack aufzwängen, aber ich dachte, wir könnten neue Vorhänge besorgen und die Küchenschränke neu lackieren.

Er antwortete nicht. Stattdessen breitete er Pläne auf dem Küchentisch aus. Ich war ziemlich erstaunt – hatte er tatsächlich schon Pläne anfertigen lassen?

»Der Gesamtplan ist von David Masterson von Chester Architect – er ist der absolut Beste in ganz New England. Du wirst es lieben.«

»Oh, Griffin ... ich liebe die Gemütlichkeit dieser Küche. Du musst kein Geld ausgeben, um mich glücklich zu machen – ganz im Gegenteil. Ich möchte einfach nur, dass wir zusammen sind. Ich werde dir alles kochen, was du magst, genau hier. Wir können am Strand Fische angeln und die gefangenen Blaufische und Barsche grillen. Außerdem möchte ich einen Gemüsegarten anlegen.« Ich ließ meinen Blick durch den Raum und zum entzückenden, alten Emailherd gleiten; ich konnte es nicht abwarten, ihn zu benutzen.

»Ich habe Sallie Benson mit dem Design beauftragt«, fuhr Griffin unbeirrt fort, als hätte er mich nicht gehört. »David hat sie empfohlen und gemeint, sie hätte die Innenräume von Pemberley Inn sowie auch ein paar sehr wichtige Gebäude in Watch Hill und Newport designt. Sie hat fantastische Ideen.« Dann schwieg er kurz. »Ihr Ehemann ist ein Bekannter von mir.«

Ich hatte bereits von Sallie Benson gehört und wusste, dass sie einen hervorragenden Ruf genoss, aber der Gedanke, jemand anderes würde die Küche neu designen, die ich jetzt schon liebte und in der ich mich wohlfühlte, versetzte mir einen Stich. Immer wieder schaute ich zur Fenstersitzbank.

»Griffin«, setzte ich an – er war die Schwärmerei meiner Jugendjahre, die Liebe meines Lebens, der mitfühlendste Mann, mit dem ich je zusammen gewesen war. »Du bist alles, was ich brauche. Ich brauche keine schicke Küche. Außerdem wäre das mit umfangreichen Renovierungen verbunden, wir hätten Arbeiter im Haus, wer weiß, für wie lange. Wir sind frisch verheiratet und ich möchte einfach nur mit dir alleine sein. Wir …«

Bei dem Blick, mit dem er mich bedachte, unterbrach ich mich.

Das war das erste Mal, dass es passierte. Es war bei Weitem nicht das letzte Mal, aber an diesen Moment werde ich mich bis zu meinem Tod erinnern. Es war, als hätte ich einen Schalter umgelegt. Mein liebevoller Ehemann, der mir ständig sagte, dass er verrückt nach mir war, so großes Glück mit mir hatte, mich bis an sein Lebensende lieben würde, verwandelte sich in jemanden, den ich noch nie gesehen hatte. Er starrte mich an und seine Augen änderten ihre Farbe von hellgrün zu tiefschwarz.

»Du bist undankbar«, sagte er kühl. »Statt mein Geschenk anzunehmen, verwirfst du meine Ideen. Weißt du, wie sehr mich das verletzt?« Sein Gesicht verdunkelte sich und nahm einen verkrampften Ausdruck an. Dann ging er einen Schritt auf mich zu. Seine Schultern spannten sich an, seine Hände ballten sich zu Fäusten, doch seine schwarzen Augen erschreckten mich am meisten.

»Griffin«, sagte ich angsterfüllt und lehnte mich zurück, weil ich dachte, er würde mich schlagen. Und dann kam sie: meine erste Entschuldigung. Von Herzen kommend, zumindest damals. »Es tut mir leid, etwas Falsches gesagt zu haben. Ich wollte dich nicht verletzen.«

»Aber du *hast* mich verletzt.«

Meine Augen füllten sich mit Tränen, sowohl weil ich Angst hatte, als auch weil ich anscheinend einen wunden Punkt bei Griffin getroffen hatte. Aufgrund seiner Arbeit hatte ich ihn immer für stark gehalten; mir und den Opfern seiner Fälle gegenüber war er immer einfühlsam, aber ich hätte ihn niemals für so verletzlich gehalten. Dünnhäutig. »Es tut mir leid«, flüsterte ich abermals.

»Ich möchte dich nicht schlagen«, entgegnete er. »Und darum musst du sofort aus meinen Augen verschwinden. Entweder ich gehe oder du. Du hast die Wahl. Ich brauche Zeit für mich allein.«

Vor Schreck wie versteinert konnte ich mich nicht rühren. Ohne meine Antwort abzuwarten, ging er aus dem Haus. Ich hörte, wie er den Wagen startete und davonfuhr. Ich war fassungslos. Geschockt.

Ständig musste ich an seine funkelnd-schwarzen, wütenden Augen denken.

Wie können sich grüne Augen schwarz verfärben? War es nur meine Einbildung? Eine Illusion im Morgenlicht? Ich hatte gerade gesehen, wie sich mein Ehemann in ein Monster verwandelt hatte.

Doch je später der Tag, desto mehr veränderten sich meine Gefühle.

Ich redete mir ein, dass ich mich geirrt haben musste. Augen konnten ihre Farbe nicht verändern, ich musste es mir eingebildet haben. Und hatte ich ihn richtig verstanden? Griffin würde mich niemals bedrohen. Doch nicht der Mann, den ich schon so lange liebte!

Immer wieder dachte ich daran, dass er gesagt hatte, ich hätte ihn verletzt. Ich fragte mich, was ich hätte anders sagen können. War es mein Tonfall gewesen? Mein Blick fiel auf die Pläne für die Küche. Er hatte mich überraschen wollen, gedacht, ich wäre begeistert. Langsam überzeugte ich mich selbst davon, dass es nicht verwunderlich war, dass meine Reaktion ihn verletzt hatte: Ich hatte das Geschenk nicht gewürdigt, seine Mühen nicht anerkannt, war nicht dankbar gewesen, dass er so viel Geld für eine Küche ausgeben wollte, um mich glücklich zu machen.

Als er zurückkam, war er wieder ganz der Alte. Er hatte mir einen Strauß Sonnenblumen von der Grey Gables Farm mitgebracht. Er schlang mich in seine Arme und küsste mich. Bei seiner Berührung und dem Anblick seiner grünen Augen zitterte ich vor Erleichterung. Lächelnd neigte er den Kopf.

»Ich wollte dich nicht verletzen«, erklärte ich.

»Das glaube ich dir«, antwortete er. »Ich weiß, dass du es nicht so gemeint hast.«

»Wenn du eine neue Küche haben möchtest, geht das in Ordnung. Es ist toll«, sagte ich.

»Claire, das bedeutet mir sehr viel. Ich liebe dich über alles.«

»Ich liebe dich auch«, sagte auch ich, woraufhin er mich nach oben in unser Schlafzimmer mit einer ganzen Fensterwand mit Blick aufs Meer führte.

Ich sagte mir, ich sei nicht der Typ Frau, der misshandelt wird. Als ob es in der Hinsicht einen speziellen Typen gäbe. Ich war stark, konnte für mich selbst sorgen und jedem seinen Schmerz abnehmen und diesen für ihn beziehungsweise sie tragen. Doch Misshandlung scheint zwar plötzlich zu passieren, entwickelt sich in Wahrheit aber schleichend. Ich war wie ein Hummer in einem Topf mit kaltem Wasser, wo die Temperatur nach und nach erhöht wird, ehe ich begriff, dass ich in Gefahr war. Jede Entschuldigung, die ich Griffin gegenüber äußerte, brach ein Stück aus meiner Seele, brachte mich näher dazu, bei lebendigem Leib gekocht zu werden, weil ich ein weiteres Stückchen meiner selbst abgegeben hatte. Und noch ein Stückchen. Und noch ein Stückchen.

Griffin arbeitete eng mit Sallie Benson am Konzept der Küche, die wir jetzt hatten. Viele finden sie sehr schön. Sie wurde im *Luxury Coastline Magazine* gezeigt. Doch sosehr Griffin wollte, dass ich die Küche liebte, ich konnte es einfach nicht. Ich hasste sie. Überall waren weißer Marmor, weiße Fliesen, weiße Wandtäfelung, Haushaltsgeräte aus Edelstahl und Kochutensilien für einen Profikoch. Jede Oberfläche war glatt und makellos – und steril.

All das erinnerte mich an das erste Mal, als ich sah, wie seine Augen schwarz wurden.

Interessanterweise war Sallie, so eiskalt die Farben in der Küche waren, ein warmherziger Mensch. Als sie mit dem Auftrag fertig war und vorbeikam, um mir einen Strauß voller weißer Blumen zu geben, lächelte sie mich an und umarmte mich.

»Es war toll, für dich zu arbeiten«, meinte sie.

»War es das? Ich war doch kaum hier. Griffin hat doch alles überblickt.«

»Oh, Claire. Du bist eine brillante Künstlerin und ich hatte mir Sorgen gemacht, nicht deinem Standard entsprechen zu können. Aber Griffin sagte mir, dass du dir jeden Abend, wenn ich gegangen war, alles angeschaut hast und von den Fortschritten begeistert warst. Das war so ermutigend.«

»Das freut mich«, sagte ich, obwohl ich mich größtenteils herausgehalten hatte und es schwer fand, etwas zu loben, worin ich mir nicht zu leben vorstellen konnte.

»Er ist so ein Goldschatz und so verliebt in dich. Das bewegt mich wirklich. Ich bin in so vielen Häusern und bekomme einige Ehen zu sehen, aber Claire, eure ist so inspirierend.«

Darauf konnte ich nicht einmal antworten. Nach zwei Monaten der Ehe mit Griffin hatte ich bereits darüber nachgedacht, ihn zu verlassen. Es war ein Tauziehen, das von seinen Launen bestimmt wurde. War er liebevoll, war ich mir sicher, dies sei der *echte* Griffin und dass die Dinge zwischen uns besser werden würden. Doch war er wütend, fing ich an zu schweigen und wurde niedergeschlagen. Ich fragte mich, ob *das* der echte Griffin war. Und in solchen Nächten träumte ich häufig von Ellen. Mir war noch nicht der Gedanke gekommen, dass er sie getötet haben könnte, aber wenn er mich so behandelte, hatte er sie womöglich ebenfalls schlecht behandelt.

»Ich war davon eingeschüchtert, dass du eine Künstlerin bist«, hatte Sallie erklärt. »Ich muss dir ja nicht sagen, dass du hier noch farbige Akzente setzen kannst – du wirst die Küche zu deiner Küche machen und sie wird wunderschön sein!«

»Vielen Dank, Sallie«, sagte ich nur.

Ein paar Tage später kamen Sloane und Edward Hawke zum Abendessen und die Begeisterung, mit der Griffin mit seiner Küche protzte, faszinierte Edward. Innerhalb einer Woche hatten auch sie einen Vertrag mit Sallie Benson unterzeichnet. Als sie mit ihrer Arbeit fertig war, luden die Hawkes alle Nachbarn aus Catamount Bluff zu Cocktails ein – Wade und Leonora Lockwood, Neil und Abigail Coffin, Griffin und mich.

»Auf Sallies Wohl!«, rief Sloane und hob ihr Glas.

»Dan hat sich wirklich hochgeheiratet«, rief Neil lachend.

»Das hat er allerdings«, meinte Wade. »Ich hätte nie gedacht, dass er bei so einem Mädchen landen könnte.«

Leonora warf Wade einen strengen Blick zu, und ich fragte mich, was das zu bedeuten hatte.

»Nun ja, sie hat hervorragende Arbeit geleistet und wir sind sehr glücklich«, warf Edward ein, legte seinen Arm um Sloane und wir stießen alle miteinander an.

An diesen Trinkspruch auf Sallie musste ich plötzlich denken, als ich nach unserer unschönen Begegnung am Strand die Melone für Griffins Frühstück aufschnitt. Dafür benutzte ich ein teures französisches Schälmesser aus einem Set, das Sallie ausgesucht hatte, weil sie der Meinung war, ein Messerblock aus dunklem Holz würde einen fantastischen Kontrast zur weißen Marmorküchenzeile bilden.

»Gibt es keine Artikel über den Prozess?«, fragte ich Griffin. Er saß noch immer Zeitung lesend am Tisch.

»Natürlich«, erwiderte er. »Das macht die Geschworenenwahl schwierig. Ich weiß nicht, wer die Beweise verrät, die wir haben, aber irgendjemand tut es. Hier zum Beispiel: Eine Quelle, die nicht genannt werden möchte, behauptet, wir hätten eine Unterhose eines Studenten mit Jacksons DNA drauf.«

»So ein Pech«, meinte ich.

Durch sein Schweigen hörte sich das Geräusch, als das Messer durch die Melone fuhr und klackend auf die Küchenplatte traf, an, als wären wir in einem Hallraum.

»So ein Pech?«, fragte er.

»Ja«, antwortete ich. »Ich weiß, wie sehr du auf eure Fakten aufpasst, und du möchtest nicht, dass die Geschworenen hören …«

»Es ist ein bisschen mehr als *Pech*, Claire!«, rief er aus. »Weißt du, was Jackson diesen Mädchen angetan hat? Ich könnte dir jetzt sofort die Einzelheiten erzählen. Willst du sie hören? Ich brauche eine unparteiische Geschworenenjury. Ich kann es mir nicht leisten, einen so großen Fall mitten im Wahlkampf zu verlieren.«

»Natürlich«, beschwichtigte ich. »Ich weiß.«

»Natürlich. Du *weißt*«, äffte er mich nach, stieß seinen Stuhl zurück und schlug mit der Zeitung auf den Tisch. »Wenn du wüsstest, was Männer Frauen antun, würde dir ganz anders werden.«

»Ja, das würde mir ganz sicher«, sagte ich. Mein Tonfall verriet, dass ich dabei an etwas dachte.

Er stand auf und atmete lautstark aus, wobei er einen Schritt auf mich zumachte.

»Weißt du, es hat mich wirklich gestört, dich da in der Bucht knien zu sehen. Als würdest du Ellen wie eine Göttin anbeten.«

»Ganz und gar nicht«, entgegnete ich. »Sie war genauso ein Mensch wie ich.«

»Warum jetzt? Warum quälst du mich jetzt mit ihr? Habe ich nicht schon genug Sorgen?«

»Ich glaube nicht, dass ich dich quäle«, sagte ich immer noch mit fester Stimme.

»Du benimmst dich, als hätte ich was mit ihrem Tod zu tun. Und das beleidigt mich. Glaub mir, ich kenne dieses Phänomen. Ein Ehepaar lebt sich auseinander, und plötzlich wird der Ehemann diffamiert. Mein Büro bekommt im Jahr hunderte Anrufe von Frauen, die behaupten, ihre Ehemänner hätten furchtbare Verbrechen verübt. Sie denken, er sei der Serienmörder von Marshfield oder ein Trucker, der Frauen auf der I-95 tötet. Du bist so klischeehaft.«

»Ich höre noch immer das Geräusch der Krebse, die ihr Fleisch aufnagen«, sagte ich.

»Ich auch«, blaffte er. »Und der Unterschied zwischen dir und mir ist, dass ich sie geliebt habe. Sie war meine Freundin auf dem College. Weißt du, wie es für mich war, sie so zu sehen? Ich habe sie verloren, als sie nach Cancún ging.«

»Mit wem war sie dort?«, wollte ich wissen.

»Das ist doch völlig unwichtig«, fand er. »Es ist mein halbes Leben her.«

Und die Hälfte dessen, was ihr Leben hätte sein sollen, dachte ich. Ich spürte, wie er mich anschaute, fast emotionslos und abschätzig.

»Weißt du, Claire«, sagte er. »Ich kann diesen Wirbel im Moment wirklich nicht gebrauchen.«

»Was meinst du?«

»Gerüchte. Anspielungen.«

»Ich weiß nicht, wovon du sprichst.«

»Leute, die andeuten, ich hätte etwas mit dem zu tun, was Ellen passiert ist«, meinte er.

»Wer macht darüber Andeutungen?«, fragte ich.

Er beantwortete meine Frage nicht, sondern fuhr fort: »Ich bin inmitten einer Wahlkampagne. Ich erwarte, dass meine Ehefrau und meine Freunde meinen Ruf schützen und keine Zweifel aufkommen lassen.«

»Welche Freunde schützen dich denn nicht?«, fragte ich nach.

Er unterbrach sich und schaute mich nur lange und neugierig an; wieder hatte ich das Gefühl, er würde mich einzuschätzen versuchen.

»Das Frühstück ist gleich fertig«, bemerkte ich.

»Ich habe keinen Hunger mehr«, entgegnete er.

»Okay.«

»Es ist eindeutig, dass du mich und meine Arbeit nicht zu würdigen weißt«, fuhr er fort. »Nate, der große Wissenschaftler und Umweltaktivist – du bewunderst ihn, obwohl du es nicht abwarten konntest, ihn zu verlassen und mich zu heiraten. Doch dein aktueller Ehemann, der sich die Finger bis auf die Knochen abarbeitet und nur Gerechtigkeit für die zwei Mädchen will, die Jackson mit einer Rohrzange vergewaltigt hat – der interessiert dich nicht. Du kannst nur an Ellen denken.«

Interessant, welche Worte er gewählt hatte: *die Finger bis auf die Knochen.*

Früher wäre ich eingeknickt und hätte mich dafür entschuldigt, ihn auf falsche Gedanken gebracht zu haben. Doch an jenem Sonntagmorgen war es mit meinen Entschuldigungen vorbei. Trotzdem musste ich meine Rolle spielen, zumindest ein wenig, um das zu bekommen, was ich in dieser Woche wollte.

»Griffin, ich bewundere dich doch«, sagte ich tonlos, als würde ich ein Manuskript vorlesen. »Du kümmerst dich um all deine Fälle, all die Opfer. Du bist so beeindruckend, so fürsorglich.«

»Andere Leute denken das«, schimpfte er. »Du nicht.« Er füllte seinen Reisebecher mit Kaffee und drehte sich dann zu mir um. »Vielleicht kannst du über das, was ich gesagt habe, nachdenken, während ich auf dem Boot bin.«

»Ich dachte, ich sollte mitkommen«, sagte ich erstaunt. »Und die Jungs auch.«

»Nein«, erwiderte er. »Ich finde, es wäre zu deinem Vorteil, darüber nachzudenken, deinen Ehemann zu schützen, statt ihn zu sabotieren.«

Draußen knirschten Reifen auf der Auffahrt.

Griffin schaute auf seine Uhr. »Sieben Uhr fünfzehn, sie sind genau pünktlich.«

Wir gingen beide zur Tür und sahen seine Söhne aus Fords schwarzem Porsche steigen. Sie hüteten ein Gästecottage auf dem Grundstück eines wichtigen, politischen Geldgebers von Griffin. Es lag rund fünfzig Kilometer entfernt, weshalb sie früh hatten aufstehen müssen.

Obwohl sie Zwillinge waren, sah nur Ford wie Griffin aus. Mit einundzwanzig war er so groß wie sein Vater und hatte dessen Statur, den gleichen Übermut, die gleiche weiße Strähne im dunklen Haar. Alexander war größer, aber blond wie Margot, sah weniger athletisch aus, war sensibel. Gemeinsam kamen sie in die Küche. Gekleidet waren sie passend zum Bootsausflug: Kakishorts, Poloshirts, Baseballkappen. Die von Alexander war vom Hawthorne Jachtclub; Fords vom Baseballteam seines Colleges, er trug sie falsch herum.

»Okay, ihr beide seid mit der Sonne aufgestanden!«, sagte Griffin und lächelte, als hätten sie sich zuvor nicht gestritten. Er breitete die Arme aus und beide Jungen umarmten ihn. »Ist das nicht toll?«

»Du hast was von Segeln gesagt, Dad«, sagte Ford. »Steht das noch auf dem Plan? Und ein Fototermin für die Kampagne?«

»Unbedingt, das steht noch immer auf dem Plan«, bejahte Griffin.

»Hallo, Claire«, sagte Alexander.

»Guten Morgen«, antwortete ich. »Es sieht nach einem tollen Tag auf dem Wasser aus.«

»Ja, oder?«, meinte Griffin, machte dann eine Geste in meine Richtung und säuselte: »So schade, dass Claire nicht mit uns kommen möchte.«

»Fühlst du dich nicht gut?«, fragte Alexander besorgt.

»Doch, doch«, antwortete ich ihm.

»Sie ist nur erschöpft«, erklärte Griffin. »Ein Nervenbündel, weil sie sich auf die Ausstellung vorbereitet. Sie wird der Star der Stadt sein, wenn alle erst ihre neuesten Arbeiten gesehen haben. Wir sind stolz auf sie, nicht wahr, Jungs?«

Ford wurde wie magisch vom Herd angezogen. Obwohl ich die Platte ausgestellt hatte, brutzelte der Speck noch immer in der Pfanne.

»Habt ihr mich gehört?«, fragte Griffin. »Seid ihr stolz auf eure Stiefmutter?«

»Griffin«, meinte ich, »lass gut sein.«

»Ich habe euch eine Frage gestellt«, herrschte Griffin sie an.

»Definitiv«, sagte Alexander schnell. »Deine Sachen sind so cool, Claire.«

»Danke«, sagte ich und schenkte ihm ein Lächeln. Aus den Augenwinkeln sah ich, wie Ford mit dem Pfannenwender ein Stück Speck aus der Pfanne fischte. Er blies darauf, um es abzukühlen, biss es dann in der Mitte durch und aß es knusprend auf. Griffin starrte ihn an.

»Ihr drei werdet eine tolle Zeit beim Segeln haben«, sagte ich schnell, als ich spürte, dass sich die Stimmung anspannte.

»Ich hätte niemals gedacht, dass ich es könnte«, sagte Griffin. »Niemals.«

»Was, Dad?«, wollte Ford wissen.

»Eine Horde Tiere großzuziehen.«

»Griffin …«, unterbrach ich ihn.

Mit zwei Schritten war Griffin am anderen Ende der Küche und schlug Ford die Kappe vom Kopf; sie landete mitten im Baconfett. »Aus der Pfanne essen. Kappen im Haus tragen.« Er drehte sich zu Alexander um, aber der hielt seine Jachtclub-Kappe schon in den Händen. Sein Gesicht war aschfahl. Diese Reaktion schien Griffin zu gefallen. Anerkennend schlug er Alexander auf die Schulter.

»Lass uns gehen«, sagte Griffin. »Ich möchte die Flut nutzen.«

»Sollen Alexander und ich in meinem Auto hinter dir herfahren?«, fragte Ford.

»Alexander fährt mit mir. Warum fährst du nicht nach Hause und versuchst, das Fett aus deiner Kappe zu waschen? Du solltest sie einweichen.«

»Aber Dad …«, rief Ford. Während Alexander bleich geworden war, war Fords Gesicht puterrot angelaufen.

»Wir sehen uns später. Wir treffen uns zu einem frühen Abendessen im Jachtclub«, sagte Griffin. Dann gingen er und

Alexander in die Garage und ich hörte die Scheunentür aufschwingen und Griffins Wagen starten.

»Ford«, setzte ich an und ging zu ihm. Er stand mit dem Rücken zu mir und versuchte, seine Kappe aus der Spüle zu fischen. »Lass nur, ich kümmere mich darum.«

»Nein, er hat gesagt, ich müsse es tun«, erwiderte Ford, ohne sich umzudrehen. Als ich ihm die Hand auf den Rücken legte, spürte ich, wie seine Schultern zitterten. So standen wir eine lange Zeit. Das Geräusch von Griffins Wagen war verklungen. Stattdessen war das Geräusch der sich am Ufer brechenden Wellen zu hören. Möwen flogen kreischend über das Haus. Nach einer Weile schüttelte Ford meine Hand ab. Ich wollte ihn so nicht alleine lassen, wusste aber, dass er nicht wollte, dass ich seine Tränen sah.

Darum ging ich aus dem Haus und in mein Atelier. Ich dachte an die Krebsscheren, die kahlen Ästchen und den Objektrahmen, den ich machen wollte. Ich würde ihn *Fingerknochen* nennen und meinem Ehemann widmen.

Rückblickend frage ich mich, ob Griffin mir eine letzte Chance gegeben hatte, als er mir sagte, ich solle darüber nachdenken, ihn zu schützen, statt mich gegen ihn zu stellen. Oder stand für ihn schon fest, dass ich eine Belastung war und er seinen Plan in die Tat umsetzen würde?

Auch wenn er so tat, als hätte er nicht gehört, was ich am Morgen am Gezeitenbecken gesagt hatte, wussten wir beide, dass ich mit Ellen gesprochen und gesagt hatte, dass ich ihn verlassen würde. Doch wenn ich ihn verlassen würde, würde das unweigerlich Fragen mit sich ziehen, es würde zu »Gerüchten und Anspielungen« führen, was er nicht zulassen konnte.

EINEN TAG DANACH

9

Conor

Am Samstagmorgen war das forensische Team noch immer mit der Untersuchung des Chase-Hauses beschäftigt, als Conor Reid dort ankam. Mittlerweile wussten sie, dass es Claires DNA war. Anscheinend war das Seil dazu benutzt worden, sie am Dachsparren aufzuhängen, doch er war unter ihrem Gewicht zusammengebrochen. Der Blutverlust rührte möglicherweise vom Sturz her, doch die Menge und wie es sich am und um das Auto herum verteilte, sagte Conor, dass jemand sie geschlagen oder vielleicht mit einem Messer auf sie eingestochen hatte.

Bislang war Griffin Chase die letzte Person, die Claire am Freitagmorgen gegen Viertel vor acht gesehen hatte. Sie war nicht wie geplant am Dock aufgetaucht und niemals bei der Galerie angekommen. Der Tatort war von Conor, Griffin und Ben Markham gegen halb sechs abends entdeckt worden. Das forensische Team hatte eine Stunde später mit seiner Arbeit begonnen. Das ergab ein Zeitfenster von ungefähr zehn Stunden, in dem der Angriff stattgefunden haben konnte.

Dem Blut in der Garage, insbesonere der noch nicht vollständig geronnenen Lache hinter dem rechten Hinterrad, nach zu urteilen, konnte man den Zeitrahmen auf zwei Stunden eingrenzen – der Gerichtsmediziner schätzte, dass sie nicht vor halb vier nachmittags angegriffen worden war.

Ralph Perry, ein weiterer Polizist aus Black Hall, der nebenbei noch als Wachmann tätig war, parkte am Ende des Privatwegs, der nach Catamount Bluff führte. Er winkte, als Conor ankam. Dieser kurbelte das Fenster herunter und Perry tat es ihm gleich.

»Wie läuft's?«, fragte Conor.

»Ziemlich viel los heute Morgen. Lauter Gaffer hier. Die finden es sogar noch spannender, weil es sich um eine reiche Familie handelt. Das und die üblichen Leute, die versuchen, heimlich auf den Privatstrand zu gelangen. Ich sag ihnen dann einfach, wo's zum State Park geht.«

Conor nickte und fuhr durch. Vor dem Haus der Chases sah er den Van der Major Crime Squad. Ermittler mit Handschuhen und Schuhüberzügen liefen zwischen dem Van und der Garage hin und her.

Catamount Bluff grenzte an einer Seite an den Long Island Sound und an drei Seiten an ein Sumpfgebiet und einen zwei Quadratkilometer großen, tiefen Küstenwald. Die vier Familien, die Catamount Bluff Ende des 19. Jahrhunderts gegründet hatten, hatten verordnet, dass das Wildnisgebiet nicht erschlossen werden dürfe. Ein Teil war 1906 kartiert worden, und im Winter verwandelten sich die Teiche in Eisflächen. Historische Karten zeigten ein verlassenes Eishaus sowie eine Reihe von Höhlen in dem Felsvorsprung, der an den Salzsumpf grenzte.

Mit Ausnahme des Karrenwegs zum Eishaus waren die Wälder für Fahrzeuge nicht passierbar – sowie im Grunde auch nicht für Menschen. Conor hätte gedacht, dass die Bewohner von Catamount Bluff Wanderwege oder Pfade geschaffen hätten, um jagen oder fischen gehen zu können, aber es war urkundlich festgelegt worden, dass das Land für immer Wildnisgebiet bleiben sollte.

Neben dem Haus der Chases standen noch drei weitere an dem Privatweg, deren Bewohner befragt wurden. Auch das alte Eishaus am Lockwood Pond und nahe der Hauptstraße war kontrolliert worden, aber ohne jegliche Spur von Claire. Ein paar Bierdosen und Fast-Food-Tüten in einer Ecke ließen darauf schließen, dass jemand das Haus irgendwann benutzt hatte – wahrscheinlich als Partyort für Jugendliche.

Noch am Abend waren Spürhunde eingesetzt worden, doch sie hatten Claires Spur auf dem Feldweg nur fünfzehn Meter östlich des Hauses der Chases verloren.

Vielleicht hatte jemand dort, wo Claire es nicht hätte sehen können, ein Fahrzeug versteckt. Nachdem er sie überfallen hatte, könnte der Verdächtige sie in den Wagen geladen haben und mit ihr weggefahren sein.

Es gab Anzeichen dafür, dass im Laufe der Zeit mehrere Fahrzeuge dort geparkt hatten. Auf die Reifenabdrücke von Pick-ups und verschiedensten Automarken und -typen angesprochen, sagte Chase, dies sei die Stelle, wo die Arbeiter parkten, aber auch die Gäste, wenn er und Claire eine Party feierten.

Überall um das Haus herum blühten Blumen und die Beete sahen sehr gepflegt aus. Conor fragte sich, ob die Chases einen Gärtner hatten oder ob Claire sich selbst darum kümmerte. Er konnte sich nicht vorstellen, dass Griffin diese Arbeit übernahm und in der Erde buddelte.

Vielleicht hatte ein Team aus Landschaftsgärtnern die neueren Reifenabdrücke verursacht. Oder vielleicht war es Claires Angreifer gewesen. War sie entführt worden? Oder hatte man ihre Leiche mitgenommen? Zwar wurden die Reifenabdrücke von den Ermittlern fotografiert und abgeformt, aber es war unmöglich zu sagen, welche die neuesten waren. Conor benötigte eine Liste aller Handwerker, die auf dem Chase-Anwesen arbeiteten.

Conor erblickte Trooper Peggy McCabe an der Vordertür und sie winkten einander zu. Er hatte schon zuvor, nach dem Mord an Beth Lathrop, als McCabe noch Stadtpolizistin war, mit ihr gearbeitet. Sie war eine Ortsansässige, die in Black Hall geboren und aufgewachsen war. Er nahm sich vor, sie zu fragen, ob sie die Chases kannte.

Gestern Abend hatten die Detectives die Familien Coffin und Lockwood befragt. Die Hawkes waren nicht zu Hause gewesen, weshalb Conor heute vorbeigehen und sie befragen wollte.

Alle vier Familien pflegten freundschaftlichen Umgang. Sie hatten sich erst vor zwei Wochen gemeinsam für das jährliche Treffen der Catamount Association bei den Coffins getroffen. Es waren Cocktails und Horsd'oeuvres gereicht worden. Außerdem war es eine private Wahlkampfveranstaltung gewesen, auf der die Nachbarn ihr Glas auf Griffins Kandidatur zum Gouverneur erhoben und fette Schecks ausgestellt hatten.

Neil Coffin war gestern den ganzen Tag auf der Arbeit in Hartford gewesen, wo er als Versicherungsvorstand tätig war; Abigail besaß ein Yogastudio in der Stadt und hatte ab drei Uhr am Nachmittag Unterricht gegeben. Sie hatte Claire an dem Tag nicht gesehen und kam erst gegen sechs Uhr dreißig nach Hause, nachdem sie kurz bei Claires Ausstellungseröffnung gewesen war. Wie die Chases und die Hawkes war Neil Coffin Mitte vierzig und Abigail ein paar Jahre jünger.

Wade und Leonora Lockwood, ein Ehepaar von Ende siebzig, hatten ihr Anwesen zwar gleichzeitig um fünf Uhr nachmittags verlassen, allerdings in getrennten Autos. Wade wollte in einem Club, in dem er Mitglied war, ein paar Freunde treffen, während Leonora zu Claires Ausstellungseröffnung in die Stadt fuhr.

Sie hatten Claire den ganzen Tag nicht gesehen und auch keine Fahrzeuge bemerkt, mit Ausnahme eines FedEx-Wagens, als sie aus ihrer Ausfahrt kamen. Wade gab als Zeitpunkt genau siebzehn Uhr an. Er war in der Navy gewesen, hatte in Vietnam gekämpft, war zurückgekommen und hatte sich in seinem Elternhaus in Catamount Bluff niedergelassen. Er hatte Land und Gebäude am kiesigen Easterly-Ufer geerbt. Im Laufe der Zeit hatte er viele Luxuseigentumswohnungen und Lagerhallen gebaut, die er vermietete.

Leonora meinte, sie hätte Claire gegen Mittag vorbeifahren gesehen, wusste aber nicht mehr, ob Claire aus Catamount wegfuhr oder gerade zurückkam. Außerdem war sie sich nicht sicher, ob es nicht doch am Vortag gewesen war. Wade machte seinen Unmut über die Ungenauigkeit seiner Frau deutlich.

Conor hatte am Vorabend, als er zum Haus gekommen war, kein FedEx-Paket gesehen. Er rief beim Abfertiger in Norwich an, wo man ihm sagte, dass nichts geliefert worden sei. Zwar hatte Claire eine Abholung beantragt – sie war eine regelmäßige Kundin, die häufig Arbeiten an Sammler verschickte –, aber der Fahrer hatte kein Paket gefunden.

Als Conor auf dem Weg zu den Hawkes die Straße entlanglief, hörte er aus ihrem Haus Bluesmusik. Catamount Bluff wirkte so verschlafen und spießig, dass Conor sich über die Musik freute. Zwei Mercedeslimousinen und ein Catering-Wagen parkten auf dem Rondell. Das Haus war fast eine Kopie des Chase-Hauses: ein großes, über hundert Jahre altes Schindelhaus, das ein Vermögen wert war. Conor klingelte an der Vordertür, die kurz darauf von einem Mann geöffnet wurde.

»Mr Hawke?«, fragte Conor.

»Nein«, antwortete der Mann. »Ich räume nur die Partysachen weg. Die Hausherren sind hinten. Kommen Sie, ich bringe Sie zu ihnen.«

Abgesehen von Kunstwerken an den Wänden war das Innere des Hauses, ähnlich der Küche der Chases, in reinem Weiß gehalten: weiße Wände, Möbel und Teppiche auf dem Holzboden. In starkem Kontrast dazu zierten abstrakte Gemälde in roten und pinken Farbtönen die Wände. An einem Panoramafenster stand ein Stativ mit einem Teleskop, das, wie Conor bemerkte, direkt auf das Haus der Chases gerichtet war.

Glastüren führten zu einem Pool, der türkisfarben in der Sonne glitzerte. Tische und Stühle waren zusammengestellt worden und wurden von den Mitarbeitern des Cateringservices auf Sackkarren geladen. Neben der Bar standen ein Mann und eine Frau, die rot-weiß-blaue Wimpel abnahmen. Als die Frau sich umwandte und Conor entdeckte, sagte sie etwas zu dem Mann. Sie war dünn und blond, Ringe und Armbänder zierten Hände und Handgelenke und sie trug ein Kleid, das dieselbe Himbeerfarbe hatte wie die Gemälde im Inneren des Hauses. Als Conor zu den beiden ging, fragte sie: »Hallo, haben Sie angerufen? Sind Sie von der Polizei?«

»Ja«, antwortete er und stellte sich vor. »Ich bin Detective Reid. Und Sie sind Mrs Hawke, richtig?«

»Bitte nennen Sie mich Sloane. Und das ist mein Mann, Edward«, antwortete sie und beide schüttelten Conor mit ernstem Blick die Hand. Er hatte braune Haare, war groß und muskulös, wobei er am Bauch langsam zunahm. Seine roten Shorts waren ausgeblichen und aus der Hose hing ihm ein gestärktes, weißes Hemd, auf dessen Brusttasche ein kleines, verziertes Wappen prangte: ein dunkler Vogel mit ausgebreiteten Schwingen, der mit seinen Krallen ein Banner hielt. Conor hatte das schon einmal irgendwo gesehen.

»Wir möchten helfen, wo immer wir können«, sagte Edward.

»Claire würde niemals weglaufen«, meinte Sloane mit einem Kopfschütteln.

»Niemals. Falls Sie das denken.«

»Warum sollte ich das denken?«, wollte Conor wissen.

»In jeder Ehe gibt es Probleme«, antwortete sie mit gesenktem Blick.

»Anwälte wissen es nicht immer zu schätzen, wenn jemand die Welt in sich aufnimmt und in Kunst verwandelt.«

»Damit meint sie mich«, warf Edward ein.

»Sind Sie Anwalt?«, fragte Conor.

Nickend antwortete er: »Ja, Unternehmensrecht. Meine Kanzlei sitzt in Easterly.«

Immer wieder musste Conor auf das Abzeichen auf Edwards Hemdtasche starren. Er war sich ziemlich sicher, dass er das gleiche Abzeichen auf den Hemden von Griffin Chase gesehen hatte.

»Und falls Sie es noch nicht erraten haben – Sloane ist Künstlerin«, fügte Edward hinzu. »Sie hat die Meisterwerke im Wohnzimmer gemalt.«

»Was ist mit Claire passiert?«, fragte Sloane, das Kompliment ihres Mannes ignorierend. »Die Ungewissheit macht einen verrückt.«

»Zwei Tragödien an ein und demselben Tag«, meinte Edward.

»Er meint Sallie Benson. Die Bootsexplosion«, erklärte Sloane.

Conor wurde hellhörig. Für den Benson-Fall war Conors ehemalige Partnerin zuständig, und Jen hatte ihm erzählt, was Dan Benson gesagt hatte: »Sie haben sie.« Stunden später, als die Anästhesie nachgelassen hatte, behauptete er, er könne sich nicht erinnern, das gesagt zu haben, und meinte, Sallie sei ziemlich schusselig gewesen und die Explosion sei wohl durch ihre Nachlässigkeit entstanden.

Dass zwei Frauen aus dem Ort am selben Tag etwas zugestoßen war, schien ein furchtbarer Zufall zu sein. Oder gab es irgendeinen Zusammenhang zwischen den beiden Vorfällen?

»Kannten Sie Sallie Benson?«, fragte er.

Sloane antwortete nicht und Edward starrte nur auf den Boden.

»Ja«, sagte Sloane schließlich. »Wir kennen sie.«

»Sind Sie mit beiden Frauen gut befreundet?«, wollte Conor wissen.

»Wir haben Sallie durch Claire und Griffin kennengelernt«, erklärte Edward. »Sie hat für uns ein paar Dekorationsarbeiten erledigt.« Seine Augen waren rot unterlaufen und Conor spürte, dass er sich zusammenreißen musste. »Aber Claire, ja – wir sind mit ihr und Griffin sehr eng befreundet.«

»Ist das so, Mrs Hawke?«, fragte Conor.

»Definitiv«, sagte Sloane mit Tränen in den Augen. »Ich kenne Sallie kaum, aber Claire ist eine meiner besten Freundinnen. Wir unterstützen uns auch gegenseitig bei der Arbeit. Wenn die Dinge schlecht laufen, sind wir immer füreinander da.« Dann versagte ihr die Stimme.

»Können Sie mir bitte erklären, was Sie mit ›Wenn die Dinge schlecht laufen‹ meinen?«, bat Conor.

Doch Sloane fing heftig zu zittern an und blickte zu Boden, damit er sie nicht weinen sah.

Edward legte ihr den Arm um die Schultern. »Claire hat es schwer mit Griffins Söhnen. Also eher mit Ford. Er möchte keine Stiefmutter haben und benimmt sich ihr gegenüber oft unausstehlich. Ach, eigentlich gegenüber jedem, um ehrlich zu sein. Er ist ausgezogen. Alexander auch, aber er und Claire kommen deutlich besser miteinander zurecht.«

»Sie waren sowieso zu alt, um noch zu Hause zu wohnen«, meinte Sloane. »Wenigstens machen sie jetzt etwas Produktives.«

»Wenn man es als produktiv bezeichnen kann, auf das Haus fremder Leute aufzupassen«, warf Edward ein.

»Immerhin werden sie dafür bezahlt.«

»Was genau macht Ford, worunter Claire so leidet?«, hakte Conor nach.

»Er geht stark in die Konfrontation«, erläuterte Sloane. »Vor zwei Tagen kam er in ihr Atelier, als ich dabei war, und sagte furchtbare Dinge zu ihr. Er hatte getrunken.«

»Was genau hat er gesagt?«

»Ich kann mich kaum noch erinnern.«

»Jede Einzelheit wäre eine große Hilfe«, sagte Conor.

Sie räusperte sich. »Dummes Zeug, wie, dass sie nicht hierhinpasse, dass das Anwesen seiner Familie gehöre. Dass sie seinen Vater geheiratet hätte, direkt als die Mutter weg war, weil sie auf das Geld aus gewesen sei. Als ob sie jemals …«

»Also, was können wir für Sie tun?«, fragte Edward plötzlich und unterbrach seine Frau. »Ich möchte nicht unhöflich sein, aber wir sind ziemlich aufgewühlt. Wir machen immer eine Feier am Memorial Day. Dieses Jahr sollten auch noch Spenden für Griffins Kampagne gesammelt werden, aber aufgrund von Claires Verschwinden haben wir die Feier abgesagt.«

»Hat einer von Ihnen Claire gestern gesehen?«, fragte Conor, woraufhin beide den Kopf schüttelten.

»Nein«, meinte Edward mit einem Seitenblick auf seine Frau. »Ich war im Büro und Sloane war unterwegs, um Besorgungen für die Feier zu erledigen.«

»Den ganzen Tag?«, fragte Conor.

»Für die Feier gibt es immer viel zu tun«, meinte sie und schaute zu Edward. »Den Schein wahren, wissen Sie?«

»Den Schein?«, hakte Conor nach, doch sie ignorierte das. »Wann waren Sie wieder zu Hause?«, fragte er schließlich.

»Hm. Am Vormittag habe ich das Haus verlassen, kam zum Mittagessen wieder, bin eine Runde schwimmen gegangen und dann wieder weggefahren. Ich bin mit Leonora und Abigail zu Claires Ausstellungseröffnung, wo ich Sie dann auch in der Galerie gesehen habe. Ach ja, Sie sind doch dann zusammen mit Griffin aufgebrochen. Ich schätze, da sind Sie hierhingefahren und haben festgestellt, dass sie verschwunden ist, richtig?«

»Haben Sie Claire zu irgendeinem Zeitpunkt, als Sie daheim waren, gesehen?«, fragte Conor, ohne auf ihre Frage einzugehen.

»Nein«, meinte sie. »Und das bricht mir das Herz. Eigentlich wollte ich nach dem Mittagessen hinübergehen, einfach nur, um sie wegen der Ausstellung moralisch zu unterstützen. Aber dann dachte ich, sie müsse sich wahrscheinlich vorbereiten oder würde in letzter Minute noch einmal Hand an dieses eine spezielle Werk legen. Es hatte eine besondere Bedeutung für sie. Sie hielt daran irgendwie länger fest als an allen anderen.«

»Welches Werk war es?«, fragte Conor.

»*Fingerknochen*«, antwortete Sloane. »Ziemlich verstörend.«

Conor nickte bei der Erinnerung an die Skeletthand. »Wissen Sie, warum es ihr so viel bedeutete?«

»Sie hat einmal gesagt, es wäre durch etwas inspiriert, das sie in ihrer Jugend gesehen hatte.«

»Verstehe«, meinte Conor, der sich daran erinnerte, was Claire ihn am Montag beim Abendessen gefragt hatte.

»Auf jeden Fall«, fuhr Sloane mit traurigem Blick fort, »bin ich nicht zu ihr gegangen. Wäre ich nur hingegangen, dann wäre vielleicht alles ganz anders gekommen.«

»Klar, du wärst vielleicht niedergeschlagen, erstochen oder auch aufgehängt worden«, warf Edward ein. Dann schaute er Conor an und sagte: »Ich weiß, Sie fragen sich jetzt wahrscheinlich, woher ich das weiß, weil nichts davon an die Öffentlichkeit geraten ist. Griffin hat mir erzählt, was Sie in der Garage gesehen haben. All das Blut. Es ist einfach furchtbar.«

»Ich hoffe so sehr, dass sie noch am Leben ist«, sagte Sloane mit Tränen in den Augen.

»Ja, wir dürfen die Hoffnung nicht aufgeben«, meinte auch Edward. Doch Conor war wiederum von seinem Gesichtsausdruck irritiert. »Gibt es sonst noch etwas?«

»Das ist erst mal alles«, antwortete Conor. Er wollte sich gerade umdrehen, hielt dann aber inne. »Nur noch eine Sache, etwas ganz anderes. Dieses Abzeichen da«, sagte er und zeigte auf Edwards Hemdtasche.

»Ach das«, sagte Sloane. »Das ist sein Geheimbund.«

Der Druck von Edwards Arm auf ihrer Schulter verstärkte sich. »Das ist das Wappen eines Männerclubs, dem ich angehöre. Sloane ist der Ansicht, Frauen sollten auch aufgenommen werden.«

»Der Last Monday Club. In Wahrheit finden Claire und ich ihn einfach lächerlich«, warf Sloane ein.

»Griffin ist also auch Mitglied?«, fragte Conor.

Edward warf Sloane einen wütenden Blick zu und antwortete nicht. Durch den Blick eingeschüchtert, nickte Sloane nur einmal ganz kurz.

»Und was ist mit Dan Benson?«

Keiner antwortete. Conor bedankte sich und verließ die beiden. Es war auffällig gewesen, dass Edward Sloane, als sie das mit dem Schein gesagt hatte, das Wort abgeschnitten hatte. Noch mehr zu bedenken gab ihm, dass Edward definitiv nicht gewollte hatte, dass Sloane verriet, dass Griffin im selben Männerclub war. Dem Geheimbund.

Er beschloss, sich den Last Monday Club genauer anzuschauen und herauszufinden, ob Dan Benson ebenfalls ein Mitglied war. Und er würde mit Ford Chase sprechen und in Erfahrung bringen, wie sehr er es Claire übel nahm, dass sie auf dem Familiensitz in Catamount Bluff wohnte.

10
TOM

Die Suche nach Überlebenden der *Sallie B* hatte vierzehn Stunden gedauert, doch niemand war gefunden worden und seit gestern hatte man keine weiteren Trümmer gesehen. Tom war die ganze Nacht auf den Beinen gewesen. Langsam merkte er, dass er schwächelte, doch seine Gedanken kreisten ständig um Gwen, neun, und Charlie, sieben, und somit riss er sich zusammen. Er stand auf der Brücke der *Nehantic* und trank schwarzen Kaffee.

Sallie Bensons Leiche war aus dem Wrack geborgen worden. Sie war in der Bordküche gefangen gewesen und bei der Explosion verbrannt. Taucher hatten nach den Kindern gesucht, doch von ihnen fehlte jede Spur. Allerdings hatten sie festgestellt, dass die Explosion ein großes Loch in den Boden gesprengt hatte, was darauf schließen ließ, dass die Ursache im Kielraum zu finden war.

Dan erholte sich im Easterly Hospital von der OP. Eine Aluminiumleiste des Bootes war aufgrund der Explosion wie ein Pfeil durch die Luft geschwirrt und hatte ihn in der Brust getroffen. Sie hatte das Herz nur knapp verfehlt und die Lunge punktiert. Allen Berichten zufolge war er außer sich wegen seiner Familie. Tom wusste, dass Conor und Jen seine unterschiedlichen Aussagen darüber, was geschehen war – dass er zuerst gesagt hatte, »sie haben sie«, und dann behauptete, Sallies Nachlässigkeit hätte zur Explosion geführt –, als verdächtig einstuften. Tom war über den Stand der Ermittlungen nicht informiert, ging aber davon aus, dass, bis die Explosion nicht als Unfall angesehen würde, Dan als Verdächtiger galt.

Laut Computermodellen wären die Kinder, wenn sie es in dem kleinen, gelben Rettungsfloß ins Wasser geschafft hatten, entweder auf Block Island zu- oder aber daran vorbeigetrieben worden. In letzterem Fall wären sie jetzt mitten auf dem Atlantik, was noch gefährlicher wäre angesichts der Tatsache, dass bis Portugal kein Land dazwischenlag.

Tom studierte die Computergrafik. Der Computer hatte jegliche möglichen Umweltfaktoren mit eingerechnet und wollte ihn Richtung Süd-Südosten schicken – was ihm bekannt vorkam. Das war schon bei einer früheren Rettungsaktion für zwei Mädchen der Fall gewesen, deren Reise rund fünf Meilen von der Stelle, an der die *Sallie B* gesunken war, begonnen hatte. Hätte er sich damals an die Anweisung gehalten, hätte er die Mädchen verfehlt und man wäre davon ausgegangen, dass sie irgendwo auf hoher See verschollen wären. Doch er hatte überlegt, dass sie sich möglicherweise irgendwie selbst in Sicherheit gesteuert haben konnten, weshalb er auch unwahrscheinliche Felsvorsprünge kontrolliert und sie so schließlich auf Morgan Island gefunden hatte.

Tom holte tief Luft, dann bat er den Deckoffizier der *Nehantic*, den Kurs zu ändern. Der Tag war so klar und das Wasser so ruhig, dass die See wie ein Spiegel vor ihnen lag. Er wollte auf Morgan Island nachschauen. Die Insel hatte schon einmal Geschwistern das Leben gerettet – warum jetzt nicht auch Gwen und Charlie? Doch das Funkgerät quietschte und er hörte den Jayhawk-Piloten, der mitteilte, dass sie gerade ein gelbes Rettungsfloß auf der Rückseite der Windmühlen von Block Island aufgespürt hatten.

Anscheinend war niemand an Bord.

Die *Nehantic* war am nächsten an der Fundstelle, sodass Tom einen weiteren Kurswechsel anordnete und sie mit Höchstgeschwindigkeit auf die durchgegebene Position zusteuerten. Der Helikopter schwebte hoch genug in der Luft, um das kleine Rettungsfloß nicht unter Wasser zu setzen.

Tom hatte die gleichen Bedenken hinsichtlich der großen Welle, die sein achtzig Meter langes Schiff verursachen würde, weshalb er ein Festrumpfschlauchboot einsetzte. Seaman Ricardo Cardoso steuerte das Schlauchboot auf das gelbe Rettungsfloß zu, während Tom auf der Steuerbordseite stand, bereit, sich über den Rand zu lehnen und die Schnur zu fassen, sobald sie nah genug waren.

Sein Herz raste, aber es setzte aus, als sie das Floß erreichten. Der Pilot hatte recht: Das Rettungsfloß war leer.

Tom schaute sich zu Seaman Cardoso um und drehte verwirrt den Kopf, als er ein Geräusch wie das eines Vogels hörte. Es piepste einmal, dann zweimal. Er lehnte sich weiter über den Rand des Bootes. Dann sah er sie. Ein kleines Mädchen lag auf der Seite im Schatten des Rettungsfloßes und presste sich so fest dagegen, dass man es für einen Teil des Bootes hätte halten können. Vom Jungen fehlte jede Spur.

Das Rettungsfloß war klein. Tom befürchtete, es würde unter seinem Gewicht kentern, weshalb er sich am Handlauf des Schlauchboots festhielt und sich genau in die Mitte des Rettungsfloßes absinken ließ. Er kniete sich neben das kleine, hellblonde Mädchen in gelben Shorts und einer orangefarbenen Rettungsweste über einem blassgelben T-Shirt. Zuerst konnte er nicht erkennen, ob sie noch atmete, sodass er das Schlimmste befürchtete, aber dann sah er den Puls an ihrem Hals schnell schlagen.

»Gwen?«, fragte er. »Ich heiße Tom. Ich bin von der Küstenwache und möchte dich nach Hause bringen.«

Weder sprach sie noch wandte sie sich in seine Richtung, doch er vernahm wieder das vogelähnliche Piepsen aus ihrem Mund. Er hob sie auf den Arm, roch den Rauch der Explosion und sah, dass ihre Augenbrauen angesengt und die Wimpern weggebrannt waren. Ihm wurde bei dem Gedanken an das, was Hunter ihm erzählt hatte, schwer ums Herz: dass Dan gesagt hatte, Sallie hätte es absichtlich gemacht.

Cardoso lehnte sich über den Bootsrand und Tom hob Gwen in seine Arme.

Das Rettungsfloß war gerade einmal ein Meter zwanzig lang und offensichtlich leer. Charlie war nicht da. Tom würde per Funk den Jayhawk und den Rest der Flotte informieren, damit sie sich bei ihrer Suche nach Charlie auf dieses Gebiet konzentrierten.

Als Tom in das Festrumpfschlauchboot kletterte, setzte er sich zu Gwen und schaute sie an. Ihre Augen waren offen, aber sie schien auf einen Punkt in weiter Ferne zu blicken. »Gwen?«, fragte er erneut. »Alles ist gut, wir bringen dich nach Hause. Gwen, kannst du mir sagen, wo dein Bruder Charlie ist?«

Sie fing so stark zu zittern an, dass er fürchtete, sie habe einen Anfall. Doch kurz darauf ließ es nach, aber sie konnte oder wollte Tom noch immer nicht anschauen und antwortete ihm nicht. Immer wieder gab sie die piepsenden Geräusche von sich, fast so, als ob diese ihr Atmen wären, als ob sie ihr sagten, dass sie noch am Leben war.

Tom zog seine Rettungsweste und sein Uniformhemd aus. Obwohl Gwen so klein war, dass sie darin fast ertrank, legte er beides um sie, um ihr Wärme und Sicherheit zu spenden. Er hielt sie fest, während der Jayhawk den Rettungskorb herabsinken ließ.

Er kletterte mit ihr zusammen hinein und schirmte sie mit seinem Körper ab, als die Winde sie quietschend nach oben beförderte. Mit den Händen hielt er ihr die Ohren zu, damit das laute Getöse der Rotoren sie nicht erschreckte, und er ließ sie erst los, als er sie in der Helikopterkabine auf die Trage gelegt hatte, wo die Sanitäter sich nun um sie kümmerten. Er hielt ihre Hand – sie war eiskalt. Weder drückte sie seine Hand noch zog sie ihre weg. Sie zuckte auch nicht zusammen, als die Sanitäter ihre Vitalwerte maßen und ihr mit einer Nadel in den Arm stachen, um sie an einen Tropf anzuschließen. Alle sprachen mit ihr und achteten darauf, sie beim Namen zu nennen: »Gwen, du bist jetzt in Sicherheit.«

»Gwen, weißt du, wo du bist?«

»Hallo, Gwen. Wie alt bist du? Bist du neun?«

»Gwen, was ist deine Lieblingsfarbe?«

Doch sie antwortete auf keine der Fragen, sondern starrte nur ins Leere – oder zumindest irgendwohin, was weder Tom noch die anderen sehen konnten –, piepste wie ein Vogel, in einer Sprache, die nur für Gwen einen Sinn zu ergeben schien.

Dann sagte sie ein einziges Wort: »Meermänner.«

Danach waren nur noch die piepsenden Geräusche zu vernehmen.

VIER TAGE DAVOR

11

SALLIE

Die Liebe brachte nur Ärger. So sah Sallie Benson es mittlerweile. Obwohl sie wusste, in welches Chaos sie ihr Leben stürzte, hatte sie nicht die Kraft, aufzuhören. Somit war sie jetzt im West-Wind-Jachthafen auf einem Boot zwei Docks von dem, wo sie und ihr Ehemann die *Sallie B* liegen hatten, und wartete auf ihre wahre Liebe – einen Mann, der nicht ihr Ehemann war. Dan war bei der Arbeit, die Kinder in der Schule, und sie war atemlos vor Verlangen und Schuldgefühlen. Sie war abhängig; sie hätte genauso gut auf ihren Dealer warten können.

In der Kajüte der *Elysian* – dem zwei Meter langen Sportfischerboot, mit dessen Dekorierung sie beauftragt worden war – fragte sie sich zum hundertsten Mal an diesem Tag, was sie da eigentlich machte. Sie kannte jeden bei der Bootswerft, und jeder kannte sie. Geparkt hatte sie an ihrem normalen Platz bei der Stelle, wo das Boot ihrer Familie lag. Ihr Ehemann hatte es zum fünfzehnten Hochzeitstag gekauft und nach ihr benannt.

Dann war sie an Hafenarbeitern und Männern vorbeigelaufen, die auf der *Sallie B* arbeiteten. Sie spürte ihre Blicke auf sich, doch sie ging mit erhobenem Kopf zu einem ganz anderen

Dock und zu einer fremden Jacht. Sie grüßte Eli Dean, den Besitzer der Werft, und war sich sicher, dass sein normalerweise freundliches Lächeln sich in ein anzügliches Grinsen verwandelt hatte.

Im Hauptraum warf sie einen Blick in den Spiegel: Sie hatte hellblonde Haare – noch immer die gleiche Farbe, die sie schon als Kind gehabt hatte, doch jetzt musste sie dafür bezahlen –, große, blaue Augen, die die Arglosigkeit widerspiegelten, die sie der Welt und denen, die sie liebte, entgegenbrachte. Sie trug ein weißes Pikee-Sommerkleid, das zeigte, dass sie kaum gebräunt war. Wie war aus der netten Frau, die sie immer gewesen war, jemand geworden, der Ehebruch beging – und nicht genug davon bekommen konnte?

Sie hatte so hart dafür gearbeitet, ihr Geschäft aufzubauen, und war dankbar dafür, dass sie die bevorzugte Designerin der vermögenden Gesellschaft geworden war. Sogar ein paar der ältesten Adelsfamilien an der Küste wollten ihre Häuser und neuerdings auch Jachten in ihrem ganz besonderen Stil umdekorieren lassen. Das Innere der *Elysian* zu designen, war zu einer besonderen Herausforderung geworden, und zwar in Form von Edwards Frau Sloane.

Sallie fühlte sich hier zu Hause, auch wenn sie natürlich keine Besitzrechte hatte. Jeder Zentimeter des Bootsinneren trug Sallies Handschrift. Edward hatte darauf bestanden. Sloane – hatte es nicht einmal ein Internat mit dem gleichen Namen gegeben? – liebte kräftige Farben, insbesondere dunkle Pinktöne, und mochte es außerdem gemütlich. Das war aber nicht das, was Edward wollte.

Als Sallie das Haus der Hawkes in Catamount Bluff designte, konnte sie Sloane überzeugen, dass Weiß die perfekte Grundfarbe für ein Haus am Meer war, denn dadurch wurde das glitzernde Licht des Meeres eingefangen und reflektiert.

Die meisten Menschen wussten allerdings nicht, wie viele unterschiedliche Weißtöne es gab. Manche hatten sogar einen Hauch Blau oder Grün oder auch Gelb und sogar Pink. Man konnte einen Raum wärmer oder kälter wirken lassen – oder auch beides gleichzeitig. Sallie hätte gedacht, dass Sloane als Künstlerin dies verstand.

Das Designerfarbengeschäft hatte in seinem Sortiment mehr als einhundert Weißtöne mit so poetisch klingenden Namen wie: Wolkenweiß, Chantilly-Spitzenweiß, Silberreiherweiß, Hauch von Grau, Diamantweiß, Taubenflügelweiß, Meeresperle. Sallie liebte insbesondere den Farbton Leinenweiß. Mit einem Hauch blassem, fast unsichtbarem Gelb verlieh die Farbe einem Raum Wärme und schmeichelte jedem, der sich darin aufhielt.

Aber warum liebte sie die Farbe Weiß so sehr? Als sie auf der *Elysian* auf ihren Liebhaber wartete, erschien ihr die Antwort ziemlich schändlich, denn ihre Mutter war die Ursache. Als sie fünfzehn gewesen und ihre krebskranke Mutter im Sterben lag, hatte Sallie an ihrem Krankenhausbett gesessen.

Ihr Vater und ihre kleine Schwester Lydia waren nach unten in die Cafeteria gegangen. Zahlreiche Gute-Besserungs-Karten standen auf der breiten Fensterbank. Es war ein katholisches Krankenhaus, weshalb an der Wand über dem Bett ein Kreuz und ein Bild der Mutter Gottes hingen. Während ihre Mutter schlief, hatte Sallie den Rosenkranz gebetet.

»Sallie«, sagte ihre Mutter, als sie aufwachte, und nahm ihre Hand. Sie blickte Sallie aus liebenden, blauen Augen, die von Minute zu Minute trüber zu werden schienen, an. »Wenn ich in den Himmel komme und dort lauter Engel sind, werde ich trotzdem keinen treffen, der besser ist als du.«

»Ich möchte nicht, dass du gehst«, flüsterte Sallie. »Bitte bleib hier …«

»Liebes, ich wünschte, ich könnte bleiben. Aber darum müssen wir in Verbindung bleiben, komme, was wolle. Darum möchte ich, dass du so bleibst, wie du bist, klug und liebenswert, damit ich dich immer erkenne, wenn ich vom Himmel herabschaue, egal, wie viel Zeit vergangen ist. Du bist mein Engel, Sallie.«

»Und du meiner, Mama.«

Ihre Mutter starb, ehe ihr Vater und ihre Schwester wieder den Raum betraten.

Sallie hatte an dem Tag ihre Sommerschuluniform getragen – ein weißes Baumwollkleid. Weiß war die letzte Farbe gewesen, in der ihre Mutter sie gesehen hatte. Darum wählte Sallie sogar jetzt fast immer Weiß und war auch meist in dem Farbton gekleidet.

Nach ihrem Abschluss an der Parsons School of Design und einer Zeit bei einem bekannten New Yorker Designunternehmen gründete sie ihre eigene Firma und entdeckte ihre Liebe zu engelsweißen Räumen, der Farbe, die sie getragen hatte, als ihre Mutter starb.

Sie wollte, dass ihre Mutter sie sehen und jederzeit erkennen konnte, wenn sie vom Himmel herabschaute. Sie hoffte, ihre Mutter würde ihr vergeben, was in Catamount Bluff begonnen hatte: Liebe und Probleme.

Dort hatte sie sich in Edward verliebt. Es hatte langsam angefangen, doch ihr fiel auf, dass er häufig mittags im Haus auftauchte, wenn Sloane bei Claire im Atelier war oder einen Yogakurs in Abigail Coffins Wellnesscenter in Black Hall besuchte.

Dann saß er am Küchentisch und schaute Sallie voller Bewunderung an. An einem Tag ging er zu ihr und berührte ihren Handrücken, als sie ihm Stoffmuster zeigte. Sallies Herz setzte fast aus.

Sie war von ihren Gefühlen überfordert; sie hatte nie eine Affäre gehabt und war Dan immer treu gewesen, obwohl sie sich nicht von ihm geliebt fühlte. Seit der Geburt von Gwen und Charlie hatte sie sich nicht mehr so aufgeregt und so sehr von einem Mann gewollt gefühlt.

Ununterbrochen musste sie an Edward denken. Sie schlief kaum, weil sie ständig davon fantasierte, was passieren könnte. Wenn sie nachts neben Dan lag, konnte sie fast spüren, wie Edward sie umarmte, küsste, entkleidete.

Im Laufe der Zeit war es eine unausgesprochene Vereinbarung zwischen ihr und Edward, dass er mittags immer nach Hause kam, wenn Sloane nicht da war. Jeden Tag.

Die Probleme kamen in Form von Griffin Chases Zwillingen. Sie ähnelten einander kaum, aber anfangs wusste sie trotzdem nie, wer wer war. Nach einer Weile hatte sie es raus – Ford war der Forschere der beiden, Alexander der Reservierte. Außerdem war es Ford, der sich auf lächerliche Art und Weise in sie verknallte.

Anfangs hatte sie es ja noch ganz süß gefunden, wenn er auftauchte, um im Pool der Hawkes zu schwimmen. Er fuhr eine halbe Stunde lang von der Grenze zu Rhode Island bis nach Catamount Bluff, stand am Pool – oben ohne, den Körper mit Kokosöl eingerieben – und beobachtete sie aus dem Augenwinkel, ehe er ins kühle Nass sprang und eine Ölschicht auf dem Wasser hinterließ.

Doch als er anfing, in die Küche zu kommen, während sie dort auf Edward wartete, sich kühle Getränke aus dem Kühlschrank nahm, nach Kokosöl roch, wurde Sallie langsam genervt. Er plapperte über seine Segelfähigkeiten, seine Baseballerfolge auf dem College, dass er ständig von Mädchen angerufen wurde oder Textnachrichten erhielt, dass sie ihm alle zu jung, zu substanzlos waren – und dass er eine Frau brauchte, mit der er richtig reden konnte.

»Eine ältere Frau«, gab er eines Tages sogar zu. »Ist es okay, wenn ich dir mal schreibe?«, fragte er dann.

»Warum willst du das?«, hakte sie nach.

»Ich weiß nicht, ich möchte dir einfach Sachen schicken, die du vielleicht gut findest. Videos und so«, antwortete er mit einem versuchten Lächeln. Sie sah, dass er sich stark zusammenriss. »Ich möchte einfach nur jemanden, der kapiert, was ich schicke.«

»Ford, ich bin dafür nicht die Richtige.«

»Vielleicht ist das niemand«, erwiderte er. »Mädchen in meinem Alter auf jeden Fall nicht. Meine Mutter hat sich aus dem Staub gemacht und meine Stiefmutter ...« Er verzog den Mund und Schmerz lag in seinen Augen.

»Du stehst Claire nicht sehr nahe, oder?«, meinte sie.

Er schnaubte abschätzig, als ob er nie etwas Absurderes gehört hätte.

Sallie hatte Mitleid mit ihm und gab ihm schließlich ihre Visitenkarte. Seine Mutter hatte die Jungen verlassen. Das war eine schreckliche Tat, aber Sallie wusste, dass es auch noch eine andere Seite der Medaille geben musste. Dan und Griffin hatten in jungen Jahren häufig miteinander gezecht, und von dem, was Dan erzählt hatte, konnten sie sich glücklich schätzen, so gut davongekommen zu sein. Beide Männer waren jetzt Mitglieder im Last Monday Club, doch Dan hielt Abstand zu Griffin. Einmal sagte er, ihm täten Margot und Claire leid. »Griffin ist die Pest, was Frauen anbelangt«, hatte Dan gesagt. »Und ich möchte auch keiner seiner Söhne sein. Er macht sie immer nieder. Ich hoffe, sie werden nicht wie er.« Dadurch hatte Sallie nur noch größeres Mitleid mit Ford, der versuchte, sich wichtig und für seinen Vater unverzichtbar zu machen.

»Mein Dad wird Gouverneur«, meinte Ford. »Ich helfe ihm bei seiner Kampagne.«

»Wirklich?«, machte sie nur.

»Ja. Im Grunde betreibe ich Oppo-Forschungen.«

»Was?«

»Oppositionsforschungen. Ich schaue mir den Typen an, der gegen ihn antritt, diesen Sozialisten. Der hat keine Chance. Mein Dad wird direkt ins Ziel segeln.«

»Mein Mann meint, er sei ziemlich gut«, sagte Sallie.

»Ach ja? Er spricht mit dir über meinen Dad?«, hakte Ford nach.

»Ja, sie haben einiges miteinander erlebt, als sie jung waren«, erklärte Sallie und hielt kurz inne. Dann sagte sie: »Mein Mann erzählt mir alles. So sind wir. Sehr nah. Keine Geheimnisse.« Sie war sicher, dass Ford die Spannung zwischen ihr und Edward gespürt hatte, und dachte, wenn sie über Dan sprach, würde sie ihn von diesen Gedanken wieder abbringen. Doch nach dem auffälligen Flackern in Fords Augen zu urteilen, hatte ihre Bemerkung ihn irgendwie verärgert – vielleicht war er jetzt auch noch auf Dan eifersüchtig.

Sie bereute, Ford ihre Visitenkarte gegeben zu haben, denn fast täglich schickte er ihr Textnachrichten oder E-Mails mit Videos dummer Comedysketche oder seiner Lieblingsbands. »Erzähl mir von den Abenteuern, die dein Mann und mein Dad miteinander erlebt haben. Ich möchte ihn damit aufziehen«, schrieb er. In den ersten Wochen hatte sie noch geantwortet, um höflich zu sein, es dann aber gelassen. Sie wusste, dass ihr Schweigen ihn verletzte, aber er musste diesen Wink mit dem Zaunpfahl unbedingt verstehen.

Nachdem Edward sie für die Umdekoration der *Elysian* angeheuert hatte, fing Ford an, ständig im Hafen aufzukreuzen. Zwar hatten die Chases hier im West-Wind-Hafen ein Segelboot und eine Jolle, aber war es Zufall, dass Ford ständig hier war, oder verfolgte er sie?

Sallie redete sich ein, dass sie wegen Ford nur paranoid war. Stattdessen konzentrierte sie sich auf Edward und fragte sich, ob sie wirklich mit ihm ein gemeinsames Leben haben konnte, ob sie beide Dan und Sloane verlassen und ein Paar werden konnten. Das Schmerzvolle an diesem Konstrukt war ihre Liebe zu ihren Kindern. Zu Zeiten ihrer Großeltern hatten sich Katholiken nicht scheiden lassen. Manche Eltern ihrer Freundinnen hatten sich getrennt, aber man hatte immer mit dem Finger auf sie gezeigt. Irgendeiner war immer der Böse, der Sündige gewesen, über den man gelästert hatte. Die Kinder hatten den Preis dafür gezahlt.

Sollte sie Dan verlassen, würde er um das Sorgerecht kämpfen. Sallie könnte niemals ohne ihre Kinder sein. Gwen war eine so starke kleine Persönlichkeit, fuhr mit ihrem Rädchen ständig Rennen gegen die Jungs aus der Nachbarschaft und konnte vom einen Ende des Strands ohne Pause ans andere Ende schwimmen. Sie schlug Rad und Brücke und war den ganzen Tag lang in Bewegung, bis sie direkt nach dem Abendessen erschöpft ins Bett fiel.

Und Charlie. Mit sieben war er noch immer ihr Baby. Sallie liebte es, wie er mit Gwen mitzuhalten versuchte – und wie Gwen ihn ließ. Sie nahm ihn fast überall mit hin. Würden das viele große Schwestern tun? Vielleicht würde sich das ändern, wenn sie älter wären, aber jetzt waren sie unzertrennlich.

Mit Sallie und ihrer Schwester Lydia war es genauso gewesen und die Verbindung war noch immer eng. Sie und Dan hatten vereinbart, dass, wenn ihnen etwas zustoßen sollte, sich Lydia um die Kinder kümmern sollte. Natürlich war Lydia einverstanden gewesen.

Sallie fühlte sich beim Gedanken an ihre Kinder, während sie hier auf dem Boot auf Edward wartete, ganz elend. Ihr Handy klingelte. Sie holte es aus ihrer Handtasche und ging ran, als sein Name auf dem Display erschien. »Hallo.«

»Bist du auf dem Boot?«, hörte sie ihn.

»Ja«, antwortete sie. »Ist alles in Ordnung?«

»Ja, und es tut mir leid, dass ich mich verspäte. Leider …«

Sie hörte schon an seiner Stimme, dass er nicht kommen würde.

»Sallie, es tut mir so leid. Ich wollte schon längst bei dir sein, aber ich hänge hier auf der Arbeit fest und warte auf einen Konferenzanruf von der Gegenseite. Sie suchen noch irgendwelche Dokumente zusammen. Und heute Abend ist der Last Monday Club.«

Auch Dan war in dem Club, wenngleich er in den letzten Monaten nicht mehr dort gewesen war.

»Ich würde das ja sausen lassen«, fuhr Edward fort, »aber heute Abend ist es besonders wichtig. Wir überreichen Griffin eine große Wahlkampfspende. Ich kann zwischen dem Konferenzanruf und dem Clubtreffen kurz beim Boot vorbeikommen. Wartest du auf mich?«

Sallie hatte einen Kloß im Hals. Er wollte, dass sie auf ihn wartete, damit sie miteinander schlafen könnten, ehe er sich mit seinen Freunden traf. Sie brachte nur ein merkwürdiges Geräusch zustande, woraufhin er sagte: »Okay, ich komme, so schnell ich kann.«

Als sie auflegte, schaute sie erneut auf die Uhr. Der Schulhort der Kinder endete in einer Stunde. Sie hatte auf dem Parkplatz auf Gwen und Charlie warten wollen, hatte jetzt aber nicht mehr genug Zeit. Darum würde sie Dan anrufen und sich eine Entschuldigung einfallen lassen, sagen, dass sie bei einem Kunden festsaß – was im Grunde ja keine Lüge war –, und ihn bitten, die Kinder abzuholen. Ihm war es egal, wenn sie sich verspätete. Er würde die Kinder mit zum Tennis nehmen und ihnen dann ein Eis kaufen.

Sie ging in die Eignerkabine und setzte sich auf das Bett, auf dem eine flauschige Steppdecke in einem luxuriösen, reinweißen Bettbezug lag, auf den in cremefarbenem Seidengarn *Elysian* gestickt war. Edward hatte ihr erzählt, dass Sloane keine einzige Nacht an Bord verbracht hatte.

Was tat sie da? Niemals hätte sie sich vorgestellt, dass dies ihr Leben sein könnte, und dennoch hatte sie es selbst geschaffen. Sie hatte sich an diesen Punkt ihres Lebens gebracht.

Auf ihrem Handy tippte sie eine Nachricht an Edward:

Kannst du mir sagen, was das mit uns ist? Ist es Liebe? Für mich ist es das.

Sie zögerte ein paar Sekunden lang, dann klickte sie auf »Senden«.

Die am Dock festgemachte *Elysian* tanzte sanft auf den Wellen, doch sie hörte ein dumpfes Geräusch und spürte, wie das Boot geschüttelt wurde. An Deck waren Schritte zu hören und kurz hoffte sie, es könne Edward sein. Jemand stolperte den Niedergang hinunter.

Ford Chase prallte gegen die Kabinentür, fand die Balance wieder und kam auf sie zu. Er war ungekämmt, unrasiert und sah gequält aus.

»Ich wollte dich nicht hier antreffen«, lallte er. »Ich hatte gehofft, du wärst nicht hier.«

»Ich wüsste nicht, was dich das angehen sollte. Das ist nicht deine Sache«, erwiderte sie mit klopfendem Herzen. »Die Hawkes sind meine Kunden. Genau wie dein Vater und Claire.«

»Ich glaube dir kein Wort«, rief er kopfschüttelnd. Dann kam er näher und sie konnte seinen alkoholgeschwängerten Atem riechen. »Das ist nicht der Grund, warum du hier bist.«

»Ford«, versuchte sie, ihn zu beschwichtigen.

»Ich liebe dich«, sagte er ruhig.

»Nein, tust du nicht«, entgegnete sie.

»Warum Edward? Warum er? Du kennst ihn überhaupt nicht. Er ist ein Scheißkerl. Genau wie mein Vater.«

»Wenn dein Vater so schlimm ist, warum hilfst du ihm dann, den Wahlkampf zu gewinnen?«, fragte sie herausfordernd und hoffte, der Schrecken würde ihn wieder nüchtern machen.

»Du findest, er sollte nicht gewinnen?«, fragte er.

»Nicht, wenn er ein Scheißkerl ist«, entgegnete sie.

Doch Ford stand nur da, torkelnd, und starrte sie an.

»Ford, du hast zu viel getrunken. Komm, ich fahre dich nach Hause.«

»Nach Hause? Wo ist mein Zuhause? Ich lebe im Haus von Fremden und passe auf, dass im Winter die Rohre nicht einfrieren und im Sommer die Sprinkleranlage funktioniert. Ich lebe da mit meinem ach so tollen Bruder, während unser Vater in unserem Elternhaus mit einer Nutte lebt.«

»Claire?«, fragte sie schockiert.

»Ich wette, sie hatten schon was miteinander, bevor meine Mutter wegging. Sind fremdgegangen, genau wie du und Edward.«

Sallie wurde übel.

»Komm«, sagte sie. Ihr Tonfall war sanft, aber innerlich brach sie zusammen. Sie ging auf ihn zu und hielt ihn am Arm. »Du sagst mir, wo du wohnst, und ich fahre dich dorthin.«

Langsam nickte er, geriet aber ins Taumeln und musste sich mit einer Hand festhalten. Doch dann erbrach er sich gegen die elegante, weiße Wand und fiel auf die Knie.

Angeekelt von Ford, aber auch niedergeschmettert von seinen Worten, die sich so wahr angehört hatten, drehte sich Sallie weg.

12

Claire

In nur vier Tagen war meine Ausstellungseröffnung in der Woodward-Lathrop Gallery und ich bekam langsam Lampenfieber. Am wohlsten fühlte ich mich in der freien Natur oder in meinem Atelier, und es machte mich nervös, im Zentrum der Aufmerksamkeit zu stehen.

Es war sechs Uhr abends und Griffin war auf dem Weg zum Last Monday Club. Er nahm das sehr ernst, doch insgeheim lachten Sloane und ich über die ganze Sache. All diese Männer, die sich für das Treffen ihrer Geheimgesellschaft in ihren Smoking warfen. Sie trafen sich immer am letzten Montag des Monats, gingen mehrmals im Jahr zusammen jagen und fischen und planten, wie sie es schafften, dass einer aus ihren Reihen, Griffin, zum Gouverneur gewählt wurde. Wir fragten uns, ob sie vielleicht auch eine besondere Art des Händeschüttelns hatten.

Die Gruppe hatte aber auch etwas Philanthropisches. Alljährlich suchten sie eine gemeinnützige Organisation aus, an die jedes Mitglied tausend Dollar spendete. Letztes Jahr gingen die Spenden an das Zentrum zur Prävention häuslicher Gewalt in Südost-Connecticut. Ich fragte mich, ob Griffin die anderen als persönlichen Scherz auf diese Organisation aufmerksam gemacht hatte. Ich bezweifelte, dass den meisten von ihnen bewusst war, dass emotionaler Missbrauch genauso schrecklich war wie körperlicher – die Narben waren genauso schmerzhaft, auch wenn sie unsichtbar waren. Die Täter waren so gut darin, dass niemand außer ihren Partnern merkte, was sie taten. Zumindest traf das auf meinen Ehemann zu.

Die Mitgliederzahl im Last Monday Club blieb stets unverändert – zwanzig Männer. Starben Mitglieder, wurden neue zugelassen. Es war eine morbide Tatsache, dass ein Mann nur durch den Tod eines anderen aufgenommen werden konnte. Die neuen Mitglieder mussten »vom gleichen Schlag« sein – mit anderen Worten: reich und mit guten Verbindungen. Auch wenn sie behaupteten, der persönliche Hintergrund spiele keine Rolle. Das Bankkonto hingegen spielte eine Rolle. Aber wie bei allen Organisationen gab es auch hier eine Hierarchie.

Wade Lockwood war das älteste Mitglied und hatte die meiste Macht.

Dadurch, dass Griffin Wade besonders nahestand und dieser seine politische Zukunft vorantrieb, war Griffin der nächste in der Reihe. Die Catamount-Bluff-Verbindung war sehr mächtig. Edward Hawke war genau wie Neil Coffin und sein Bruder Max im inneren Kreis.

An einem Abend hörte ich die Catamount-Männer bei einem Brandy auf unserer Terrasse darüber lachen. Sie liebten den Club, was teilweise darauf zurückzuführen war, dass die anderen Mitglieder schon automatisch eine Wählerschaft darstellten: Männer mit Geld und Einfluss, um Griffins Wahlkampagne zu finanzieren und ihre Freunde mit an Bord zu holen, damit sie spendeten und für ihn abstimmten.

Ford und Alexander standen schon in der Schlange, beizutreten. Ich hatte keinerlei Zweifel, dass sie als Söhne des »Goldjungen« in den obersten Reihen willkommen sein würden.

Ich war froh darüber, den Abend für mich alleine zu haben. Mein Blick schweifte aus dem Fenster über unsere große Rasenfläche, die bis an die Klippen reichte, die anmutigen und perfekt getrimmten Ligusterhecken und einen Rosengarten, den schon Griffins Urgroßmutter angelegt hatte. Alles war so perfekt – im Äußeren. Ich überlegte, ob ich zu Sloane herübergehen sollte, doch dann fiel mir ein, dass sie gesagt hatte, dass sie am frühen Abend einen Yogakurs bei Abigail Coffin hatte.

Alle Männer unserer Straße waren dort in diesem geschlossenen Raum im obersten Stock des Mohegan Hotels. Es waren nicht einmal weibliche Kellnerinnen erlaubt. Es gab nur männliche Kellner und einen Koch, die allesamt keine Mitglieder des Geheimbundes waren. Sobald das Essen serviert war, ließen die Hotelangestellten die Clubmitglieder mit ihren Portweinen und Zigarren allein, sodass die richtigen Gespräche beginnen konnten. Die Angestellten waren zu absoluter Diskretion verpflichtet worden – sie hatten sogar Verschwiegenheitsvereinbarungen unterzeichnet. Nicht einmal die Clubmitglieder durften wiederholen, was bei den Treffen gesagt wurde, am allerwenigsten gegenüber ihren Ehefrauen. Sie durften nicht einmal erzählen, wer die anderen Mitglieder waren. Aber natürlich sprachen die Ehefrauen untereinander, zumindest die meisten von uns. Leonora allerdings nie.

Plötzlich wollte ich weg von Griffins Oberklassengehabe, seinen Montagabenden im Smoking, und nur noch nach Hubbard's Point. Ich lief den Waldweg entlang, wo ich – wie immer – an der Bucht innehielt, bei der ich Ellens Leiche gefunden hatte.

Ich stieg den steilen Hügel hinab zum Strand von Hubbard's Point und spürte, wie sich mein ganzer Körper entspannte. Im

Gegensatz zu den vier Villen an der Catamount Road standen hier mehr als einhundert kleine Cottages nah beieinander an einer sich windenden Straße und strahlten ein Gefühl von Freude und Gemeinschaft aus. Keine in Smokings gehüllten Geheimnisse der Reichen und Berüchtigten. Das hier war mein Zuhause.

Ich erkannte Jackie, die langsam und mit gesenktem Kopf am Ufer umherlief, als ob sie nach Schätzen am Strand schaute. Seit wir laufen konnten, hatten wir diesen Sand durchforstet. »Oh, du bist es!«, rief sie erfreut und umarmte mich. »Der Star der Show!«

Ich versuchte zu lächeln, brachte es aber nicht fertig.

»Was ist los?«, fragte sie. »Irgendwas mit der Ausstellung?«

»Ich musste nur an Ellen denken. Ich bin gerade an der Stelle vorbeigekommen.«

»Oh, Ellen.«

Schweigend liefen wir nebeneinanderher, beide versunken in die Erinnerung an unsere gemeinsame Freundin. Ich musste auch an *Fingerknochen* denken und daran, wie wütend Griffin werden würde, wenn er es sähe. Seinen Ruf schützen? Nein. Sein Wahlkampf nahm an Fahrt auf, zog massive Spenden an, würde aber schon bald zu einem Stopp kommen.

Keinesfalls konnte ich zulassen, dass ein Mörder, ein Mann, der Frauen hasste, dieses Amt übernahm. Ich würde Griffin meinen Rahmen zeigen und ihm gleichzeitig sagen, dass ich ihn verlasse. Dann würde er wissen, dass ich es ernst meinte und wusste, dass er Ellen umgebracht hatte. Und er würde wissen, dass ich bereit war, auszupacken.

»Hey«, sagte Jackie plötzlich und riss mich aus meinen sorgenvollen Gedanken. »Geht es dir gut?«

»Ach, ja«, sagte ich zuerst, doch dann: »Nein, eigentlich nicht.«

»Was ist los?«, wollte Jackie wissen.

»Ich muss über etwas nachdenken«, erklärte ich.

Sie blickte mich mit ihren großen, warmherzigen Augen an und ich fühlte mich schlecht dabei, dass ich mich ihr nicht öffnen wollte.

»Hast du schon gegessen?«, fragte sie nach einem kurzen Moment.

»Nein«, antwortete ich. »Griffin ist ausgegangen und ich war nicht in Stimmung zu kochen.«

»Komm, iss bei uns«, bot sie an. »Kate und Conor kommen vorbei, und ich weiß, wie sehr sie sich über dich freuen würde. Sie ist richtig traurig darüber, dass sie am Freitag fliegen muss und deine Vernissage verpasst.«

»Ja, gern«, sagte ich.

Plötzlich wurde ich nervös, denn Conor Reid war Detective. Zwar kannte ich ihn nicht gut, aber Jackie hatte seinen Bruder Tom geheiratet und somit gehörte er zu ihrer Familie. Er wirkte immer ruhig und ernst. Konnte ich ihm trauen? Würde er mir zuhören, mir glauben? Oder war er, wie so viele aus dem Bereich der Strafverfolgung in Connecticut, Griffin gegenüber so loyal, dass er Mittel und Wege finden würde, keine Untersuchungen anstellen zu müssen?

Ich suchte jemanden, dem ich vertrauen konnte, und fragte mich, ob Conor diese Person sein konnte.

13

CONOR

Conor nutzte jede Gelegenheit, um mit seinem Bruder Tom und Jackie Zeit zu verbringen. War dann auch noch Kate dabei, war es umso schöner. Claire Beaudry Chase hatte sich spontan zu ihnen gesellt und sie standen alle draußen vor dem Cottage von Tom und Jackie. Die Holzkohle zischte, als Tom den Schwertfisch wendete. Jackie stand neben ihm und bepinselte den Fisch mit Marinade. Claire saß am Tisch und blickte aufs Wasser, während sie an ihrem Wein nippte.

Vom Cottage aus konnte man den Strand überblicken. Conor und Kate standen etwas abseits und betrachteten händchenhaltend den spektakulären rot-goldenen Sonnenuntergang. Der Wald zwischen Hubbard's Point und Catamount Bluff lag im dunklen Schatten.

»Bist du über den Pfad hierhergelaufen, Claire?«, fragte Tom Claire. »Oder bist du gefahren?«

»Gelaufen«, antwortete sie.

»Wir haben uns am Strand getroffen«, ergänzte Jackie.

»Ah! Ich freu mich, dass du zu uns gestoßen bist«, sagte Tom.

Conor fiel auf, dass Claire besorgt, fast schon erschüttert aussah. Sie wirkte so gar nicht wie eine Künstlerin, deren große Ausstellung kurz vor der Eröffnung stand. Conor hatte ähnliche Gesichtsausdrücke bei Opfern von Verbrechen gesehen.

»Das Essen ist fertig!«, rief Jackie ein paar Minuten später, und alle setzten sich an den schmiedeeisernen Tisch, es wurden Teller gereicht und Getränke eingeschenkt. Kate hob ihr Glas.

»Auf Claire«, sagte sie. »Und eine tolle Ausstellung!«

Alle stießen miteinander an. Claire lächelte, und ihre Stimmung schien sich zu bessern, doch Conor erkannte noch immer die Schwere in ihrem Blick.

»Ich muss an dem Tag nach L. A. fliegen«, bedauerte Kate. »Memorial-Day-Wochenende und meine Kunden fliegen in ihr Haus in Malibu. Ich würde so gern mit dir in der Galerie feiern, aber immerhin kann Conor dabei sein.«

»Das würde ich mir keinesfalls entgehen lassen«, sagte er und ließ sich nicht anmerken, dass Kate sich im Auto auf dem Weg hierhin an ihn gekuschelt und gesagt hatte, sie *wüsste* einfach, dass er sie gern auf der Vernissage vertreten und für Claire da sein würde, während sie ihm im Gegenzug versprach, an jedem Bankett der Polizei teilzunehmen, bei dem er sie dabeihaben wollte. Er lachte, weil er wusste, dass Kate klar war, dass er alles für sie tun würde – ohne eine Gegenleistung zu fordern.

Nach dem Abendessen gingen Tom und Jackie nach drinnen, um Kaffee zu kochen und den Nachtisch zu holen; Kate folgte ihnen in die Küche, um beim Abwasch zu helfen. Auch Conor wollte hineingehen, doch Claire hielt ihn zurück.

»Hast du schon einmal gesehen, dass Augen ihre Farbe verändern?«, fragte Claire ihn.

»Hm«, sagte er. »Du meinst die Augen von Babys, die bei der Geburt blau sind, aber später ihre Farbe ändern können?«

Claire antwortete nicht sofort. Die Sonne war fast untergegangen und es war so dunkel, dass man kaum etwas sehen konnte.

»Nein, das meine ich nicht«, erklärte Claire. »Keine Babys. Ich rede von einem Erwachsenen, dessen Augenfarbe sich je nach Stimmung ändert. Hast du von so etwas schon einmal gehört?«

Wieder lief ihm der bekannte Schauer den Rücken hinunter, der ihm signalisierte, dass etwas wichtig war. Er schwieg, wie er es immer bei Befragungen machte, und wartete, bis sie weitersprach. Claire blickte auf den Strand. Das Echo der ans Ufer platschenden Wellen war oben auf dem Hügel zu hören.

»Es ist etwas, worüber ich mir Gedanken mache«, erklärte sie. »Wahrscheinlich bilde ich es mir nur ein. Aber ich frage mich, ob sich die Augenfarbe eines Menschen verändern kann, wenn er wütend ist. Eine Person, deren grüne Augen schwarz werden, wenn sie sich ärgert. Ich meine richtig schwarz, von einer Sekunde auf die andere. Keine Blutergüsse auf der Haut oder dunkle Ringe unter den Augen – die Augen selbst. Die Iris wechselt wirklich von Grün zu Schwarz.« Sie starrte Conor fragend an.

»Ja«, erklärte dieser. »Das passiert manchmal.«

»Bei was für einem Typ Mensch passiert das?«, hakte Claire nach.

»Bei einem Psychopathen«, sagte Conor.

»Ist so etwas irgendwo dokumentiert?«, wollte Claire wissen. »Haben Leute beobachtet, wie so etwas passiert?«

An der Anspannung in ihrer Stimme merkte Conor, dass sie selbst das beobachtet hatte. »Ein berühmtes Beispiel ist Ted Bundy«, sagte Conor. »Eins seiner wenigen Opfer, die überlebt haben, berichtete, seine Augen hätten während des Angriffs ihre Farbe von Blau zu Schwarz geändert. Ein Polizist, der ihn verhört hatte, erzählte das Gleiche. Es ist nicht so, dass die Augen tatsächlich ihre Farbe ändern, aber die Pupillen erweitern sich wegen der extremen Erregung vollständig.«

»Auch durch Wut?«, fragte Claire.

Conor nickte. »Und den Drang, jemandem Schmerzen zuzufügen.«

»Was kann man gegen so einen Menschen tun?«, wollte sie wissen.

»Sich von ihm fernhalten«, lautete sein Rat.

»Das ist manchmal nicht so einfach«, meinte sie nur. Dann wandte sie ihren Blick wieder ab und richtete ihn auf die halbmondförmige Bucht bei den Wäldern zwischen Catamount Bluff und Hubbard's Point. »Hast du jemals von Ellen Fielding gehört?«, fragte sie schließlich.

»Natürlich«, meinte er. »Ich kann mich gut an den Fall erinnern. Ich war damals Polizist in der Stadt und mein Partner und ich kamen zur Bucht, kurz nachdem du und Griffin gegangen wart.«

»Dann weißt du es also«, sagte sie. »Dass Griffin und ich sie kannten. Dass ich ihre Leiche gefunden habe.«

»Ja, ich erinnere mich«, sagte er. »Ich habe damals deine Aussage gelesen.«

Er beschrieb die grausame Szene: das tote Mädchen, das tagelang im Wasser gelegen hatte, ihr Fleisch, das von den Tieren im Meer abgefressen worden war, der grauenhafte Anblick des massiven Goldarmbands, das an ihrem Handgelenk, das nur noch ein Skelett war, baumelte.

»Glaubst du, dass ihr Tod ein Unfall war?«, fragte sie.

»Zu diesem Ergebnis kam der Gerichtsmediziner«, meinte Conor vorsichtig.

Claire hatte ihn angespannt angeschaut, doch jetzt blinzelte sie und ihr Gesichtsausdruck wurde nichtssagend. Dann blickte sie weg. Er hatte den Eindruck, sie enttäuscht zu haben. Er verriet es ihr nicht, weil es nicht sein Fall gewesen war, aber er war am Tatort gewesen und hatte das Gefühl, persönlich betroffen zu sein: Ellen war ungefähr so alt wie er gewesen, stammte aus dem Ort und war ohne Erklärung gestorben.

Er hatte weiter nachgeforscht, den Autopsiebericht gelesen. Ellen hatte ein stumpfes Schädeltrauma erlitten. Die Form ihrer Schädelfraktur ließ darauf schließen, dass sie durch einen Sturz auf den Felsen oder den Schlag einer Waffe entstanden sein konnte. Die Ergebnisse waren nicht eindeutig. Ellen stammte aus einer reichen Familie, genau wie ihr Ex-Freund Griffin. Geld und Einfluss konnten viel bewirken, und er hatte sich immer gefragt, ob diese beiden Punkte eine Rolle gespielt hatten, dass keine weiteren Untersuchungen stattgefunden hatten.

Er wollte Claire noch mehr fragen, aber genau dann kam Kate mit einer Tasse Kaffee für ihn hinaus und Jackie und Tom folgten ihr mit Schälchen voll Eiscreme. Claire dankte Tom und Jackie und meinte, es sei toll gewesen, alle zu treffen, aber sie müsse nun gehen, damit sie zu Hause sei, ehe es völlig dunkel war. Sie lief die Steintreppen hinab und über den Steg. Conor beobachtete, wie sie am Ufer entlanghastete. Er dachte an das, was sie über die Augen gesagt hatte, die von Grün zu Schwarz wurden. Und er fragte sich, warum sie geschwiegen hatte, nachdem er ihre Frage, ob Ellens Tod seiner Meinung nach ein Unfall gewesen war, beantwortet hatte. Ging sie von einem Tötungsdelikt aus?

Conor nahm sich vor, die Akte zu Ellens Fall noch einmal durchzugehen, sobald er die Zeit dafür hatte.

Außerdem beschloss er, bei nächster Gelegenheit genauer auf Griffin Chases Augenfarbe zu achten.

DREI TAGE DANACH

14

CLAIRE

Die Hütte war in den folgenden drei Tagen und Nächten meine Krankenstation. Am Rand des Sumpfes hinter den Wäldern fühlte ich mich sicher und ausreichend versteckt. Ich wickelte mich in meinen alten Schlafsack und schlief auf einem Bett aus Kiefernnadeln, wo ich immer wieder in meine Träume glitt. Meine Schnitte und Prellungen stachen und schmerzten. Nachts hörte ich Schreie – einen Hasen, der von einer Eule getötet wurde, oder die Wildkatze, die ich mein Leben lang zu Gesicht zu bekommen versuchte. In meinen Träumen und im Delirium war ich der Hase.

Ich wusste, dass man mich jagte, genauso wie die Wesen der Nacht. Mein Angreifer trug die schwarze Maske, aber aufgrund ihrer Form und Größe war ich mir sicher, dass es Griffin war. In den ersten vierundzwanzig Stunden hörte ich Hunde und wusste, dass Griffins Polizisten Spürhunde geordert hatten.

Ihr Gebell hörte sich entfernt an; ich hoffte, die Tierurinmischung würde sie abhalten.

Als Erstes musste ich Wasser besorgen. Es gab eine Quelle in der Nähe, am Fuße des Granitfelsvorsprungs. Im Morgengrauen verließ ich mit einer leeren Plastikflasche die Hütte und trank sie, nachdem ich sie aufgefüllt hatte, direkt am Bach leer. Es kostete mich alle Kraft, mich im Schatten der Felswand wieder zur Hütte zurückzuschleppen, als das erste Sonnenlicht durch die Bäume schimmerte.

Ich verspürte keinen Appetit. Mein Kopf fühlte sich an, als hätte man Nägel hineingebohrt, und ich sah alles doppelt. Hatte ich eine Gehirnerschütterung? Wenn ich in einen Spiegel blicken könnte, wären meine Pupillen unterschiedlich groß? Vielleicht hatte ich Hirnblutungen und würde an einem Schädel-Hirn-Trauma sterben.

Immer noch besser, als wenn Griffin mich finden würde.

Aber ich war fest entschlossen und würde alles tun, um entweder zu überleben oder Beweise zu hinterlassen für das, was man mir angetan hatte. Das Problem war, ich wusste nicht genau, was man mir angetan hatte. Die Wucht des Angriffs war so schnell und heftig gewesen und die Maske so furchterregend. Als die Schlinge um meinen Hals gelegt worden war, war ich einmal und dann noch einmal ohnmächtig geworden. Aus den Schnitten in meinen Händen, wo das Messer mich getroffen hatte, sickerte Blut.

Er muss gedacht haben, dass ich dabei gestorben wäre, als ich aufgehängt wurde. War er von jemandem unterbrochen worden, weshalb er mich dort hatte hängen lassen müssen? Ich war entkommen, ehe er meinen Körper beseitigen konnte. Es war für mich ein Genuss, mir sein Gesicht vorzustellen, als er zurückkam und erschrocken feststellte, dass ich nicht mehr da war. Allerdings war er wahrscheinlich ob seines Versagens in Wut entbrannt und würde mich suchen, bis er mich gefunden hatte.

Ich wusste, dass ich essen musste, um wieder zu Kräften zu kommen. Meine Suche nach etwas Essbarem führte mich an den Strand. Der Weg war länger als zur Quelle.

Auf meinem Weg hügelabwärts musste ich darauf achten, die Felsvorsprünge zu umgehen, und ich war nervös, denn sobald ich zur Bucht kam, wäre ich in der Nähe von Catamount Bluff und fast schon in Sichtweite meines Hauses. Der Morgen dämmerte langsam, aber noch waren die letzten Sterne am Himmel zu sehen und ich konnte auf einem schmalen Pfad laufen, den Wild durch Eichen- und Kieferngehölz geschlagen hatte.

Am Rand des felsigen Hochlands kam ich zur Begräbnisstätte. Ich ging an dem heiligen Ort vorbei und bahnte mir den Weg den Hügel hinab. Dabei überquerte ich auch den Pfad zwischen Catamount Bluff und Hubbard's Point. Kurz war ich in Versuchung, »nach Hause«, nach Hubbard's Point zum Cottage von Jackie und Tom Reid zu gehen. Doch wäre Tom auf meiner Seite? Insbesondere, weil sein Bruder Conor als Mitglied der State Police in Verbindung zu Griffin stand.

Mein Instinkt sagte mir, dass Conor ein guter Mensch war, doch der gleiche Instinkt hatte zugelassen, dass ich mich in Griffin verliebte. Ich wusste nicht, wem ich trauen sollte.

Nur ein paar Tage, nachdem ich dort mit den Reids an dem Picknicktisch gesessen hatte, hatte jemand versucht, mich umzubringen. Könnte es sein, dass Conor Griffin erzählt hatte, dass ich noch immer über Ellen nachdachte? Griffin wusste das bereits, aber wenn Conor es gesagt hatte, könnte es sich für ihn wie eine Bedrohung angehört haben. Hatte Conor bemerkt, dass ich mit den wechselnden Augenfarben Griffin meinte? Er hatte mir gesagt, dass die Augen von Psychopathen das manchmal taten.

Conor hatte deutlich gesagt, dass Ellens Tod als Unfall betrachtet wurde. Er hatte keinerlei Zweifel gezeigt, weshalb ich nicht weitersprach.

Griffin verlangte Loyalität. Jede Strafverfolgungsbehörde im Bundesstaat wollte, dass Griffin die Wahl gewann. Sie würden von einem Gouverneur aus ihren Reihen profitieren und mehr Macht bekommen. Conor war Teil der Gruppe. Tom auch.

Bevor ich aus dem Wald trat, brach ich einen Kiefernzweig ab. Ich hatte meine Kindheit hier verbracht und auf langen Wanderungen den Strand durchkämmt, ich kannte jeden Winkel dieser Küste. Ich zog meine Schuhe aus und nahm den Zweig mit, den ich direkt am Wasser liegen ließ. Vorsichtig trat ich auf die Granitfelsen und rutschte behutsam über die glitschigen Steine bis zum flachen Wasser.

Es war genau zwischen den Gezeiten. Das Seegras an den Steinen wogte auf den Wellen und ich strich ein paar Büschel zur Seite, sodass ich im gräulichen Licht der letzten Sterne eine schwarz-blaue Muschelkolonie sehen konnte, die an den Felsen klebte. Ich sammelte eine Handvoll, öffnete sie mit einem losen Stein und aß die süßen Meeresfrüchte roh.

Ich musste vor Sonnenaufgang zu meiner Hütte zurückkehren, doch zuerst musste ich eine Wallfahrt machen. Die Bucht lag direkt um die Kurve. Für mich war die Stelle genauso heilig wie die Begräbnisstätte der Pequot – das Gezeitenbecken, in dem ich Ellen gefunden hatte. Ich wurde von Gefühlen geschüttelt. Mein Hals hatte so viele Schrammen von dem Seil, dass jeder Schluchzer sich anfühlte, als würde mir die Kehle zugedrückt.

Ich kauerte mich neben die Stelle, wo Ellens Leiche gelegen hatte, und spritzte mir mit beiden Händen das Wasser ins Gesicht. Der Ozean rief mich. Manche Menschen haben Angst vor dem, was unsichtbar in der Tiefe ist, insbesondere im Dunkeln, aber ich musste einfach hineinsteigen. Als ich mich auszog, klebten Shirt und Jeans durch das getrocknete Blut an den Schnitten. Ich zuckte zusammen, als ich den Stoff abriss und dadurch die Wunden wieder öffnete. Mein Vater hatte gesagt, dass nichts besser heilte als Salzwasser.

Ich tauchte hinein. Der Long Island Sound war Ende Mai noch kalt und stach auf jedem Zentimeter meines Körpers, aber nur kurz. Schnell gewöhnte ich mich an die Kälte. Das Salz trug mich, beruhigte meine Verletzungen und fühlte sich wie Balsam auf meinem Hals und meinen Schultern an. Nachdem ich mich drei Tage lang kaum bewegt hatte, waren meine Muskeln und Gelenke steif wie eingerostete Schrauben; ich schwamm rund fünfzehn Meter, bis sie sich lockerten und ich mich wieder lebendig fühlte.

Als ich aus dem Wasser stieg, ging gerade die Sonne am Horizont auf. Ich blickte nach Westen und sah Licht in einem der Häuser von Catamount Bluff: meinem. Griffin war bereits auf. Ich musste mich beeilen. Schnell zog ich mich an und ignorierte das raue Gefühl der Baumwolle, die auf meiner salzigen Haut klebte. Dann hob ich den Zweig auf, den ich fallen gelassen hatte, und verwischte damit meine Fußspuren. Ich sammelte meine Schuhe ein und verschwand zwischen den Bäumen.

Die Wälder empfingen mich in gleicher Weise wie zuvor das Meer. Als ich bei der Hütte ankam, leuchtete der Himmel im Blau des Morgengrauens und ich war so erschöpft, dass ich es kaum hineinschaffte. Die Gedanken rasten in meinem Kopf: *Ich sollte zum Bach gehen und mir das Salzwasser abwaschen; ich sollte mehr Wasser holen, bis die Sonne hoch am Himmel steht; ich sollte zum Sumpf gehen und versuchen, noch ein paar Blaukrabben zu fangen, um sie später zu essen.*

Nur kurz legte ich mich hin, doch ich konnte meine Augen nicht offen halten, und zum ersten Mal, seit ich hier war, schlief ich ohne Albträume.

15
TOM

Zweiundsiebzig Stunden nachdem die *Sallie B* untergegangen war, beendete die Küstenwache die Suche nach Charlie. Tom hatte sich noch nie elender nach dem Scheitern einer Such- und Rettungsoperation gefühlt. Von Anfang an hatte er gewusst, dass es unwahrscheinlich war, die Benson-Kinder zu finden. Nachdem sie Gwen gerettet hatten und Charlie nicht bei ihr im gelben Rettungsfloß gewesen war, war aus der Rettungs- eine Bergungsaktion geworden.

Dan und Gwen waren noch im Krankenhaus und erholten sich von ihren Verletzungen. Man hatte Dan ins Easterly Hospital gebracht, während Gwen im Shoreline General war, das für seine hervorragende Kinderstation bekannt war. Mit Ausnahme des einen einzigen Wortes, das Gwen flüsternd zu Tom gesagt hatte, hatte sie noch immer nicht gesprochen.

Der Vorfall wurde sowohl von der Küstenwache als auch der Connecticut State Police untersucht. Tom war zuerst auf der *Nehantic* und anschließend gut zwei Stunden mit dem Papierkram für die detaillierte Operationsbeschreibung beschäftigt gewesen.

Letztes Jahr war er zum Zusatzermittler für den Bereich Easterly ernannt worden, was bedeutete, dass er Unfälle auf See untersuchen musste. Als er mit seiner Schreibtischarbeit fertig war, fuhr er darum zum Hawthorne-Werfthafen, wo das Segelboot von Jeanne und Bart Dunham, dem Ehepaar, das zuerst beim Wrack gewesen war, lag.

Es war Memorial Day und auf der I-95 war viel Verkehr. Das Wetter war schön und die Menschen strömten in Scharen an die Strände und zu den Häfen, sodass er bezweifelte, dass er die Dunhams dort antreffen würde – der Tag war viel zu schön, um nicht segeln zu gehen. Doch als er auf dem Parkplatz der Werft ankam und einen Takler fragte, wo die *Arcturus* lag, fand er das Boot an seinem Liegeplatz und das Ehepaar saß an Deck. Sie las ein Buch, während er seine Augen auf ein iPad geheftet hatte.

Tom, der noch immer die kakifarbene Uniform der Küstenwache trug, ging den Pier entlang und blieb am Heck des Bootes stehen. Dieses war elegant und in hervorragendem Zustand. Der Bootsrumpf war weiß und wurde von einem frisch gestrichenen, dekorativen Streifen ungefähr auf Deckhöhe geziert. Das Paar schaute auf, als er näher kam.

»Hallo«, sagte er. »Ich bin Commander Tom Reid von der Küstenwache. Sind Sie die Dunhams?«

»Ja, Jeanne und Bart«, antwortete die Frau.

»Sind Sie hier wegen der *Sallie B*?«, fragte der Mann.

»Ja, genau.«

»Kommen Sie an Bord«, lud Bart Dunham ihn ein.

Tom machte einen Schritt vom Holzpier auf das Deck der *Arcturus* und duckte sich unter dem weißen Segeltuch hindurch, das von der Kajüte bis zum Achtersteg über das Cockpit gespannt war. Die Dunhams standen auf und schüttelten Tom die Hand. Es war ein warmer, sonniger Tag, doch durch das Segeltuch war das Cockpit recht kühl.

»Bitte setzen Sie sich«, sagte Bart. »Möchten Sie einen Eistee? Oder einen Rum Tonic?«

»Danke, ein Eistee wäre toll«, antwortete er. Bart ging nach unten und reichte ihm kurz darauf ein Plastikglas hinauf. Tom hörte das Klirren von Flaschen, woraus er schloss, dass Bart sich einen Drink mixte.

Die drei setzten sich auf die blau-weiß gestreiften Kissen im U-förmigen Cockpit.

»Sie sind nicht draußen und segeln?«, fragte Tom. »Dabei weht doch eine gute Brise.«

»Im Moment kann ich mir nicht vorstellen, je wieder segeln zu gehen«, erklärte Jeanne.

»Es muss sehr aufwühlend für Sie gewesen sein«, sagte Tom verständnisvoll.

»Es ist furchtbar. Sie glauben es wahrscheinlich nicht, aber ich kann den Geruch nach Benzin und verbranntem Haar noch immer riechen. Ich habe den Geschmack noch immer hinten im Hals hängen und bekomme ihn einfach nicht weg. War es ihres? Das brennende Haar, meine ich«, sagte sie mit zittriger Stimme.

»Wir haben die Überreste von Mrs Benson geborgen«, antwortete Tom, ohne darauf einzugehen, dass der Geruch nach verbrannten Haaren höchstwahrscheinlich von ihr gekommen war.

»Ich habe im Internet darüber gelesen«, meldete sich Bart. Tom fiel der Blick auf, den Jeanne ihm zuwarf. »Geht es der Tochter gut?«

»Wie gut kann es ihr schon gehen?«, fuhr Jeanne Bart an. »Sie wurde durch die Explosion aus dem Boot geschleudert, ihre Mutter ist tot und ihr kleiner Bruder ertrunken oder noch schlimmer!« Zu Tom gewandt sagte sie: »Wissen Sie, dass wir dort einen Hai gesehen haben? O mein Gott, der Junge könnte angegriffen worden sein! Haben Sie denn unsere Aussage nicht gelesen?«

»Habe ich, aber von einem Hai stand dort nichts.«

»Das war keine Haifischflosse, Liebes, es war der Hund«, meinte Bart.

»Woher willst du das wissen? Du hast doch mal wieder zu tief ins Glas geschaut. Ich habe gesehen, was ich gesehen habe.«

Tom machte sich im Geiste eine Notiz, den Hai in den Bericht aufzunehmen, auch wenn er seine Zweifel hatte – Haie, die Menschen angriffen, waren in dem Teil des Long Island Sound, in dem das Wrack der *Sallie B* gefunden worden war, selten bis nicht existent.

»Nach einer so schlimmen Erfahrung, wie Sie sie gemacht haben, sind die Erinnerungen häufig verworren«, erläuterte Tom. »Manchmal kommen sie auch lange nicht zurück. Haben Sie noch etwas bemerkt, woran Sie sich anfangs nicht erinnern haben?«

»Hm. Der Zettel«, fiel es Bart ein.

»Was für ein Zettel?«, fragte Jeanne.

»Ich habe ihn dir doch gezeigt!«

»Hast du nicht! Was für ein Zettel?«

»Als wir wieder bei der Werft waren und ich das Boot abspritzte – ich wasche immer das Deck, wenn wir zurückkommen«, erklärte er Tom.

»Gut für das Boot«, murmelte Tom.

»Wäscht das Salz ab«, konkretisierte Bart. »Verhindert Rost. Außerdem hab ich gern ein sauberes Boot.«

»Als Sie das Boot also abspritzten …«, wollte Tom zum ursprünglichen Thema zurückkehren.

»Also. An der Seite des Boots, oberhalb des Wasserspiegels, klebte dieser Zettel. Klar, er war zerfetzt, der Großteil fehlte und die Tinte war größtenteils verwischt und unlesbar. Aber er war mit ›Sallie‹ unterschrieben. Wahrscheinlich am Ende eines Briefes oder so.«

»Wo ist der Zettel jetzt?«, hakte Tom nach. Dan hatte bei der zweiten Befragung durch die Polizei gesagt, dass Sallie in Gedanken ganz woanders gewesen war und sie daher einen Fehler in der Bordküche gemacht und daher selbst die Explosion verursacht hätte. War sie vielleicht so verzweifelt gewesen, dass sie es absichtlich gemacht hatte? War der Zettel ein Abschiedsbrief?

»Ich habe ihn weggeworfen«, erklärte Bart. »Er war total durchnässt. Wahrscheinlich klebte er am Bootsrumpf fest, als wir durch den Schutt fuhren. Da waren jede Menge Asche und andere unschöne Dinge, die an der Seite unseres Schiffes klebten. Ich habe alles in den Müllcontainer geworfen.« Damit zeigte er in Richtung Werft.

Tom blickte in die gleiche Richtung und fragte: »Wo genau steht der Müllcontainer?«

»In dem Gässchen zwischen dem Takelage-Schuppen und dem großen Bootshaus.«

Tom nickte verstehend.

»Der Zettel ist mit ein paar leeren Flaschen in einer Plastiktüte. Verpfeifen Sie mich nicht, weil ich nicht recycle.«

»Sehr witzig«, meinte Jeanne abschätzig.

»Wissen Sie, was passiert ist, was das Feuer verursacht hat?«, fragte Bart. »Ich lese ständig im Internet die Nachrichten, aber es gibt nichts Neues.«

»Noch nicht«, beantwortete Tom die Frage.

»Ich dachte, Sie könnten uns etwas verraten, was noch nicht offiziell ist. Schließlich waren wir ja dort und bei all dem, was wir getan haben ...«, sagte Bart.

»Es war so schrecklich«, warf Jeanne wieder mit Tränen in den Augen ein. »Wir kannten die Bensons zwar nicht persönlich, aber die Bootswelt ist so klein, vor allem hier an der Flussmündung. Wir haben sie ganz oft gesehen.«

»Wo?«, fragte Tom.

»Ach, zum Beispiel auf dem Weg von und zur West Wind Marina. Oder draußen auf dem Sound. Wenn sie unterwegs waren, sich einen schönen Tag gemacht haben. Alle vier«, verdeutlichte Bart.

»Manchmal war es auch nur er«, ergänzte Jeanne. »Mit ein paar Männern, Freunden. Auf dem Weg zum Fischen oder so. Sie war ziemlich bekannt, wissen Sie? Als ich hörte, dass ›Sallie B‹ für Sallie Benson stand, wusste ich sofort, zu wem der Name gehört. Die Raumausstatterin.«

»Sehr renommiert«, meinte Bart. »Es ist überall in den Nachrichten. Sie hat die Hälfte der Schickimicki-Häuser an der Küste dekoriert.« Er trank aus und schwenkte das schmelzende Eis in seinem Glas, dann ging er zum Niedergang. »Kann ich Ihnen noch einen Eistee bringen?«, bot er Tom an.

»Nein danke«, antwortete Tom. »Ich muss jetzt gehen. Danke für Ihre Zeit. Ich werde die State Police anrufen, damit jemand den Müllbeutel mit dem Brief holt.«

»Zeitverschwendung. Sie können ihn nicht einmal lesen«, befand Bart.

»Das Ganze ist ein Albtraum«, fügte Jeanne hinzu. »Mitansehen zu müssen, was diesen Menschen – die wir auch noch kennen! – passierte. Übrigens haben wir Maggie, den kleinen Hund, aus dem Wasser gefischt. Aber er wird es vermutlich nicht schaffen. Es ist ein Wunder, dass er überhaupt bis jetzt überlebt hat.«

»Ja, und wir mussten ein paar Hundert Dollar für die Tierarztrechnung hinblättern«, ergänzte Bart, der mit einem vollen Glas zurückkam. »Nur um herauszufinden, dass der Hund Meerwasser geschluckt und in die Lunge eingeatmet hat.« Er nahm einen großen Schluck und sagte dann: »Es geht mir ja nicht ums Geld, aber eigentlich sollte Dan Benson es mir trotzdem zurückzahlen. Wenn er aus dem Krankenhaus entlassen wird, natürlich.«

»Bart!«, rief Jeanne und warf ihm einen empörten Blick zu.

Tom nickte. Dann schüttelte er den Dunhams die Hand und trat auf das Dock. Doch er blieb stehen und drehte sich um.

»Zu welchem Tierarzt haben Sie den Hund gebracht?«, fragte er.

»Silver Bay Veterinary Clinic«, antwortete Jeanne. »Als uns aufgefallen ist, dass sie Atemprobleme hatte, haben wir sie schnell dorthin gefahren. Ich habe mich bisher nicht getraut, anzurufen und nachzufragen, ob sie sie einschläfern mussten. Die arme kleine Maggie.«

»Wir haben unser Bestes getan«, befand Bart und legte ihr den Arm um die Schultern.

Tom verabschiedete sich von Jeanne, die sich an ihren Mann drückte. Dann rief er mit dem Handy Conor an und erzählte ihm von der Mülltüte von der *Arcturus*. Zwar wusste er, dass Conor mit dem Verschwinden von Claire Beaudry Chase beschäftigt war, aber seit Tom zum Ermittler benannt worden war, fragte er seinen jüngeren Bruder häufig um Rat.

Anschließend rief er Detective Jen Miano, die den Benson-Fall leitete, an, um sie über die Situation zu informieren. Dann parkte er seinen Pick-up am Eingang zu der Gasse, in der der Container stand. Er wollte ihn bewachen, für den unwahrscheinlichen Fall, dass am Feiertag ein Müllwagen kommen und den Müll der Werft abholen würde. Er lehnte sich zurück und wartete auf die Polizei.

16

Conor

Nach Toms Anruf fuhr Conor zur Hawthorne-Werft. Dort fand er Tom neben seinem Pick-up und im Gespräch mit seiner Stieftochter Hunter. Hunter trug ihre Uniform und die Kappe der Connecticut State Police.

»Hallo, Trooper Tyrone«, rief er, als er zu ihr und Tom ging.

»Hallo«, begrüßte sie ihn mit ernster Miene.

»Was führt dich hierher?«, fragte er sie.

»Detective Miano hat mich hergebeten«, antwortete sie. »Ich dachte schon, ich würde rausgeschmissen, weil ich gegen das Protokoll verstoßen und Tom schon einmal über das gelbe Rettungsfloß informiert hatte, statt abzuwarten, bis die Kommandoleitung ihm das mitteilt.«

»Ja, das war nicht so cool«, sagte Conor und versuchte, sich so streng wie möglich anzuhören und gleichzeitig Toms Blick auszuweichen. Denn das war die Reid'sche Art und Weise, die Familienmitglieder bei den Strafverfolgungsbehörden in die Details der gemeinsamen Ermittlungen einzuweihen.

»Ich weiß«, meinte Hunter.

»Gut, dass du bei dem Fall mit dabei bist«, fand Conor.

Sie nickte und sagte: »Danke. Ich bin froh, hier zu sein«, wobei sie die Straße hinabblickte. Dann ging sie schnell weg, als ob sie nicht im Gespräch mit den beiden gesehen werden wollte.

Jen Mianos Ford Interceptor bog gefolgt von zwei weiteren Polizeiautos auf den Parkplatz ein. Sie stieg aus und ging zu Conor und Tom. In ihrem blauen Hosenanzug wirkte sie sehr professionell.

»Also, was hat es mit diesem Brief auf sich?«, fragte sie.

»Bart Dunham meinte, er hätte an seinem Bootsrumpf geklebt. Angeblich war er mit ›Sallie‹ unterzeichnet.«

»Warum hat er das nicht gleich erwähnt, als wir ihn befragt haben?«

»Der Schock, wahrscheinlich. Außerdem trinkt er gern mal einen über den Durst. Der Zettel ist sogar in der Tüte mit den leeren Flaschen.«

»Okay, kapiert«, meinte Jen. »Wir wühlen jetzt also im Müllcontainer?«

»Ja, und zum Glück hast du Verstärkung mitgebracht«, witzelte Conor mit Blick auf die Polizisten in weißen Schutzanzügen und entsprechenden Stiefeln und Handschuhen. Dann schaute er zu seinem Bruder Tom, dem man ansah, dass er drei Tage lang ununterbrochen auf See gewesen war.

Die beiden Reid-Brüder blieben bei Jen und beobachteten das Forensikerteam, das die Gasse mit gelbem Flatterband absperrte und tütenweise Müll aus dem Container zog.

Menschen, die auf ihrem Weg zu und von ihren Booten die Polizeiautos gesehen hatten, versammelten sich neugierig. Hunter war außerhalb des abgesperrten Bereichs stationiert, um ihnen zu sagen, dass sie weitergehen sollten. Nach ein paar Minuten entschuldigte sich Tom und kehrte in sein Büro zurück.

»Nun?«, machte Jen und schaute Conor fragend an.

»Ja?«

»Das ist mein Fall«, fügte sie hinzu. »Und du musst eine vermisste Frau finden. Was machst du also hier mit mir auf der Werft?«

»Ich vermisse dich, Jen«, gab er zu. »Ich bekomme dich nie zu Gesicht, jetzt wo wir keine Partner mehr sind.«

»Stimmt, das wird's sein«, meinte sie leicht mürrisch.

»Okay, Sallie Benson hat für Claire Chase und ihren Ehemann, Griffin, die Küche designt.«

»Und?«

»Ich weiß nicht. Zufälligerweise sind Sallie und Claire beide am selben Tag Opfer von Gewaltverbrechen geworden. Und sie kannten einander«, sagte Conor.

»Jemand soll also gleichzeitig Angriffe auf die beiden Frauen begangen haben?«

»Ich will herausfinden, ob es da eine Verbindung gibt«, erklärte Conor.

»Hm. Dan meint, Sallie wäre für das Boot verantwortlich gewesen. Sie war als Einzige unten.«

»Und dann soll sie es absichtlich gemacht haben?«

»Ich weiß nicht. Wir werden sehen, was in dem Brief steht«, antwortete Jen.

»Es war ihr egal, dass ihre ganze Familie an Bord war? Ihre zwei Kinder?«

»Ich weiß, was du meinst«, sagte Jen. »Aber wir haben schon Kränkeres gesehen.«

»Was ist mit ihm?«, fragte Conor. »Wer sagt, dass es stimmt, dass Sallie unten war? Vielleicht hat er es getan.«

»Sein eigenes Boot in die Luft zu jagen? Und auch in diesem Fall: Was ist mit den Kindern? Würde er ihnen das antun?«, erwiderte Jen. »Glaubst du, er ist jemand, der seine ganze Familie ausrottet?«

Conor dachte darüber nach. »Was ist mit seiner ersten Aussage?«, warf er schließlich ein.

»Als er sagte ›sie haben sie‹?«, fragte Jen.

»Er war mit Medikamenten zugedröhnt«, meinte Conor. »Konnte weder klar denken noch reden und wusste nicht, was er sagt. Was, wenn er eigentlich meinte ›Ich hab sie‹? Was, wenn er seine Frau, aber nicht die Kinder töten wollte?«

»Hm.« Jen nickte. »Er könnte Gwen und Charlie in das Rettungsfloß gesetzt haben, aber irgendetwas ist Charlie zugestoßen – er wurde von einer Welle erfasst oder fiel über Bord … So etwas hatte Dan nicht geplant. Er wollte nicht, dass seine Kinder sterben.«

Doch die Puzzleteile passten nicht. Conor fand, dass, wenn man seine Frau töten wollte, eine Explosion eine ziemlich krasse Methode war, insbesondere, wenn das Leben von einem selbst und der eigenen Kinder in Gefahr war. Und die Verbindung zwischen Sallie und Claire machte ihm noch immer zu schaffen.

Plötzlich kam einer der Polizisten im Schutzanzug zum Ende der Gasse und winkte, woraufhin Jen zu ihm ging. Conor folgte ihr. Sie duckten sich unter dem Flatterband durch und sahen elf Plastikmülltüten, deren Inhalt in zwei Reihen vor dem Container ausgebreitet worden war. Davor standen zwei Beamte der State Police.

»Die hier muss es sein, Detective«, erklärte Trooper Alan Williams und zeigte auf eine klebrige Mülltüte voller leerer Flaschen.

»Machen Sie sie auf«, bat Jen, woraufhin der Beamte das Plastik durchschnitt.

Conor hockte sich neben sie und sein Blick fiel auf Bananenreste, eine Melonenschale, die Knochen eines Hühnchens, zusammengeknüllte Papiertücher, die Reste mehrerer ausgedrückter Limetten, Bierdosen und zwei leere Flaschen Mount Gay Rum, alles von Kaffeepulver überzogen.

»Und hier haben wir ihn«, rief Jen und auch Conor sah das nasse Stück Papier, das an einer leeren Flasche klebte. Ein Rand war abgerissen, doch das cremefarbene Briefpapier war noch zu erkennen. Die Handschrift war blass und verschwommen.

»Kannst du irgendwelche Wörter entziffern?«, fragte Conor.

»Nein«, sagte Jen. »Aber ich bringe den Zettel sofort ins Labor und sorge dafür, dass du eine Kopie bekommst. Lass mich wissen, falls …«

Nachdem sie drei Jahre lang Partner gewesen waren, wusste Conor, was sie sagen wollte.

»Natürlich«, antwortete er daher schon. »Ich rufe dich an, falls wir bei unseren Ermittlungen auf etwas stoßen, was im Zusammenhang mit deinem Fall steht.«

»Tja, da haben wir's, Conor.« Jen musste lachen. »Schon arbeiten wir wieder zusammen.«

17
Tom

Im Kinderkrankenhaus war es ruhig. Es war später Nachmittag am Memorial Day, kurz nach dem Schichtwechsel, obwohl, so schien es Tom Reid, nur eine Notbesetzung anwesend war. An einem so schönen Tag und dann auch noch am ersten sommerlichen Feiertagswochenende an der Küste von Connecticut waren die Flure still und so gut wie leer.

Tom ging mit einer großen, schwarzen Tasche, auf der die Insignien der Küstenwache prangten, den blank polierten Gang im ersten Stock entlang und fragte im Schwesternzimmer nach der Zimmernummer von Gwen Benson.

»Sind Sie ein Verwandter?«, fragte ihn die zierliche Schwester mit langen, braunen Locken, deren Namensschild sie als *Mariana Russo, Krankenschwester* auswies.

»Nein«, antwortete er und zeigte ihr seinen Dienstausweis.

»Küstenwache? Die Polizei war auch schon da und hat mir ihr gesprochen. Sogar ein Reporter der *Shoreline Gazette* wollte zu ihr rein.«

»Hat sie irgendetwas gesagt?«, fragte Tom.

»Nein«, lautete Marianas Antwort. »Kein einziges Wort. Wir lassen nicht jeden zu ihr. Sie hat schon ein ziemliches Trauma erlitten, da braucht sie nicht auch noch Fremde, die ihr Fragen stellen.«

»Das verstehe ich«, meinte Tom. »Ich möchte ihr keine Fragen stellen. Ich möchte sie nur besuchen. Ich war es, der sie aus dem Rettungsfloß gezogen hat.«

»Ah«, machte Mariana und schaute ihn genauer an. »Schön, Sie kennenzulernen. Soweit ich gehört habe, war ihre Rettung ziemlich aussichtslos und von daher großes Glück gewesen.«

»Allerdings«, stimmte er zu.

Mariana schwieg und überlegte anscheinend, ob sie Tom zu Gwen lassen sollte oder nicht.

»Vielleicht hilft es ihr, Sie zu sehen«, meinte sie schließlich. »Aber ich bin mir da nicht so sicher. Als ihr Vater sie besuchte, hat sie das ziemlich aufgewühlt. Man hatte ihn extra aus dem Easterly Hospital hergebracht. Unsere psychologischen Mitarbeiter meinen, das liegt wahrscheinlich daran, dass er sie an das erinnert hat, was passiert ist. Oder vielleicht, weil er überall Verbände hatte – Kinder können es meist nicht ertragen, ihre Eltern verletzt zu sehen.«

Tom nickte beim Gedanken an das, was vom Boot nach der Explosion übrig gewesen war. Er fragte sich, wie viel Gwen davon mitangesehen hatte, ob sie die Leiche ihrer Mutter gesehen hatte und ob sie wusste, dass die Suche nach Charlie aufgegeben worden war.

»Abgesehen von ihrem Vater hat nur ihre Tante sie besucht«, erläuterte Mariana. »Die Schwester ihrer Mutter, Lydia.«

»Wie oft war ihr Vater hier?«

»Zweimal. Beide Male hat es sie so sehr aufgeregt, dass ihr Arzt gesagt hat, wir sollten es langsam angehen.« Sie blickte Tom eine Weile an. »Ich lasse Sie ein paar Minuten zu ihr. Aber Sie müssen sofort gehen, wenn sie irgendwelche Anzeichen von

Stress zeigt. Als ihr Vater hier war, machte sie ein ganz schrilles, hohes Geräusch.«

»Das habe ich schon einmal gehört«, meinte Tom. »Als wir sie gefunden haben. Wie ein kleiner Vogel hat sie gepiepst. Ununterbrochen, auch noch als wir sie in die Notaufnahme brachten.«

»Dann kennen Sie es ja bereits.«

Sie betraten das Zimmer direkt gegenüber dem Schwesternzimmer. Der Vorhang war zugezogen, um Gwen vor den Blicken der Menschen auf dem Flur abzuschirmen. Mariana machte Tom Zeichen, ihr zu folgen.

Gwen lag vollkommen regungslos im Bett. Die roten Verbrennungsflecken auf Wangen, Kinn, Stirn und dort, wo die Augenbrauen gewesen waren, sahen schlimm aus und waren von Salbe bedeckt. Es wirkte, als hätte sie einen Sonnenbrand. Die verkohlten Enden ihrer hellblonden Haare waren abgeschnitten worden. Es lag eine unvorstellbare Traurigkeit in ihrem Blick, mit dem sie Tom und Mariana folgte, als diese eintraten.

»Gwen, du hast Besuch«, sagte Mariana.

»Hallo, Gwen«, sagte Tom. »Kannst du dich an mich erinnern?«

Obwohl sie weder sprach noch nickte, konnte er ihr ansehen, dass sie ihn erkannte. Sie wirkte sehr ruhig und gab kein Geräusch von sich.

»Ich bin sehr froh, hier bei dir zu sein«, sagte Tom zu ihr. Das entsprach der Wahrheit und es war für ihn ein sehr emotionaler Moment. Er dachte daran, wie er sie hochgehoben, in den Rettungskorb gebracht und während des ganzen Flugs im Hubschrauber ihre Hand gehalten hatte. Mariana hatte recht, es war großes Glück, dass Gwen überhaupt gefunden worden war.

Mariana machte ihm Zeichen, sich auf den Stuhl neben Gwens Bett zu setzen. Dort saß er schweigend und schaute

Gwen nur an. Sie erwiderte seinen Blick. Das war ihre Form der Kommunikation. Vom Flur ertönte das Geräusch einer Klingel – ein Patient rief nach einer Schwester. Mariana blieb jedoch noch im Raum. Als sie schließlich spürte, dass es Gwen in Toms Gegenwart gut ging, ging sie leise hinaus.

»Du bist so ein tapferes Mädchen«, sagte Tom.

Gwen sah ihn nur an.

»Dich zu finden war einer der wichtigsten Momente für mich, seit ich bei der Küstenwache bin«, fuhr er fort. »Es hat uns allen sehr viel bedeutet, Gwen. Alle haben nach dir gesucht. Und zu wissen, dass du auf dem Weg der Besserung bist – das ist das Tollste überhaupt.«

Sie schloss die Lider und zwei dicke Tränen kullerten über ihre Wangen. Tom wusste, dass es ihr alles andere als gut ging.

»Ich wollte dir etwas mitbringen«, sagte er. »Ein Buch, ein Spiel, ein Stofftier, aber ich wusste nicht, was dir gefällt. Darum habe ich meine Frau und meine Stieftöchter gefragt, die auch ein paar gute Ideen hatten. Aber dann kam ich drauf.«

Sie öffnete die Augen und wartete darauf, dass er es ihr verriet. Dann klappte er die Tragetasche auf, während sie jede seiner Bewegungen beobachtete. Er griff hinein und zog die Hündin hinaus. Sie war so klein, kaum größer als seine Hand. Dann hielt er sie Gwen entgegen, die juchzte und die Hände ausstreckte.

»Maggie!«, rief Gwen.

Tom legte Gwen den Yorkshire Terrier in die Arme und sie versteckte sofort ihr Gesicht in Maggies Fell und küsste sie oben auf den Kopf, wobei der Hund vor Freude quietschte. Mariana betrat den Raum und blickte Tom streng an.

»Das darf nicht wahr sein!«

»Ich habe sie vom Tierarzt geholt«, erklärte er.

»Hunde sind hier nicht erlaubt.«

»Dachte ich mir«, sagte er verschmitzt lächelnd. Doch als Mariana sah, wie Gwen Maggie streichelte und küsste, musste sie auch lächeln. Tom würde, wenn Mariana ihm sagte, dass es Zeit war zu gehen, Maggie mit nach Hause nehmen und bis zu Dans und Gwens Entlassung bei sich behalten. Aber jetzt in diesem Moment saß er einfach nur neben Gwens Bett und beobachtete bewegt ein Mädchen und seinen Hund, die endlich wieder vereint waren.

DREI TAGE DAVOR

18

Claire

Heute wollte ich die letzten Kunstwerke in die Galerie bringen und Jackie bei den Vorbereitungen für Freitag helfen. Endlich hatte ich *Fingerknochen* fertiggestellt. In meinem Atelier waren die Türen weit geöffnet, sodass die Brise vom Meer hineinströmen konnte und der Klang der sich brechenden Wellen zu hören war. Ich stand über den Objektrahmen gebeugt, der ein Gezeitenbecken darstellen sollte, und untersuchte genauestens Muschelschalen, Rankenfußkrebse, die ich bei Ebbe vom Granit abgekratzt hatte, Krebsscheren, Stücke ihrer Panzer und die Äste, die von Meer und Sonne ausgebleicht waren – von denen jeder ein Fingergelenk oder einen Knochen darstellen sollte, die so zusammengestellt wurden, dass sie wie eine greifende Skeletthand aussahen.

Jemand, der nichts über Ellens Tod wusste, würde nichts damit anfangen können, aber ein Mensch würde es verstehen, und genau darum ging es mir. Ich würde bei der Scheidung nichts Monetäres von Griffin nehmen – weder das Haus noch Unterhalt noch andere materielle Dinge. Ich wollte nur, dass er wusste, dass ich ohne jeglichen Zweifel durchschaut hatte, wer er war und was er getan hatte.

Ich würde dafür sorgen, dass er seine Kandidatur niederlegte. Bevor ich endgültig gehen würde, wollte ich ihm die Maske vom Gericht reißen. Und es musste jetzt geschehen: Nächste Woche würde eine große Wahlkampfveranstaltung stattfinden, bei der Senator Stephen Hobbes Griffin öffentlich als Gouverneur vorschlagen würde.

»Na, du!«

Ich war so in Gedanken versunken, dass ich beim Klang von Nates Stimme aufschreckte. Er stand in der Tür und kam dann auf mich zu, um mich zu umarmen. Wie immer sah er zerknittert und leicht ungepflegt aus, aber ich fühlte mich sehr wohl in seinen Armen. Zwar hatte unsere Ehe nicht funktioniert, aber er war der perfekte Ex-Mann und ich würde ihn immer lieben.

»Du bist zurück!«, rief ich erfreut. »Wie waren die Wale?«

»Die Buckelwale lassen dich grüßen«, sagte er. »Es ist mir richtig schwergefallen, abzureisen. Ich weiß nicht, was schöner war – ihnen in der Beringsee beim Fressen zuzuschauen oder ihnen in Baja California beim Kalben zuzusehen. Nächstes Mal musst du unbedingt mitkommen. Ich musste ständig daran denken, wie viel Spaß es dir gemacht hätte.«

»Okay, machen wir«, antwortete ich lächelnd.

»Hör auf, mich zu foppen«, meinte er, wobei sein von Sonne und Wind gegerbtes Gesicht strahlte. »Griffin würde dich niemals mit mir verreisen lassen. Ich würde dich nie wieder zurückbringen.«

»Ich bin so froh, dass du wieder zu Hause bist«, sagte ich. »Warum hast du mich nicht angerufen und mir Bescheid gesagt?«

»Ich wollte dich überraschen und mir deine Werke schon einmal im Vorfeld anschauen.« Wiederum lächelte er.

»Außerdem ist es mitten am Nachmittag und ich weiß, dass Griffin im Gericht ist oder versucht, sein Publikum für sich einzunehmen, oder irgendwelchen Geldgebern Honig ums Maul schmiert.«

»Du liegst richtig«, antwortete ich. »Heute macht er Zeugenbefragungen.«

»Ich kann mir also deine Arbeiten anschauen?«

»Natürlich«, sagte ich, denn ich wollte auch seine Meinung hören. Schon immer hatte ich meine Arbeiten am liebsten zuerst Nate gezeigt, denn besser als jeder andere verstand er, wie ich versuchte, das menschliche Leben und Gefühle durch die Elemente der Natur auszudrücken. Er hatte mich auch gebeten, vor seinen Studenten in Yale zu sprechen, wo er über aussterbende Arten, Psychologie und die Auswirkung des Artenrückgangs auf die menschliche Existenz unterrichtete. Sein neunmonatiger Forschungsurlaub war mir endlos erschienen – ich hatte ihn wirklich vermisst.

»Sie sind wunderschön, Claire«, befand er, als er eine Runde durch mein Atelier gedreht hatte. »Aber so düster.«

»Findest du?«, fragte ich.

»Ja«, sagte er. »Ich kenne dich. Du hast Schmerz und Sorgen eingefangen. Was hat dich dazu gebracht?«

»Die Welt ist nun mal voller Schmerz und Sorgen«, antwortete ich. Ich überließ die Interpretation ihm: die Politik, den zunehmenden Faschismus, das Leid der Flüchtenden, das Versagen bei den Klimaproblemen. Wenn überhaupt jemand in mein Herz schauen und meine eigene Dunkelheit sehen konnte, dann war es Nate – aber dennoch wollte ich es vor ihm verbergen.

»Die globale Situation ist mehr als besorgniserregend«, sagte er. »Auf dem Forschungsschiff zu sein, war da sozusagen erholsam. Ich habe so wenig Nachrichten geschaut oder gelesen wie möglich. Aber sobald wir an einem Hafen an Land gegangen sind, habe ich es sofort gespürt.« Mit einem Schaudern blickte er auf *Fingerknochen*. »Das hier sieht aus wie das Ende des Lebens auf Erden. War das deine Absicht?«

»Ja«, antwortete ich wahrheitsgemäß.

Plötzlich hörte ich vom Haupthaus her Stimmen. Mein Puls fing zu rasen an – es war erst halb vier und viel zu früh, als dass Griffin nach Hause kommen würde. Denn auch wenn er in der Öffentlichkeit meine Freundschaft zu Nate akzeptierte, musste ich hinter verschlossenen Türen teuer dafür bezahlen, wenn ich mich mit ihm traf.

»Oh, Mist«, sagte ich.

»Der hohe Gebieter dieses Palasts?«, fragte Nate.

Ich blickte aus meinem Atelierfenster, das nach Norden zeigte. Dort stand Griffin zusammen mit Wade Lockwood auf der Terrasse. Zumindest würde er vor Wade nicht an die Decke gehen. Was er im Grunde auch nicht vor Nate tat. Das geschah immer erst später.

Ich sah, wie Griffin und Wade ins Haus gingen.

»Er ist zu Hause«, sagte ich. »Wahrscheinlich hat er dein Auto gesehen und gibt uns jetzt die Gelegenheit, kurz zu reden.«

»Nein«, entgegnete Nate. »Ich bin mit dem Beiboot hergekommen. Das liegt am Fuß der Felswand. Ich bezweifle, dass er weiß, dass ich hier bin. Na los, lass uns gehen. Wir fahren einfach zum größeren Boot, ich nehme dich mit und wir essen auf Shelter Island zu Abend. Und ich erzähl dir mehr über die Buckelwale.«

»Das nächste Mal«, meinte ich und umarmte ihn hastig. »Würde es dir etwas ausmachen …«

»Zu gehen?«, fragte Nate. »Okay, schon verstanden. Aber Claire …«

Er sah mich besorgt an. Obwohl Griffin auch bei Nate seinen Charme spielen ließ, war mein Ex-Mann so feinfühlig, dass er merkte, was unter der Oberfläche schlummerte.

Und zweifelsohne spürte Nate auch jetzt meine Angst. Doch in diesem Moment war es mir egal, ob Griffin Nate sah oder nicht. Ich wollte nur, dass mein nächstes Zusammentreffen mit Griffin genau nach dem Drehbuch lief, das ich in Gedanken geschrieben hatte.

»Ich hau ab«, sagte Nate mit ernstem Gesichtsausdruck. »Aber diese Ausstellung … ich mache mir Sorgen um dich. Du möchtest, dass ich glaube, dass es bei deinen Werken um etwas Geopolitisches geht.«

»Tut es«, antwortete ich.

»Nein, tut es nicht«, entgegnete er. »Es geht dabei nur um dich. Die Dunkelheit ist etwas Persönliches. Er ist ein machthungriges Arschloch, egal, wie sehr du ihn zu schützen versuchst, und irgendetwas ist im Argen. Erzähl es mir, Claire.«

»Es ist alles in Ordnung«, behauptete ich.

»Ich glaube dir kein Wort.«

»Können wir das Thema jetzt bitte lassen?«, fragte ich und schaute aus dem Fenster. »Sehe ich dich am Freitag in der Galerie?«

»Das möchte ich keinesfalls verpassen«, antwortete Nate und warf mir einen letzten, besorgten Blick zu. Dann ging er durch die Tür, die zum Meer führte, und verschwand auf dem schmalen, bewachsenen Pfad zum Strand. Nach ein paar Minuten hörte ich das Geräusch seines Außenbordmotors. Dann ging ich wieder zum Fenster, das auf das Haus blickte, und wartete.

19

SALLIE

Sallie wünschte, sie könnte duschen und den gestrigen Tag von ihrem Körper und aus ihrem Gedächtnis waschen. Die Erinnerung daran, wie sie auf Edwards Boot auf ihn gewartet und sich dann Ford vom Leib halten musste, erfüllte sie mit Ekel, insbesondere über sich selbst. Eigentlich hätte sie jetzt eine Design-Beratung mit einem Ehepaar, das gerade ein altes georgianisches Haus am Connecticut River gekauft hatte, doch sie hatte den Termin abgesagt. Sie brauchte dringend einen Tag für sich und ihre Kinder und gab somit Harriet, der Kinderfrau, frei.

In ihren bequemsten Jeans und dem pinkfarbenen T-Shirt mit dem Schriftzug *Jemand auf der Black Hall Elementary School liebt mich*, das Gwen ihr vor zwei Wochen zum Muttertag geschenkt hatte, saß sie auf dem Sofa und Maggie kuschelte sich an sie. Sie rief ihre Schwester Lydia an, um sie zu sich nach Hause einzuladen, doch diese war heute als Verlagsvertreterin für Kinderbücher in Buchläden in New Hampshire und Maine unterwegs.

Sallie konnte das unangenehme Gefühl von Fords Händen auf ihrem Körper nicht abschütteln und musste ständig an die Wut in seiner Stimme und den Geruch seines Erbrochenen denken. Am liebsten wäre sie aus dem Haus gerannt, doch sie wusste nicht, wohin. An ihrem wichtigsten Zufluchtsort, Abigail Coffins Yogazentrum, fühlte sie sich nicht mehr willkommen.

Zuerst war es toll gewesen, Abigail hatte ihnen beigebracht, tief zu atmen, und über *Mettā* gesprochen – das Pali-Wort für *liebende Güte*. Mit anderen – Familie, Freunden und Fremden – hatte Sallie immer großes Mitgefühl gehabt. Mit sich selbst allerdings nicht.

Halbwegs gut zu sich selbst zu sein, war eine ganz neue Fähigkeit und teilweise der Grund, der sie in Edwards Arme geführt hatte, indem sie Liebe, sowohl in körperlicher als auch emotionaler Hinsicht, in ihr Leben gelassen hatte. Eines Abends hatte Abigail ihr nach der Stunde eine Flasche Wasser gereicht.

»Ich bin froh, dass du jetzt herkommst«, meinte Abigail. »Wir müssen zusammenhalten.«

»Wir Frauen, ja, das sollten wir«, stimmte Sallie zu.

»Ich meinte eigentlich die Monday-Night-Schwesternschaft. Die Ehefrauen der Last-Monday-Männer. Unsere Männer haben ihre Geheimnisse, nicht wahr?«, sagte Abigail und beobachtete Sallies Reaktion.

»Ich schätze, ja«, meinte Sallie. »Aber Dan geht nicht mehr hin.«

»Tatsächlich?«, fragte Abigail stirnrunzelnd. »Warum?«

»Eines Tages hat er einfach damit aufgehört«, meinte Sallie nur. Sie wusste, dass es eine Meinungsverschiedenheit mit einem Mitglied gegeben hatte, aber davon sagte sie nichts, für den Fall, dass es sich dabei um Abigails Ehemann handelte.

»Niemand hört einfach auf!«, entgegnete Abigail. »Die Mitgliedschaft gilt lebenslang. Jeweils nur zwanzig Männer – es ist eine Ehre, dabei sein zu dürfen.«

»Ja, wahrscheinlich«, murmelte Sallie.

Abigail wich einen Schritt zurück, als ob Sallie plötzlich eine ansteckende Krankheit hätte. Sallie fragte sich, was sie so Schlimmes gesagt hatte. Ein paar Minuten lang verschwand Abigail in ihrem Büro und Sallie konnte hören, wie sie mit gedämpfter Stimme telefonierte. Als Abigail zurückkam, lächelte sie wieder so heiter wie immer.

Abigail, mit ihren langen, braunen Haaren, großen Augen und dem durchtrainierten Yogakörper, schien negative Gefühle sofort vergessen zu können. Doch Sallie war seit diesem Vorfall nicht mehr dorthin gegangen. Abigails Reaktion darauf, dass sie erzählt hatte, dass Dan den Club verlassen hatte, hatte sie verletzt.

Jetzt hatte Sallie also weder das Yogastudio noch Edward. Er hatte nie auf ihre Textnachricht, in der sie ihm ihre Liebe gestanden hatte, geantwortet. Obwohl es die ganze Zeit klar gewesen war, hatte sie sich erst gestern auf dem Boot die Wahrheit eingestanden: Sie war für ihn nur eine Geliebte und nicht mehr.

Sie saß mit Maggie auf der Couch und versuchte zu meditieren, ihre Atemzüge zu zählen und schmerzhafte und unerwünschte Gedanken aus ihrem Geist zu vertreiben. Plötzlich hörte sie, wie der Schulbus bei der Auffahrt anhielt.

Maggie wachte auf und winselte und bellte vor Freude. Sobald Sallie die Tür öffnete, preschte sie schon nach draußen. Die Kinder sprangen aus dem Bus und bückten sich, um Maggie von den Stufen zur Tür hochzunehmen und zu streicheln. Gwen drückte den kleinen Yorkshire Terrier an sich und dieser schleckte ihr übers Gesicht. Charlie streckte sich, um den Hund ebenfalls streicheln zu können.

»Warum bist du hier und nicht bei der Arbeit?«, fragte Gwen und setzte Maggie ab, um ihre Mutter zu umarmen. Sallie drückte sie fest an sich und zog auch Charlie zu sich, sodass sie sich alle drei umarmten, wobei sie die Augen fest zudrückte, aus Angst, zu weinen anzufangen, sobald sie den Mund aufmachte.

»Ich wollte zu Hause sein, wenn ihr heute aus der Schule kommt«, erklärte Sallie mit fester Stimme.

»Wo ist Harriet?«, wollte Charlie wissen, der sich aus der Umarmung wand und sich nach dem Kindermädchen umsah.

»Ich habe ihr den Tag freigegeben«, sagte Sallie.

»Warum?«, fragte Gwen. »Hast du keine Termine?«

Sallie schüttelte den Kopf. »Heute nicht.«

Sie liebte ihre Arbeit, hatte sich in letzter Zeit aber nur schwer darauf konzentrieren können. Sie hatte sie als Entschuldigung benutzt, um Edward zu sehen. Egal, zu welcher Tageszeit, sogar früh am Morgen vor dem Frühstück, behauptete sie, sie müsse ins Designcenter in Boston fahren. Wenn sie nach dem Abendessen noch das Haus verlassen wollte, erfand sie Treffen mit Kunden, die den ganzen Tag lang arbeiten mussten und daher nur abends Zeit hatten. Samstagnachmittags, wenn Edwards Frau Sloane sich mit ihren Freundinnen traf, sagte sie, sie müsse mit einem Kunden Stoffe, Tapeten, Bodenbeläge oder Wandfarben kaufen.

Aber heute war sie zu Hause.

»Ich mag es nicht, wenn du zur Arbeit musst«, sagte Charlie.

»Ich auch nicht«, meinte auch Gwen.

»Und ich ebenfalls nicht«, behauptete Sallie. »Ich bin viel lieber mit euch beiden zusammen. Was sollen wir heute unternehmen?«

»An den Strand!«, rief Charlie.

»Das ist eine tolle Idee«, fand Sallie. »Was meinst du, Gwennie?«

»Ja, klar«, sagte sie.

»Holt eure Badesachen und los geht's«, rief Sallie.

Alle kletterten in den weißen Chevrolet Suburban. Im Laderaum stapelten sich Musterbücher von Stoff- und

Tapetendesignern wie Clarence House und Scalamandré. Ein Korb war voll mit Stoffproben aus Vintage-Seidensamt, Kaschmirsamt, Nacré-Samt, Chiffonsamt, Ciselésamt in allen erdenklichen Weißtönen. Seit Langem war sie wie besessen von Samt und normalerweise fand sie ihn wunderschön und sinnlich, doch in diesem Moment hätte sie alles am liebsten weggeworfen.

Im Beachclub schlüpften Sallie und die Kinder in ihre Badekleidung. Maggie rannte umher und erkundete jeden Winkel. Die Snackbar würde erst in drei Tagen, am Memorial-Day-Wochenende, für die Saison öffnen, weshalb jetzt noch die Fensterläden heruntergelassen waren. Später wollte Sallie mit den Kindern bei der Paradise-Snackbar vorbeifahren und Sandwiches mit nach Hause nehmen. Im Auto dürften sie dann vor dem Abendessen Eis essen.

Charlie rannte am Ufer entlang, dicht gefolgt von Gwen und Maggie. Er war als Erstes im Wasser und tauchte in eine kleine Welle, bis er nach wenigen Metern wieder grinsend und Wasser spritzend an die Oberfläche kam und winkte, damit Sallie ihn sah.

»Toll gemacht!«, rief sie. Den ganzen Winter und den Frühling über hatten sie jeden Mittwochnachmittag mit Schwimmunterricht verbracht. Letzten Sommer hatte Charlie noch Angst gehabt, sein Gesicht unter Wasser zu halten, doch jetzt zeigte er keinerlei Furcht mehr.

»Mom, kann Maggie mit uns ins Wasser?«, fragte Gwen.

»Natürlich«, sagte Sallie. »Aber wir müssen nah am Ufer bleiben, ich bin mir nicht sicher, wie gut sie schwimmen kann.«

»Kein Problem, ich bleibe bei ihr«, sagte Gwen.

Sallie beobachtete, wie ihre Tochter Maggie hochnahm und gegen ihre Brust presste. Dann ging sie langsam mit ihr ins Wasser und tauchte erst Maggies Pfoten ein, damit sie sich an das Gefühl gewöhnen konnte. Seit sie sieben war, hatte

Gwen ständig gebettelt, einen Hund haben zu dürfen; Dan und Sallie hatten ihr schließlich Maggie zum neunten Geburtstag geschenkt, allerdings unter der Bedingung, dass Gwen sie fütterte und sich um sie kümmerte.

Gwen hatte diese Verantwortung liebend gern übernommen. Zweimal am Tag ging sie mit Maggie spazieren, half Sallie dabei, Maggie die Kommandos »Sitz« und »Komm« beizubringen sowie einen kleinen Ball zu apportieren und – wohlwissend, dass die Familie im Sommer viel auf ihrem Boot sein würde – am Strand entlangzurennen und die Wellen am Ufer zu jagen.

»Sie muss schwimmen lernen, für den Fall, dass sie von Bord geht«, hatte Gwen gesagt.

So wie Gwen auf Maggie aufpasste, hielt Sallie es für sehr unrealistisch, dass der Hund jemals das Cockpit verlassen und auch nur in die Nähe der Reling kommen würde. Sie nahm sich vor, nach einer winzigen Rettungsweste in Yorkshire-Terrier-Größe zu gucken. Wahrscheinlich wäre dafür keine Zeit, ehe sie an diesem Wochenende aufs Meer hinausfahren würden, aber sie und Dan achteten immer darauf, dass die Kinder auf dem Boot Rettungswesten trugen. Warum also nicht auch der Hund?

Sallie stand barfuß im warmen Sand und beobachtete, wie Gwen Maggie vorsichtig ins Wasser setzte. Die beiden paddelten umher, wobei Maggie sichtlich entzückt war, in der Nähe ihres Lieblingsmenschen zu sein. Charlie tauchte nach unten und kam mit einer Handvoll Seetang wieder hoch, den er sich über den Kopf hielt, damit Sallie es sehen konnte. Sie applaudierte, woraufhin er wieder abtauchte.

Das war ihr wirkliches Leben – dieser Moment hier am Strand mit ihren Kindern war das, wofür Sallie lebte. Wie hatte sie so dumm sein können, all das wegwerfen zu wollen? Sie schwor sich, an ihrer Beziehung mit Dan zu arbeiten.

Sie funktionierten gut zusammen als Eltern. Und in diesem Moment schien das ausreichend zu sein.

Sallie watete knietief ins Wasser, doch es verschlug ihr den Atem, denn Ende Mai war der Long Island Sound noch sehr kalt. Im Grunde wurde er erst nach dem vierten Juli warm, doch ihre Kinder waren Wasserratten, genau wie sie selbst in diesem Alter eine gewesen war. Sie tauchte in die Wellen und schwamm unter Wasser, so weit sie konnte.

Als sie auftauchte, um Luft zu holen, schwammen ihre Kinder zu ihr und die drei traten in kleinen Kreisen Wasser, kickten mit den Beinen und paddelten mit den Armen, während Maggie mitten unter ihnen schwamm. Sie lachten vor Freude über das erste Bad im Meer in diesem Sommer und darüber, dass sie alle zusammen waren. Irgendwann beschloss Gwen, dass es Zeit für Maggie war, aus dem Wasser zu gehen und sich aufzuwärmen, also schwammen sie alle ans Ufer und Sallie hielt ihr Gesicht in die wärmende Sonne.

VIER TAGE DANACH

20

CLAIRE

In jener Nacht sah ich den Puma. Hungrig und der Hütte überdrüssig, hatte ich mich früher als gewöhnlich zum Gezeitenbecken aufgemacht. Blauer, trüber Nebel war der Dunkelheit gefolgt. Ohne Handy und ohne Verbindung zur Welt außerhalb der Wälder und des Strandes hatte ich keine Möglichkeit herauszufinden, wo Griffin nach mir suchte. Ich überlegte, dass die Polizisten möglicherweise mit den Hunden wiederkommen würden, die ich am ersten Tag gehört hatte, weshalb ich beschloss, wieder die Großkatzen-/Fuchsmischung einzusetzen und meinen üblichen Weg damit abzugrenzen

Ich streute sie auch in einem großen Kreis um meine Hütte, als ich diese verließ. Als meine Augen sich an die Dunkelheit gewöhnt hatten, leuchteten die Sterne hell genug, um mir den Weg zu weisen. Solange ich darauf achtete, wohin ich trat, hatte ich keine Angst, nachts im Wald unterwegs zu sein, denn das war ich häufig mit meinem Vater gewesen. Ich blickte immer in Richtung Norden und ließ mich vom Polarstern lenken und bekam langsam das Gefühl, als würde ich einen magischen Kreis ziehen, der mich schützte.

Nachdem ich diese unsichtbare Grenze gestreut hatte, schwamm ich im Long Island Sound, um mir den Gestank abzuwaschen und meine Wunden zu reinigen. Die Prellungen änderten bereits ihre Farbe von Lila zu Gelb und auf den Schnitten an den Händen bildete sich Schorf. Nach meinem Bad stieg ich wieder den Hügel empor. Als ich am Rand der Begräbnisstätte stand, hatte ich plötzlich das Gefühl, beobachtet zu werden. Ich blickte in Richtung Südwesten – in die Richtung, in die laut den Pequots die Geister ihre Körper verlassen – und meinte, einen Lichtschimmer zu sehen.

Auf dem Weg zur Quelle, wo ich mich waschen und Trinkwasser holen wollte, steigerte sich das mulmige Gefühl in Angst. Der älteste Teil des Gehirns, der Geräusche und Gerüche wahrnimmt, die wir ansonsten ignorieren würden, hatte sich gemeldet. Ich wusste, dass ich verfolgt wurde, und blieb sofort wie angewurzelt stehen und lauschte. Sogar in Alarmbereitschaft konnte ich nur die üblichen Geräusche der Nacht hören: quakende Laubfrösche, eine leichte Brise, die durch das Laub wehte.

Langsam drehte ich mich um und glaubte, gleich Griffin mit seinem Messer oder einen seiner Polizisten mit gezogener Pistole vor mir zu sehen. Doch stattdessen sah ich, keine zwanzig Meter entfernt, blitzende gelbe Augen und gelbbraunes Fell, das im Mondlicht schimmerte. Der Puma hielt sich beim Dickicht, das an den Pequot-Friedhof grenzte. Im Licht der Sterne sah er aus wie ein Schatten aus flüssigem Gold. Vollkommen regungslos stand er da.

»Claire, kehre einer Raubkatze niemals den Rücken zu«, hatte mein Vater gesagt. »Sie schleichen sich an, du hörst sie nicht kommen. Und sobald sie dich als Beute betrachten, sind sie so schnell bei dir, dass du keine Zeit hast zu reagieren.«

Er hatte mir geraten, mich größer und mutiger als die Raubkatze wirken zu lassen, doch aus irgendeinem Grund vergaß ich in dieser Nacht im Wald alles, was mein Vater mir gesagt hatte – nicht, weil ich in Panik geriet, sondern weil der Puma sich in dem Kreis befand, den ich selbst gezogen hatte. Er war Teil meiner Welt, Teil der Magie. Vielleicht war ich noch benommen vom Angriff, aber ich spürte keine Angst.

Ich blickte dem Puma in die Augen. Ich wusste, dass er mich mit Leichtigkeit zur Strecke bringen konnte. Er könnte mir eins mit seinen gebogenen Klauen überziehen, seine Reißzähne an meinen Hals oder Kopf legen und mich auf der Stelle töten. Lag es daran, dass ich wusste, wozu Menschen in der Lage waren, was mein Ehemann getan hatte, dass ich keine Angst spürte? Von der Tiermischung angezogen, musste er seine eigene Rasse gerochen haben; vielleicht suchte er nach einem Partner oder wollte sein Revier verteidigen und ein anderes Männchen bis auf den Tod bekämpfen. Auf jeden Fall stand ich plötzlich vor dem Tier, das seit vielen Jahren meine Fantasie beflügelt hatte.

Er wusste, dass ich keine Bedrohung war. Minutenlang hielt er meinem Blick stand. Mein Atem ging ruhig und gleichmäßig. Und obwohl mir klar war, dass ich mich ganz langsam von dem Puma wegbewegen sollte, tat ich es nicht. Stattdessen blinzelte ich kurz und in dieser winzigen Sekunde war er verschwunden. Ich hörte ihn nicht, aber ich spürte einen Lufthauch, als er verschwand, dann sah ich einen leichten Goldschimmer im Südwesten, auf dem Weg der Geister.

Nach dieser Begegnung ging ich in dieser Nacht nicht mehr zur Quelle, denn ich wusste, er würde dort trinken, und ich wollte mein Glück nicht herausfordern. In meiner Hütte gab es keine Lebensmittel, deren Geruch ihn anziehen konnte. Ich redete mir ein, er sei ein Beschützer, den mein Vater geschickt hatte – er würde mich nicht angreifen, aber er würde jeden zerfleischen, der mir etwas antun wollte. Wahrscheinlich konnte ich nicht klar denken, aber ich wollte mich auch nicht in einer noch größeren Gefahr wähnen, als ich es ohnehin schon war.

Ich kletterte in meinen Schlafsack, machte aber kein Auge zu. Der Puma hatte mich daran erinnert, wachsam zu sein. Ich musste mir einen Plan einfallen lassen. Zwar wurde ich körperlich wieder stärker, doch ich würde Hilfe brauchen. Allerdings wusste ich nicht, an wen ich mich wenden sollte.

Die Sternbilder wanderten über den Himmel, die Stunden vergingen. Immer wieder döste ich weg und vernahm die Schreie von Tieren, die im Wald starben. Hatte der Puma Beute gemacht? Oder träumte ich vom Geräusch meiner eigenen Stimme, die vor vier Tagen um Hilfe geschrien hatte? Oder träumte ich von der Zukunft und davon, was Griffin mit mir machen würde, wenn er mich fand?

Ich wusste es nicht und fand keinen Schlaf.

21

Conor

Conor beschloss, Dan Benson zusammen mit Jen Miano zu befragen, denn noch immer überlegte er, ob es möglicherweise einen Zusammenhang zwischen den beiden Fällen gab. Ein Wort, das *Ford* bedeuten konnte, war zweimal in dem Brief von Sallie aufgetaucht, und er wollte Dan fragen, ob die Familie einen solchen Wagen hatte.

Conor fiel auf, dass er noch immer nicht Ford Chase hatte befragen können. Er war Claires Stiefsohn, und falls Sallie ihn und kein Auto gemeint hatte, konnte er dann die Verbindung zwischen ihr und Claire sein?

In getrennten Wagen fuhren sie zum Easterly Hospital, wo Conor Jen durch die Drehtür folgte. Benson war auf dem Wege der Besserung, sodass man ihn auf eine andere Station verlegt hatte. Sie sprachen mit der diensthabenden Krankenschwester und betraten sein Zimmer. Dort saß er im Bett und schaute eine Talkshow im Fernsehen.

»Mr Benson«, sagte die Schwester. »Das hier ist Detective Reid.«

»Hallo«, antwortete Benson, dessen blasse Haut auffiel. Er war klein, muskulös und hatte kurzes, braunes Haar, das langsam ergraute. Seine Augen waren weit aufgerissen und Conor fand, er sah ängstlich aus, wie ein Reh im Scheinwerferlicht. Über dem linken Auge trug er eine Mullbinde.

»Wie geht es Ihnen, Mr Benson?«, fragte Conor.

»Es geht mir gut«, meinte er.

»Sie sehen immer noch angeschlagen aus – was ja auch kein Wunder ist.«

»Ja. Man hat mir gesagt, ich hätte Glück gehabt, dass die Metallstange nicht mein Herz getroffen hat«, antwortete er. »Aber das ist alles nichts im Vergleich zu dem, was Gwen durchmachen musste.« Er schluckte und blickte in Richtung Fenster. »Und mein armer Charlie, mein Junge. Wo ist er?«

»Wir wissen es nicht«, sagte Jen mit sanfter Stimme.

»Es tut uns sehr leid, er wird noch immer vermisst«, fügte Conor hinzu.

Benson nickte, ohne aufzuschauen.

»Können Sie uns erzählen, was am Freitag passiert ist?«, bat Conor.

»Das habe ich ihr doch schon alles gesagt«, meinte Benson, zeigte auf Jen und schien gleichzeitig Tränen wegzuwischen – doch seine Augen waren trocken. Mit keinem Wort hatte er Sallie erwähnt.

»Bitte, gehen wir den Tag zusammen durch«, sagte Conor. »Es war ein Wochentag. Warum waren die Kinder nicht in der Schule?«

»Wir wollten vorzeitig ins Memorial-Day-Wochenende starten«, erklärte Benson. »Vor den Menschenmassen in Block Island ankommen. Gut aus dem Hafen wegkommen.«

»Die frühe Abfahrt war also geplant?«, wollte Jen wissen. »Oder war es eine spontane Idee?«

»Das war geplant. Wir wollten die Vorkehrungen sogar schon am Vorabend treffen.«

»Vorkehrungen? Was für Vorkehrungen sind das? Ich habe keine Ahnung vom Segeln«, fragte Jen.

»Essen kaufen, Getränke, Snacks, solche Dinge halt. Zum Boot fahren und alles einladen, um schnell losfahren und früh den Hafen verlassen zu können. Direkt nach dem Frühstück wollten wir los.«

»Wer hat die Lebensmittel eingekauft?«, fragte Conor.

»Ich. Das habe ich am Donnerstag nach der Arbeit erledigt.«

»Wo?«, wollte Conor wissen.

»Black Hall Grocer's«, antwortete Benson.

»Und wer hat das Einladen unten im Boot übernommen?«, fragte Jen.

»Auch ich. Aber nicht mehr am Donnerstagabend. Das hat nicht mehr geklappt.«

»Wann dann?«, fragte Jen.

»Freitagmorgen. An dem Tag, an dem wir losgefahren sind.«

»Mr Benson, was für ein Auto fahren Sie?«, wollte Conor wissen.

»Einen BMW.«

»Haben Sie einen Ford?«

»Nein, warum?«

»Hatte Sallie einen?«

»Nein, sie hatte einen Suburban.«

Conor nickte. Wenn also das krakelig geschriebene Wort in Sallies Brief wirklich *Ford* bedeutete, dann ging es nicht um den Familienwagen.

»Okay«, sagte Conor. »Um wie viel Uhr haben Sie den Proviant ins Boot geladen?«

»Um neun Uhr morgens.«

»Wir reden von Freitagmorgen, richtig?«

»Ja, habe ich ja bereits gesagt.«

»Haben Sie bei der Schule angerufen und gesagt, dass die Kinder nicht kommen würden?«, fragte Jen.

Benson zuckte mit den Schultern und krümmte sich dann, als ob er den falschen Muskel bewegt hätte. »Sallie hat sich um solche Dinge gekümmert. Wahrscheinlich hat sie in der Schule Bescheid gegeben.«

»Sie haben den Hafen also am Morgen verlassen?«, fragte Conor.

»Nein«, antwortete er, wobei er tief ausatmete. »Letztlich wurde es früher Nachmittag.«

»Warum?«, erkundigte sich Jen. »Was hat Sie aufgehalten?«

»Sallie«, antwortete er mit versteinertem Blick.

»Warum?«, hakte Jen nach.

»Das fing am Abend zuvor an. Sie meinte, sie wolle nicht wegfahren.«

»Hat sie auch gesagt, warum?«, fragte Jen.

»Sie fühlte sich nicht gut. Sie meinte, ihr wäre die Bootsfahrt und eine ganze Woche weg von zu Hause zu viel.«

»Das war wahrscheinlich eine ziemliche Enttäuschung«, meinte Conor.

»Ja«, antwortete Benson einsilbig.

»Sie hat es also vermasselt?«, wollte Conor wissen.

»So könnte man es sagen, am Ende konnte ich sie aber doch noch überreden. Ich beeilte mich, alles ins Boot zu laden, bevor wir uns alle auf den Weg zum Dock machten …«

»Sie allein?«, fragte Conor. »Das wundert mich, denn schließlich hatten Sie geplant, alle zusammen zum Boot zu gehen, und dafür den Morgen freigenommen. Hätten Sie das nicht alles in einem erledigen können? Den Proviant und die Familie gleichzeitig an Bord bringen können?«

»Glauben Sie mir, wenn Sie kleine Kinder haben, möchten Sie so viel wie möglich erledigt haben, ehe sie dabei sind – sie werden ziemlich schnell ziemlich ungeduldig. Rumstehen, während wir das Essen verladen, Eis in die Box füllen, tanken … Ich sage Ihnen, das macht keinen Spaß. Darum habe ich das alleine erledigt und bin dann zurückgefahren, um die anderen abzuholen.«

»Um wie viel Uhr sind Sie nach Hause gekommen?«, wollte Jen wissen.

»Gegen halb elf. Die Kinder waren fertig, fast schon im Auto, als Sallie wieder zusammenbrach und unter Tränen sagte, sie wolle nicht fahren. Sie war fast schon hysterisch.«

»Vor den Kindern?«, fragte Conor.

»Nein. Wie immer hatte sie ihren Zusammenbruch in unserem Schlafzimmer. Trotzdem haben sie es gehört, vor allem Gwen. Sie weiß alles, was zwischen uns abläuft. Sie bekommt davon Bauchschmerzen und macht sich Sorgen, dass wir uns scheiden lassen könnten. Aber das hat Sallie nicht davon abgehalten, ein schönes Familienwochenende ruinieren zu wollen.«

Jen und Conor ließen seine Worte unkommentiert. Er äußerte Wut, keine Trauer, was für einen Mann, der gerade seine Ehefrau verloren hatte, passender gewesen wäre.

»Kam es zwischen Ihnen zu einer körperlichen Auseinandersetzung?«, hakte Jen vorsichtig nach und sie und Conor achteten genau auf Dans Reaktionen. Er blinzelte und rieb sich den Verband auf der Stirn. Dieser verrutschte leicht, sodass Conor eine genähte Wunde erkennen konnte. Conor wusste, dass Sallies Leichnam zu verbrannt war, als dass die Gerichtsmediziner Anzeichen von Körperverletzung hätten erkennen können.

»Nein!«, rief Benson. »Wofür halten Sie mich?«

»Wir müssen das fragen«, erklärte Jen.

»Mr Benson, kennen Sie Claire Beaudry Chase?«, fragte Conor.

»Griffins Frau? Nein.«

»Aber Sie kennen Griffin?« Zwar kannte Conor die Antwort bereits, aber er wollte wissen, was Benson zu sagen hatte.

»Ja, klar.«

»Woher?«

»Sie sind schon lange Freunde der Familie. Und wir sind im selben Club.«

»Was für ein Club ist das?«

»Der Last Monday Club. Aber ich gehe da nicht mehr hin. Das ist einfach nur eine Horde Männer, die Scotch trinken und darüber reden, wie sie Griffin ins Gouverneurshaus kriegen.«

»Sie finden, er sollte kein Gouverneur werden?«, hakte Conor nach.

Abfällig schnaubend sagte Benson: »Wenn man jemanden seit seiner Kindheit kennt und an all den Blödsinn denkt, den derjenige als Kind veranstaltet hat, dann fällt es einem schwer, sich vorzustellen, dass er den Bundesstaat anführen soll. Sallie und ich haben immer unsere Witze darüber gemacht.« Dann stockte er, so als wäre ihm gerade aufgefallen, was er da gesagt hatte. »Verstehen Sie mich nicht falsch, Griffin ist schon in Ordnung. Ein bisschen selbstverliebt, würden manche Menschen behaupten.«

»Über welchen Blödsinn aus der Kindheit reden wir hier?«, fragte Jen.

Benson versuchte wieder zu lachen, doch diesmal hörte es sich nervös an. »Ich hätte das gar nicht sagen sollen. Dumme Sachen halt. So was wie Streiche spielen, den Eltern Alkohol klauen, Schule schwänzen. Nichts Schlimmes. Meine Stimme bekommt er.«

Doch Conor spürte, dass sich hinter Bensons scheinbar leichtherzigen Worten starke Gefühle verbargen. Ärger, aber auch Angst.

»Kennen Sie seine Söhne Alexander und Ford?« Conor beobachtete genau, ob Benson irgendwie auf diese Namen reagierte. Hatte er leicht gezuckt?

»Nicht gut.«

»Aber Sie kennen sie?«

»Ja, aus der Stadt, oder ich habe sie mal im Jachthafen gesehen.«

»Okay. Sallie hat doch für die Familie Chase gearbeitet. Sie hat ihre Küche designt, oder?«, fragte Conor.

»Ja, das stimmt. Aber ich halte mich aus ihren geschäftlichen Angelegenheiten heraus.«

»Hat sie jemals etwas über die Chases gesagt?«, ging Conor genauer darauf ein.

»Nein. Ich schätze, er war wahrscheinlich ein ziemlicher Scheißkerl, wenn es darum ging, für ihn zu arbeiten. Aber gesagt hat sie nie etwas.«

»Wann können Sie wieder nach Hause?«, wollte Jen wissen.

»Ich werde heute entlassen«, meinte er.

»Das erscheint mir ziemlich früh«, fand Jen. »Wenn man bedenkt, was Sie durchgemacht haben.«

»Ich werde hier drin noch verrückt«, antwortete er. »Außerdem muss ich meine Frau beerdigen lassen.«

Conor und Jen dankten ihm, dass er sich die Zeit genommen hatte, und sprachen ihm erneut ihr Beileid aus, ehe sie hinausgingen.

»Was hältst du davon?«, fragte Conor.

»Er empfindet jede Menge Wut auf Sallie«, meinte Jen. »Er hat nicht einmal versucht, seinen Ärger zu verstecken.«

»Sehe ich auch so. Er hat nicht gerade den trauernden Ehemann gespielt. Und er hat irgendein Problem mit Chase«, mutmaßte Conor. »Groß genug, dass er deshalb nicht mehr zu diesem geheimen Reiche-Jungs-Club gegangen ist.«

»Groß genug, dass er Claire etwas angetan hat?«, fragte sich Jen.

Conor ging in Gedanken den zeitlichen Ablauf des Freitagmorgens durch; Chase hatte gesagt, er hätte Claire das letzte Mal am Freitag nach dem Frühstück gesehen, so gegen sieben Uhr fünfundvierzig. Benson war gegen neun zum Boot gegangen. Was, wenn er Claire getroffen hatte und es zu einer Auseinandersetzung gekommen war?

»Warum hat er es so eilig, das Krankenhaus zu verlassen?«, fragte Conor.

»Damit er nach Hause gehen und Beweise vernichten kann?«

»Durchsuchungsbefehl«, meinte Jen. »Kommt sofort. Ich brauche jetzt einen Iced Latte. Meinst du, es gibt welchen in der Krankenhauskantine?«

»Probier's aus«, antwortete Conor. »Ich mach mich auf den Weg. Wir sprechen uns später.«

Sie verabschiedeten sich und Conor wollte erneut zum Haus der Chases in Catamount Bluff fahren, um sich noch einmal den Ort anzuschauen, von dem Claire verschwunden war. Und um herauszufinden, was Sallie mit *Ford* in ihrem Brief gemeint hatte, wollte Conor Ford Chase finden und ihm ein paar Fragen stellen.

ZWEI TAGE DAVOR

22

Claire

Zu meinen Lieblingsmomenten im Atelier gehörte es, wenn Sloane Hawke herüberkam. Es war später Nachmittag und weil an diesem Wochenende der inoffizielle Beginn des Sommers war, öffneten wir eine Flasche Rosé. Den Großteil meiner Ausstellungsstücke hatte ich bereits am Vortag abgeliefert, sodass das Atelier so gut wie leer war. Nur ein Objektrahmen für die Ausstellung war noch übrig, denn ich hatte noch nicht die Gelegenheit gehabt, Griffin *Fingerknochen* zu zeigen.

Es war ein warmer, sonniger Tag. Die Wettervorhersage für das Memorial-Day-Wochenende war fantastisch und Sloane war aufgeregt wegen der Party, die sie und Edward jedes Jahr veranstalteten. Dieses Jahr probierte sie einen neuen Caterer aus – statt wie in den letzten Jahren Hummer und Muscheln würde es diesmal ein texanisches Barbecue geben.

»Edward hat sich einen Stetson besorgt und ich habe mir im April in Dallas ein Paar Lucchese-Stiefel gekauft«, erzählte Sloane. »Die Stiefel zu kaufen war seine Idee. Ich finde es toll, wie sehr er sich auf diese Party einlässt, und er wiederum weiß, dass ich das schätze. Normalerweise interessiert er sich ja nicht so sehr für die Details, aber dieses Jahr ist es ganz anders. Was hältst du davon?«

»Ich bin mir sicher, dass er dich glücklich machen möchte«, antwortete ich.

»So fühlt es sich zumindest an«, meinte sie lächelnd.

»Ich freue mich für dich«, sagte ich. Ich hatte vollkommen vergessen, wie es war, einen Ehemann zu haben, der mich glücklich machen wollte. Dieses Gefühl hatte ich seit der allerersten Zeit mit Griffin nicht mehr gehabt. Und mit Nate …

Wir nippten an unserem Wein und arbeiteten schweigend. Sloane hatte eine neue Leinwand mit Gesso grundiert, diese auf ihre Staffelei gestellt und ein neues Bild begonnen. Ich dachte noch über mein nächstes Projekt nach – von Nates neuesten Forschungen inspiriert, überlegte ich, ob ich nach Tadoussac, eine Stadt am Saint Lawrence River im Osten von Quebec und Beobachtungsplatz für Buckel- und Belugawale, reisen sollte. Jeden Herbst wanderten Buckelwale von Kanada in Richtung Süden, wobei sie an der Ostküste und durch die Anegada-Passage vom Atlantik in die Karibik schwammen.

Sobald ich ausgezogen war, wäre ich frei, um den Walen zu folgen. Meine neuen Objektrahmen sollten diese Wanderung darstellen – sowohl die der Wale als auch meine eigene. Die Ateliertüren waren weit zum Long Island Sound hin geöffnet und eine warme Brise wehte hinein. Ich saß an meinem Zeichentisch und malte ein Aquarellbild des Ausblicks.

Vielleicht wollte ich mich später, wenn ich von hier weggegangen war, an ihn erinnern, aber möglicherweise wollte ich auch nur üben, Salzwasser zu malen, um mich auf die Wale vorzubereiten.

Auf jeden Fall würde eine Scheidung einen Mann, der Gouverneur werden wollte, in keinem guten Licht dastehen lassen. Doch das hatte Griffin sich selbst zuzuschreiben.

»Oh, guck mal«, sagte Sloane mit Blick aus dem Nordfenster in Richtung des Hauses. »Die Jungs sind da.«

Ich schaute hinaus und sah Ford und Alexander auf der Terrasse. Sie schienen in ein Gespräch vertieft. Dann schubste Ford Alexander, der rückwärts stolperte und dabei einen Korbstuhl umwarf. Ich war erschrocken, denn ich hatte sie noch nie streiten gesehen und noch weniger, dass der eine den anderen schubste. Ich sprang auf, doch ehe ich zum Haus eilen und nachsehen konnte, was los war, stand Ford schon in der Tür zu meinem Atelier.

»Hey, hat die Bar offen?«, fragte er mit Blick auf den Wein.

»Was ist los?«, wollte ich von ihm wissen. »Ist alles in Ordnung?«

»Ja, Alexander spielt nur ein bisschen mehr den Heiligen als du, so wie immer«, meinte Ford.

»Das klingt langweilig!«, rief Sloane lachend. »Ford, möchtest du heute in unserem Pool schwimmen? Ich weiß, wie gern du das machst, und es ist schon alles für die Party am Samstag vorbereitet.«

»Heute nicht, Mrs Hawke«, antwortete er. »Ich denke, die Zeit, in der ich bei Ihnen schwimmen gegangen bin, ist vorbei.«

»Oh, wir finden es toll, wenn du den Pool benutzt«, erklärte sie. »Edward und ich müssen unbedingt häufiger schwimmen.«

»Dafür ist er wahrscheinlich zu beschäftigt«, sagte Ford. Nervös lief er immer wieder zwischen der geöffneten Tür und dem Tisch, auf den ich den Wein gestellt hatte, auf und ab. Sloane und ich benutzten zwei Gläser, die ich aus dem Haus ins Atelier mitgenommen hatte, doch Ford schnappte sich ein leeres Einmachglas, in das ich normalerweise meine Pinsel tauchte, füllte es mit Rosé und trank es zur Hälfte in einem Schluck aus.

»Du hast recht mit dem, was du über Edward gesagt hast«, meinte Sloane. »Er arbeitet zu viel, genau wie dein Vater. Anwälte halt. Mit ihren ganzen abrechenbaren Überstunden.«

»Ich meinte nicht, er wäre mit Arbeit beschäftigt«, sagte Ford. »Ich meinte mit Sallie.«

»Sallie?«, fragte Sloane. »Meinst du Sallie Benson?«

»Ja, genau die.«

»Ach so, die Umgestaltung ist fertig«, erklärte Sloane. »Sie war eine große Hilfe, insbesondere beim Boot. Aber das ist jetzt abgeschlossen.«

»Nein, es ist nicht abgeschlossen«, sagte Ford. Er sah bleich aus, strich seine dunklen Haare zurück, und ich konnte dunkle Ringe unter seinen Augen erkennen. Er kippte den Rest Wein hinunter. Durch das Nordfenster sah ich Alexander den Hügel hinabkommen.

»Was meinst du damit?«, fragte Sloane Ford lächelnd.

»Das mit deinem Mann und Sallie«, antwortete er.

Alexander betrat das Atelier und ging auf seinen Bruder zu.

»Lass es!«, sagte Alexander mit seinem Gesicht direkt vor Fords.

»Sie sollte es wissen«, entgegnete Ford.

Die Brüder starrten einander an. Alexander fasste seinen Zwillingsbruder an der Schulter und in der Bewegung, mit der er Ford auf Armeslänge hielt und kurz schüttelte, lag sowohl Zärtlichkeit als auch Entschlossenheit.

»Was soll ich wissen?«, fragte Sloane, die nun neben den Jungen stand.

»Ford liebt Sallie«, erklärte Alexander und starrte Ford angsterfüllt an. »Darum tut er das hier. Es ist nicht seine Schuld, er ist unglaublich verletzt. Sei bitte nicht sauer auf ihn.«

»Sauer auf ihn? Auf Ford? Weswegen?«, fragte Sloane irritiert.

»Wegen dem, was ich dir jetzt erzählen werde«, antwortete Ford. »Du musst das von Edward wissen.«

»Mein Gott«, machte Alexander, dessen Hand auf der Schulter seines Bruders lag. »Ford, hör auf, komm schon ...«

»Was ist mit Edward? Wovon redest du?«, fragte Sloane.

»Dein Mann schläft mit Sallie«, sagte Ford und wand sich aus Alexanders Griff. »Sie treffen sich auf eurem Boot. Auf der *Elysian*. Früher, als sie euer Haus dekorierte, haben sie sich dort getroffen, wenn du beim Yoga oder hier bei Claire warst.«

»Ford!«, rief ich erschrocken über seinen trunkenen Blödsinn.

»Ich rede mit Sloane, nicht mit dir.«

»Ich glaube dir kein Wort«, meinte Sloane.

»Doch, du glaubst mir«, entgegnete Ford. »Wenn man jemanden liebt, erkennt man das, ob man es zugeben will oder nicht. Darum wusste ich auch von Sallie. Ich habe es ihr angemerkt, gespürt, dass sie *ihn* wollte. Du spürst das auch bei Edward, richtig? Dass er mit einer anderen zusammen war. Dass er sie will!«

Ich blickte zu Sloane, sah die Verzweiflung in ihren Augen und begriff, dass Fords Worte zu ihr durchdrangen. Sie drehte sich zu schnell um und warf ihre Staffelei und das Bild um. Die Leinwand wehte davon. Ford versuchte, sie zu fangen, doch sie entglitt ihm und schlidderte über den Boden. Er ging auf Sloane zu und wollte sie berühren, doch sie stand mit dem Gesicht zur Wand und zitterte.

Ich griff Fords Hand, um ihn von Sloane wegzuziehen, doch er schüttelte mich wütend ab. Mit zwei Fingern stieß er mich in die Brust und warf mir einen zornerfüllten Blick zu, wie ich ihn zuvor nur von seinem Vater kannte. Ich bekam Angst.

»Ich versuche nur zu helfen«, schrie er mich mit dem gleichen Tonfall wie Griffin an. Sein Körper war angespannt, so als ob er mich schlagen wollte. Ich wich zurück und zwang mich, ruhig zu bleiben.

»Du gehst jetzt, Ford!«, sagte ich zu ihm. »Auf der Stelle.«

Alexander warf mir einen Blick zu und nickte. »Sie hat recht«, meinte er beschwichtigend. »Lass uns gehen.«

»Ständig verurteilst du mich, Claire«, meinte Ford. »Genau wie du Dad verurteilst. Ich kenne all die Lügen, die du dir selbst über ihn und die andere Schlampe erzählst.«

»Von wem sprichst du?«, fragte ich.

»Die im Gezeitenbecken«, blaffte er. »Möchtest du seinen Wahlkampf ruinieren?«

»Halt die Klappe, Ford!«, meinte Alexander.

Er sprach von Ellen und ich bekam eine Gänsehaut. Ich sah, dass er auf meinen Arbeitstisch starrte, auf dem ich meine Notizen zu jedem Objektrahmen aufbewahrte. Hatte er sie durchwühlt und gelesen, was ich geschrieben hatte? Ich schrieb verschlüsselt und benutzte Gedichtzeilen, um meine Gefühle und die Bedeutung jedes Werks darzulegen. War es möglich, dass er meine Worte zu *Fingerknochen* dechiffriert und sie mit Ellens Tod in Zusammenhang gebracht hatte?

»Was hat dein Vater dir gesagt?«, fragte ich Ford.

»Dass Wahlen durch dumme Gerüchte verloren werden«, antwortete er.

»Was hat er dir über das Gezeitenbecken gesagt?«, insistierte ich.

»Nichts! Weil es nichts zu sagen gibt. Kapierst du es nicht? Du konzentrierst dich auf eine Lüge, auf etwas, das niemals passiert ist. Mein Bruder und ich reißen uns den Arsch für diesen Wahlkampf auf. Das solltest du auch tun. Er ist ein toller Mann, Claire.«

»Das weiß sie, Ford«, meinte Alexander und warf mir einen Blick zu. »Sie möchte, dass er gewinnt, genauso wie wir. Wir sind alle im selben Team.«

Langsam drängte er Ford in Richtung Tür. Der starrte mich weiterhin voller Hass an, so als ob seine Wut ein einziges Ziel benötigte. Er hatte die Kontrolle über sich verloren, war trunken vor Wein und heftigen Gefühlen. Doch schließlich gab er Alexander nach und ließ sich von ihm aus dem Atelier führen.

Ich zitterte am ganzen Körper. Ich konnte mir nicht vorstellen, dass Griffin mit Ford über Ellen gesprochen hatte, doch ich mochte mich irren. Gerade erst hatte ich gesehen, wie ähnlich sich die beiden waren.

Als die beiden jungen Männer gegangen waren, ging ich zu Sloane und wollte ihr den Arm um die Schultern legen, doch sie stieß mich weg.

»Sloane, es tut mir so leid«, erklärte ich.

»Wusstest du das mit Edward und Sallie?«, fragte sie.

»Nein, ich hatte keine Ahnung. Vielleicht stimmt es ja auch gar nicht.«

Sie drehte sich zu mir und in ihren tränenvollen Augen blitzte Hoffnung auf. »Würde sich Ford so etwas ausdenken?«

»Ich weiß es nicht«, antwortete ich. Griffin war grausam. Zwar hatte ich diese Neigung zuvor noch nie bei Ford gesehen, doch sein Verhalten, das er gerade an den Tag gelegt hatte, zeigte mir, dass er der Sohn seines Vaters war.

»Vielleicht hat er sich das ausgedacht«, meinte sie. »Das ergab ja alles keinen Sinn, das Zeug, das er über seinen Vater geredet hat und über das Gezeitenbecken und die Wahl. Er hörte sich ziemlich irre an.«

»Hat er bestimmt«, sagte ich und umarmte sie.

Einen Moment lang standen wir so da und jede von uns dachte über Wahrheit und Lüge, Liebe und Schmerz nach. Mein Blick fiel auf das Bündel Notizen neben *Fingerknochen* und ich sah ein, dass Ford sie wohl gelesen hatte.

23

SALLIE

Sallie saß an ihrem Schreibtisch und hörte durch das geöffnete Fenster dem Geräusch des Rasensprengers zu. Sie liebte das Geräusch von Wasser – sei es am Strand, auf dem Boot oder im Garten – und als das Sonnenlicht hineinfiel, schloss sie die Augen und verspürte zum ersten Mal seit Wochen ein Gefühl von Ruhe. Mit ihren Kindern zu schwimmen und die Entscheidung, Edward nicht mehr zu treffen, hatte ihr neue Energie verliehen.

Es war später Nachmittag und Dan war mit Gwen und Charlie auf dem Tennisplatz. Häufig spielte er nach der Arbeit mit ihnen und brachte ihnen bei, wie man den Schläger schwang, auf den Ball wartete, schlug und einen starken Aufschlag hinlegte. Sie hatten großen Spaß dabei und Charlie brachte alle damit zum Lachen, dass er immer wieder lauthals den Punktestand verkündete.

Bei dem Geruch nach Blumen und frisch gemähtem Gras freute sie sich auf den bevorstehenden Sommer. Ende Mai standen die Rosen in voller Blütenpracht. Sie liebte die alten Sorten, insbesondere englische Rosen aus dem David-Austin-Katalog, deren Namen sie so romantisch und inspirierend fand: Munstead Wood, Gentle Hermione, Golden Celebration, Scepter'd Isle und Susan Williams-Ellis.

Eigentlich hatte sie Gwen *Susan* nennen wollen, nach der wunderschönen weißen Rose, doch sie hatte sich von Dan überreden lassen, sie nach seiner Mutter, Gwendolyn, zu nennen. Es war nicht so, dass Sallie ihre Schwiegermutter nicht gemocht hätte – sie hatte sie sogar sehr gern gehabt. Allerdings war das der Anfang gewesen, dass sie Dan gegenüber stets klein beigegeben hatte, um ihn zu besänftigen und glücklich zu machen, damit seine Laune nicht allzu lange düster war.

Ihre Bücherregale waren voll von Designbüchern aus dem Victoria and Albert Museum, vom Taschen- oder Rizzoli-Verlag, seit mindestens fünfzehn Jahren gesammelten Ausgaben von *Architectural Digest* und *Martha Stewart Living* sowie Alben mit Fotos von jedem Designauftrag, den sie jemals übernommen hatte. Sie umgab sich mit Schönheit – ihr Haus, ihr Garten, ihre Bücher, aber insbesondere ihre Kinder.

Gwen und Charlie erinnerten sie daran, was im Leben wirklich wichtig war. Sie beim Spiel mit Maggie in den Wellen zu beobachten, hatte sie glücklicher gemacht, als sie es den ganzen Frühling und den ganzen Winter über gewesen war. Mittlerweile freute sie sich sogar auf den Familienausflug nach Block Island. Sie hatte bei der Schule der Kinder angerufen und Bescheid gesagt, dass sie am Freitag nicht kommen würden.

Sie würde sich mehr denn je bemühen, Dans Anwesenheit zu genießen, und versuchen, wieder Liebe für ihn zu empfinden.

Plötzlich klingelte ihr Handy und riss sie aus ihren Träumen von einem besseren Leben mit ihrer Familie. Gedanklich wieder in der Realität blickte sie auf den Bildschirm und es versetzte ihr einen Stich ins Herz: Es war Edwards Nummer. Bestimmt würde er wissen wollen, wann sie sich wieder treffen könnten.

Doch sie musste standhaft bleiben und ihm klarmachen, dass es vorbei war.

Sie ging ran und wappnete sich für das, was sie sagen wollte.

»Was zum Teufel hast du gemacht?«, fauchte Edward.

Seine Frage überraschte sie, denn sie hatte zwar angefangen, eine E-Mail an ihn zu schreiben, diese aber nicht abgeschickt.

»Ich habe gar nichts gemacht«, sagte sie. »Aber ich möchte mit dir reden. Wir können so nicht weitermachen, Edward. Es …«

»Du hast schon genug geredet«, brüllte er. »Du hast Ford Chase von uns erzählt und er ist damit zu Sloane gegangen. Jetzt will sie, dass ich ausziehe.«

»Edward, ich habe ihm nichts erzählt! Er hat uns hinterherspioniert.«

»Blödsinn. Wir waren total vorsichtig.«

»Er war vor zwei Tagen auf deinem Boot. Du und ich wollten uns dort treffen, aber du musstest arbeiten. Plötzlich tauchte er auf. Er war betrunken und …«

»Er war an Bord der *Elysian*? Was hat er gesagt?«

Sallie zögerte. Sie hatte einen Strich unter die Sache machen und nie wieder über Fords Worte nachdenken wollen. »Er hat mich fürchterlich beschimpft.« Und nach einer kurzen Pause fügte sie hinzu: »Und gesagt, dass er mich liebt.«

»Dich liebt? Hast du mit ihm etwa auch geschlafen?«

»Natürlich nicht! Edward!«

»Ich gehe jetzt sofort zum Haus der Chases und dieser Junge kann von Glück reden, wenn ich ihn nicht umbringe. Ich schwöre bei Gott, wenn er es noch jemandem erzählt oder wenn du das tust …«

»Was, dann bringst du mich auch um?«

Sie wartete darauf, dass er sagen würde *Nein, niemals könnte ich das tun, ich liebe dich*, doch er schwieg und sie fühlte sich wie gelähmt.

»Ford hat es Sloane im Beisein von Claire erzählt«, meinte Edward. »Jetzt kann Claire das gegen mich verwenden. Am liebsten würde ich …«

»Würdest du was?«, fragte Sallie erschrocken. Wie bedrohlich er sich anhörte – als ob er Claire etwas antun wollte.

Doch in genau diesem Moment hörte sie das Schlagen einer Autotür und Stimmen. Gwen und Charlie, die glücklich lachten. Dan, der sprach, und dann die Stimme eines anderen Mannes. Sie reckte den Hals, um um die Ecke des Hauses blicken zu können.

Dort in der Auffahrt waren ihr Mann und ihre Kinder. Und ein schwarzer Porsche 911. Sie sah, wie Ford Chase aus seinem Wagen stieg und sich genau vor Dan stellte.

Sallie legte wortlos auf und rannte nach unten.

FÜNF TAGE DANACH

24

Conor

An dem Mittwoch nach Claires Verschwinden fuhr Conor morgens um zehn die lange, unbefestigte Straße nach Catamount Bluff entlang. Ihm fiel auf, dass der Wachmann, der für gewöhnlich am Eingang seinen Posten bezog, nicht dort war. Die Bäume schlugen aus, sodass der Wald auf beiden Seiten der Straße noch dichter und der Weg schwer einzublicken war. Diese Enklave lag vollkommen abgeschottet und jedes Auto, das hinein oder hinaus wollte, musste über diese Straße.

Er dachte über den vergangenen Freitag und den zeitlichen Ablauf nach. Claire war erst gegen fünf Uhr dreißig nachmittags als vermisst gemeldet worden. Wenn Griffin die Wahrheit sagte und er sich direkt nach dem Frühstück von Claire verabschiedet hatte, wären neun Stunden Zeit gewesen, in denen jemand ihr hätte auflauern, sie angreifen und sie oder ihre Leiche hätte mitnehmen können. Da das Blut noch frisch war, verringerte sich das Zeitfenster auf die Mitte des Nachmittags.

Er passierte die Einfahrten der Nachbarn. Von der Hauptstraße aus wohnten dort, in dieser Reihenfolge, die Coffins, Lockwoods, Hawkes und oben auf der Klippe, am

Ende der Sackgasse, die Chases. Alle hatten Sicherheitskameras und die Polizei hatte sich die Aufnahmen angeschaut, aber durch die Blätter war kaum etwas von der Straße zu erkennen. Die Ermittler fanden heraus, dass ein FedEx-Wagen nach Catamount Bluff gefahren und von dort wieder weggefahren war.

FedEx hatte im Fahrerhaus und im Laderaum Kameras installiert, die beide eingeschaltet waren und keine verdächtigen Aktivitäten zeigten. Man hatte den Lieferwagen auf Blutflecken untersucht, aber es waren keine gefunden worden. Der Fahrer war befragt worden, schien aber nicht verdächtig zu sein. Das Paket, das er hatte abholen sollen, war tatsächlich von Claire in Auftrag gegeben worden und der Frachtbrief enthielt ihre Kontonummer.

Da außer dem FedEx-Wagen kein Fahrzeug gesehen worden war, weder von Kameras noch mit bloßem Auge, musste der Angreifer Claire entweder über die Pfade durch das Naturschutzgebiet oder mit dem Boot vom Strand aus weggebracht haben. Die Pfade waren zu schmal für Fahrzeuge, sogar für Geländewagen.

Falls Claire tot war, hatte ihr Mörder sie möglicherweise zerstückelt und ihre Körperteile im Wald und im Long Island Sound verstreut. Er könnte auch vor dem Freitag ein Grab ausgehoben und Claire irgendwo im Wald verscharrt haben.

Bei einem von Connecticuts berühmtesten Kriminalfällen, dem sogenannten »Häcksler-Mord«, war das Opfer Helle Crafts. Ihr Ehemann Richard hatte sie ermordet und ihre Leiche durch einen gemieteten Häcksler, den er auf einer Brücke installiert hatte, gejagt. Der Prozess war landesweit bahnbrechend, weil erstmalig ein Staatsanwalt eine Verurteilung erzielt hatte, obwohl es keine Leiche gab – nur Überreste von Zehen und Fingernägeln.

Bei der Untersuchung von Claires Verschwinden hatte die Polizei alle Schwermaschinen-Verleihfirmen im Umkreis von fünfzig Kilometern um Black Hall kontaktiert. Nur zwei Holzhäcksler waren an diesem Freitag ausgeliehen gewesen, und zwar jeweils von Landschaftsgärtnern, die schon zuvor Geräte bei den Firmen ausgeliehen hatten. Die Firmen führten die Tatsache, dass so wenige Geräte ausgeliehen waren, auf das lange Wochenende zurück. Ihre Büros waren nur den halben Samstag geöffnet und hatten am Sonn- und Montag geschlossen. Niemand wollte die Leihgebühren für diese zusätzlichen Tage zahlen.

Als Conor beim Haus der Chases ankam, parkte er auf dem Rondell, stieg aus und rief Ford an, um ihm zu sagen, dass er mit ihm sprechen musste. Er bot an, zu Ford nach Hause zu kommen, doch dieser erklärte, er sei im Haus in Catamount Bluff. Dort standen ein Porsche und ein Mercedes SUV vor der Scheune, in der Claire angegriffen worden war. Conor fragte sich, welches der Fahrzeuge Ford gehörte. Er hielt kurz inne und schaute in Richtung des Waldpfades. Eigentlich wollte er die Strecke der Hunde abgehen, die das Gebiet bereits abgesucht hatten, für den Fall, dass sie oder die Polizisten etwas übersehen hatten. Doch zuerst wollte er mit Ford sprechen.

Er klopfte an die Vordertür und wartete. Als niemand kam, ging er um das Haus auf die Seeseite. Dort stieg er die Hintertreppe hinauf, schaute durch das Küchenfenster und klopfte gegen die Scheibe. Noch immer antwortete niemand.

Claires Atelier lag den Hügel hinab und überblickte den Long Island Sound. Conor lief über den Rasen und gemähtes Gras blieb an seinen Schuhen kleben. Ein großes Panoramafenster zeigte nach Norden in Richtung des Hauses und beim Näherkommen sah er Schatten, die sich im Atelier bewegten. Er lief um das getünchte Gebäude und sah, dass die

Doppeltür zum Strand hin geschlossen war, woraufhin er kräftig dagegenklopfte. Niemand antwortete.

»Polizei«, rief er. »Öffnen Sie bitte die Tür!«

Drinnen hörte er murmelnde Stimmen, doch schließlich glitten die Türen auf und dort stand ein blonder, junger Mann und versuchte ein Lächeln.

»Officer?«, fragte er.

»Detective Reid. Sind Sie Ford?«

»Nein, sein Bruder, Alexander. Wir haben Sie schon erwartet.«

»Ist Ford auch hier?«

»Ja, er ist drinnen.«

»Darf ich hineinkommen?«, bat Conor.

»Natürlich«, antwortete Alexander, warf einen nervösen Blick über seine Schulter und trat beiseite. »Bitte kommen Sie herein.«

Conor betrat den großen, hellen Raum. Sofort fiel ihm ein junger Mann auf, der hinter Claires Arbeitstisch, einem Werkzeugkasten und einer Staffelei auf einem Sofa lag. Alexander führte ihn zu ihm.

»Ford?«, sprach Alexander seinen Bruder an.

»Hallo, Detective«, sagte Ford. Man sah ihm seinen Kater an, und anscheinend wollte er sich keinesfalls bewegen.

»Hallo, Ford«, sagte auch Conor.

»Falls Sie es noch nicht gehört haben, wovon ich allerdings nicht ausgehe, kamen Claire und ich nicht gut miteinander zurecht«, sagte Ford.

»Gilt das für Sie beide?«, fragte Conor mit Blick auf Alexander.

»Mein Bruder mag jeden«, meinte Ford. »Darum möchten Sie mit mir reden, richtig? Weil Sie meinen, ich bin der Böse und habe es getan, stimmt's?«

»Haben Sie es getan?«, wollte Conor wissen.

»Ich weiß nicht einmal, was ›es‹ ist«, entgegnete Ford.

»Ich möchte mir nur ein genaueres Bild von Claire machen«, meinte Conor. »Erzählen Sie mir doch, was in Ihren Augen mit ihr passiert ist.«

»Das würden wir auch gern wissen«, sagte Alexander. »Wo ist sie? Warum war in der Garage so viel Blut? In den sozialen Medien heißt es überall, sie ist wahrscheinlich ermordet worden. Aber das kann nicht wahr sein.«

»Warum nicht?«, fragte Conor.

»Sie ist stark«, erklärte Alexander. »Beeindruckend. Sie hätte wie eine Löwin gekämpft. Und sie ist … nicht da. Es gibt keine Leiche. Sie ist nicht tot. Diese Leute, die etwas auf Facebook posten, kennen sie nicht einmal. Sie irren sich.«

»Daddy ist Staatsanwalt«, sagte Ford zu Alexander. »Du musst dich nicht online darüber erkundigen, wie die Ermittlungen laufen. Du kannst ihn einfach fragen.«

»Was hat Ihr Vater dazu gesagt?«, fragte Conor.

»Dass er noch verrückt wird und keine Ahnung hat, was mit ihr geschehen ist«, beantwortete Ford die Frage. »Dass er möchte, dass es ihr gut geht und sie nach Hause kommt. Dass er das Gefühl hat, die Polizei tut nicht genug.«

Conor ignorierte diesen letzten Teil. »Glaubt er, sie *kann* nach Hause kommen?«, wollte er wissen.

Ford zuckte mit den Schultern. Conor schaute ihn fragend an, denn für ihn hörte es sich so an, als ob der Junge der Meinung wäre, Claire hätte eine Wahl.

»Was glauben Sie, was mit ihr passiert ist?«, wiederholte Conor seine Frage.

»Keine Ahnung«, antwortete Ford.

»Alexander, Sie meinten, Claire sei stark und hätte sich gewehrt. Warum meinen Sie das?«, fragte Conor.

»Wenn Sie ihre Arbeiten gesehen haben, die Kunst, die sie macht, und die Message dahinter – Aussagen zu Umwelt,

Menschlichkeit, Missbrauch, sogar Leben und Tod. Sie kümmert sich um andere und um die Welt, und sie hat etwas zu sagen. Sie ist eine Kämpfernatur. Sie kämpft gegen das, was sie als falsch erachtet.«

»Sie hat keine Ahnung von Missbrauch«, entgegnete Ford.

»Doch, durch Dad«, widersprach Alexander. »Durch die Fälle, die er gewonnen hat.«

»Falls Sie sich die Frage stellen: Claire wurde nicht misshandelt«, warf Ford ein. »Genauso wenig wie meine Mutter. Oder diese andere Frau. Ellen.«

»Okay«, meinte Conor nur. Er hielt kurz inne und studierte genau Fords Gesichtsausdruck, ehe er die nächste Frage stellte. »Wer ist Ellen?«

»Mein Vater hat sie im College gedatet. Claire ist irgendwie besessen von ihr. Sie kann die Vorstellung nicht ertragen, dass er vor ihr schon eine andere Frau hatte. Am liebsten würde sie vergessen, dass Dad vor ihr schon einmal verheiratet war. Mit unserer Mutter«, erläuterte Ford.

»Hat sie über Ellen gesprochen?«, fragte Conor.

»Nein«, antwortete Alexander. »Und ich denke, mein Bruder irrt sich, wenn er sagt, Claire wäre besessen von ihr oder sonst wem. Sie ist eine Künstlerin, sie ist natürlich neugierig.«

»Darf ich Sie etwas fragen: Warum sind Sie beide heute hier? In Claires Atelier?«

»Weil ich einen verdammten Kater habe«, sagte Ford. »Ich wollte gestern Abend nicht betrunken nach Hause fahren. Und ich möchte nicht oben im Haupthaus sein, wo mein Vater reinplatzen kann.«

»Warum wäre das ein Problem?«, hakte Conor nach.

Ford starrte nur an die Decke.

»Unsere Mutter ist abgehauen, weil sie lieber trinken als mit ihm zusammen sein wollte. Mit uns«, antwortete stattdessen

Alexander und blickte zu Ford. »Und unser Dad macht sich Sorgen wegen Ford.«

»Ich bin kein Alkoholiker!«, rief Ford aus.

»Was halten Sie von Claire?«, wechselte Conor das Thema.

Ford machte ein abschätziges Geräusch. »Wie ich Ihnen gesagt habe, wir kamen nicht gut miteinander zurecht. Ich wollte nicht, dass ihr etwas Schlimmes passiert, aber das ist auch nicht der Grund, warum ich trinke.«

»Was ist dann der Grund?«, wollte Conor wissen, dem aufgefallen war, dass Ford in der Vergangenheit gesprochen hatte – als ob sie nicht zurückkommen würde.

Ford biss die Lippen zusammen und schloss die Augen; Conor konnte ihm seinen Schmerz ansehen. Auch Alexander warf seinem Bruder einen besorgten Blick zu, dann wandte er sich an Conor: »Jemand, den Ford geliebt hat, ist gestorben.«

»Das tut mir leid«, meinte Conor.

Ford reagierte nicht.

»Würden Sie mir sagen, um wen es sich handelt?«, bat Conor.

»Sallie«, murmelte Ford und drehte sein Gesicht zur Wand, damit sein Bruder und Conor ihm seine Gefühle nicht ansehen konnten.

Conor wurde hellhörig. Jetzt ergab es Sinn, dass Sallie Benson in ihrem Brief *Ford* geschrieben hatte. Er schaute aus dem Fenster und sah eine große, junge Frau mit braunen Haaren über den Rasen laufen. Sie kam nicht aus Richtung des Hauses, sondern direkt vom Strandweg, der nach Hubbard's Point führte. Auch Alexander sah sie und ging zur Tür. Dort warf sie sich sofort in seine Arme.

»Geht es Ford gut?«, fragte sie aufgeregt.

»Ja«, meinte Alexander und die junge Frau folgte seinem Blick, als er Conor anschaute.

»Oh«, machte sie überrascht. »Ich wusste nicht, dass jemand hier ist.«

»Ich bin Detective Reid. Und wer sind Sie?«

»Emily Coffin«, lautete ihre Antwort. »Alexanders Freundin. Entschuldigung, ist der Zeitpunkt ungünstig?«

»Nein, überhaupt nicht«, meinte Conor.

»Er ermittelt, was mit unserer Stiefmutter passiert ist«, erklärte Alexander ihr. Dabei hielt er Emilys Hand und sie lehnte sich vertrauensvoll gegen ihn.

»Sind Sie Neils und Abigails Tochter?«, fragte Conor, der versuchte, sich einen Überblick über die Nachbarn zu verschaffen.

»Ich bin ihre Nichte. Ich wohne in Stonington.«

»So sind sie und Alexander zusammengekommen«, rief Ford plötzlich über seine Schulter. »Er und ich wohnen im Gästehaus ihrer Familie. Durch Nähe entsteht Liebe.«

»Wir kümmern uns um das Anwesen, wenn Emilys Eltern verreist sind«, erklärte Alexander.

»Emily, kennen Sie Claire?«, wollte Conor wissen.

»Nicht besonders gut, leider«, sagte Emily. »Ich bin nicht so oft hier. Aber ich mag sie sehr gern, sie ist immer so nett zu mir. Es ist furchtbar. Die Reporter reden immer wieder von all dem Blut.« Sie schaute Conor erwartungsvoll an und hoffte auf einen Kommentar, doch er schwieg.

»Dad meinte, er würde nie wieder einen Fuß in die Garage setzen«, meinte Alexander.

»Das kann ich verstehen!«, pflichtete ihm Emily bei. »Ist das Blut noch da? Ich meine, natürlich nicht das Blut an sich, aber die Flecken? Die, die man mit Chemikalien in diesem blauen Licht erkennen kann?«

»Die gehen niemals weg«, meinte Alexander und legte den Arm um sie.

Conor fiel auf, dass Alexander zu Ford schaute, doch dieser hatte sich nicht gerührt, sondern lag noch immer auf dem Sofa.

»Ford«, wandte sich Conor an ihn. »Meinten Sie vorhin Sallie Benson?«

»Ja«, antwortete Alexander für seinen Bruder.

»Sie haben sie geliebt?«

»Ja«, murmelte Ford. »Sie war verheiratet, älter als meine Mutter; das habe ich alles schon gehört. Aber das war egal.«

»Wann haben Sie sie zuletzt gesehen?«, fragte Conor.

»Zwei Tage vor der Explosion«, antwortete Ford, setzte sich auf und schien zu schwanken, obwohl er noch auf dem Sofa saß. »Wir haben uns gestritten. Ich war ihr gegenüber ein ziemliches Arschloch. Und verdammt, sie hat sich umgebracht, weil …« Er unterdrückte ein Schluchzen.

»Weil was?«, fragte Conor erstaunt über die Tatsache, dass Ford glaubte, Sallie hätte Selbstmord begangen. Oder wollte er nur, dass Conor dachte, er würde das glauben?

Ford schüttelte den Kopf und konnte nicht weitersprechen.

»Ford hat es ihrem Mann erzählt«, sagte stattdessen Alexander. »Er hat es Dan gesagt, aber er wollte nicht fies sein – er hat Sallie tatsächlich geliebt. Er wollte mit ihr zusammen sein, das ist alles. Er dachte, wenn Dan es wüsste, wäre es für sie leichter, ihn zu verlassen. Weil sie dann keine andere Wahl hätte.«

»Waren Sie sauer auf sie?«, fragte Conor. »Als sie ihn nicht verlassen hat? Als Sie sich stritten?«

»Ja«, erklärte Ford. »Weil … verdammt, ich habe nie mit ihr geschlafen. Sie wollte einen anderen. Also, nicht ihren Mann.«

»Und wer war das?«, hakte Conor nach.

»Edward«, antwortete Alexander.

»Wer ist das?«

»Edward Hawke«, sagte Ford. »Unser Nachbar, direkt nebenan. Ich bin immer in ihrem Pool geschwommen. Ich habe es auch Sloane erzählt. Das ist seine Frau, Claires beste Freundin. Ich habe es ihr genau hier in diesem Raum gesagt«, fuhr Ford fort. »Ihr gesagt, dass Edward eine Affäre mit Sallie hatte. Wir haben einen schönen Rosé getrunken. Ich trank mit den Damen, während ich Sloane sagte, dass ihr Ehemann sie betrog. Wie ich Claire kenne, kam der Scheiß wahrscheinlich direkt aus Frankreich. Direkt aus der Provence. Sie liebte so Kram.«

»Hör jetzt auf«, unterbrach ihn Alexander. Er ließ Emilys Hand los und ging auf seinen Bruder auf dem Sofa zu.

»Claire hat gern Dads Geld ausgegeben«, sprach Ford weiter. »Kein Grund, dass ich ihr hätte wehtun wollen, einfach nur eine Tatsache. Saß hier und trank teuren pinken Wein mit Sloane. Sie war eine sogenannte Künstlerin, aber wie viel konnte sie schon mit dem Müll verdienen, den sie produzierte? Sallie war das genaue Gegenteil. Sie hat nie etwas von Dan genommen – sie war eine erfolgreiche Geschäftsfrau. Absolut bewundernswert.«

»Es ist ein großer Schock für Ford«, meinte Alexander. »Die ganze Familie ist in Sorge um Claire. Auch er, egal, was er sagt. Und dann Sallie. Sie müssen ihn verstehen, Detective. Unsere Mutter hat uns verlassen, als wir noch jung waren, und das hat er nie richtig verkraftet.«

»Ihr Armen. Ihr wart so traurig damals, so verloren«, sagte Emily und umarmte Alexander.

»Traurig ja, aber nicht verloren«, widersprach Alexander und warf Ford über seine Schulter einen Blick zu.

»Gearscht, aber nicht traurig«, meinte hingegen Ford. »Ich hau hier ab.«

»Sie sollten besser nicht fahren«, riet ihm Conor.

»Keine Sorge, ich gehe in mein altes Zimmer. Jetzt, wo Claire nicht mehr da ist, kann ich ja problemlos dort schlafen.

Was glauben Sie wohl, warum wir eine Stunde entfernt bei Emilys Eltern leben? Weil Claire uns hier nicht haben wollte.«

Er stolperte aus dem Atelier.

Wollte. Wieder in der Vergangenheit gesprochen, dachte Conor. Als ob Ford mit Sicherheit wüsste, dass Claire nicht wiederkommen würde.

Alexander ging ebenfalls zur Tür und wollte seinem Bruder hinterhergehen, doch dann drehte er sich um und sagte zu Conor: »Er meint es nicht so.«

»Nicht wie?«, hakte Conor nach.

»Als ob er froh wäre, dass Claire nicht hier ist«, erklärte Alexander.

»Das hat er nicht gesagt!«, mischte sich Emily ein.

»Ich weiß, aber die ganze Familie steht unter Beobachtung, richtig, Detective?«, fragte Alexander. »Und insbesondere Ford, oder?«

»Wir müssen jedem Hinweis nachgehen«, sagte Conor.

Daraufhin sagte Alexander: »Wir werden alles tun, damit Claire gefunden wird. Auch Ford. Er hat viel zu viel getrunken und ist wegen Sallie am Boden zerstört, er redet jede Menge Unsinn.«

»Verstehe«, meinte Conor. »Danke, dass Sie mit mir gesprochen haben. Sie beide.« Er nickte Emily zu. »Wenn Ihnen noch etwas einfällt, rufen Sie mich bitte an. Und sagen Sie das bitte auch Ford.« Dann überreichte er Alexander seine Visitenkarte, doch Alexander wich zurück, ohne die Karte zu nehmen.

»Danke, aber wenn uns noch etwas einfällt, sagen wir es unserem Vater«, meinte er, ohne zu lächeln. »Niemand möchte Claire mehr finden als er. Und er ist Staatsanwalt. Wissen Sie, er steht immer aufseiten der Polizei. Und wenn Sie gegen meinen Bruder ermitteln, könnte das seine Chancen erheblich verringern.«

»Sie meinen seine Chancen, Gouverneur zu werden?«, fragte Conor.

»Ja«, sagte Alexander. »Mein Vater ist ein guter Mann. Der beste, den es gibt. Und mein Bruder hat ein paar Probleme, aber er würde niemandem etwas tun.«

»Verstanden«, meinte Conor.

Das war merkwürdig, dachte er auf dem Weg zu seinem Wagen. Alexander hatte gewissermaßen eine Drohung ausgesprochen. Gegen Ford und möglicherweise Griffin zu ermitteln, wäre nicht polizeitreu. Das bereitete Conor keine wirklichen Sorgen, zeigte aber, wie loyal Alexander seinem Bruder gegenüber war.

Conor schaute in Richtung der Wälder im Osten von Catamount Bluff.

Die Pfade waren überwuchert, und es gab viele davon, aber sofern Claire nicht per Auto oder Boot weggebracht worden war, waren sie der einzig mögliche Fluchtweg. Und es gab Hunderte von Quadratmetern an Wald und Sumpf, wo man ihre Leiche hätte entsorgen können. Die umfangreiche Suche hatte nichts ergeben, aber Conor beschloss, selbst den Weg abzulaufen.

Am Rand des an der Küste gelegenen Waldes hielt er an. Im Süden lagen der Long Island Sound und ein langer Sandstrand mit Felsenbecken. Nördlich des Waldes erstreckte sich ein Salzsumpf voller Schilfgras, Wasserläufe und Becken, in denen Fischadler ihre Nester hatten. Er schaute die Catamount Road hinab – ein alter, weißhaariger Mann in Kakihosen und einem langärmeligen, grünen Hemd erblickte Conor und hob schwach die Hand. Conor hatte Wade Lockwood erst einmal, direkt nach Claires Verschwinden, befragt. Doch er erkannte den ältesten Bewohner von Catamount Bluff und winkte zurück.

Conor betrachtete sich das Dickicht und den Wald, konnte jedoch keine Pfade erkennen, nur kleine Lücken zwischen

Bäumen. Waren da Wildwege oder Pfotenabdrücke im sandigen Untergrund? Egal, was es war, er würde den Spuren folgen.

Er war kein Naturbursche. Zwar mochte er die Küste, aber eher von der Terrasse einer Strandbar aus. Manchmal flogen Kate und er nach Block Island, um durch Rodman's Hollow zu wandern. Für seinen Bruder Tom war der Ozean sein Leben und seine Arbeit – und für Kate war es der Himmel –, aber seit Conor Polizist geworden war, hatte er sich an den Highway, die Küstenstädte und an Stadt- und Vorstadt-Tatorte gewöhnt. Er zwängte sich zwischen zwei Kiefern hindurch, roch ihren Harz und machte sich auf ins dunkle Unbekannte.

25

Claire

Tageslicht. Ich versuchte, am Tag zu schlafen und nachts, wenn es sicher war, wach zu sein, doch ein Geräusch hatte mich geweckt. Etwas drängte sich lautstark durch das Gebüsch. Hatte da jemand geflucht? Hatte ich eine menschliche Stimme gehört? Regungslos verharrte ich in meinem Schlafsack, schüttelte meine wilden Träume ab und lauschte.

Ja, da war jemand, ein Mensch. Kein großes Tier würde zu dieser Uhrzeit durch den Wald streifen, wenn die Sonne hell durch die Zweige und jungen Blätter schien. Es konnte auch nicht mein Puma sein, und ich fühlte mich einer viel größeren Gefahr ausgesetzt, als wenn er es gewesen wäre.

Griffin, dachte ich.

Die Hütte lag so tief im Wald versteckt und war durch ihr verwittertes Holz, auf dem unzählige Ranken wuchsen, so gut getarnt, dass ich daran glauben wollte, dass niemand sie entdecken konnte, egal, wie nah er an ihr vorbeilief.

Mit schmerzenden Knochen setzte ich mich auf. Seit meiner Begegnung mit dem Puma hatte ich nicht viel gegessen – nicht, weil ich mich vor ihm fürchtete, zumindest hielt ich das nicht für den Grund, sondern weil ich so erschöpft war. Ich hatte Grünalgen gesammelt, sowohl zum Essen als auch, um sie auf meine Wunden zu pressen, denn sie enthielten Alginat, was die Heilung von Wunden fördert. Das hatte ich von meinem Vater gelernt. Schafgarbe funktionierte ebenso, und ich hatte ein paar Büschel gepflückt und mit Wasser zu einem Brei vermischt, den ich auf die schlimmsten Schnitte auftrug.

Zwar hatte ich den Eindruck, dass ich auf dem Weg der Besserung war, überlegte jedoch, ob diese extreme Erschöpfung ein Anzeichen für eine Infektion war.

Die Schwäche hatte sich von den Schnitten in der Haut auf mein Blut, meine Knochen und mein Gehirn ausgebreitet. Ich befahl meinem Körper, die Muskeln zu bewegen, doch nichts passierte. Mittlerweile sah ich sogar den Puma in der Ecke meiner Hütte sitzen. Nachts, wenn der Polarstern durch die Spalten der Hüttendecke blitzte, sah ich die Augen des Pumas. Warum beruhigte mich das nicht? Der Puma verkörperte doch meinen Vater.

Das Geräusch einer Person, die durch das Dickicht kroch, kam immer näher. Kein Tier wäre so ungeschickt, Zweige abzubrechen und Blätter aufzuwirbeln. Ich war mir sicher, dass es Griffin war. Er war äußerst versiert in seiner Anwaltstätigkeit, schrieb nie ein falsches Wort in einem Brief, machte im Gericht nie einen Fehler. Aber im Wald? Er liebte das Wasser, fuhr gern mit dem Boot hinaus, war aber nie mit mir wandern gewesen oder durch den Wald gestreift.

Zwar hatte er sich in jener Nacht vor fünfundzwanzig Jahren, in der wir uns in der Bucht keine halbe Meile südlich von hier getroffen hatten, wie eine Dschungelkatze auf dem Pfad bewegt – doch das war der Hauptpfad gewesen und keiner der engen, sich windenden, schwer zu entdeckenden Wildpfade, welche die Wälder und das Sumpfland bei der Hütte durchkreuzten.

Ich fantasierte von der Sternschnuppennacht mit Griffin am Strand und hatte den Geschmack seiner Küsse im Mund. In meinem Traum spürte ich die Hitze seines Mundes und seinen Körper, der sich gegen meinen presste. Immer wieder versank ich im Dämmerschlaf und hatte kein Zeitgefühl mehr.

Ich dachte an die Liebe, die ich als Kind erlebt hatte – wie viel Stärke gab sie mir jetzt. Und ich dachte an den Tag, an dem ich erfuhr, dass Gewalt in der Kindheit ein Monster schaffen kann.

Wir waren gerade einmal ein Jahr verheiratet und ich hatte das Phänomen der schwarz werdenden Augen schon mehrmals gesehen. Jedes Mal machte es mir Angst, und nach jedem seiner Wutausbrüche dachte ich daran, ihn zu verlassen. Manchmal ging ich in diese Hütte, um nachzudenken. Und sobald ich mich beruhigt hatte und die Nachbeben der Angst in meinem Körper verebbt waren, beschloss ich zu bleiben.

Ich war bereits einmal geschieden, ich wollte nicht in noch einer Ehe versagen. Ich redete mir ein, er würde mich niemals körperlich verletzen – jeder wurde schließlich mal wütend und das war sogar eine gesunde Emotion. Bei seinem so stressigen Job und den vielen Tragödien, mit denen er tagtäglich zu tun hatte, musste er irgendwo Dampf ablassen. Ich würde einfach einen Weg finden müssen, ihm zu sagen, dass es zwar gut war, seinem Ärger Luft zu machen, aber er seinen Stress nicht an mir auslassen konnte.

Und fast jedes Mal, wenn ich erschüttert und voller Zweifel zurückkam, nahm er mich in den Arm und sagte, dass er mich liebte.

»Du bist mein Leben«, sagte er, wenn er das Haus betrat und mich dort auf dem Sofa zusammengerollt fand, insbesondere nach einem sehr schlimmen Vorfall. »Unsere Liebe, die ist wie vom Himmel gemacht.«

»Es fühlt sich aber nicht wie der Himmel an, wenn du mich so behandelst«, sagte ich, ohne ihm in die Augen schauen zu können. Stattdessen schaute ich aus dem Fenster, wo das Sonnenlicht auf dem Long Island Sound glitzerte.

»Ich wollte das nicht«, erklärte er. »Ich muss dauernd an den Drecksack denken, gegen den ich vorgehe, der eine Frau erstochen und ihre Leiche in einem Haufen Müll entsorgt hat. Oder letzten Monat – die Mutter, die zugelassen hat, dass ihr Freund ihren Sohn verprügelt und verbrannt hat, die nichts dagegen gesagt hat, bis er eines Tages zu weit ging und der Junge starb.«

Ich starrte weiter nur nach draußen.

»Kannst du das nicht verstehen?«, fragte er in ungewöhnlich wehmütigem und versöhnlichem Ton, als ob er mich um Entschuldigung bat. Da wandte ich mich ihm zu.

»Ich weiß, dass du das Schlimmste im Leben zu sehen bekommst«, meinte ich. »Ich wollte immer, dass du, wenn du nach Hause kommst, das Beste im Leben bekommst. Unsere Liebe. Ich versuche dir, diese Liebe zu geben, aber ... dann passiert manchmal etwas in dir drin. Ich weiß nie, was es verursacht, aber plötzlich verhältst du dich, als ob du mich hasst.«

»Ich könnte dich niemals hassen.«

»Genau wie du mich niemals schlagen könntest, zumindest sagst du das. Aber weißt du was, Griffin? Deine Wut und die Dinge, die du mir sagst, sind schlimmer als Fäuste. Mein Herz tut mir in diesem Moment so weh ...«

»Bitte, Claire, bitte sag so etwas nicht. Ich kann es nicht ertragen zu hören, dass ich der Grund bin, warum du dich so fühlst. Bitte, gibst du mir noch eine Chance? Dass ich es versuchen kann?«, bat er und nahm meine Hände, um mich sanft von der Couch hochzuziehen. Dann nahm er mich in den Arm, wobei ich steif und defensiv dastand.

»Ich möchte es zwar, aber es passiert immer wieder«, sagte ich mit brüchiger Stimme.

»O Gott, ich kann es nicht ertragen, dass ich dich zum Weinen bringe«, rief er. »Claire, ich verspreche es, ich werde mich so bemühen.«

»Das heißt aber nicht, dass du es nicht wieder machst.«

»Du musst mir noch eine Chance geben. Du bist die beste und tollste Frau, die ich jemals kennengelernt habe. Nicht so wie die anderen.«

»Welche anderen?« Als er nicht sofort antwortete, ergriff ich meine Chance: »Griffin, ich denke, wir sollten eine Paartherapie machen.«

Einen Moment lang herrschte Totenstille, dann ließ er die Arme sinken und wich zurück. »Das kann ich nicht«, antwortete er. »In meiner Position kann ich keine Schwäche zeigen. Claire, ich muss stark sein, damit mich die Polizei und die Detectives respektieren und die Verteidiger vor mir Angst haben. Du weißt doch, andere Staatsanwälte werden von den Polizisten nicht respektiert, sie lachen sogar über sie. Aber nicht über mich. Meine Polizisten halten für mich den Kopf hin. Sie möchten mich stolz machen und unterstützen mich, wo sie können. Sie sind mir gegenüber loyal. Das könnte sich aber sofort ändern, wenn sie mich als schwach ansehen.«

»Aber eine Therapie ist doch vertraulich. Eine Sache nur zwischen Therapeut und Patient«, entgegnete ich.

»Ich weiß, dass du das glaubst, aber die Menschen reden. Gerüchte verbreiten sich. Wenn ich eins durch meine Arbeit gelernt habe, dann dass kein Geheimnis für immer bewahrt werden kann. Menschen, auch Ärzte, reden. Besonders wenn sie einen hochkarätigen Klienten haben. Ich kann das einfach nicht machen.«

Auch wenn ich seine Argumente verstand, fühlte ich mich hilflos. Nach nur zwölf Monaten Ehe verlor ich jegliche

Hoffnung. Und jedes Mal, wenn ich nachgab und wieder zurückkam, ging ein Stück von mir verloren. Doch es dauerte noch eine ganze Weile, bis ich das begriff.

An jenem Tag sagte ich: »Als du sagtest, ich sei die beste Frau, die du je kennengelernt hast, und nicht wie die anderen …«

»Das bist du«, unterbrach er mich.

»Wer sind die anderen?«

Seufzend antwortete er: »Margot, natürlich. Du weißt ja, was für ein Albtraum es mit ihr wurde.«

Das hatte er mir erzählt, doch als seine zweite Ehefrau wusste ich, dass es immer zwei Seiten der Geschichte gibt. Auch wenn sie mit der Trinkerei angefangen hatte, konnte ich gut nachvollziehen, dass ihre Verzweiflung über Griffins Wutausbrüche wahrscheinlich der Auslöser für ihr Alkoholproblem gewesen war. Einmal hatte ich ein Foto von ihr zwischen den Büchern im Regal der Kinder gefunden. Sie liebten und vermissten sie so sehr. Manchmal überlegte ich, sie aufzuspüren und zu fragen, warum sie sie verlassen hatte.

»Und meine Mutter«, fügte er plötzlich hinzu.

»Deine Mutter?«, fragte ich. Unbedingt wollte ich mehr hören, denn er sprach kaum über sie oder überhaupt über seine Familie.

»Sie war die Grande Dame von Catamount Bluff«, murmelte er. »Sie trug jeden Tag Perlen. Sogar zum Schwimmen im Long Island Sound. Sie schmiss Partys, über die die Menschen noch heute reden, arbeitete ehrenamtlich an der Kunstakademie und bei der Tafel der Kirche, saß im Vorstand von Banken und gemeinnützigen Unternehmen. Alle liebten sie.«

»Und du?«

»Ich liebte sie auch. Außer, wenn ich sie nicht liebte.«

»Warum, Griffin?«

»Weil sie mich, wenn ich sie wütend machte, im Keller einschloss. Mir die Kniekehlen mit ihrer Zigarette verbrannte. Sie kaufte mir meine Lieblingsschokolade und Flaschen Coca-Cola ... zuerst versteckte sie sie vor mir, dann aß und trank sie sie selbst, direkt vor meinen Augen, und sagte mir, wie köstlich sie seien, und dass ich, wenn ich ein braverer Junge wäre, auch etwas haben könnte. Aber sie hat mir fast nie etwas abgegeben.«

»Griffin, das ist ja furchtbar«, sagte ich.

Er nickte. »Als ich zehn war, verprügelte sie mich so sehr, dass ich in die Notaufnahme musste. Überall war ich grün und blau, und sie sagte, ich sollte lügen und sagen, ich wäre beim Klettern gefallen.«

»Was war mit deinem Vater? Warum hat er dich nicht beschützt?«

Griffin lachte auf. »Niemand hat meiner Mutter widersprochen oder sich gegen sie aufgelehnt. Er fand es wohl einfacher, so zu tun, als sei er Hemingway – auf den Bahamas fischen zu gehen oder in Schottland Moorhühner zu schießen oder mit seiner Geliebten nach Paris zu reisen.«

»Griffin, ich hatte ja keine Ahnung«, rief ich bestürzt aus.

»Du bist die Einzige, der ich das je erzählt habe«, flüsterte er und zog mich an sich. »Nie habe ich jemandem so sehr vertraut.«

Und ich nahm es mir zu Herzen, bedauerte meinen Mann, der in seiner Kindheit Missbrauch erlebt hatte, schätzte seine Worte, dass ich die Einzige war, mit der er reden konnte und der er vertraute. Es hatte ein ganzes Ehejahr gedauert, bis er mir das hatte erzählen können, und ich hielt dieses Wissen für den geheimen Schlüssel zu seinem Verhalten.

Damals dachte ich, dass ich nun, da ich es wusste, etwas hatte, womit ich arbeiten konnte. Ich würde dadurch mehr

Verständnis aufbringen können. Es würde mir helfen, seine Trigger zu umgehen.

Wie dumm ich doch gewesen war.

Jetzt, wo ich in meinem Schlafsack lag und hörte, wie sich die Person meiner Hütte näherte, stand ich langsam vom Boden auf und bereitete mich darauf vor, mich zu verteidigen, falls sie hineinkäme. Ich dachte dabei an Griffin. In unserem letzten Streit am Abend vor der Ausstellungseröffnung war es um Ellen gegangen.

»Ich möchte nicht, dass dir das Gleiche passiert wie Ellen«, hatte er gesagt.

»Keine Sorge, das wird mir nicht passieren«, versprach ich mir selbst flüsternd in der Hütte. Ich war bereit, um mein Leben zu kämpfen.

Plötzlich hörte ich, wie mein Name gerufen wurde. »Claire! Können Sie mich hören?« Und dann das Geräusch reißenden Stoffes. »Mist!«

Jemand hatte sich gerade mit der Hose oder Jacke an den Dornen im Gebüsch verheddert. Regungslos stand ich da. Ein weiteres reißendes Geräusch, als ob der Stoff von den Dornensträuchern befreit würde. Dann sich entfernende Fußschritte, die in die Richtung zurückgingen, aus der die Person gekommen war – nach Catamount Bluff.

Ich hatte die Stimme wiedererkannt.

Vor meiner Hütte war nicht Griffin.

Es war Conor Reid.

Tränen brannten mir in den Augen, so sehr wollte ich um Hilfe rufen. Doch Griffins Worte über »seine« Polizisten kamen mir wieder in den Sinn: »Meine Polizisten halten für mich den Kopf hin. Sie möchten mich stolz machen und unterstützen mich, wo sie können. Sie sind mir gegenüber loyal.«

Was, wenn Conor zu Griffins Leuten gehörte? Obwohl ich so sehr glauben wollte, dass Conor ein guter Mensch und nicht gekommen war, um den von Griffin begonnenen Job zu vollenden und mich umzubringen, konnte ich das Risiko nicht eingehen.

Doch eins wusste ich ganz genau: Ich musste hier raus. Das war knapp gewesen. Ich wusste nicht, wo ich hinsollte, aber mein Versteck in den Wäldern war nicht mehr sicher.

EIN TAG DAVOR

26

Sallie

Lieber Ford,
ich weiß nicht, was ich getan habe, dass du dir falsche Hoffnungen gemacht hast. Meiner Meinung nach habe ich gar nichts getan. Du bist der Sohn von Kunden und ich hielt dich für einen höflichen jungen Mann. Ich fand es nett, kurz mit dir zu sprechen, wenn du zum Schwimmen zu den Hawkes kamst.

Ich werde nie begreifen, was dich dazu gebracht hat, meinen Mann in unserer Einfahrt anzusprechen und vor unseren Kindern einen solchen Mist über mich zu erzählen. Wolltest du meine Familie zerstören? Hat deine Fantasie über mich – worin genau auch immer die besteht – dich wirklich glauben lassen, dass ich mit jemandem zusammen sein wollte, der so etwas Fieses tun könnte?

Als du zu Dan etwas über »Springbreak« sagtest … wen interessiert es überhaupt, was du damit meintest? Das zeigt nur, wie jung du noch bist, ein Collegejunge, der nicht begreift, dass Menschen erwachsen werden, ein kompliziertes Leben haben, sich bemühen, wo sie können.

Du hast große Probleme. Du hast Wahnvorstellungen. Es ist mir egal, was mit dir ist, aber trotzdem rate ich dir, dir Hilfe zu suchen, damit du nie wieder meine Familie oder jemand anderes verletzt.

Ford, wenn du dich mir, meinem Mann oder insbesondere meinen Kindern jemals wieder näherst, wirst du es gewaltig bereuen. Mir ist es egal, dass dein Vater in einer Machtposition ist. Du bist krank, und dein kriminelles Verhalten von gestern hat das unter Beweis gestellt. Die Polizei wird sich von einem jämmerlichen, kleinen Jungen, der sagt, sein Daddy würde ihm aus allen Problemen heraushelfen, nicht beeinflussen lassen.

Halte dich von uns fern.
Sallie Benson

Am Donnerstagmorgen, dem Tag, nachdem Ford Dan das mit Edward erzählt hatte, saß Sallie an ihrem Schreibtisch und schrieb den Brief. Als sie fertig war, ruhte ihr Blick noch lange auf dem Zettel und sie überlegte, was sie tun sollte. Keine Worte auf einem Stück Papier konnten wiedergutmachen, wie sie sich fühlte, dass Ford Chase ihre Familie terrorisiert und psychisch fertiggemacht hatte.

Sie hatte sich sogar darauf gefreut, am Wochenende wegzufahren.

Die ganze Familie hatte einkaufen gehen wollen, sobald Dan von der Arbeit kam, damit die Kinder sich die Süßigkeiten aussuchen konnten, die sie an Bord essen wollten. Als zusätzliche Überraschung wollten sie zu Barks and Purrs in der Einkaufspassage gehen, um für Maggie eine extrakleine Rettungsweste zu kaufen.

Jetzt fiel der Ausflug aus. Zumindest für Sallie. Sie hatte das Gefühl, den Hass, der in Dans Blick lag, zu verdienen, und dass sie schuld war an Gwens und Charlies Verzweiflung. Ford hatte nach Alkohol gestunken und gelallt, als er Dan von ihrer Affäre mit Edward Hawke erzählt hatte.

»Was ist eine Affäre?«, hatte Charlie wissen wollen, der schluchzend seine Arme um ihre Hüfte geschlungen hatte – nicht, weil er verstand, was Ford sagte, sondern weil er die unterschwellige Gewalt der Situation gespürt hatte.

»Nichts«, sagte Sallie, hielt ihm die Ohren zu und wollte die Kinder schnell ins Haus bringen. Doch Dan hielt sie auf und packte sie fest am Handgelenk.

»Es bedeutet, dass deine Mom jemand anderen liebt«, sagte Dan. »Und sie wird ab jetzt bei ihm statt bei uns leben.«

»Dan, das ist nicht wahr! Niemals! Lass uns bitte hineingehen.«

Gwen starrte Sallie schweigend an.

»Komm, meine Kleine, wir gehen ins Haus«, sagte Sallie und fasste ihre Tochter an der Schulter.

»Die Kinder sollten besser erfahren, wer du wirklich bist«, spuckte Ford wütend aus. »Genau jetzt, wo sie noch jung sind, statt ihr ganzes Leben lang zu glauben, ihre Mutter wäre der liebe, nette Mensch, den sie sich wünschen.«

»Verschwinde von meinem Grundstück!«, rief da Dan.

»Du verteidigst sie?«, fragte Ford ungläubig.

»Nein, aber ich prügle dich windelweich, wenn du nicht sofort in dein Auto steigst und abhaust. Dann rufe ich die

Polizei und sage, dass du betrunken Auto fährst, und zeige dich wegen Hausfriedensbruch an.«

»Viel Glück«, sagte Ford nur. »Ach ja, ich weiß übrigens auch, was du getan hast.«

»Was ich getan habe?«

»Ja. Klingelt bei dem Wort Springbreak was bei dir?«

Sallie drehte sich zu Dan um. Dieser starrte Ford ungläubig an.

»Ellen Fielding war nicht die Einzige, die ertrunken ist, nicht wahr?«, fragte Ford.

»Es reicht«, sagte Dan.

»Wie viel hast du deiner Frau erzählt? Vielleicht hat sie dich deshalb betrogen. Sie weiß, was für ein Mensch du bist. Stimmt's, Sallie?«

Sie antwortete nicht.

»Perfekte Menschen in einer perfekten Stadt«, meinte Ford. »Egal, war nett, mit euch zu plaudern. Genießt euer Leben, wenn ihr die Geheimnisse des anderen herausfindet.«

Dan schien vor Schreck wie erstarrt, als Ford in seinen Wagen stieg, rückwärts die Einfahrt hinabfuhr und davonbrauste. Sallie ging zu Dan, doch er wehrte sie brüsk ab.

»Lass es!«, fauchte er.

»Wovon hat er gesprochen?«, fragte Sallie. »Springbreak?«

»Machst du Witze?«, fragte Dan. »Er ist irre und will nur für Ärger sorgen.«

»Was für ein Mädchen ist ertrunken? Und wer ist Ellen Fielding?«, wollte Sallie wissen.

»Du gehst jetzt auf mich los?«, wetterte er. »Nach dem, was ich gerade gehört habe?«

Sie schaute auf die Kinder, die beide weinten.

»Mom, Dad, nicht streiten!«, rief Gwen. Charlie hing wie eine Klette an Sallie.

»Kommt, Kinder, wir machen eine Spritztour«, meinte Dan plötzlich. »Wir müssen ja noch Sachen für unseren Ausflug nach Block Island besorgen. Vielleicht spielen wir auch eine Runde Minigolf und holen uns ein Eis. Eure Mom kommt nicht mit. Sie hat etwas anderes zu tun. Aber wir werden Spaß haben, Gwen, Charlie, das verspreche ich euch.«

Sallie ging ins Haus und legte sich in ihrem Zimmer aufs Bett.

Was Ford Dan an den Kopf geworfen hatte, verfolgte sie, doch sie redete sich ein, dass er einfach nur boshaft war. Wie Dan gesagt hatte, war er verrückt, hatte eindeutig zu viel getrunken und war geistig verwirrt. Ein paar Stunden später hörte sie alle nach Hause kommen, konnte aber nicht hinuntergehen und ihnen in die Augen blicken, nicht einmal ihren Kindern. Der Geruch von Hamburgern zog durch das Haus, Dan machte also Abendessen.

Die ganze Nacht lang machte sie kein Auge zu. Dan schlief im Gästezimmer und ging vor Sonnenaufgang nach unten. Sie hörte, wie leise die Tür geschlossen wurde und er seinen Wagen startete und davonfuhr. Sofort ging sie hinunter, kochte Kaffee und trank ihn auf der hinteren Veranda und überlegte, was sie nun tun sollte. Es wurde ihr schwer ums Herz, als die Kinder aufstanden, aber als sie herunterkamen, machte sie ihnen Rühreier, als wäre nichts geschehen. Niemand erwähnte Ford auch nur mit einem Wort.

Es war Donnerstag und sie freuten sich, weil es der letzte Schultag vor ihrem Ausflug nach Block Island war. Um halb acht ging Sallie mit ihnen zum Ende der Einfahrt, gab ihnen einen Kuss und wünschte ihnen einen schönen Schultag. Sie umarmten einander wie immer und winkten aus dem Schulbus, als sie hineinkletterten.

Es hatte Sallie gutgetan, Ford zu schreiben. Sie faltete den Brief und steckte ihn in einen Umschlag. Niemals könnte sie

Ford von Angesicht zu Angesicht konfrontieren, so böse und rachsüchtig, wie er gewesen war, aber sie wollte, dass er wusste, wie sie sich fühlte, und dass er las, was sie zu sagen hatte. Zwar wusste sie nicht, wo er wohnte und ob er überhaupt eine eigene Wohnung hatte, aber sie wusste, wo sie den Brief hinterlassen konnte, sodass er ihn auf jeden Fall bekam. Und falls er dort war, hatte sie eine Frage, die sie ihm stellen würde.

Der Weg nach Catamount Bluff war ihr mittlerweile sehr vertraut und fühlte sich wie selbstverständlich an. Der Wachmann – heute war es Officer Ben Markham – winkte sie durch. So häufig war sie hier gewesen und hatte in allen vier Häusern gearbeitet, dass die Wachmänner am Tor sie gar nicht mehr anhielten.

Es war sieben Uhr fünfundvierzig und die Sonne war gerade über die Baumwipfel am Rand der Straße gestiegen. In der Entfernung glitzerte hinter dem letzten Haus der Long Island Sound im Morgenlicht.

Sie fuhr an den Grundstücken zweier Kunden vorbei – dem der Coffins und dem der Lockwoods.

Als sie die Einfahrt der Hawkes passierte, wandte sie ihren Blick ab und hielt den Atem an, vor Angst, Edward oder Sloane zu sehen.

Oder Edward mit Sloane. Als sie in das Rondell vor dem Haus der Chases einbog, klammerte sie sich fest an das Lenkrad und wusste nicht genau, was sie nun tun sollte. Sie konnte Fords schwarzen Porsche nirgendwo entdecken, doch vor der Vordertür parkte ein roter Wagen.

Die Anwohner von Catamount Bluff erhielten ihre Post unten im kleinen Postamt in der Shore Road nach Hubbard's Point. Aber für formlose Nachrichten und Einladungen zwischen den vier Familien von Catamount Bluff hatten sie an Pfosten im Boden kleine röhrenförmige Briefkästen genagelt. Sallie rollte den Umschlag zusammen und wollte ihn gerade in den Briefkasten schieben, als sich die Vordertür öffnete. Schnell versteckte sie den Brief hinter ihrem Rücken.

Alexander, Fords Zwillingsbruder, kam hinaus. Sie hatte ihn ein paar Mal getroffen, als sie an der Küche gearbeitet hatte. Im Vergleich zu seinem Bruder sah er nichtssagend aus. Während Ford die gleichen fokussierten, anziehenden Augen hatte wie sein Vater, war Alexander ruhig und unbekümmert. Ford hatte von Anfang an dafür gesorgt, Sallies Aufmerksamkeit auf sich zu ziehen, hatte sich in ihrer Nähe herumgedrückt, sie nach ihrem Befinden gefragt und mehr Kaffee getrunken, als für junge Menschen gesund war, nur um in der Küche zu sein. Und dann hatte er immer seinen Körper zur Schau gestellt, wenn er bei den Hawkes schwimmen ging. Alexander hatte so schüchtern gewirkt, dass Sallie ihn kaum kennengelernt hatte.

»Hallo, Mrs Benson«, rief jetzt Alexander vom Treppenabsatz herunter. Er hatte bereits eine leichte Sommerbräune und seine blonden Haare waren von Sonne und Salz ausgebleicht. Er sah besorgt aus, versuchte aber zu lächeln. »Wie geht es Ihnen?«

»Gut, danke, Alexander«, antwortete sie knapp.

»Haben Sie heute schon Ford gesehen?«, fragte er sie.

»Warum fragst du mich das?«, sagte sie erschrocken.

»Weil er mir gestern gesagt hatte, er wolle zu Ihnen. Und wir ihn seitdem nicht gesehen haben. Wir machen uns Sorgen.«

»Nein«, antwortete sie. Sie wurde nervös, fühlte sich merkwürdig. Eigentlich hatte sie nur den Umschlag dalassen und sofort wieder abhauen wollen. Sie versuchte, ihn sich heimlich hinten in die Hosentasche zu stecken, doch dabei fiel er auf den Boden.

»Ist der für meine Eltern?«, fragte Alexander, als er den Brief sah.

Kurz zögerte sie, dann sagte sie: »Ein Brief für deinen Bruder«, und hob ihn schnell auf.

Alexander war verwirrt: »Warum schreiben Sie ihm?«

»Unwichtig«, zischte sie und wollte sich gerade umdrehen. »Ich gebe ihn ihm ein andermal.«

»Bitte, verraten Sie es mir«, bat Alexander und ging auf sie zu. »Bitte. Er war ziemlich aufgewühlt, als er zu Ihnen fuhr. Bitte sagen Sie mir, was passiert ist ...«

»Er war völlig betrunken, Alexander«, sagte sie. »Er hätte nicht fahren sollen.«

»Haben Sie versucht, ihn aufzuhalten?«, fragte er mit zittriger Stimme.

»Dazu war keine Zeit«, meinte sie. »Er war wütend und ist einfach davongebraust.«

Sallie schlug das Herz bis zum Hals. Alexander hatte die Vordertür offen gelassen, durch die nun Claire kam und Alexander die Hand auf die Schulter legte. Er drehte sich zu ihr und sie bedachte ihn mit einem freundlichen Lächeln.

»Hallo, Sallie. Alexander macht sich Sorgen um seinen Bruder«, erklärte Claire.

»Sallie meinte, er wäre gestern betrunken davongefahren«, wandte sich Alexander an seine Stiefmutter. »Machst du dir denn keine Sorgen?«

»Doch, natürlich«, bestätigte Claire.

»Sie hat ihm einen Brief geschrieben«, erklärte Alexander verwundert. »Ich will, dass sie uns sagt, was darinsteht, schließlich war sie die Letzte, die ihn gesehen hat. Vielleicht hätte ich dann einen Hinweis.«

»Alexander, das ist eine Sache zwischen Sallie und Ford«, beschwichtigte Claire ihn.

Sallie wurde rot und wäre am liebsten im Erdboden versunken. Ihr fiel ein, dass Edward gesagt hatte, dass Sloane bei Claire gewesen war, als Ford sie verbal angegriffen hatte. Also wusste Claire Bescheid. Als sich ihre Blicke trafen, bemerkte sie verwundert, dass in Claires Blick Mitgefühl lag.

»Ich fahre jetzt«, entschied Sallie und fügte hinzu: »Ich hoffe, er kommt bald nach Hause, Alexander.«

»Mrs Benson, ich weiß, dass er zu Ihnen wollte, um mit Ihnen zu reden«, sagte Alexander. »Er hat es mir gesagt, aber ich meinte, er solle das lassen. Ich habe keine Ahnung, was zwischen Ihnen passiert ist, er ist nicht ins Detail gegangen. Aber er war ziemlich wütend, als er zu Ihrem Haus gefahren ist.«

»Das war er allerdings«, bestätigte Sallie, die plötzlich alles wieder vor Augen hatte: Fords wütenden Blick, seine fiesen Worte … Sie konnte nicht anders und machte ihrem Ärger Luft: »Er hat furchtbare Dinge über mich gesagt. Vor meinem Mann und meinen Kindern! Mein Sohn und meine Tochter haben alles mit angehört.«

»Ihr Sohn hat das alles gehört?«, hakte Alexander nach.

»Ja. Charlie ist erst sieben. Und meine Tochter neun.«

Alexander verbarg sein Gesicht in den Händen, sodass Sallie glaubte, er würde weinen.

»Das ist es«, meinte Alexander dann. »Wahrscheinlich hasst er sich selbst jetzt dafür, dass Ihre Kinder das mitangesehen haben. Darum ist er verschwunden.«

»Was meinst du damit?«, wollte Claire wissen.

»So war unser Leben«, erläuterte Alexander. »Mom und Dad stritten sich und wir bekamen fürchterliche Dinge über sie zu hören. Wenn Ford solchen Müll auch vor Charlie gesagt hat, fühlt er sich jetzt wie der schlimmste Mensch der Welt.«

Was er ja auch ist, dachte Sallie insgeheim und fragte sich, warum es Alexander nur um Charlie ging, während Gwen genauso am Boden zerstört gewesen war. Sie hielt es nicht mehr aus, seinen Bruder so voller Mitleid über den Menschen reden zu hören, der alles getan hatte, um ihr Leben zu ruinieren.

»Was, wenn er sich selbst etwas antut?«, rief Alexander besorgt.

Sallie sah Griffin, der für die Arbeit mit Jackett und Krawatte gekleidet war, im Haus auf die Tür zukommen. Er hob die Hand zum Gruß, doch sie erwiderte ihn nicht, sondern drehte sich um und stieg in ihren Wagen. Den Impuls, sich umzubringen, verstand sie sehr gut. Denn wenn man Menschen so sehr verletzt und sieht, welche Auswirkungen das eigene Verhalten hat, möchte man sich einfach nur aus diesem Leben davonstehlen. Sie musste an den Ausdruck in den Gesichtern ihrer Kinder denken. Sallie wäre froh, wenn Ford ihren Schmerz genauso gesehen hatte und er sich deshalb schlecht fühlte. Sie startete den Wagen und fuhr zum letzten Mal aus Catamount Bluff hinaus.

27

Claire

Ich sah Sallie eilig wegfahren. Ich hatte Fords rasende Wut gesehen, als er in mein Atelier gestolpert und Sloane von Edward und Sallie erzählt hatte. Sloanes Schmerz und plötzliche Verzweiflung hatten sie fast umgehauen. Ich konnte mir sehr gut vorstellen, dass sich Ford genauso verstörend und brutal verhalten hatte, als er Sallies Geheimnis vor ihrem Ehemann und den Kindern verraten hatte.

»Was war denn da los?«, fragte Griffin neugierig. Mit seiner Kaffeetasse war er in die Halle gekommen und hatte verwundert der Staubfahne hinterhergeblickt, die Sallie mit ihrem SUV auf der unbefestigten Straße hinterlassen hatte. Ich hatte *Fingerknochen* aus dem Atelier ins Haus gebracht. Es stand direkt dort in der Halle auf dem Tisch.

Ich wollte, dass Griffin sich umdrehte und den Objektrahmen sah. Eigentlich hatte ich ihn ihm nach dem Frühstück, wenn wir alleine wären, zeigen und ihn dann in die Galerie bringen wollen. Doch Sallies Auftritt hatte alles durcheinandergebracht.

»Ich habe eine Frage gestellt«, blaffte Griffin, der dabei insbesondere Alexander im Fokus hatte. »Was wollte sie hier?«

Alexander und ich tauschten besorgte Blicke aus. Wir konnten aus der Sache nicht glimpflich rauskommen. Griffin die Wahrheit zu sagen, konnte seine Stimmung sehr schnell kippen lassen. Ihn anzulügen hingegen genauso. Wie merkwürdig, dachte ich. Jetzt, wo ich ihn im Geiste schon verlassen hatte, war es mir plötzlich ziemlich egal. Sollte Griffin doch in seiner Wut ausflippen – ich wusste, dass er Ford beigebracht hatte, sich genauso zu verhalten und Menschen mit seiner Stimmung einzuschüchtern. Er hatte einen Sohn geschaffen, der genauso war wie er.

Doch Alexander war anders und ich wollte ihn beschützen, darum achtete ich genau darauf, wie er auf die Frage seines Vaters reagierte. Er öffnete den Mund, schloss ihn dann aber wieder. So gut kannte ich seinen inneren Kampf, war er doch lange meiner gewesen. Sich wie auf Eierschalen zu bewegen, war normal in unserer Familie.

»Ford ist gestern zu Sallies Haus gefahren«, erklärte ich Griffin.

»Wieso?«, fragte er.

»Claire, nein, lass es«, sagte Alexander plötzlich brüsk.

»Um mit ihrem Mann zu reden und sie direkt vor seinen Kindern schlimmer Dinge zu beschuldigen«, antwortete ich.

Griffin hörte mir zu, reagierte aber nicht sofort, sondern nippte stattdessen an seinem Kaffee. Seine Augen sahen vollkommen normal aus. Dann blickte er zu Alexander.

»Stimmt das?«, wollte er von ihm wissen.

»Ich weiß es nicht«, behauptete Alexander.

»Lügst du mich etwa an?«

»Nein, Dad. Ich weiß, dass er verärgert war, aber er hat mir nicht die komplette Geschichte erzählt.«

»Warte«, unterbrach ihn da Griffin. »Du kennst nicht die komplette Geschichte, aber einen Teil der Geschichte?«

»Das stimmt«, gab Alexander klein bei.

»Du weißt, dass er zu den Bensons wollte, um dort eine Szene zu machen?«, fragte Griffin. »Du kommst morgens um sechs hierher, machst dir Sorgen um deinen Bruder, hältst es aber nicht für nötig, mir das zu erzählen?«

»Es tut mir leid.«

»Gibt es sonst noch etwas, das du mir verschweigst?«, fragte Griffin wütend.

»Dad«, sagte Alexander. »Sie hat nach diesen Mädchen gefragt, den Mädchen von früher …«

»Was für Mädchen?«, fragte ich.

»Ein Fall, an dem ich gearbeitet habe«, ging Griffin dazwischen, ehe Alexander antworten konnte. »Ich habe über die Einzelheiten mit meinen Söhnen gesprochen. Ich mag nämlich keine Geheimnisse innerhalb der Familie. Und gleichzeitig hat einer meiner Söhne eine Affäre mit einer verheirateten Frau, die es mit einem unserer Nachbarn treibt, und der andere übt sich in Geheimniskrämerei.« Wütend starrte er Alexander an.

»Du wusstest es? Das mit Ford und Sallie?«, fragte ich verwundert. Doch Griffins Handy klingelte und ohne mir zu antworten, ging er in die Küche und nahm den Anruf entgegen.

»Er weiß alles«, antwortete stattdessen Alexander in kläglichem Tonfall. »Die Wachmänner spionieren für ihn. Markham schaut sich überall um. Außerdem reden die Männer im Last Monday Club. Edward hat wahrscheinlich damit geprahlt, jetzt, wo Dan nicht mehr hingeht. Keine Ahnung, warum Ford unbedingt bei einem so dämlichen Club mitmachen möchte.«

»Du möchtest kein Mitglied werden?«, fragte ich verwundert darüber, woher er wusste, ob Dan Benson hinging oder nicht.

Alexander schüttelte den Kopf. »Ich möchte in keinem Club sein, der keine Frauen aufnimmt. Das würde ich Emily nicht antun wollen. Wir möchten kein solches Leben führen, wie ihre Eltern es tun. Oder du und Dad.« Er warf mir einen entschuldigenden Blick zu. »Tut mir leid.«

»Ich versuche, das vor euch zu verbergen«, antwortete ich resigniert.

»Ja, ich weiß, ich sehe es trotzdem.« Dann holte er tief Luft: »Ford ist so am Ende, dass er niemanden an seiner Seite haben will. Anscheinend glaubt er, das nicht zu verdienen. Und jetzt kann ich nur ständig daran denken, dass er dieses kleine Kind gesehen hat, Sallies Sohn ...« Alexander schüttelte den Kopf, als wolle er das innere Bild loswerden. »Einen kleinen Jungen so zu verletzen, wie wir verletzt wurden«, fügte er leise hinzu. »Mein Vater ist ein Mistkerl. Es ist seine Schuld, dass Ford so ist, wie er ist.«

Griffin kam in die Halle zurück. »Das war Wade. Ford hat heute Nacht dort geschlafen, ist jetzt aber wach.«

Für mich war es keine Überraschung, dass Ford zu den Lockwoods gegangen war, denn Wade und Leonora waren für die Jungs wie Großeltern.

»Er hätte anrufen können«, beschwerte sich Alexander.

»Gut, wir wissen jetzt, wo er ist«, meinte Griffin. »Soll er ruhig bei Wade Dampf ablassen, solange kein Wort davon aus dem inneren Kreis hinausdringt. Wir müssen wissen, wem wir in dieser Welt vertrauen können. Sallie Benson und ihr Mann gehören nicht dazu. Darum kümmere ich mich später.«

Griffin ging wieder in die Küche zurück und Alexander rannte mit dem Schlüssel in der Hand zu seinem Auto.

»Wo willst du hin?«, rief ich ihm hinterher.

»Ford holen«, rief er zurück. »Dad klingt gelassen, aber er ist es nicht. In zwei Minuten fährt er zu den Lockwoods, das kann ich dir garantieren. Und dann zerrt er Ford aus dem Bett und wer weiß, was er dann mit ihm macht. Das muss ich verhindern. Kannst du ihn bitte aufhalten, Claire?«

»Nein«, sagte ich nur.

»Was?«, machte Alexander erstaunt.

»Ford hat sich die Suppe selbst eingebrockt, Alexander«, argumentierte ich. »Dein Bruder braucht eine Reha, irgendeine Therapie, bevor er noch jemanden verletzt. Oder sich selbst. Er hätte jemanden töten können, als er betrunken Auto gefahren ist.«

»Bitte, Claire«, flehte Alexander. »Sei nicht sauer auf ihn. Du warst immer gut zu uns. Das braucht er jetzt umso mehr.«

In diesem Moment öffnete sich die Garagentür und ich hörte, wie Griffins Auto angelassen wurde. Alexander war so nervös, dass er die Autoschlüssel fallen ließ und fast hinfiel, als er einsteigen wollte.

Alexander startete den Porsche und preschte ums Rondell. Als er in den Tunnel aus Bäumen, die die noch dunkle Catamount Road säumten, einbog, sah ich etwas Gelbes vor seinem Wagen aufblitzen.

Alexander bremste, riss das Steuer herum, kam ins Schleudern und knallte gegen die Steinwand.

Griffin und ich hetzten zu ihm. Die Frontpartie des Autos war zusammengepresst wie ein Akkordeon, der Airbag war aufgegangen und Alexander hing zusammengesackt in seinem Gurt. Griffin rüttelte an der Fahrertür, doch sie hatte sich beim Aufprall so verzogen, dass sie sich nicht öffnen ließ. Wir rannten zur Beifahrertür, doch da war es das Gleiche. Griffin packte sich einen Stein aus der alten Mauer und warf ihn gegen das Seitenfenster. Dann streckte er den Arm hinein und drückte von innen gegen den Griff, während ich von außen zog. Endlich ließ sich die Tür öffnen.

Alexander versuchte, sich aus dem Airbag zu befreien, als Griffin sich über ihn beugte.

»Mein Gott!«, rief Griffin.

»Es tut mir leid, Dad«, murmelte Alexander.

»Geht es dir gut?«, rief ich über Griffins Schulter.

Alexander antwortete mir nicht, sondern starrte nur seinen Vater an. »Mir ist etwas vors Auto gelaufen. Ein Tier. Eine große Katze, glaube ich. Ich wollte es nicht überfahren.«

»Du bist einer Katze ausgewichen?«, schrie Griffin ihn an.

»Ja«, antwortete Alexander mit brüchiger Stimme und versuchte, sich aus dem Airbag zu befreien.

»Du hast einen Hunderttausenddollarwagen für eine Katze zu Schrott gefahren?«, rief Griffin erbost. »Nächstes Mal, Alexander, fährst du über das verdammte Tier!« Dann sah er mich kopfschüttelnd an. War er über Alexander entrüstet? Über mich? Ich hörte Stimmen die Straße hinaufkommen. Wade und Ford liefen auf unser Haus zu.

Griffin ging ihnen energischen Schrittes entgegen.

Alexander kletterte über die Vordersitze und ich half ihm, auszusteigen. Dann lehnte er sich wankend gegen das Auto.

»Geht es dir gut?«, wiederholte ich meine Frage.

»Meine Brust tut weh«, antwortete er. »Der Airbag hat mich richtig getroffen.«

»Ich rufe den Notarzt«, sagte ich.

»Nein«, widersprach er schnell und hielt mich am Handgelenk, als ich mein Handy zücken wollte. »Ich bin okay, ehrlich.«

»Alexander, setz dich hin. Du hast einen Schock«, entgegnete ich bestimmt.

Doch er weigerte sich, sich hinzusetzen. »Das Auto ist hinüber, nicht ich.« Er schaute zu Griffin, der mit Wade sprach. Anscheinend meinte er, sein Vater wäre dagegen, einen Krankenwagen zu rufen. Wade hatte den Arm um Fords Schulter und eine Hand auf Griffins Schulter gelegt. Ich konnte sehen, dass unser Nachbar versuchte, die Situation zu entschärfen, und wandte mich an Alexander.

»Ich hätte das Gleiche getan«, gestand ich. »Ich hätte das Tier auch nicht überfahren.«

Doch statt zu antworten, sank Alexander auf den Boden, da ihm das Stehen zu viel Mühe bereitete. Daraufhin rief ich einen Rettungswagen, setzte mich anschließend neben Alexander und wartete auf Hilfe. Ich dachte an die große Katze, der Alexander ausgewichen war, und an den Mythos der Pumas. Irgendwo in den Wäldern zwischen Catamount Bluff und Hubbard's Point hatte man öfter bernsteinfarbene Augen wahrgenommen. Eher gespürt als gesehen.

28

SALLIE

Als Sallie zurückkam, stand Dans Wagen in der Einfahrt – er war früh von der Arbeit nach Hause gekommen. Sie ging hinein und er saß im Wohnzimmer. Er las nicht, er schaute nicht fern, sondern saß einfach nur da. Maggie hatte sich zu seinen Füßen zusammengerollt, sprang aber auf und rannte zur Tür, um sie zu begrüßen, und Sallie hob sie hoch.

»Eigentlich will ich dich fragen, wo du warst«, sagte er plötzlich. »Aber ich möchte die Antwort nicht hören. Vielleicht warst du bei Edward. Vielleicht warst du bei Ford. Wovor ich am meisten Angst habe, ist, dass du mir erzählst, du wärst bei einem Kunden gewesen.«

»Ich war bei niemandem«, sagte ich. »Ich bin einfach nur mit dem Auto herumgefahren.«

»Das ist auch eine gute Erklärung«, meinte er. »Genau wie du immer behauptet hast, du würdest arbeiten. Und in Wahrheit mit einem der beiden zusammen warst. Jetzt möchte ich es doch wissen, und sag mir einmal die Wahrheit! Wohin bist du gefahren?«

Sie holte tief Luft, dann gestand sie: »Zum Haus der Chases.«

»Griffin Chase?«

»Ja. Ich wollte, dass Ford weiß, was er angerichtet hat, wie falsch es war, hierherzukommen.«

»Hast du ihn gesehen?«

»Nein, er war nicht da. Nur sein Bruder und seine Stiefmutter. Ich wollte die Dinge geraderücken und ihn fragen …« Sie unterbrach sich: »Vielleicht war es ein Fehler, überhaupt dorthin zu fahren.«

»Ja, das war ein Fehler. Du hast keine Ahnung, wer Griffin Chase in Wahrheit ist.« Er biss sich auf die Lippen und Sallie fand, er sah verängstigt aus.

»Dan, es tut mir so leid«, sagte sie.

»Ich will deine Entschuldigungen nicht hören.«

»Okay«, meinte sie nur. Sie schaute Dan an, der in einem der Sessel am Kamin saß. Sein Gesicht war fast emotionslos, als ob er rein gar nichts empfand. »Aber ich möchte dir auch eine Frage stellen«, sagte sie. »Wer ist Ellen Fielding?«

»Was macht das schon? Sie hat nichts mit uns beiden zu tun«, wiegelte er ab.

»Vielleicht ja doch! Ford hat sie erwähnt, als er hier war. Und ein anderes Mädchen, das ertrunken ist.«

»Einer von Griffins Fällen«, behauptete er.

»Nein«, widersprach Sallie. »Es hörte sich an, als wäre es lange her. Er sagte etwas von Springbreak. Hat er über dich geredet? Von deiner Zeit auf dem College?«

»Versuch nicht, das Thema zu wechseln. Du hattest eine Affäre!«

»Und du warst nicht ehrlich zu mir! Kannst du dir nicht vorstellen, dass es genau das ist, was zwischen uns schiefläuft?«

»Hör zu, es wird wie folgt ablaufen«, ignorierte er ihre Frage. »Ich mache das Boot für morgen fertig. Kaufe den Proviant, bringe ihn an Bord. Du wirst für das Wochenende packen. Alles, was die Kinder für die drei Tage brauchen.«

»Das wollte ich sowieso machen«, sagte sie. »Aber ich werde nicht mitkommen. Ich bin mir sicher, dass das eine Erleichterung für dich ist.«

»Das wäre es definitiv. Aber du wirst mitkommen, Sallie. Für die Kinder. Hast du ihre Gesichter gestern Abend gesehen? Hast du gesehen, dass sie am Boden zerstört waren?«

»Ja«, gab sie zu und ihre Augen füllten sich mit Tränen. Sie drückte Maggie noch enger an sich. »Und es tut mir so leid. Ich kann gar nicht sagen, wie schlecht ich mich fühle.«

»Das freut mich«, meinte er. »Aber es hilft ihnen nicht, wenn du dich entschuldigst und dich schlecht fühlst. Darum machen wir den Ausflug wie geplant. Sie werden ihre Mutter und ihren Vater zusammen sehen, sehen, wie glücklich sie sind und Spaß haben. Sie haben sich auf dieses Wochenende gefreut und das wirst du ihnen nicht verderben.«

Sallie vergrub ihr Gesicht in Maggies Fell. Sie liebte Dan nicht, doch er war ein guter Vater; sie wusste, er würde alles für ihre Kinder tun.

»Ich kann nicht«, sagte sie und hob den Blick.

»Du wirst trotzdem mitkommen. Fühl, was du willst. Bleib von mir aus heute den ganzen Tag im Bett. Mir egal, solange du später aufstehst und auf den Schulbus wartest. Solange wir alle zusammen zu Abend essen. Und morgen werden wir nach Block Island fahren.«

Maggie bellte, weil sie hinauswollte. Sallie setzte sie ab und ging mit ihr in die Küche, wo sie die Hintertür öffnete und der Hund in den Garten rannte. Sie ließ ihren Blick über die Blumenbeete, die Schaukel, das Gartenhäuschen schweifen – all das sah nach einer glücklichen Vorortfamilie aus. Es hatte keinen Sinn, mit Dan zu streiten. Sie würde alles tun, was er wollte. Die Vorstellung, auf so engem Raum auf der *Sallie B* zu sein, war fast unerträglich. So nah bei Dan sein zu müssen, der sie mit diesem leeren Blick anschauen würde.

Oder über Ellen Fielding nachzudenken, wer auch immer das gewesen sein mochte.

Oder sie selbst zu sein.

Oder überhaupt zu sein.

29

CLAIRE

Wade und Leonora Lockwoods Hilfsbereitschaft und gute Laune halfen uns durch diese angespannten Stunden, in denen Griffin auf Ford losgegangen war, Alexander das Auto demoliert hatte, und all die Nachwehen. Der Krankenwagen kam zusammen mit einer ganzen Traube an Polizeiautos und Angehörigen der freiwilligen Feuerwehr. Leonora kam herbeigeeilt, um zu sehen, was los war.

Ich verstand, warum Alexander nicht gewollt hatte, dass ich die 911 rief; sobald ein Notruf für das Haus von Griffin Chase getätigt wurde, war das gesamte Notfallpersonal auf den Beinen. Griffin vertuschte stets jegliche Probleme innerhalb der Familie, und er wollte nicht, dass jetzt jemand sah, dass einer seiner Söhne sein Auto zu Schrott gefahren hatte und der andere irgendetwas zwischen niedergeschlagen und verkatert war.

Griffin stieg gerade in Ben Markhams Auto, um dem Krankenwagen zum Easterly Hospital zu folgen, als Wade ihn am Arm ergriff. »Brauchst du Gesellschaft?«, fragte er.

»Alles gut, Wade«, behauptete Griffin.

»Nachdem dein Sohn ein Auto zu Schrott gefahren hat? Das bezweifle ich. Ich komme mit dir«, widersprach Wade. Er winkte Leonora zu und kletterte auf den Rücksitz des Streifenwagens. Der Krankenwagen fuhr davon und ein Abschleppwagen kümmerte sich um die Überreste des roten Porsche.

Ford, Leonora und ich standen am Rondell.

»Ich verstehe nicht, wie Alexander es geschafft hat, gegen die Mauer zu fahren«, meinte Ford.

»Er hat sich Sorgen um dich gemacht«, erklärte ich ihm. »Er wollte zum Haus der Lockwoods, um dich zu holen.«

»Tja, anscheinend konnte ich ja selbst nach Hause laufen«, meinte Ford und sah mich mit blitzenden Augen an.

»Ford«, mischte sich da Leonora ein. »Lass diesen Sarkasmus. Insbesondere Claire gegenüber. Sorg dafür, dass du wieder nüchtern wirst. Was du jetzt brauchst, sind schwarzer Kaffee, zwei Excedrin, eine Joggingrunde am Strand, im eiskalten Wasser baden gehen und anschließend eine heiße Dusche. Glaub mir, das hilft. Ich habe sechzig Jahre Erfahrung darin, meinen Mann und seine Saufkumpane wieder nüchtern zu kriegen.«

Ford nickte und Leonora drückte ihn fest an sich. Dann verschwand er ins Haus.

»Danke, Leonora«, sagte ich.

»Keine Ursache, Liebes. Weißt du, Kaffee hört sich gut an. Dürfte ich mich selbst einladen?«, bat sie lächelnd. Leonora war groß und ging ein wenig gebeugt, hatte strahlende blaue Augen und ihre weißen Haare zu einem French Twist hochgesteckt. Sie trug ihre üblichen Perlen und dazu einen gelb-pinken Kaftan. Mit über siebzig Jahren sah sie noch immer atemberaubend aus.

»Sehr gern.«

Wir gingen in die Küche und sie stand an die Küchenzeile gelehnt, während ich die Kaffeemaschine befüllte. Von zahlreichen Brunches und Treffen mit Leonora wusste ich, dass sie ihren Kaffee mit Milch und Zucker trank. Als der Kaffee durchgelaufen war, goss ich zwei Tassen ein, wohingegen Leonora noch eine dritte Tasse füllte und mit dieser in Richtung Treppe ging.

»Ist die für Ford?«, fragte ich. »Leonora, er kann sich seinen Kaffee selbst holen.«

»Liebes, ich bringe sie ihm, damit wir in Ruhe reden können. Ich bin sofort wieder zurück.«

Kurz darauf hörte ich Schritte oben auf dem Dielenboden, gefolgt von gedämpften Stimmen, und schon betrat Leonora wieder die Küche. Dabei kicherte sie.

»Ich sollte nicht lachen«, meinte sie. »Aber er ist ganz grün um die Nase. Einen solchen Kater habe ich schon lange nicht mehr gesehen. Ehrlich gesagt erinnert er mich an seinen Vater. Griffin hatte im Laufe seines Lebens auch ein paar solcher Morgen.«

»Jetzt trinkt er fast nie«, sagte ich.

»Wegen Margot«, meinte Leonora. »Griffin hat gesehen, was der Alkohol aus ihr gemacht hat, und er wollte seinen Jungen ein gutes Vorbild sein. Ich glaube, bei Alexander hatte er Erfolg. Ford allerdings braucht Hilfe. Vor ein paar Jahren riet Wade zur Militärschule, aber dazu ist er jetzt zu alt. Und für die Navy ist er zu verwöhnt. Ich schätze, jetzt muss der Seelenklempner ran.«

»Ja«, antwortete ich, was aber anscheinend zweifelnd klang.

»Du machst dir Sorgen, dass Griffin das nicht unterstützen würde, oder? Das verstehe ich. Seine Stellung macht ihn verletzlich. Er hat Angst, dass die Leute reden. Insbesondere jetzt, wo die Wahlen anstehen.«

Ich schwieg.

»Griffin spricht mit Wade«, fuhr Leonora fort. »Nicht so viel wie mit dir, zweifelsohne, aber wir sind wie eine große Familie.« Sie nippte an ihrem Kaffee und blickte mich dabei an.

»Ich bin mir nicht so sicher, ob du wusstest, worauf du dich da eingelassen hast, Liebes.«

»Worauf ich mich eingelassen habe?«

»Das Irrenhaus von Catamount Bluff. Zu viel Geld hat hier einiges angerichtet. Wade wurde da hineingeboren, und der einzige Weg, nicht total verwöhnt und dadurch verdorben zu werden, war die Navy. Nach unserer Hochzeit fiel mir langsam auf, dass hier alle schon mittags Cocktails tranken und gern mal in fremden Betten schliefen. Ich wollte sofort wieder zurück nach Hause, nach Maine, in mein beschauliches, kleines Hummerdorf, in dem ich aufgewachsen war.«

»Aber du bist hiergeblieben«, stellte ich fest.

»Ja.« Leonora seufzte. »Ich liebe meinen Mann abgöttisch. Und ich habe gelernt, auch das Leben hier zu lieben. Catamount Bluff ist mein Zuhause. Ich bin mir sicher, dass du es mittlerweile auch so empfindest. Und du weißt, wie sehr wir dich lieben. Und dir vertrauen.«

»Vielen Dank, Leonora.«

»Es war übrigens Wade, der Griffin vorgeschlagen hat, für das Amt zu kandidieren. So sehr glaubt er an ihn.«

Ich sagte nichts dazu und versuchte, mir meine Gefühle nicht anmerken zu lassen. Sie sollte nicht wissen, was ich davon hielt, dass Griffin für das Amt kandidierte.

»Wir sind überzeugt, dass er ein hervorragender Gouverneur sein wird«, sprach Leonora weiter. »Liebes, dürfte ich noch etwas Kaffee haben?«

Leonora war so warmherzig. Sie und Wade hatten mich als eine der ihren willkommen geheißen. Ich stand auf, um die Kaffeekanne zu holen und unsere Tassen nachzufüllen. Anscheinend kannte sie die Wahrheit über Griffin nicht und würde niemals glauben, wie er tatsächlich war.

»Das war einiges an Drama hier heute«, meinte sie und hielt mir ihre Tasse hin. »Zu viel Drama.«

»Ja«, pflichtete ich ihr bei.

»Ich wünschte, Gott hätte niemals diese Sallie Benson in unser Leben gelassen, mit all ihren weißen Tapeten und weißen Fließen und verzauberten Gärten ganz in Weiß. Zerstört einfach eine gute Familie.«

»Du weißt das von Sallie und Edward?«

»Natürlich, Liebes. Gerüchte machen nun einmal ihre Runde. Und Ford war da keine wirkliche Hilfe, als er wie eine alte Tratschtante darüber gesprochen hat. Aber er ist in sie verliebt, so dämlich das sein mag. So ist das eben mit den Chase-Männern, wenn sie verliebt sind. Glaub mir, ich hab es bei Griffin und dir gesehen.«

»Als wir geheiratet haben?«

»Nein, davor. Beim ersten Mal. Als ich gerade mit dem College fertig war. In dem Sommer, in dem ihr zusammenkamt, habe ich zu Wade gesagt, dass Griffin auf Wolke sieben schwebt vor Liebe zu dir. Schade, dass es nicht gehalten und so lange gedauert hat, bis ihr wieder zueinandergefunden habt. Margot war die Pest.« Sie nippte an ihrem Kaffee und gab dann noch einen Teelöffel Zucker hinein. »Natürlich war es auch nicht förderlich, dass Victoria sie nicht mochte.«

»Griffins Mutter?«

»Ja. Man konnte es ihr nie recht machen. Ich denke aber, dich hätte sie sehr gern gemocht. Schließlich bist du Künstlerin und so talentiert. So gut zu Griffin. Unter uns gesagt, ich glaube, Victoria wollte eine Frau in Griffins Leben, die das wiedergutmachte, was sie verbockt hatte. Man soll ja nicht schlecht von Toten reden, insbesondere nicht in ihrem eigenen Haus, aber sie war ziemlich kaltherzig.«

»Das muss schlimm für Griffin gewesen sein.«

»Natürlich. Sie gehörte zu den Frauen, die besser keine Kinder gehabt hätten. Sie hat sich für viele Dinge interessiert und ihren Mann geliebt, aber Griffin hat sie vernachlässigt.

Genauso wie sein Vater. Wade meint, wir waren für ihn bessere Eltern als die beiden. Und das auch schon, als sie noch lebten. Sie waren einfach nie für ihn da.«

»Was für ein Glück, dass er euch hatte«, fand ich.

»Und wir hatten umgekehrt Glück mit ihm. Da wir keine eigenen Kinder haben, war Griffin unser Ersatzkind. Wade hat ihn manchmal im Morgengrauen aufgeweckt und ist mit ihm am Strand angeln gegangen. Sie haben Blau- und Felsenbarsche gefangen, nahmen sie aus und ich habe sie für uns zubereitet. Griffin liebte das. Er wollte sich an Größeres wagen, weshalb wir ihm in seinem letzten Collegejahr ein verfrühtes Abschlussgeschenk gemacht haben und Wade mit ihm zum Hochseefischen ging.«

Mir wurde warm ums Herz, als ich dachte, dass Wade Griffin ein so wichtiges Geschenk machte – nicht nur den Angelausflug, sondern die Gelegenheit, Zeit mit einem Mentor zu verbringen, der sich wirklich für ihn interessierte. Etwas, an dem es ihm zu Hause eindeutig gemangelt hatte.

»Das fand er bestimmt toll«, sagte ich und versuchte mich daran zu erinnern, dass Griffin diesen Ausflug gemacht hatte. Es musste Anfang des Sommers gewesen sein, ehe er und ich zusammenkamen. Er hatte mir gegenüber diese Reise mit den Lockwoods nie erwähnt.

»Ja«, antwortete Leonora. »Wade charterte eine Sechs-Fuß-Sportjacht und der Frühling in diesen Breitengraden war in dem Jahr einfach perfekt. Es gab noch einige Segelfische und der Blaue Marlin tauchte gerade auf. Wade und Griffin fingen ein paar und auch Blauflossenthunfische und Bonitos.«

»Das hört sich toll an.«

»War es, für uns alle. Ich blieb an Land im Resort und verbrachte die Zeit mit lieben Freunden – meiner Tennispartnerin Jenny und ihrem Stiefsohn Danny und Griffins kleiner Freundin. Wir gingen an den Strand und spielten den ganzen

Tag lang Tennis, während Wade und Griffin draußen auf dem Boot waren.«

»Seine kleine Freundin?«, hakte ich nach.

»Es ging dabei insbesondere um Wade und Griffin«, redete Leonora weiter, als ob ich nichts gesagt hätte. »Er spürte, dass Griffin seine ganze Aufmerksamkeit brauchte – um ihn auf den richtigen Weg für sein Leben zu bringen. Natürlich hatten wir ein schlechtes Gewissen, weil Danny nicht mit den Männern fischen gehen durfte, aber wir versuchten, das wiedergutzumachen, indem wir ihm ein Geländemotorrad mieteten. Außerdem fing er mit Windsurfen an.«

»Das hört sich nach einem guten Kompromiss an«, befand ich.

»Ja, ich denke auch. Abends aßen wir alle zusammen und die Jugendlichen blieben lange auf und gingen tanzen. Wade, Jenny und ich spielten Backgammon. Es geht doch nichts darüber, drei Jugendlichen einen schönen Springbreak zu bereiten – ihren letzten, ehe es für sie in die richtige Welt mit ersten Jobs ging. Wir hatten jede Menge Spaß.«

»Springbreak?«, fragte ich erstaunt.

»Ja, kurz vor dem Abschluss«, erklärte Leonora.

»Wo wart ihr denn, Leonora? Wo waren das Resort und das Fischgebiet?«, hakte ich angespannt nach.

»Mexiko. Karibik. Wade hatte das Boot ab Puerto Juárez gechartert.«

»Nicht Cancún?«, fragte ich erleichtert.

»Hm, etwas nördlich davon. Mein Mann kann angeln, darum wollte er nicht über das Resort buchen, wo es nur teurer ist. Also ist er direkt zum Hafen gegangen und hat in bar bezahlt.«

»Ihr wart also in Puerto Juárez?«, wollte ich wissen.

»O Gott, nein«, meinte sie entsetzt. »Das war damals sehr, sagen wir mal rustikal. Unser Resort war in Cancún.«

»Wer war Griffins ›kleine Freundin‹?«, fragte ich. »Die, über die du eben gesprochen hast?«

»Ellen«, sagte sie. »Seine Collegefreundin.«

Mir verschlug es den Atem und ich konnte mich kaum rühren.

»Das arme Mädchen, das dann verunglückt ist«, fügte Leonora hinzu. »Du weißt ja genauso gut wie ich … schlimm für dich, ihre Leiche so zu finden. Griffin hat das fast zerstört, Liebes. Ihr Tod hat ihn schwer getroffen, und ich glaube, darum konnte er sich damals nicht weiter auf dich einlassen. Es zerriss ihn förmlich.«

»Ich wusste nicht, dass er in Cancún war«, murmelte ich und hörte kaum noch, was sie im Anschluss sagte. »Ich wusste nur, dass Ellen dort war.«

»Liebes, manche Dinge lässt man besser ruhen.«

»Ist dort in Mexiko irgendetwas Schlimmes passiert?«, wollte ich wissen und versuchte, ruhig zu klingen. »Alle sagten, Ellen sei hinterher niedergeschlagen gewesen.«

Sie wandte ihren Blick ab. »Wir waren alle vollkommen durcheinander nach dem letzten Tag im Resort.«

»Warum?«, ließ ich nicht locker.

»Eine junge Frau ist dort ertrunken«, antwortete sie. »Sie arbeitete in dem Hotel, ich glaube als Zimmermädchen. Eine Amerikanerin, nicht älter als zwanzig. Wir hatten sie alle immer dort gesehen, sie war sehr freundlich. Ellen hat es sehr mitgenommen – uns alle.«

Meine Hände zitterten; ich musste unter dem Tisch eine Faust ballen, damit Leonora es nicht sah.

»Wie ist sie ertrunken?«, wollte ich wissen.

»Ach, Liebes, ich weiß es nicht. Sie ist nach Einbruch der Dunkelheit schwimmen gegangen. Eine Springflut, schätze ich«, erklärte Leonora. »Und jetzt hör mir mal zu. Das sind

Familiengeheimnisse«, schärfte sie mir ein. »Griffin hat Wade gesagt, er hätte nie mit dir darüber gesprochen. Stimmt das?«

»Ja«, gab ich zu.

»Aber du hast das mit Cancún von jemand anderem gehört?«, hakte sie nach.

»Nur, dass Ellen dort war«, erklärte ich ihr. »Nicht, dass Griffin auch da war. Es überrascht mich, das jetzt zu hören.«

»Griffin hat uns erzählt, dass du oft über Ellens Tod redest. Und meinst, dass es möglicherweise kein Unfall war.«

»War es vielleicht nicht.«

»Zwei Dinge«, sagte sie mit belehrender Stimme. »Und das ist sehr wichtig. Erstens, du musst aufhören, so etwas zu behaupten. Damit verletzt du Griffin. Und zweitens: Kapierst du eigentlich, in welche Probleme du ihn in politischer Hinsicht bringen kannst? Wade macht sich große Sorgen, dass du mit Außenstehenden darüber reden könntest.«

»Leonora, warum wurde Ellens Tod nicht genauer untersucht?«, fragte ich, als mir einfiel, dass Griffin mir erzählt hatte, er sei in Gegenwart von Wade von Police Commissioner Morgan, einem Freund der Lockwoods, befragt worden.

»Weil wir die Unseren beschützen«, lautete ihre Antwort. Dann nahm sie meine Hand, was sich zuerst wie eine freundliche Geste anfühlte. Doch dann drückte sie sie fester, bis es schmerzte. Ich sah ihr in die Augen, doch ihr Blick war eiskalt. »Wir sind eine Familie, egal, ob blutsverwandt oder nicht. Jede Familie hat ihre Geheimnisse. Und ich erwarte von dir, dass du unsere hütest. Dein Mann ist bald Gouverneur.«

Ich versuchte, ihr meine Hand zu entziehen, doch sie drückte nur noch fester.

»Viele Menschen haben in Griffin investiert. Er wird gewinnen.«

»Leonora, du tust mir weh ...«

Sie ignorierte mich vollkommen und fuhr fort: »Für dich steht zu viel auf dem Spiel, wenn du so lächerliche Anschuldigungen machst. Du hast ja keine Ahnung ... diese Bewegung, um deinen Mann zum Gouverneur zu wählen, ist so viel größer als du. Die Jungs sind zu einhundert Prozent an Bord. Wir werden Griffin vor jedem schützen, der eine Gefahr für diesen Wahlkampf darstellt. Ich will, dass du das begreifst.«

Auf der Einfahrt knirschten Reifen und ich hörte, wie die Garagentür aufging. Auch Leonora hörte es, lächelte und ließ meine Hand sinken.

»Die Männer sind wieder da«, sagte sie fröhlich. Plötzlich war ihr Gesichtsausdruck wieder freundlich und ihr Tonfall warm, als ob sie nicht gerade erst ihr Gift verspritzt hätte.

Dann öffnete sich die Tür zwischen Küche und Garage und Griffin, Wade und Alexander kamen herein. Schweigend verließ ich den Raum und ging in die Halle. Ich blickte auf *Fingerknochen* – auf alles, was ich im Gezeitenbecken, in dem ich Ellen gefunden hatte, gesammelt hatte, und auf die Skeletthand, die ich aus rindenlosen Zweigen gebastelt hatte. Leonoras Worte hallten in meinen Ohren nach; meine Hand schmerzte noch von ihrem Griff. Ich hatte nicht gemerkt, wie stark ich zitterte.

Leonoras Versuch, mich mit ihrer Warnung abzuschrecken, hatte die gegenteilige Wirkung. Am liebsten wollte ich ihr direkt unter die Nase reiben, was ich plante. Ihnen allen. Darum nahm ich den Objektrahmen und ging damit in Richtung Küche.

Ich hörte, wie Wade Leonora erzählte, dass die Sanitäter Alexanders Herz und Lunge abgehört hatten, und Alexander, ehe sie in der Notaufnahme angekommen waren, befand, dass es ihm gut ginge, und er sich weigerte, das Krankenhaus zu betreten.

»Er wollte einfach nach Hause«, fügte Griffin hinzu. »Also ist er in Bens Streifenwagen mit eingestiegen, und hier sind wir.«

»Ihr Chase-Männer seid wirklich hart im Nehmen«, meinte Leonora. »Alexander, du hättest dich untersuchen und eine Röntgenaufnahme machen lassen sollen.«

»Ich wollte doch gar nicht in die Notaufnahme«, entgegnete Alexander. »Claire hat dort angerufen.«

»Du hast Glück, dass du eine so umsorgende Stiefmutter hast«, meinte Wade.

»Hat er wirklich«, pflichtete Leonora ihrem Mann bei. »Stimmt's, Griffin?«

»Absolut«, meinte auch Griffin.

Das war mein Zeichen. Ich ging in die Küche und stellte meinen Objektrahmen auf die Küchenzeile aus weißem Marmor.

»Was ist das?«, fragte Wade.

»Ein Kunstwerk, das ich zur Ausstellungseröffnung in die Galerie bringen werde«, antwortete ich. »Ich habe es dir gewidmet, Griffin. Na los, schaut es euch an.«

Sie kamen alle herüber und blickten auf das Gezeitenbecken herab, das ich geschaffen hatte. Ich beobachtete, wie alle vier – Griffin, Alexander, Leonora und Wade – auf die Muscheln und Krustentierschalen blickten. Konnte Griffin das Geräusch der Krebse hören, die am toten Fleisch zerrten? Er starrte auf die Welt, die ich geschaffen hatte, auf die Hand, auf die römische Münze, die ich bei eBay gekauft hatte.

»Was für eine Ehre, eine Frau zu haben, die einem ein Kunstwerk widmet!«, fand Wade. »Das ist beeindruckend! Fantastisch!«

»Erkennst du denn nicht, was es ist?«, flüsterte Leonora durch zusammengebissene Zähne. »Ich habe ihr gerade gesagt, sie soll ihre dummen Gedanken für sich behalten. Und nun dieser Müll.«

Griffin sagte nichts, nur sein Gesicht zuckte.

»Es heißt *Fingerknochen*«, ließ ich meinen Mann wissen. »Hast du eine Idee, warum?«

Sogar ehe er zu mir aufblickte, wusste ich, dass seine grünen Augen schwarz geworden waren.

SECHS TAGE DANACH

30

Conor

Das Messer wurde von zwei Sechstklässlerinnen bei der Main Street in Black Hall gefunden.

Als Conor dort ankam, erfuhr er, dass viele Schüler nach dem Unterricht in den Starfish-Süßigkeitenladen gingen. Janie Farrow und Alison Roberts hatten sich eine Tüte Erdbeer- und Zitronendrops gekauft und saßen auf der Bordsteinkante, wo sie die Drops in die Luft warfen und mit dem Mund auffingen.

Einer fiel herunter und rollte über den Bürgersteig in einen Gullyschacht. Die Mädchen bückten sich, um hineinschauen zu können. Darin war es dunkel und nach einem kleinen Betonvorsprung fiel der Schacht ins Nirgendwo hinab. Auf diesem Vorsprung lagen Alisons grüner Drops, ein paar Bonbonpapiere, trockene Blätter, ein merkwürdiger, wie eine kleine Boje aussehender Gegenstand mit einem Schlüssel an einer Kette und ein Messer.

Janie steckte ihren Arm in die Öffnung und zog das Messer aus dem Schacht. Warum sie das tat, wusste sie auch nicht so recht, aber sie fand, das Messer sah cool aus. Zuerst dachte Alison, Janie hätte sich geschnitten, weil Blut an der Klinge war.

Andere Kinder kamen herüber, um es sich anzuschauen; schließlich kam auch Nancy Fairchild, die Besitzerin des Starfish, hinaus, weil sie wissen wollte, was vor ihrer Türe los war. Sie wies die Kinder an, einen Schritt zurückzugehen und das Messer nicht zu berühren, dann rief sie die Polizei, die wiederum Conor Bescheid gab.

»Anscheinend haben wir ein Beweismittel gefunden«, meinte Ben Markham, als Conor kam, und führte ihn zum Bürgersteig vor dem Süßigkeitenladen. Ein Blick auf das Sabatier-Tranchiermesser verriet Conor, dass der Fund zu seinem Fall gehörte.

»Könnte aus dem Messerset der Chases stammen«, meinte Conor.

»Dachte ich mir«, bestätigte Markham. »Letzten Freitag, als Sie durch das Haus gegangen sind, ist Ihnen doch der Messerblock mit dem leeren Schlitz aufgefallen.«

Conor fotografierte das Messer und machte auch ein paar Aufnahmen des Gullyschachts. Zwar wusste er, dass die Techniker später das Gitter anheben würden, um bessere Fotos und Videos machen zu können, aber er wollte ein paar Bilder auf seinem Handy haben. Sie sollten auch genau aus diesem Winkel sein und zeigen, wie das Messer dort gelegen hatte, als die Mädchen es fanden.

»Aber selbst wenn es aus dem Haus der Chases stammt, könnte doch auch irgendein Eindringling es sich geschnappt haben«, argumentierte Markham. »Die Tür zwischen Garage und Küche ist nie abgeschlossen. Angenommen, jemand hat darauf gewartet, dass Claire die Garagentür öffnet, und sie dann überwältigt – er hätte seelenruhig in die Küche spazieren, sich das Messer schnappen und sie damit attackieren können.«

»Woher wissen Sie, dass die Tür nie abgeschlossen ist?«, hakte Conor nach.

»Ich arbeite jetzt seit zwanzig Jahren nebenbei in Catamount Bluff«, erläuterte Markham. »Ich habe die Schlüssel und Codes der Alarmanlagen aller vier Häuser. Ich kontrolliere die Anwesen, wenn die Familien in Urlaub sind. In all der Zeit lernt man die Menschen wirklich kennen. Griffin ist einer der Besten. Seine Jungs sind zwar ziemlich verwöhnt, würden aber keiner Fliege was zuleide tun.«

Conor sagte nichts dazu. Markham stand Griffin Chase nahe und schien hartnäckig daran festhalten zu wollen, dass es sich bei dem Eindringling um kein Mitglied der Familie handelte. Dann sah er, wie Chases staatlich finanzierter Chevy Malibu an den Bürgersteig heranfuhr, und er starrte Markham ungläubig an.

»Ernsthaft? Sie haben ihn angerufen?«, fragte Conor.

»Der Höflichkeit halber«, meinte Markham. »Er verdient es, darüber informiert zu werden, schließlich wird seine Frau noch immer vermisst.«

Griffin stieg in seinem perfekt gebügelten dunklen Anzug und dem gestärkten, weißen Hemd mit roter Krawatte aus. Sein Gesicht wirkte ausgemergelt, als wäre er in den letzten sechs Tagen um fünf Jahre gealtert.

»Großer Gott!«, rief er und starrte auf das Messer.

Conor beobachtete ihn ganz genau. Er dachte an Claires Frage, ob es möglich war, dass die grünen Augen einer Person schwarz werden konnten. Chases Augen waren grün.

Der Van der Forensiker kam und sie machten Fotos und skizzierten den Fundort. Dann wurde das Messer eingetütet, um es zum Labor zu bringen und auf Fingerabdrücke und DNA-Spuren zu untersuchen. Die Techniker machten einen Abdruck des Schachtgitters und entfernten es dann, um zu sehen, was sich noch darunter befand.

Conor schaute dabei zu, wie sie Blätter, Kieselsteine, Schokopapiere und den schwimmfähigen Schlüsselanhänger aus weißem Schaumstoff, der an einer Kette baumelte, fotografierten, herausnahmen und eintüteten.

Die Forensiker hielten den Schlüsselanhänger an der Kette hoch, damit Conor ihn sich genauer anschauen konnte. Er drehte die Schaumstoffboje herum; dort hatte jemand mit schwarzem Marker die Buchstaben *SB* geschrieben.

Sallie B?

Conor schaute die Main Street hoch und runter. Am Bordstein sah er grüne Recyclingdosen. Wenn jemand eine Waffe und den Schlüsselanhänger in den Schacht geworfen hatte, hatte er womöglich weitere Beweisstücke woanders entsorgt. Vielleicht hatte er die belastenden Gegenstände aufgeteilt, um die Wahrscheinlichkeit, erwischt zu werden, zu minimieren. Normalerweise kamen die Müllwagen montags und die Recyclingabfuhr donnerstags. Aufgrund des Feiertags fand die Abholung einen Tag später statt.

Für die Müllcontainer war er zu spät dran, aber der Recyclingwagen war noch nicht da gewesen. Da die Mülltonnen auf der Straße standen, konnte er sie ohne Durchsuchungsbefehl durchforsten. Sobald der Müll zur Abholung auf der Straße stand, galt er nicht mehr als Privateigentum, sodass die Polizei leichtes Spiel hatte.

Er streifte sich ein Paar Latexhandschuhe über und lief die Straße hinab, wobei er den Deckel aller dort stehenden Tonnen öffnete. Bald darauf kam er an der Woodward-Lathrop Gallery vorbei; auch dort öffnete er die Recyclingtonne. Sie war bis oben hin voll mit Weinflaschen und Plastikgläsern – wahrscheinlich von Claires Ausstellungseröffnung letzten Freitag –, stank aber wie verrottender Abfall, was für die Recyclingtonne eher ungewöhnlich war.

Unter all dem Glas und Plastik fand Conor eine schwere, schwarze Mülltüte. Außen war ein rostfarbener Streifen zu erkennen, bei dem es sich möglicherweise um getrocknetes Blut handelte.

Conor fotografierte die Mülltonne und ihren Inhalt, dann drehte er sich in Richtung des Süßigkeitenladens, um das Forensikerteam auf sich aufmerksam zu machen. Griffin Chase sah ihn und kam zu ihm rüber, was Conor keineswegs überraschte. Markham würde von ihm noch was dafür zu hören kriegen, dass er Chase angerufen hatte.

»Was haben Sie da?«, wollte Chase wissen.

»Entschuldigung, aber ich muss Sie bitten, uns in Ruhe unsere Arbeit machen zu lassen.«

»Sie untersuchen das Verschwinden meiner Frau, darum hat das hier auch etwas mit mir zu tun. Das ist nämlich ihre Galerie«, sagte er und zeigte auf das gelbe viktorianische Haus. »Ich möchte sehen, was Sie gefunden haben.«

Jetzt wird's ungemütlich, dachte Conor. Er stand kurz davor, sich mehr Ärger als jemals zuvor während seiner beruflichen Laufbahn einzuhandeln. »Ab jetzt ist dies ein Tatort«, sagte Conor. »Es handelt sich hierbei um eine offene Untersuchung, die auch Ihre Familie umfasst.«

»Was erlauben Sie sich!«, rief Chase wütend und streifte Conor an der Seite. Allerdings so fest, als ob er ihn umrennen wollte.

Daraufhin fasste Conor ihn an der Schulter und hielt ihn von der Mülltonne fern.

»Mr Chase«, sagte Conor. »Sie wollen nicht wirklich meine Untersuchung behindern.«

»Würden Sie mich dann verhaften?«, fragte Chase spöttisch.

»Ja«, antwortete Conor.

»Ich rufe Steve Langworthy und dann Jim Magnus an«, erwiderte Chase. Damit meinte er den Polizeichef und den obersten Staatsanwalt. »Die werden dann mit dem Gouverneur sprechen. Wenn Sie so ein Spiel spielen wollen, müssen Sie auch mit den Konsequenzen leben.«

»Verstanden«, meinte Conor, woraufhin sie sich mehrere Sekunden lang anstarrten, ehe Chase sich umdrehte und mit seinem Lakaien Markham im Schlepptau abzog.

Das war ein unbezahlbarer Moment gewesen. Chase hatte gezeigt, zu welcher Wut er fähig war. Conor nickte Duncan Jones, einem der Polizeibeamten, zu, damit er den Bereich absperrte.

Vielleicht waren in der Tüte nur Reste von Käse- und Räucherlachssandwiches von der Vernissage am Freitag, aber aufgrund des Blutes an der Außenseite erwartete er etwas viel Schlimmeres, und zwar Beweise im Zusammenhang mit Claires Verschwinden.

Conor dachte an das Messer und ging in Gedanken noch einmal die Gespräche mit Ford und Alexander Chase durch. Alexander hatte ein ziemlich unterwürfiges Verhalten gezeigt und seinen Bruder in Schutz genommen. Fords Feindseligkeit hingegen war genauso wie die von Dan Benson nicht zu übersehen gewesen. Beide hatten möglicherweise ein Motiv, aber auch wenn Markham gesagt hatte, die Küche der Chases wäre leicht zu betreten, hätte Benson wirklich die Gelegenheit – oder das Wissen – gehabt, um in der Küche ein Messer zu stehlen?

Wenn jemand außerhalb der Familie Claire hatte angreifen wollen, wäre diese Person dann nicht vorbereitet gewesen oder hätte gewusst, dass es im Haus Waffen gab? Benson hatte gesagt, er würde sich aus Sallies Geschäftsleben heraushalten, aber hatte er sie vielleicht zu den Häusern in Catamount Bluff begleitet, als sie dort arbeitete?

Als Conor wieder zu Chase blickte, war dieser in ein Gespräch mit Markham vertieft, weshalb er erneut überlegte, in welcher Beziehung die beiden tatsächlich standen. Er fühlte sich dabei unwohl, nicht zu wissen, ob Markham ein guter

Polizist oder zu loyal gegenüber Chase war, um ihm bei diesen Ermittlungen vertrauen zu können.

Conor wollte die Tüte aufreißen, aber zuerst mussten Spuren genommen und eine Bestandsaufnahme des restlichen Mülltonneninhalts gemacht werden. Bis dahin wollte er sich die anderen Recyclingtonnen an der Straße anschauen. Außerdem würde er Markham anweisen, die Stadt anzurufen, damit die heutige Abholung gestoppt würde, und er würde seinen Mitarbeitern sagen, dass sie die Aufnahmen der Sicherheitskameras auf der Main Street überprüfen sollten.

»Schauen Sie mal, Detective«, riss Jones ihn aus seinen Gedanken und zeigte in die Mülltonne.

Conor warf einen Blick hinein. Die Flaschen, Gläser und die schwarze Tüte waren mittlerweile entfernt worden und zum Vorschein kam einer von Claires Objektrahmen. Conor hatte ihn letzten Freitag bei der Vernissage gesehen. Und er hatte auch gesehen, wie Griffin Chase mit dem Rahmen unter dem Arm die Galerie verlassen hatte: Es war *Fingerknochen*.

31

Tom

Blue Marine LLC hatte das Wrack der *Sallie B* beziehungsweise die Reste des Bootsrumpfs, die nicht vom Feuer zerstört worden waren, geborgen und nun lag es am Pier der Küstenwache in Easterly. Tom Reid blickte schweigend auf das, was von der *Sallie B* übrig geblieben war.

Conor hatte ihm ein Foto des schwimmfähigen Schlüsselanhängers geschickt, auf dem *SB* stand. Er war zusammen mit Gegenständen gefunden worden, die mit Conors Fall zu tun hatten, und Tom musste herausfinden, wie das mit seinem Fall zusammenhing.

Toms Kollege bei der Küstenwache, Matthew Hendricks, hatte sich das Kraftstoffsystem der *Sallie B* genauer angeschaut. Tom fand ihn in seinem Büro am Ende des Docks. An eine Tafel hinter seinem Schreibtisch hatte er eine Grafik der Werksspezifikationen einer brandneuen Loring 42 und einen Plan des Inneren des Wracks geheftet.

»Was hast du herausgefunden?«, wollte Tom wissen.

»Gas ist in die Bilge geströmt«, erklärte Matt. »In dem Moment, in dem der Motor gestartet wurde, wurde das Boot zu einer tickenden Zeitbombe. Entweder kam der Funke aus dem Motor oder jemand hat den Herd angemacht. Woraufhin das Boot in die Luft flog.«

»Wie sah der Motor im Allgemeinen aus?«, fragte Tom.

»Man merkt, dass die Besitzer das Boot bestens in Schuss gehalten haben. Der Hafen hat die Wartungsunterlagen gefaxt. Der Motor war eine Woche vor der Abfahrt extra für den Ausflug gewartet worden. Die Kolben und Ventile sind alle in gutem Zustand. Ich habe mir die Checkliste des Mechanikers angeschaut, sehe da aber nichts von der Treibstoffzufuhr.«

»Vom Hafen bis zur Explosionsstelle haben sie ungefähr dreißig Minuten gebraucht«, erklärte Tom. »Hätte das Boot nicht viel früher explodieren sollen?«

»Ungewiss«, meinte Matthew. Er öffnete einen Ordner auf seinem Computer und drehte den Monitor so, dass Tom die Bilder sehen konnte. »Das hier ist die Steuerbord-Kraftstoffzuleitung. Und hier ist der Anschluss«, erklärte Matthew und zeigte es Tom auf einem Foto. »Als Benson den Zündschlüssel drehte, floss Kraftstoff durch den Verteiler zum Backbordmotor. Aber siehst du die Unterbrechung hier? Die Steuerbordleitung wurde manipuliert. Die Verbindung zum Vergaser ist unterbrochen.«

»Und Kraftstoff tropfte in die Bilge«, erkannte Tom.

»Richtig. Ab diesem Punkt war nicht mehr zu ändern, wohin die Reise führte.«

»Ein einziger Funke«, meinte Tom in Gedanken versunken.

»Mehr brauchte es nicht.«

»Wenn also der Zustand des Motors gut und das Boot seetauglich war, wie konnte das passieren?«

»Genau das müssen wir herausfinden«, meinte Matthew.

»Sabotage vielleicht?«, fragte Tom.

»Möglich, aber es könnte auch ein Unfall gewesen sein. Da das Boot gerade gewartet worden war, könnte es auch sein, dass die Mechaniker vergessen haben, die Leitung wieder richtig anzuschließen.«

»Das wäre aber ein schwerwiegender Fehler«, meinte Tom. »West Wind ist ein guter Hafen. Ich kann mir nicht vorstellen, dass deren Mechaniker so nachlässig sind.«

»So etwas kommt vor«, meinte Matt.

Tom wusste, dass er damit recht hatte. Unachtsamkeit war einer der Hauptgründe für Bootstragödien. Aber laut Conor hatten die Bensons Eheprobleme gehabt.

»Als Gauthier Benson das erste Mal befragt hat, war er kaum bei Bewusstsein, sagte aber ›sie haben sie‹. Mein Bruder, Conor, ist Detective beim Major Crime Squad und fragt sich, ob er vielleicht meinte ›ich hab sie‹.«

»Warum sollte er? Das hieße, er hätte sein Boot in die Luft gejagt und das Leben seiner Kinder riskiert, um seine Frau zu töten?«

»Das wäre verrückt«, fand auch Tom. »Aber manche Menschen sind einfach verrückt.«

»Dein Bruder arbeitet also an diesem Fall? Ich dachte, das wäre der von Detective Miano.«

»Sie arbeiten zusammen«, erläuterte Tom. »Conor ist an einem anderen Fall dran, der möglicherweise mit unserem zusammenhängt.«

»Welcher?«

»Verschwundene Frau. Claire Beaudry Chase. Sie kannte Sallie, und Conor hält es für einen ziemlich großen Zufall, dass beiden Frauen am selben Tag etwas zugestoßen ist.«

»Schon merkwürdig«, gab Matt ihm recht. »Bin ich froh, dass die Polizei sich um den menschlichen Teil kümmert und ich mich um den technischen. Ich fahre zum West Wind und spreche mit Eli Dean und seinen Mitarbeitern von der Werft, versuche herauszufinden, ob sie es verbockt haben. Ich tendiere eher dazu, dass es ein Unfall war. Wenn es die Schuld der Werft ist, wird Benson mit Sicherheit eine Klage einreichen.«

»Informier mich, wenn du was Neues herausfindest«, sagte Tom und dankte Matt für das Gespräch. Dann stieg er in sein Auto und fuhr zum Shoreline General. Beim Schwesternzimmer auf Gwens Flur angekommen, freute er sich, dass Mariana Russo Dienst hatte.

»Wie geht es ihr?«, erkundigte sich Tom.

»Sie macht Fortschritte«, antwortete Mariana. »Aber dann gab es plötzlich auch wieder einen Rückschlag.«

»Spricht sie?«, wollte er wissen.

»Sehr wenig«, antwortete sie. »Das erste Mal überhaupt hat sie geredet, als Sie ihren Hund mitgebracht haben. Seitdem hat sie ein paar einzelne Wörter gesprochen. Meistens ›ja‹, ›nein‹, kurze Antworten, wenn wir sie fragen, ob sie Hunger hat, müde ist, so was halt. Nichts über den Unfall.«

»Was war das für ein Rückschlag?«, wollte Tom wissen.

»Sie hat ihren Vater gesehen«, erklärte Mariana. »Gwen wurde fast hysterisch, als er sie besuchte, und es ging ihr dann fast so schlecht wie vorher. Und hinterher hat sie stundenlang kein Wort gesprochen.«

Die Krankenschwester führte ihn den Gang entlang bis zum Aufenthaltsraum, wo Gwen auf einem Stuhl saß und konzentriert in ein Heft schrieb.

»Hallo, Gwen«, sagte er.

Beim Klang seiner Stimme schaute sie lächelnd auf. Tom schoss der Gedanke durch den Kopf, dass sie hoffnungsvoll aussah.

»Ich wollte dich besuchen«, sagte er. »Um zu sehen, wie es dir geht, und um dir zu sagen, dass Maggie dich vermisst. Sie erlebt jede Menge Abenteuer in unserem Haus – wir gehen mit ihr an den Strand, und für so einen kleinen Hund ist sie richtig gut darin, Treibholz zu apportieren.«

»Sie schwimmt sehr gern«, sagte Gwen kaum hörbar.

»Wirklich? Jetzt, wo ich das weiß, werde ich mit ihr natürlich schwimmen gehen«, sagte Tom. Mit einer Geste auf den freien Stuhl neben ihr fragte er: »Darf ich mich setzen?«

Sie nickte.

»Vielleicht möchtest du ein paar Fotos von ihr sehen?«, fragte Tom.

Er zückte sein Handy und scrollte durch ein paar Bilder, die er von Maggie gemacht hatte: im Garten mit Jackie, beim Ballspielen, beim Herumtollen am Strand, zusammengerollt in einem Sessel im Wohnzimmer. »Sie ist wirklich süß, und wir tun alles, damit sie sich bei uns wohlfühlt, aber trotzdem merke ich, dass sie es nicht abwarten kann, wieder mit dir zusammen zu sein.«

»Woran?«, fragte Gwen.

»An ihrem Hundeblick. Daraus spricht ganz deutlich: ›Schon ganz okay bei euch, aber ich vermisse mein echtes Frauchen Gwen.‹«

»Zusammen«, flüsterte Gwen. »Ich und Maggie und Charlie.«

Tom blieb fast das Herz stehen. Hatten sie ihr noch immer nichts von ihrem Bruder gesagt? Sie lächelte ihn immer weiter an, doch ihm fehlten die Worte.

»Du wirst bei deinem Vater sein«, meinte er schließlich.

»Und Maggie und Charlie«, fügte sie hinzu. »Und manchmal auch Tante Lydia.«

»Gwen«, setzte er an. Es war nicht seine Aufgabe, ihr von der Suche zu erzählen und ihr zu sagen, dass sie ihn nicht gefunden hatten, dass Charlie nicht nach Hause kommen würde.

»Sie werden ihn retten«, meinte Gwen. »So wie Sie mich gerettet haben.«

»Gwen, ich wünschte mir nichts sehnlicher, als ihn finden zu können«, meinte er.

»Werden Sie«, sagte sie. »Er ist am Leben.«

Okay, dachte Tom. Das war eine Fantasterei, die sie brauchte, um sich besser zu fühlen. Es war ein Überlebensmechanismus. Ihre Psyche spielte ihr einen Streich, damit sie sich erholen konnte.

»Sie glauben mir nicht?«, fragte sie.

»Das habe ich nicht gesagt«, sagte Tom.

»Das Boot hat ihn aufgenommen.«

»Welches Boot?«

»Ein Meermann hat es gefahren. Wie eine Meerjungfrau, aber ein Mann. Teils Fisch, mit schwarzen Schuppen. Er hat Charlie zum Meeresschloss gebracht, wo er bei König Neptun und der Meereskönigin in Sicherheit ist.«

»Wann hat der Meermann ihn geholt?«, fragte Tom und ließ sich auf das fiktive Szenario ein, das sie geschaffen hatte.

»In der Dunkelheit der Nacht und der Morgendämmerung«, sagte sie. Sie schob ihm das Heft hin. »Sehen Sie? Ich habe es gemalt. Meine Mutter meinte immer, man solle die Dinge malen, die man nie vergessen möchte.«

Tom sah sich das geöffnete Heft ganz genau an. Darin waren acht Kästchen mit kunstvollen und überraschend detailgetreuen Zeichnungen wie in einem Comic.

»Du hast Talent«, meinte er.

»Meine Mutter hat es mir beigebracht. Sie war Designerin und hat gern gemalt.«

Tom betrachtete die Kästchen. Sie zeigten einen Kabinenkreuzer wie die *Sallie B* am Kai, eine vierköpfige Familie, die unter Deck saß und aß – und einen Hund wie Maggie unter dem Tisch. Dann folgten Kästchen mit einem Boot in Flammen, einem Mädchen in einem gelben Rettungsfloß, einem kleinen Boot mit zwei Personen darin, einem Jungen, der auf dem Wasser trieb, und dem Jungen im Heck eines Motorboots, der dem gelben Rettungsfloß zuwinkte. Das letzte Kästchen zeigte ein opulentes Schloss mit dem Jungen auf einem Balkon und einem schwarzen Vogel, der oben auf einem Turm des Schlosses hockte.

»Das ist Charlie«, erklärte Gwen und zeigte auf den Jungen. »Ich wünschte, der Meermann hätte mich auch zu dem Schloss gebracht.«

»Woher weißt du, wie das Schloss aussieht?«, hakte Tom nach.

»Weil ich ein paar Bilder davon gesehen habe«, antwortete sie verträumt. »Da waren große Vogelstatuen am Tor und auf dem Dach.«

»Okay«, sagte Tom und ihm wurde bewusst, wie zerbrechlich sie sein musste, dass sie sich ein so aufwendiges Rettungsszenario für Charlie ausgedacht hatte.

»Ich hab Charlie zugerufen, er soll zu mir schwimmen, damit ich ihm wieder ins Boot helfen kann«, sagte Gwen. »Er und ich waren gemeinsam in dem kleinen gelben Boot, als die Explosion passierte. Plötzlich war überall Feuer und es war wie in einem Sturm. Das gelbe Floß wurde von Deck geweht – wir sind wie ein Flugzeug über Bord geflogen und im Wasser gelandet. Ich konnte zum Floß zurückschwimmen mich am Rand festhalten. Charlie war weiter weg.«

»Du hast ihn im Wasser gesehen?«, fragte Tom.

»Oh ja.«

Tom suchte nach Worten, um sie zu fragen, ob er Verbrennungen oder andere Verletzungen erlitten hatte, aber Gwen redete weiter.

»Er hat versucht, zu mir zu schwimmen, aber das gelbe Boot wurde abgetrieben und bewegte sich über die Wellen aufs Meer hinaus.« Ihr Kinn zitterte. »So schnell. Ich wollte mit dem Floß zu ihm zurück.«

»Ich bin mir sicher, dass du dich bemüht hast«, sagte Tom.

»Ja«, meinte sie. »Ich habe richtig gestrampelt. Irgendwann konnte ich nicht mehr. Und dann habe ich gesehen, dass Charlie gerettet wurde. Der Meermann hat meinen Namen gerufen. Er hat nach mir gesucht, aber er konnte mich nicht sehen, weil ich im Wasser war. Ich habe ihm zugerufen, aber er hat mich nicht gehört. Und als ich wieder auf dem Floß war, suchte ich wieder nach Charlie. Er war in dem Boot und es fuhr weg.«

»Was für ein Boot?«, fragte Tom.

»Das Schwarze-Vogel-Boot.«

»Warum nennst du es so?«, fragte er.

»Weil es das ist.«

Tom holte tief Luft. Ihre Geschichte wurde immer wilder. Musste sie ein Boot erfinden, das fliegen konnte?

»Es ist das, was uns verfolgt hat«, meinte sie.

»Wann ist es euch gefolgt?«, hakte er nach.

»Den ganzen Weg vom Hafen«, erklärte sie.

»Hat noch jemand es gesehen?«, fragte Tom.

»Nur Charlie.«

Tom schwieg einen Moment lang. Sie schien wirklich zu glauben, was sie sagte.

»Warum hast du gesagt, ein Meermann hätte das Boot gesteuert?«, fragte er.

»Wissen Sie nicht, was ein Meermann ist?«, fragte sie überrascht. »Wie eine Meerjungfrau, nur als Mann. Er kann zaubern. Er rettet Menschen, die ins Meer fallen. Er folgt Booten, die Probleme haben.« Sie schaute Tom direkt in die Augen. »Wie unseres. Er hat Kräfte, die ihm gesagt haben, dass wir ihn brauchen würden. Nur ein magischer Meermann konnte es wissen.«

»Ich verstehe«, meinte Tom, und jetzt war er sich sicher: Sie flüchtete sich in eine Fantasiewelt, um sich nicht eingestehen zu müssen, dass ihr Bruder ertrunken war. Darum erfand sie Meermänner und ein fliegendes Schwarze-Vogel-Boot.

»Ich möchte, dass Charlie nach Hause kommt«, sagte sie und zwei dicke Tränen rollten ihr die Wangen hinab. »Auch wenn er im Meeresschloss glücklich ist, würde er mich genauso vermissen wie ich ihn. Ich möchte meinen Bruder zurück. Ich möchte meinen Bruder zurück. Ich möchte, dass er wieder nach Hause kommt.« Sie senkte den Kopf und fing zu weinen an.

Als ihr Schluchzen immer lauter wurde, ging Tom zur Tür und rief nach Mariana, die sofort mit einer weiteren Krankenschwester angerannt kam.

»Gwen«, sagte er und nahm ihre Hand. »Werd wieder gesund, ja? Maggie braucht dich.«

»Und Charlie«, meinte sie schluchzend. »Er braucht mich auch. Sie müssen jetzt Charlie in dem Schloss finden, so wie mich im Rettungsfloß. Bringen Sie ihn nach Hause. Er muss nach Hause kommen.«

Tom und Mariana tauschten Blicke aus und sie nickte ihm zu. Sie hatte gehört, was Gwen gesagt hatte, und er war sich sicher, sie würde es dem Arzt sagen. Er schaute Gwen an – so klein und zerbrechlich, aber stark genug, um eine Nacht in einem Floß im eiskalten Ozean zu überleben – und fragte sich, ob sie dieses Erlebnis jemals vollständig überwinden oder ob das Trauma sie für immer in einer Fantasiewelt festhalten würde.

Es fiel ihm schwer, sie zurückzulassen, doch er wusste sie in guten Händen. Er verließ das Krankenhaus, sog tief die frische Luft ein und betete dafür, dass Gwen wieder in Ordnung kam und sie dies überleben würde, genauso wie sie die Bootsexplosion und die lange Nacht alleine auf See überlebt hatte.

32

Claire

Mein Vater sagte immer, ich könnte alles schaffen. Ich konnte so schnell rennen wie die Jungen in Hubbard's Point, einen Baseball weiter schlagen, bis zu dem großen Felsen hinausschwimmen, ohne auch nur außer Atem zu geraten. Meine Eltern versuchten nie, mich zu einem bestimmten Studium zu überreden; während andere Eltern der Mittelschicht wollten, dass ihre Kinder handfeste Jobs mit regelmäßigen Arbeitszeiten, einem konstanten Einkommen und einer Gesundheitsversicherung annahmen, wollten meine Eltern, dass ich meine Träume verfolgte. Das war das Einzige, was sie jemals von mir wollten.

Genau das tue ich jetzt – ich folge meinen Träumen: meinen Träumen von Leben, Sicherheit und Flucht. Alles begann mit einem Tagtraum von der Wahrheit. Als ich herausfand, was vor fünfundzwanzig Jahren geschehen war, wusste ich, dass ich das Geheimnis meines Ehemanns nicht bewahren durfte.

In der siebten Nacht verließ ich die Hütte. Ich fühlte mich noch immer schwach, und ich musste langsam mehr Nahrung finden, als ich bislang gehortet hatte. Der Mond stand hoch am Himmel, was es mir zwar leichter machte, mich zurechtzufinden, wodurch ich aber ebenso leicht gesehen werden konnte. Eine warme Brise wehte von der Bucht hinauf und ließ die Zweige über mir rascheln.

Mein Versteck lag ungefähr in der Mitte zwischen Hubbard's Point und Catamount Bluff, und mein Herz zog mich nach Hause, nach Hubbard's Point. Ich wollte Jackie sehen, sie bitten, mich aufzunehmen. Doch ich war mir nicht sicher, ob ich den Männern in ihrer Familie, Tom und Conor, vertrauen konnte. Stattdessen ging ich in die entgegengesetzte Richtung, nach Catamount Bluff. Das würde Griffin niemals erwarten.

Ich schlug mich durch den Wald, einen schmalen Weg entlang. Die Blätter waren in den letzten Tagen gesprossen und der Mond warf gesprenkeltes Licht auf den Boden. In der Ferne hörte ich einen Schrei – die große Katze? Es hörte sich wie ein schluchzendes Kind an, verflüchtigte sich dann aber, und ich schrieb es dem Wind zu, der durch die Bäume wehte. In der Ferne schrien ein paar Eulen. Ich fragte mich, ob mich die goldenen Augen des Pumas verfolgten. Bei der Vorstellung lief ich schneller.

In allen Häusern in Catamount Bluff war es dunkel. Ich versteckte mich im hohen Sumpfgras und beobachtete die Häuser. Ich dachte, hinter einem Vorhang des imposanten Hauses der Lockwoods hätte sich jemand bewegt, aber es war kein Licht an. Wahrscheinlich war es nur der Wind, der durch das geöffnete Fenster wehte. Lange wartete ich und beobachtete das Haus. Ich konnte nicht vergessen, wie bedrohlich Leonoras Stimme geklungen hatte, als wir das letzte Mal gesprochen hatten.

Abgesehen von dem sich aufbauschenden Vorhang bewegte sich nichts, aber ich wusste, dass der Wachmann zweimal die Stunde patrouillierte. Ich wartete den ersten Durchgang ab, bei dem ein Wagen langsam vom Tor die Straße bis zu unserem Haus hinauffuhr. Ich versuchte zu erkennen, wer am Steuer saß, doch er war zu weit entfernt. Der Wagen fuhr um das

Rondell vor unserem Haus und wieder zurück in Richtung des Wachhäuschens auf der Hauptstraße.

Somit hatte ich eine halbe Stunde Zeit, bis das Auto zurückkommen würde.

Ich umkreiste unser Haus und hielt mich dabei hinter den Felsbrocken, die unser Gelände von den Wäldern, die zum Strand führten, abtrennten. Mein Herz raste, als ich mich meinem Atelier zudrehte. Das war der gefährlichste Teil – ich würde rund zwanzig Meter über den vom Mond erhellten Rasen laufen müssen. Ohne Uhr oder Handy konnte ich die Zeit nur erahnen, und ich schätzte, dass es fast Mitternacht war. Für gewöhnlich ging Griffin früh ins Bett und schlief tief und fest; die Jungs waren Nachteulen, aber es brannte kein Licht in ihren Schlafzimmern, und außerdem glaubte ich sowieso nicht, dass sie bei uns schlafen würden.

Ich holte tief Luft und hinkte eher über die weite Fläche, als dass ich rannte, bis ich mich hinter meinem Atelier auf der dem Meer zugewandten Seite an die Wand lehnte. Ich hatte das Haus ohne Schlüssel verlassen, aber einen unter einem Steinengel im Kräutergarten versteckt. Meine Hand zitterte, als ich den Schlüssel ins Schloss steckte. Sobald ich drinnen war, durchströmte mich Erleichterung.

Jeder Zentimeter dieses Gebäudes entsprach mir. Ich roch Farbe, Lösungsmittel, Holz, Klebstoff, Seegras und sah Schneckengehäuse und Muscheln, Treibholz mit Rankenfußkrebsen. Das große Nordfenster zeigte zwar nicht in Richtung des Mondes, aber sein kaltes, blaues Licht strahlte hell genug, dass ich sehen konnte.

Als Erstes ging ich zum Bücherschrank. Die Regalfächer waren voll von Kunstbüchern, wunderschönen Ausgaben amerikanischer, französischer, italienischer und deutscher Verlage. Meine Sammlung an Naturbüchern nahm die Hälfte des Platzes ein – viele alte Bücher von bekannten Autoren wie Louis Agassiz

Fuertes, William Hamilton Gibson und Henry David Thoreau. Ich zog ein Buch heraus, das ich zu einem Geheimfach ausgehöhlt hatte – ironischerweise handelt es sich um ein Gesetzbuch –, und stellte erleichtert fest, dass das Päckchen mit Materialien noch da war.

Ich schnappte mir meine Umhängetasche und stopfte Obst und Käse aus dem kleinen Kühlschrank, eine Dose mit Walnüssen, eine Schachtel mit Weizencrackern und ein Glas Mandelmus hinein. Dann ging ich zum Medizinschränkchen im Badezimmer und nahm ein paar Erste-Hilfe-Medikamente hinaus. Das Päckchen aus Notizbüchern und Briefen wickelte ich in ein Tuch und steckte es zusammen mit einem Stift und einem neuen Notizbuch in die Tasche.

Kurz dachte ich auch an mein Handy, das im Auto in der Garage im Getränkehalter steckte. Ich fragte mich, ob die Polizei das Auto womöglich als ein Beweisstück beschlagnahmt hatte. Ich hatte auch einen Festnetzanschluss, ein altes Telefon an der Wand direkt neben dem Schrank mit dem Büromaterial. Aber wen sollte ich anrufen? Den Notruf wählen, wäre nicht zweckdienlich, denn sofort wäre die Polizei aus der Stadt da, möglicherweise Ben Markham, aber sicherlich Polizisten, die auf Griffins Seite standen.

Ich wollte gerade wieder aufbrechen, da ging ich noch einmal zu meinem Arbeitstisch und warf einen Blick auf meine aktuelle Arbeit. Ich hatte schon den Rahmen gemacht und Balsaholz in kleine Stücke geschnitten, um daraus ein Haus zu bauen. Da es sich um eine Auftragsarbeit handelte, hatte ich nie vorgehabt, es in meiner Ausstellung zu zeigen. Ich schaute zwischen der Rückseite des Rahmens und dem falschen Boden nach. Der Brief war noch da.

Mein Laptop war vollständig aufgeladen. Einen Moment lang schaute ich ihn unschlüssig an. Er könnte mein Rettungsanker sein, ich könnte eine E-Mail an Jackie oder

Sloane oder an Nate schicken. Je nachdem, was sie antworten würden, könnte ich dann entscheiden, ob ich mein Leben in ihre Hände legen konnte. Aber zumindest konnte ich die Nachrichten durchforsten und herausfinden, auf was sich die Suche nach mir beziehungsweise meiner Leiche konzentrierte.

Schließlich öffnete ich meinen Laptop und googelte die Regionalzeitung. Direkt auf der ersten Seite sah ich ein Foto von mir. Ich fing an, den Artikel zu lesen, doch dann sah ich etwas anderes: Sallie Benson war bei einer Bootsexplosion getötet worden. Ich war geschockt und eine unglaubliche Traurigkeit überkam mich. Noch am Tag bevor ich angegriffen worden war, hatte ich sie gesehen. Schnell druckte ich die Seite und auch den Artikel über mein Verschwinden aus. Es gab Links zu früheren Artikeln, die ich ebenfalls ausdruckte.

In einem Beitrag las ich, dass mehrere Facebook-Seiten zu meinem Verschwinden aus dem Boden gestampft worden waren. Schnell loggte ich mich in meinem Account ein und sah, dass mein Profil mit einer Flut von Nachrichten übersät war. Ich suchte nach den Seiten, die in dem Beitrag erwähnt worden waren, und sah, dass es einige waren – bei allen ging es darum, herauszufinden, was mit mir geschehen war. Fotos von mir zierten die Seiten. Ich öffnete die erste Seite, dann eine zweite und eine dritte. Überall sah ich Fotos von mir und unzählige Kommentare. Ich druckte so viel aus, wie ich konnte. Ich überlegte auch, ob ich den Brief mitnehmen sollte, entschied mich dann aber dagegen. Falls Griffin oder seine Polizisten mich finden und meine Sachen durchsuchen würden, würden sie den Brief zerstören, und die Freundin, die ihn geschrieben hatte, wäre in Gefahr.

Es war besser, ihn für Jackie oder Nate oder jemand anderes, der sich um mich sorgte, hierzulassen, sodass er gefunden würde, falls ich niemals zurückkäme. Dann wäre der Brief ein Beweis für das, was mir passiert war.

Gerade als ich die Zettel in meine Tasche gleiten ließ, hörte ich wieder den Schrei.

Zwar war er weit entfernt, aber dennoch lief mir ein Schauer über den Rücken. War es der Puma oder ein Mensch? Ich hatte Angst, das Geräusch würde Griffin und die Nachbarn wecken, also schloss ich schnell den Deckel meines Computers und huschte zur Tür hinaus. Ich versteckte den Schlüssel wieder unter dem Engel und rannte so schnell ich konnte zum Schatten der Felsbrocken. Dann hörte ich wieder den Schrei, ein wahres Klagegeheul. Durch eine akustische Täuschung hörte es sich an, als käme es aus unserem Haus oder einem der Nachbarshäuser. Das Tosen der sich brechenden Wellen hallte von den Felsen wider und lenkte das heulende Geräusch ab, sodass ich nicht mehr wusste, woher es kam. Es hörte sich eher menschlich als animalisch an, doch dann wurde es so grell wie das Schreien einer Katze.

Dreißig Minuten waren vergangen, denn der Wagen des Wachmanns kam zurück. Ich ging wieder in die Wälder und verschwand zwischen Büschen und Bäumen. Kurz kam mir der Gedanke, dass ich besser die Wildtiermischung mitgenommen hätte, denn mein Geruch wäre noch frisch und sollten die Spürhunde wieder nach Catamount Bluff gebracht werden, könnten sie mich mit Leichtigkeit verfolgen. Doch dann begriff ich, dass es nicht diese dumme Dose Pulver gewesen war, die mich davor bewahrt hatte, aufgespürt zu werden. Es war der Puma selbst gewesen.

Die Hunde hatten den Puma gerochen und sie würden nicht Verletzungen und Tod riskieren, indem sie sein Revier betraten. Ich lief den Hügel hinauf, überquerte die heilige Begräbnisstätte und spürte die Anwesenheit meines Vaters mehr denn je zuvor. Wind wehte vom Meer hinauf und ich roch das Salz und Seegras aus der Bucht, wo Ellens Leiche gelegen hatte.

Noch einmal hörte ich den Schrei, und als ich mich umdrehte, sah ich die Scheinwerfer des Wachautos auf der Straße. Die Stimmen von Männern erklangen in der Nacht, der Wachmann sprach mit jemandem. Jemand in Catamount Bluff war wach – beobachtete er oder sie mich?

Leonora und das, was sie zu mir gesagt hatte, schoss mir durch den Kopf. Wie dumm war ich doch gewesen, ihnen *Fingerknochen* zu zeigen. Das Grüppchen hatte deutlich gezeigt, dass es Griffin beschützen würde. Ich stellte eine Bedrohung dar, und ihn zu beschützen bedeutete, dass ich nie wieder auftauchen sollte, dass verhindert werden sollte, dass ich die Wahrheit erzählte. Griffin müsste nicht einmal selbst dafür sorgen, denn jeder wusste, was er wollte. Und sie alle hatten in seine Wahl investiert.

Hatte eine der Sicherheitskameras der Nachbarn mich aufgezeichnet? Schnell duckte ich mich ins Gebüsch. Dann rannte ich den Rest des Weges zur Hütte. Ich musste einen Plan schmieden und entscheiden, was ich als Nächstes tun sollte.

SIEBEN TAGE DANACH

33

Conor

Die sieben Flüsse und fünfzehn Teiche in und um Black Hall waren nach Claires Leiche abgesucht worden. Man hatte das Messer auf Fingerabdrücke und DNA getestet – keine Fingerabdrücke, aber das Blut stammte von Claire. Es hatte sich bestätigt, dass der Schlüsselanhänger zur *Sallie B* gehörte. Der Schlüssel passte ins Schloss der Kabinenluke.

Der Müllbeutel, der in der Recyclingtonne der Woodward-Lathrop Gallery gefunden worden war, enthielt blutverschmierte Tücher, eine schwarze Skimaske und ein Paar schwarze Lederhandschuhe. Auch hierbei stammte das Blut von Claire. Das Labor untersuchte noch die anderen Gegenstände auf DNA-Spuren, aber bislang gab es noch kein Ergebnis.

Die Anwohner von Black Hall waren befragt worden; die Überwachungsbänder von Sicherheitsfirmen und Türkameras wurden analysiert. Nachdem er sich eine Stunde lang die Bänder von Häusern und Geschäften an der Main Street angeschaut hatte, landete Conor einen Treffer. Um halb sechs am Dienstag nach Claires Verschwinden hatte ein schwarzer Pick-up zuerst vor dem Starfish-Süßigkeitenladen und anschließend vor der Galerie gehalten.

Das war bei Tagesanbruch und die Sonne war noch nicht vollständig aufgegangen, die Straßenlaternen allerdings bereits ausgeschaltet. Der Pick-up hatte getönte Scheiben und man konnte nicht hineinsehen. Die Frontscheibe schien zwar aus normalem Glas zu bestehen, allerdings hatte keine Kamera den Wagen von vorne erwischt.

Bei jedem Halt war der Fahrer ausgestiegen. Er wirkte groß, war ganz in Schwarz gekleidet und hatte sich eine Baseballkappe tief ins Gesicht gezogen. Beim Starfish bückte er sich und schob etwas in den Gully. Bei der Galerie öffnete er die Recyclingtonne und legte die ausgebeulte, schwarze Mülltüte und Claires Objektrahmen hinein.

Immer wieder sah sich Conor die Bänder an und suchte nach Hinweisen, die den Fahrer und den Pick-up identifizieren würden. Er vergrößerte das Bild der Räder und Reifen und gab sie Don Vietor, einem Sergeant der State Police, der auf Fahrzeugidentifizierung spezialisiert war.

Nur in einem kurzen Ausschnitt war das hintere Nummernschild, das aus Connecticut stammte, zu sehen, und zwar, als der Lieferwagen von der Galerie wegfuhr. Conor schaute das Nummernschild nach, doch kein Wagen war auf dieses Kennzeichen registriert. Das Nummernschild war gefälscht oder höchstwahrscheinlich umgeändert worden. Der rechte vordere Stoßdämpfer und die Beifahrertür sahen demoliert aus, so als ob der Lieferwagen irgendwann in einen Unfall verwickelt gewesen wäre.

Conor schaute sich immer wieder an, wie der Fahrer in den Lieferwagen ein- und wieder ausstieg. Die Gesichtszüge wurden von der Kappe verdeckt, woraus Conor schloss, dass sich der Fahrer bewusst verkleidet hatte. Wären die weggeworfenen

Gegenstände nicht gefunden worden, hätte die Polizei keinen Grund gehabt, sich die Überwachungsbänder im Zentrum von Black Hall anzuschauen. Die Straßen in der Nähe der Galerie waren bereits in den zwei Tagen nach Claires Verschwinden gründlich durchsucht und die Bewohner befragt worden.

Der Fahrer musste den Gully und die Mülltonne der Galerie für die perfekten Orte gehalten haben, weil die Polizei diesen Abschnitt der Straße bereits durchsucht hatte. Das ließ darauf schließen, dass der Angreifer aus dem Ort stammte, den Ermittlungen anscheinend genauestens folgte und einen schwarzen und abartigen Humor hatte: Es musste ihn amüsiert haben, Claires Objektrahmen in der Recyclingtonne direkt vor der Galerie, in der ihre Arbeiten ausgestellt wurden, zu entsorgen.

»Was machst du da?«, fragte Jen, als sie Conors Büro betrat.

»Ich schaue mir noch einmal die Bänder an. Ich könnte deine Meinung gebrauchen«, sagte Conor. »Schau dir bitte diesen Typ an und sag mir, was du siehst.«

Jen zog sich einen Stuhl heran und starrte auf den Monitor. Conor spielte den Ausschnitt ab, den die Überwachungskamera vor dem Starfish aufgenommen hatte und auf dem zu sehen war, wie der Fahrer aus dem Lastwagen stieg, neben dem Gully kniete, aufstand und wieder auf den Fahrersitz kletterte. Als Nächstes ließ er das Band von der Galerie laufen, auf dem die gleiche Handlung des Fahrers zu sehen, aber die Seite des Lastwagens zu erkennen war.

»Was ist das?«, fragte sie und zeigte auf die Beifahrertür.

Conor ging näher heran. »Sieht aus wie ein Stück Klebeband«, meinte er.

»Das etwas abdeckt? Vielleicht Initialen oder einen Firmennamen?«

»Gut erkannt, Miano«, lobte Conor.

»Da ist noch etwas«, ergänzte sie. »Der Fahrer bewegt sich irgendwie steif. Als ob die Bewegungen für ihn unangenehm wären. Hier – siehst du, wie er seinen Rücken krümmt?«

Schweigend schauten sie sich die Bänder immer wieder an. Jen hatte recht, was den Fahrer betraf: Er stand gebeugt da und hielt sich die Lendengegend. Vielleicht war es nur Muskelsteifheit. Was war mit Griffin Chase, der ja viele Stunden auf seinem Schreibtischstuhl verbrachte? Wer, der vielleicht mit dem Fall zusammenhing, hatte kürzlich eine Verletzung erlitten? Dan Benson, während der Bootsexplosion. Oder Alexander Chase? Er hatte gehört, dass er seinen Porsche zu Schrott gefahren hatte. Ford war ein sportlicher, junger Mann. Und alle Männer in Catamount Bluff schienen, was Sport anbelangte, der Spitzenklasse zuzuordnen zu sein. Und Wade war so alt, dass seine Gelenke wahrscheinlich knirschten und knarzten.

»Sicher, dass es ein Mann ist?«, überlegte Jen.

»Nicht hundertprozentig, aber irgendwas an den Bewegungen wirkt …«

»Männlich?«, fragte Jen lächelnd. »Ich will ja nicht behaupten, dass du sexistisch bist, aber auch Frauen können Beweismittel wegwerfen.«

»Das stimmt. Aber wer? Sloane Hawke? Im Fall von Sallie Benson wäre das nachvollziehbar, aber bei Claire sehe ich da keinen Zusammenhang, denn sie waren eng befreundet.«

»Jackie Reid vielleicht?«, fiel Jen ein. »Es ist ja schließlich die Recyclingtonne der Galerie.«

»Nein, definitiv nicht«, widersprach Conor.

»Nun ja, es gibt da diesen Zusammenhang zwischen Claire und dem Objektrahmen. Das ist schon auffällig. Und nur weil sie deine Schwägerin ist, bedeutet das noch nicht, dass sie nicht …«

»Ich *weiß*«, gestand Conor. »Ich weiß es doch. Lass uns bitte weitermachen.«

»Okay, verstanden«, beschwichtigte Jen ihn. »Die große Frage lautet doch: Wie hängen diese beiden Fälle miteinander zusammen, wenn es kein Zufall war? Das ist eine kleine Stadt und jeder kennt jeden.«

»Angefangen bei Fords Gefühlen für Sallie«, sagte Conor.

»Okay, vielleicht wollte sich Claire einmischen? Vielleicht hat sie ihm gesagt, dass es keine gute Idee sei, sich an Sallie ranzumachen? Oder hat ihn ausgelacht? Woraufhin er sie umgebracht hat.«

Conor ließ das auf sich wirken. »Könnte sein. Die Hormone spielen verrückt, Claire stellt ihn zur Rede, er greift sie in der Garage an. Könnte ich mir vorstellen. Und wenn wir dann davon ausgehen, dass die Explosion kein Unfall war …«

»Trotz der Ergebnisse der Küstenwache …«, fügte Jen hinzu.

»Weil wir schließlich immer von Mord ausgehen müssen, das ist ja unser Job«, meinte Conor.

»Wenn es also kein Unfall war, warum sollte er Sallie umbringen, wenn er sie doch geliebt hat?«

»Weil sie ihn nicht wollte. Sie liebte Edward. Fords Ego konnte das nicht ertragen. Und wenn er sie nicht haben konnte, sollte auch kein anderer sie haben«, sinnierte Jen.

»Unerwiderte Liebe also. Und Wut auf seine Stiefmutter. Wo hat er wohl Claires Leiche versteckt?«, fragte Conor. »Abgesehen vom FedEx-Wagen sind keine Autos am Freitagabend nach Catamount Bluff gefahren oder von dort gekommen.«

»Vielleicht hat er ein Boot benutzt? Oder hat den FedEx-Fahrer bestochen?«

»Der Fahrer ist sauber.«

»Dann also das Boot«, befand Jen. »Oder er hat sie einfach ins Wasser geworfen. Hat darauf gewartet, dass die Flut zurückgeht.«

Conor nickte. Der Küstenabschnitt bei Catamount Bluff hatte etwas Unheimliches. Er musste an Ellen Fielding denken und daran, wie sie weniger als eine Meile vom Haus der Chases in der Bucht angeschwemmt worden war. Die Gezeiten und Strömungen hatten sie dorthin gebracht.

Wohin hatten sie wohl Claire gebracht?

Er drückte wieder auf Play, um sich den Ausschnitt des Lieferwagens vor der Galerie noch einmal anzuschauen. Mit zusammengekniffenen Augen studierte er ganz genau das Klebeband.

Dann vergrößerte er das Bild, so weit er konnte, und erkannte ein Stück goldene Farbe, die zu etwas gehörte, was unter dem Klebeband verborgen war.

»Wie sieht das für dich aus?«, fragte er. »Gehört das zu einem Buchstaben?«

Jen beugte sich vor. »Ja, ich glaube schon«, sagte sie. Dann nahm sie einen Stift und schrieb das Alphabet auf. »Wenn ich mir diese Kurve betrachte, kommen mehrere Buchstaben infrage. Aber siehst du diesen Zipfel dort oben links? Könnte der obere Teil der Senkrechte eines *Rs* sein.«

Es dauerte ein wenig, doch dann nickte Conor. Jetzt, wo sie diese Überlegung laut ausgesprochen hatte, sah er ein *R*.

»Und guck mal, ganz am Ende vom Klebeband, knapp darunter. Ein kleiner Schnörkel – wie bei einem kleinen *G*.«

Den letzten Teil hörte Conor nicht, weil seine Aufmerksamkeit bei dem demolierten Stoßfänger war. Seine Gedanken rasten zum Tag von Claires Verschwinden und zu dem Fall von Fahrerflucht auf der Baldwin Bridge. Ein schwarzer Pick-up war zu schnell gefahren und hatte die hintere

Stoßstange eines Subaru so stark touchiert, dass dieser die Leitplanke durchbrochen hatte und in den Sicherheitszaun gefahren war.

Conor schaute nach dem Unfallbericht. Er war gegen halb vier nachmittags vor Ort gewesen. Die Brücke überspannte den Connecticut River zwischen Black Hall und Hawthorne. Die Fahrt vom Haus der Chases bis zur Brücke dauerte rund fünf Minuten. Das lag genau in der Mitte des von Conor erstellten Zeitplans.

Conor war direkt vom Unfallort zur Woodward-Lathrop Gallery gefahren, wo Claire dann nicht zu ihrer eigenen Ausstellungseröffnung aufgetaucht war.

Auf beiden Seiten der Baldwin Bridge gab es Kameras. Conor gab einen Code in seinen Computer ein und dieser spuckte die Live-Bilder aus. Dann tippte er das Datum und die ungefähre Uhrzeit ein und erhielt die Mitschnitte aus der Zeit zwischen fünfzehn Uhr zwanzig und fünfzehn Uhr vierzig des Freitags des Memorial-Day-Wochenendes. Er wusste, dass die Ermittler sich das Video bereits angeschaut hatten, aber Conor suchte nach etwas anderem – und zwar nach jemandem, der nach dem Angriff in Catamount Bluff geflohen war.

Genau um fünfzehn Uhr dreiundzwanzig war auf dem Video zu erkennen, wie der Lieferwagen in den Subaru fuhr.

»Wow«, sagte Jen, als sie beide sahen, wie der Lieferwagen die Rückseite des Autos touchierte, dieses ins Schlingern geriet und sich drehte, der Lieferwagen aber weiterfuhr. »Was ist das?«

»Das ist unser Lieferwagen«, antwortete er.

Conor vergrößerte das Bild, damit er den Fahrer von vorne durch die Windschutzscheibe sehen konnte. Das Gesicht war nicht zu erkennen, denn er trug eine Skimaske. Conor hatte einerseits das Gefühl von Triumph, weil dies eindeutig derselbe Lieferwagen war, der auf dem Video der Galerie die Beweismittel für die Angriffe auf Claire und Sallie entsorgte, doch andererseits war er auch frustriert, weil die Maske das Gesicht des Fahrers verdeckte.

»Wer bist du?«, fragte Jen laut.

Conor starrte schweigend auf das mit Klebeband abgedeckte Wort auf der Fahrertür und fragte sich, was dort wohl stand.

34

Tom

Tom rief seinen Bruder an. »Ich muss mit dir reden«, sagte er, als Conor abnahm.

»Ich würde mich auch gern mit dir unterhalten, aber ich habe da diese zwei Fälle«, meinte Conor.

»Es geht um die Bensons«, sagte Tom. »Ich könnte hoch zur Wache kommen oder willst du runter zur Werft kommen?«

»Ich komme zur Werft. Ich mache eine Pause«, beschloss Conor.

Fünfundvierzig Minuten später sah Tom, wie der Ford Interceptor seines Bruders durch das Sicherheitstor am Pier der Küstenwache fuhr und neben einem Anhänger mit einem Festrumpfschlauchboot parkte. Tom trat vor die Tür. Der Tag hatte neblig begonnen, doch dann war die Sonne herausgekommen und das Wetter hatte sich aufgeklart.

Mehrere Boote der Küstenwache waren am Dock festgemacht: die *Nehantic*, zwei acht Meter lange Festrumpfschlauchboote und ein Küstenwachen-Jetski. Auf See herrschte Sturm und auch wenn die Wellen im Hafen weder hoch noch dramatisch waren, knackte das Material, an dem die schwimmenden Docks befestigt waren, bei jeder Auf- und Abbewegung durch die Wellen.

»Danke, dass du hergekommen bist«, sagte Tom, als er auf dem Pier auf Conor traf.

»Dein Büro ist ein bisschen schöner als meins«, fand Conor und machte eine ausschweifende Handbewegung in Richtung Hafen und Meer. Tom führte ihn zu einer Bank am Ende des Docks, wo sie Platz nahmen. Eine der Fähren, die den Long Island Sound überquerten, fuhr vorbei, und die schnelle Block-Island-Fähre nahm gerade Passagiere an Bord.

»Also, was gibt's?«, fragte Conor.

»Hat Matt Hendricks dich angerufen?«, fragte Tom.

»Du meinst, wegen der Kraftstoffleitung?«, fragte Conor nach.

»Ja, genau.«

»Wir haben miteinander gesprochen«, erklärte Conor. »Jen Miano leitet den Fall *Sallie B*, sie hat mit ihm also ausführlicher gesprochen als ich. Unser Labor arbeitet mit ihm zusammen.«

»Okay, also, worüber ich mit dir reden wollte …«, sagte Tom. »… sind Meermänner.«

»Meermänner? Du meinst so wie Meerjungfrauen?«

»Ja, aber männlich.«

»Okay, das hört sich sehr merkwürdig an, worum geht es?«

»Das kleine Mädchen«, erklärte Tom. »Gwen Benson. Sie hat ein bisschen zu reden angefangen. In den ersten Tagen kein Wort, aber gestern habe ich sie besucht und sie meinte, ihr Bruder sei noch am Leben.«

Conor schaute kurz zu Boden. Als er wieder aufblickte, sah Tom Mitgefühl in den Augen seines Bruders. Ohne dass er es ihm gesagt hatte, wusste sein Bruder, wie elend sich Tom fühlte, weil er Charlie nicht hatte retten können.

»Wunschdenken?«, fragte Conor.

»Ich gehe davon aus«, meinte Tom. »Aber sie hat ein paar Sachen gesagt, die ich nicht aus dem Kopf bekomme.«

»Was denn zum Beispiel?«

»Sie meinte, den ganzen Weg von Hawthorne aus sei ein Boot der *Sallie B* gefolgt. Sie hat es das ›Schwarze-Vogel-Boot‹ genannt. Was meint sie nur damit?«

»Wussten ihre Eltern, wem das Boot gehörte?«, wollte Conor wissen.

»Sie sagte, sie hätten es nicht gesehen. Nur sie und Charlie.«

»Und wie kommt dieser Meermann mit ins Spiel?«

»Er hat das Boot gesteuert.«

»Hört sich wie ein Kinderbuch an. Glaubst du, sie hat das irgendwo gelesen?«, fragte Conor.

»Ich weiß nicht. Es ist so weit hergeholt. Die Kinder waren in dem gelben Floß und wurden durch die Explosion mitsamt dem Floß aufs Wasser geschleudert. Beide fielen über Bord. Sie meinte, der ›Meermann‹ hätte Charlie gerettet und auch ihren Namen gerufen, um sie ebenfalls zu retten. Sie meinte, er hätte Charlie zu einem Meeresschloss gebracht, das sie schon einmal auf einem Foto gesehen hätte und das von Steinvögeln umgeben ist.«

»Was hat sie sonst noch über den, äh, Meermann gesagt?«, wollte Conor wissen.

»Nichts«, meinte Tom. »Sie wurde ganz aufgeregt und fing zu weinen an. Sie flehte mich an, Charlie zu retten. Dann habe ich nach der Schwester gerufen.«

»Das war bestimmt das Beste«, befand Conor.

»Für mich hört sich das alles nach reiner Fantasie an. Nach einem Weg, mit diesem Albtraum klarzukommen, in dem sie sich gerade befindet. Aber letztlich weiß ich es nicht.«

»Du glaubst doch nicht wirklich an diesen Meermann, oder?«, fragte Conor erstaunt.

»Ich weiß es nicht, Conor. Sie hat Bilder in ein Heft gezeichnet, und ich werde den Gedanken nicht los, dass sie irgendwie zeigen, was wirklich passiert ist – oder was sie meint, was passiert ist.«

»Wo ist das Heft?«, fragte Conor.

»Im Krankenhaus«, erklärte Tom. »Sie hatte es im Aufenthaltsraum dabei und ich durfte es mir anschauen, während sie mir genau erklärte, was was war.«

»Sie vertraut dir«, war Conor überzeugt. »Schließlich hast du sie gerettet.«

»Ja, ich glaube auch«, sagte Tom. Er fühlte sich noch immer fürchterlich wegen Charlie.

Sein jüngerer Bruder musste ihm das angesehen haben, denn er tätschelte ihm tröstend den Rücken. »Danke«, sagte Tom.

»Du weißt schon, dass nichts davon real ist, oder?«, fragte Conor.

»Für Gwen ist es aber real«, entfuhr es Tom, woraufhin sein Bruder ihn ansah, als wäre er verrückt.

»Ich rufe Jen an und setze sie darüber in Kenntnis«, sagte Conor. »Danke für den Hinweis.«

»Möchtest du sehen, was von dem Boot übrig ist?«, bot Tom an. »Wenn du schon mal hier bist?«

»Auf jeden Fall.«

Tom ging mit Conor zum großen Bootshaus. Die Schiebetür stand offen, und sogar aus einer Entfernung von zehn Metern stieg ihnen der Geruch nach verbranntem Fiberglas und Holz aufdringlich in die Nase. Egal, wie oft Tom sich das Wrack anschaute, er war jedes Mal überrascht, dass jemand diese Explosion überlebt hatte.

»Puh!«, entfuhr es Conor.

»Ich weiß …«

Die Brüder standen in der Tür, dann gingen sie langsam um den Bootsrumpf herum. Ein großes Loch klaffte in der Steuerbordseite, und das Brandbild zeigte, dass die Flammen bis oben aufs Deck geschlagen hatten. Dort hatten sie den Überbau zerstört: die Kabine und die Flybridge.

»Mit einem so großen Loch wäre das Boot doch innerhalb weniger Minuten gesunken«, überlegte Tom.

»Es ist fast nichts übrig«, fand auch Conor. »Wie hat es da irgendjemand geschafft, rechtzeitig von Bord zu kommen?«, fragte Conor. »Dan, Gwen? Charlie, falls Gwen ihn tatsächlich im Wasser gesehen hat?«

Sie standen noch eine Weile da und schauten schweigend auf das Boot, in der Hoffnung auf jedes noch so kleine Detail, das ihnen Antworten liefern könnte. Toms Gedanken rasten. Er konnte Gwens Geschichte nicht aus dem Kopf bekommen. Er war sich sicher, dass Conor ihn für verrückt hielt, doch dann wandte sich sein Bruder an ihn: »Ich möchte das Heft mit ihren Zeichnungen sehen. Fährst du mit mir ins Krankenhaus und bittest sie, es mir zu zeigen?«

»Ja, natürlich«, freute sich Tom. »Wann?«

»Wie wäre es mit jetzt?«, schlug Conor vor.

Die Brüder stiegen in Conors Wagen und fuhren direkt zum Shoreline General, das nur wenige Kilometer vom Pier der Küstenwache entfernt lag. Doch als sie beim Schwesternzimmer auf Gwens Station ankamen, sagte eine Krankenschwester, die Tom noch nie gesehen hatte, Gwen sei entlassen worden.

»Aber wann denn?«, fragte Tom erstaunt.

»Heute Morgen.«

»Ich dachte, sie sollte zumindest noch ein paar Tage hierbleiben?«, hakte Tom nach.

»Ich bin nicht dazu befugt, darüber zu reden«, meinte die Krankenschwester. »Sie werden sich an ihren Vater wenden oder seine Genehmigung einholen müssen, um mit ihrem Arzt zu sprechen.«

»Hat ihr Vater sie abgeholt?«, ließ Tom nicht locker.

»Ich sage es noch einmal«, sagte die Schwester. »Sie werden sich ...«

»Jaja, wir haben es verstanden«, mischte sich Conor ein. »Lass uns gehen, Tom.«

Sie verließen das Krankenhaus und Tom sagte resigniert: »Ich habe kein gutes Gefühl dabei. Mir haben sie erzählt, Gwen hätte geweint, als ihr Vater den Raum betrat. Vielleicht war das nur so, weil sie bei seinem Anblick daran denken musste, was passiert war, aber Conor ... ich glaube das nicht. Ich glaube, sie hatte Angst. Es würde mich fast nicht wundern, wenn mir jetzt jemand erzählen würde, ein Typ mit einer schwarzen Schwanzflosse hätte sie weggebracht.«

Conor rief seine ehemalige Partnerin, Jen Miano, an und fragte sie nach Gwen. Nach rund einer Minute legte er auf und erklärte Tom: »Sie ist zu Hause. Ihr Vater hat sie abgeholt. Sie liegt im Bett und ruht sich aus.«

»Jen hat sich da auf sein Wort verlassen?«

»Nein. Sie war vorhin dort, weil sie ihn befragen wollte. Er war gerade mit Gwen bei sich daheim angekommen und sie hat gesehen, wie er sie in ihr Zimmer gebracht hat.«

»Okay«, meinte Tom, aber ihm war noch immer nicht wohl bei der Sache. »Ich schätze, ich sollte ihr wohl bald Maggie bringen.«

»Ja«, fand auch Conor. »Mensch, ich würde so gern das Heft sehen. Am liebsten würde ich sofort hinfahren, aber Jen hat gesagt, der Tag wäre für Gwen schon anstrengend genug gewesen.«

Gedankenversunken standen die beiden Brüder auf dem Parkplatz des Krankenhauses. Tom wusste genau, dass im Kopf seines Bruders die gleichen Gedanken wie bei ihm kreisten: ein kleines Mädchen in einem gelben Rettungsfloß, ihr Bruder, der von Meermännern davongetragen wurde, und ein Boot, das hinter anderen Booten herfuhr, die gleich sinken würden.

ACHT TAGE DANACH

35

CLAIRE

Ich wachte im Morgengrauen auf. Der Angriff war eine Woche und einen Tag her, und helles Licht schien durch das Fenster der Hütte und färbte die Wände aus Kiefernholz roségolden. Der Anblick beruhigte mich. Die Natur hatte immer diese Wirkung auf mich. Egal, wie hart oder verwirrend das Leben war, Sonnenaufgänge und der Geruch salziger Luft hoben immer meine Stimmung. Ich hatte einiges zu lesen aus meinem Atelier mitgebracht. Ich hatte einen arbeitsreichen Tag vor mir, doch in diesem Moment lag ich nur da und versuchte, mich an einen Traum zu erinnern.

Nein, nicht an einen Traum, an eine Erinnerung, und die Art des Lichts hatte sie mir wieder ins Gedächtnis gerufen: unsere Flitterwochen in Italien. Wir wohnten in einer alten Villa in Gaiole in Chianti und blickten über das Tal, an dessen anderem Ende das Castello di Montegrossi oben auf einem Hügel lag. Unsere Villa war rund eintausend Jahre alt und verfügte über einen Turm mit massiven Steinwänden aus dem Jahre 1021. Dort zu sein, gab mir das Gefühl, wir könnten ebenfalls für immer bestehen.

Jeden Morgen wurden wir vom roségoldenen Sonnenlicht geweckt, das durch die engen Fenster schien. Ich kann spüren, wie Griffin seine Arme um mich gelegt hat. Wir liegen auf zerwühlten, weißen Laken, halten einander eng umschlungen und sind glücklich, endlich verheiratet zu sein. Unsere Tage bestanden aus Wanderungen, gelegentlichen Besichtigungen mittelalterlicher Burgen und kleiner Museen, doch meistens gingen wir essen und tranken Wein und kehrten dann in unser Bett im Turmzimmer zurück.

Die Villa lag inmitten von Weinbergen und Olivenhainen, und in einer vom Mondlicht erhellten Nacht gingen wir hügelabwärts nach Badia a Coltibuono, einem ehemaligen Kloster aus dem elften Jahrhundert, das nun in ein Hotel mit Restaurant umgebaut wurde, das seinen eigenen Wein und Olivenöl produzierte. Die Straße war staubig und die Olivenblätter leuchteten silbergrün im Mondschein. Den ganzen Weg lang hielten wir Händchen und dort angekommen genossen wir in den umgebauten Ställen ein toskanisches Festessen aus Zitronenrisotto und Wildschwein *Dolceforte* und kauften einen hervorragenden Chianti Classico Riserva, der nach Hause nach Catamount Bluff geliefert werden sollte.

Morgens lagen wir beim ersten Licht des Tages umschlungen im Bett, lauschten den Geräuschen des Landlebens und konnten an nichts anderes denken als an den jeweils anderen, und genau daran erinnerte ich mich am meisten. Ich hatte gedacht, so würde unsere Ehe sein.

Als ich endlich aufstehen konnte und in der Hütte umherlief, verschlang ich das Essen, das ich aus dem Atelier mitgebracht hatte, und machte mich an die Arbeit. Aus zwei Apfelkisten, die mein Vater und ich benutzt hatten, um Nahrung und Bücher von zu Hause herzutransportieren, hatte ich einen behelfsmäßigen Schreibtisch geschaffen, auf dem ich nun die Hefte,

Zeitungsausschnitte und Dokumente ausbreitete, die ich aus meinem Atelier geholt hatte.

Jahrelang hatte ich Zeitungsausschnitte über Griffins Fälle gesammelt, und rund einen Monat lang hatte ich dasselbe mit Leitartikeln über seinen Wahlkampf gemacht. Er kandidierte als Parteiloser, unterstützte aber sowohl die Republikaner als auch die Demokraten. Die Menschen sagten immer wieder, wie umsorgend er sei und welch großes Mitgefühl er den Opfern und ihren Familien entgegenbrachte, sprachen über seinen Wunsch nach wahrer Gerechtigkeit und dass es ihm nicht nur darum ging, Fälle zu gewinnen und jemanden zu verurteilen.

»Staatsanwalt Chase – der Anwalt der Menschen«, schrieb Virgil Richards im *Connecticut Journal*. »Ein Verfechter der Wahrheit, der nicht nach Schlagzeilen strebt. Er möchte Gerechtigkeit für die Opfer, keinen persönlichen Ruhm.«

Eine Titelgeschichte aus dem *Sunday Magazine* trug die Überschrift »Mister Einfühlsam« und zeigte ein Foto von Griffin, wie er breitbeinig und mit vor der Brust verschränkten Armen und vorgeschobenem Unterkiefer, als würde er das Gericht bewachen und sein Revier markieren, vor dem imposanten Gerichtsgebäude aus Granit stand. Als ich das Foto betrachtete, sah ich seine Arroganz, doch ich wusste, dass es ihn als Wächter der Gerechtigkeit und Beschützer der Opfer, der dafür sorgte, dass all die Schurken verurteilt wurden, zeigen sollte.

Unter all den Artikeln voller Lobgesang war ein Beitrag von Sean Murphy in der *Easterly Times* vom 12. April:

> **Auf der Spur des Geldes, das zu Chase führt**
> Staatsanwalt Griffin Chase erfreut sich in Connecticuts Politikwelt immer größerer Beliebtheit. Nach fast zwei Jahrzehnten der Strafverfolgung im Easterly County kommt

seine Entscheidung, für das Gouverneursamt zu kandidieren, nicht überraschend. Jeder im Umfeld des Gerichts spricht nur gut und voll des Lobes über ihn. Sein Charme ist fast schon legendär; sogar aufseiten der Verteidigung spricht man über ihn nur in den höchsten Tönen.

Aber warum höre ich dann in der Stadt leise geflüsterte Gerüchte über Chases Unterstützer? Chase lehnt Geld von politischen Aktionskomitees ab. Er kann seinen Wahlkampf selbst finanzieren, und zwar mit dem Vermögen seiner Familie und dem seiner Freunde. Aufgewachsen ist er in der exklusiven, bewachten Reichensiedlung Catamount Bluff. Dort lebt er noch immer mit seinen genauso reichen Nachbarn Wade Lockwood, Neil Coffin und Edward Hawke. Alles ausgesprochene Unterstützer von Chase. Wade Lockwoods Besitz umfasst rund 30 Prozent der Küste im Easterly County. Letztes Jahr spendete er der Stadt das als Lockwood's Harborfront bekannte Areal, damit diese daraus einen öffentlichen Park machte. Er und seine Frau Leonora finanzierten Gärten, einen Spielplatz, ein Bootshaus und die Pflanzung von einhundert Bäumen.

Während bestimmte Abschnitte von Lockwoods Küstengebieten aufgewertet wurden, gibt es woanders noch zahlreiche verlassene Warenlager und auch einen ungenutzten Pier. Lockwoods Projekt

»Maritime Gateway«, ein Bauvorhaben, das sowohl Eigentumswohnungen als auch einen Hafen beinhaltet, verzögerte sich immer wieder aufgrund von Umwelt- und Landnutzungsbestimmungen.

Edward Hawke ist ein Anwalt mit einer Kanzlei in Lockwoods renoviertem Lagerhauskomplex. 2018 verteidigte Hawke erfolgreich Maxwell Coffin von der Coffin Group – einem Familienunternehmen mit großen Ländereien im Westen der USA – aufgrund einer Ölkatastrophe in Alaskas William Twigg Bay. Maxwell Coffin und sein Bruder Neil sowie Edward Hawke sind Investoren des Projekts Maritime Gateway.

Eine anonyme Quelle hat mich informiert, dass Griffin Chase, Wade Lockwood, Edward Hawke, Maxwell Coffin und Neil Coffin Mitglieder des Last Monday Clubs sind.

Der ausschließlich männliche Mitglieder zulassende Club ist exklusiv; die Mitgliederliste ist geheim.

Lockwood, Hawke und die Coffin-Brüder haben jeweils erhebliche Geldsummen für Chases Wahlkampf gespendet. Jeder Einzelne von ihnen hat etwas davon, wenn ein Freund in das höchste Amt des Bundesstaats gewählt wird. Das mehrere Millionen Dollar schwere Projekt »Maritime Gateway« könnte auf dem Spiel stehen.

Außerdem hat die Coffin Group mit der Lobbyarbeit zur Wiederauflebung eines längst abgelehnten Vorschlags für eine Erdgas-Pipeline unter dem Long Island Sound begonnen. Ein ihnen freundlich gestimmter Gouverneur könnte solche Pläne absegnen.

Sean Murphy, der Journalist, war dafür bekannt, im Schmutz zu wühlen und Probleme zu finden, wo keine waren. Ich hatte den Artikel ausgeschnitten, weil ich überrascht war, dass er überhaupt von der Existenz des Last Monday Clubs wusste, und weil ich mich gefragt hatte, wer wohl die »anonyme Quelle« war. Ich hatte immer mit Leonora und Sloane darüber sprechen wollen, es aber irgendwie immer wieder vergessen.

Ich wandte mich den Ausdrucken aus den sozialen Medien zu. Vollkommen fremde Personen hatten Facebook-Gruppen gegründet, bei denen es um meinen Fall ging; ich überflog die Seiten mit den Kommentaren auf *WO IST CLAIRE BEAUDRY CHASE?* Dabei stieß ich auf ein paar bekannte Namen aus der Stadt und aus der Vergangenheit: ein Mädchen aus einem meiner Kurse an der RISD, mein Friseur in Black Hall, ein Student meines Vaters …

Doch die meisten Namen sagten mir nichts und ich schrieb sie Amateurdetektiven zu, die versuchten, mein Verschwinden aufzuklären.

Kiley M: Um mehr über Claire zu erfahren, möchte ich einen Podcast starten. Ich könnte Leute interviewen, die sie kennen, und vielleicht Hinweise erhalten, was passiert ist.

Lexie Wein: Podcast – SUPER Idee! Vielleicht hat Claire alles nur vorgetäuscht und mit ihrem eigenen Blut herumgesaut. Musste vielleicht heimlich verschwinden.

Josh Crandall: An der Theorie könnte was dran sein.

SuzanneBR: Behaupte NICHT, sie hätte das alles vorgetäuscht! Das hier ist eine Supportgruppe für Claire!

Lexie Wein: Das ist eine Diskussionsgruppe. Jeder sollte seine Gedanken und Ideen äußern können!

Kiley M: Als Administrator dieser Gruppe muss ich mich einmischen. Ja, wir unterstützen Claire, aber wir müssen alle Möglichkeiten abwägen.

Lexie Wein: Sie ist eine Künstlerin. Kreativ. Hat vielleicht einen Weg gesucht, ihrem Leben zu entfliehen.

Marisa Albro: Zu fliehen? Wovor? Sie hat doch ein perfektes Leben. Tolles Zuhause, netter Ehemann, Ruhm, gute Karriere.

Kiley M: Niemand weiß, was hinter geschlossenen Türen passiert. Lasst uns mal brainstormen, wen ich für meinen Podcast gewinnen könnte. Wir werden sie finden!

Lexie Wein: Wenn Claire das vorgetäuscht haben sollte, dann wollte sie, dass der Verdacht auf ihren Mann fällt. Probleme im Paradies?

Michelle Costas: Was ist mit ihrem ersten Ehemann? Wo war der?

Josh Crandall: Das sollten wir uns genauer anschauen. Vielleicht ihr Liebhaber.

Kiley M: Interessant. Also hat Ehemann Nr. 1 sie gekidnappt/umgebracht?

Lexie Wein: Wahrscheinlich ist sie eher mit ihm durchgebrannt.

SuzanneBR: Ich glaube, sie ist tot, möge sie in Frieden ruhen. Irgendein Krimineller, den ihr Mann verknackt hat, hat sich gerächt. Oder die Familie eines Verurteilten. Weiß jemand, wie man an eine Liste der Personen kommt, die GC hinter Gitter gebracht hat?

Josh Crandall: Kann man leicht in den Gerichtsakten nachschauen. Ich bin aber immer noch für die Theorie, dass sie alles vorgetäuscht und sich vom Acker gemacht hat.

Marisa Albro: Nein, keinesfalls.

SuzanneBR: Claires Kunst berührt mich in der Seele.

Fenwick388: Ist jemandem aufgefallen, dass »zufällig« noch eine andere Frau von hier diese Woche tragisch ums Leben gekommen ist?

Marisa Albro: OMG, ja, Sallie Benson.

Josh Crandall: Ein Zufall oder was?

Fenwick388: Wenn du schon die Gerichtsakten durchkämmst, Josh, dann guck auch gleich mal, was für eine gemeinsame Geschichte Griffin Chase und Dan Benson haben.

RaenEC: Was willst du damit sagen, Fenwick388?

Fenwick388: GC hat's getan. Mister Einfühlsam – was für ein Bullshit!! Wohl eher Mister Gefühllos. Er ist ein narzisstischer Soziopath. Das könnt ihr mir glauben, ich weiß nämlich jede Menge über ihn.

Lexie Wein: Was hat er getan?

Fenwick388: Claire umgebracht. Und vielleicht hatte er auch was mit Sallie zu tun. Er hasst Frauen. Mich auch.

Michelle Costas: Was schreibst du da für einen Blödsinn? Er setzt sich für die Opfer ein, insbesondere für Frauen in Fällen häuslicher Gewalt.

Fenwick388: Er spielt nur eine Rolle.

Lexie Wein: Ich habe nie etwas Schlechtes über GC gehört. Das ist ziemlich unverfroren von dir und du solltest hoffen, dass die PB das hier nicht lesen. Du kannst sonst echt Ärger wegen Rufmord bekommen.

SuzanneBR: Wer ist PB?

Kiley M: Polizeibeamte. Ermittler für Schwerverbrechen und so. Die folgen häufig Gruppen wie dieser hier. Bekommen manchmal sogar Hinweise von uns, HAHA. Wir können den Fall ja für sie lösen.

Josh Crandall: GC ist am Boden zerstört und verrückt vor Sorge um seine Frau. Und er ist ein hervorragender Staatsanwalt für Connecticut. Garantiert findet man sie wohlbehalten. Könnte ja auch ein PR-Gag für ihre Ausstellung sein.

Fenwick388: Er hat es getan.
Josh Crandall: Wer zum Teufel bist du?
RaenEC: Er hat es definitiv nicht getan! Ich kenne ihn persönlich. Er ist ein toller Mensch. Also hör auf zu lügen und so eine Scheiße zu erzählen, Fenwick388.

Ich war kurz verblüfft, als ich sah, dass das Profilfoto von RaenEC ein Bild von Alexanders Freundin, Emily Coffin, war. Darum also auch das *EC* in ihrem Nicknamen. Sie sah hübsch und piekfein darauf aus, genau wie im echten Leben. Natürlich überraschte es mich nicht, dass sie Griffin verteidigte, schließlich war sie jung und naiv und sah zweifelsohne nur das, was er zu sein vorgab.

Ich wünschte, ich hätte meinen Computer und ein Fake-Profil. Dann hätte ich Fenwick388 schreiben können. Diese Person war eindeutig jemand mit einer Menge Wut über Griffin im Bauch – und hatte seine dunkle Seite gesehen. Sie hatte gesagt, sie wüsste, dass er Frauen hasste, darunter auch sie.

Und wer war Josh Crandall? Der Name sagte mir nichts, aber er beharrte auf der Vorstellung, ich könnte die Sache vorgetäuscht haben, um anschließend zu verschwinden.

Die Fotos in den verschiedenen Posts erstaunten mich: mein Bild aus dem Schuljahrbuch, ein Schnappschuss von Griffin und mir bei unserer Hochzeit, ein Bild, auf dem ich grinsend im Ruderboot sitze und die Ruder auf den Knien habe, und mehrere Fotos von mir, auf denen ich in die Woodward-Lathrop Gallery gehe.

Diese letzten Bilder ließen mir die Haare zu Berge stehen. Sie waren aktuell: Ich erkannte die Jeans und das T-Shirt, das ich letzte Woche vor der Eröffnung der Vernissage getragen hatte, als ich das letzte meiner Werke dorthin brachte. Auf den Fotos war zu sehen, wie ich aus meinem Wagen stieg und wie ich zu meinem Wagen zurückkehrte, wie Jackie mich an der

Tür begrüßte, ich die Galerie betrat. Es gab keine Bilder aus dem Inneren der Galerie – der Fotografierende hatte von mir ungesehen bleiben wollen. Aber er oder sie war da gewesen und hatte mich beobachtet.

Jedes einzelne dieser Bilder war von Fenwick388 gepostet worden.

Sie hatte Griffin einen narzisstischen Soziopathen genannt. Sie wusste viel über ihn. Sie hatte Griffins Verbindung zu Dan Benson erwähnt. Und ich wusste, dass ich sie so schnell wie möglich finden musste.

36

Tom

Da sein Besuch bei den Bensons, bei dem er Maggie zurückbringen wollte, kein beruflicher Termin war, fand Tom es in Ordnung, Jackie mitzunehmen. Sie hatte den kleinen Hund lieb gewonnen – das hatten sie beide. Tom wusste, dass Conor zwar versucht hatte, sich Gwens Bilder anzusehen, es aber bislang zeitlich nicht geklappt hatte. Doch die Tatsache, dass Conor sich nicht stärker darum bemühte, verriet Tom, dass er Gwens Geschichte wohl als reine Fantasie abtat. Was sie wahrscheinlich auch war.

Tom hatte Dan vorher angerufen, um ihm mitzuteilen, dass sie auf dem Weg waren, und dieser hatte gesagt, dass er eine Verabredung mit dem Sachverständigen der Versicherung hatte, Gwen aber mit ihrer Tante Lydia zu Hause sei. Tom parkte seinen Pick-up in der Einfahrt der Bensons, und er und Jackie, die den Hund auf dem Arm hielt, gingen den Gehweg entlang.

»Ein sehr schöner Garten«, murmelte Jackie mit Blick auf die Beete entlang des Gehwegs und die Rosen, die an einem

Spalier neben der Eingangstür rankten. »Und sie vermissen Sallie jetzt schon.«

Tom sah genau, was sie meinte. Manche Blumen welkten und benötigten Wasser, und zwischen den Sträuchern sprossen bereits Gräser. Er klingelte an der Tür und wenige Augenblicke später erklangen im Inneren Schritte.

Eine Frau mit weißblondem Haar und strahlend blauen Augen öffnete die Tür. Das musste Sallies Schwester sein; die Ähnlichkeit mit Fotos, die er von Sallie gesehen hatte, war auffallend.

»Hallo, Sie sind bestimmt Tom Reid«, sagte sie und schüttelte ihm die Hand. »Dan hat gesagt, dass Sie kommen würden. Ich bin Lydia Clarke, Gwens Tante.«

»Es freut mich, Sie kennenzulernen«, sagte Tom. »Das ist meine Frau, Jackie.«

Die beiden Frauen begrüßten einander lächelnd und Maggie, die Lydia erkannte, zappelte aufgeregt auf Jackies Arm hin und her.

»Vielen Dank für das, was Sie getan haben«, wandte sich Lydia an Tom. »Dass Sie meine Nichte gerettet haben.«

»Sie ist unglaublich. Es waren ihre Stärke und ihr Lebenswille, die sie haben überleben lassen«, erklärte Tom, der daran denken musste, wie eiskalt das Wasser in jener Nacht gewesen war und wie leicht sie vor Erfrierung hätte sterben können.

»Wie geht es ihr?«, fragte Jackie.

»Sie können es sich bestimmt vorstellen«, erklärte Lydia. »Wir sind noch immer vollkommen geschockt. Vor allem Gwen. Meine Schwester war meine beste Freundin. Ich habe keine eigenen Kinder, Gwen ist also die Tochter, die ich nie hatte. Ich gebe mein Bestes für sie. Und für Sallie.«

»Das mit Ihrer Schwester tut mir so leid«, sprach Jackie ihr Beileid aus. »Und das mit Ihrem Neffen.«

»Vielen Dank«, sagte Lydia. »Gwen ist bewusst, dass ihre Mutter gestorben ist, aber sie kann sich nicht an den Gedanken gewöhnen, dass Charlie ebenfalls tot ist.«

Plötzlich zappelte und quietschte der Hund auf ihrem Arm und Tom sah Gwen durch den Flur auf sie zukommen. Jackie setzte Maggie ab, die sofort in Gwens Arme rannte. Das Mädchen kniete sich auf den Marmorboden und vergrub ihr Gesicht in Maggies Fell. An Kopf und Händen trug sie noch immer Bandagen, doch der Verband war nicht mehr so dick wie im Krankenhaus.

»Danke, dass ihr sie mir gebracht habt«, meinte Gwen, als sie schließlich wieder hochschaute.

»Sie hat dich vermisst«, sagte Jackie. »Aber wir fanden es toll, dass sie bei uns war. Es wird sich ohne sie bestimmt ganz ungewohnt anfühlen.«

»Das ist typisch für sie«, befand Gwen. »Sie macht jeden in ihrer Umgebung glücklicher.«

»Kommen Sie doch bitte herein«, lud Lydia sie ein. »Möchten Sie einen Eistee?«

»Das wäre sehr nett«, bedankte sich Jackie und folgte Lydia in die Küche, während Tom im Flur stehen blieb und sich neben Gwen und Maggie hockte.

»Sie freut sich, wieder zu Hause zu sein«, meinte er, als er die beiden miteinander spielen sah.

»Das ist das einzige Zuhause, das sie je hatte«, erklärte Gwen mit einer Tragik, die nicht ihrem Alter entsprach. »Und es wird für sie nicht mehr dasselbe sein. Denn es fühlt sich auch für mich und Tante Lydia nicht mehr genauso an.«

»Nein?«

Gwen schüttelte den Kopf. »Weil sie weg sind.«

»Deine Mutter und Charlie. Es tut mir so leid, Gwen.«

»Nichts wird mir meine Mutter jemals zurückbringen«, flüsterte sie. »Tante Lydia ist so traurig. Ich versuche ihr zu helfen, und sie hilft mir.« Dann schaute sie Tom erwartungsvoll an. »Haben Sie nach ihm gesucht? Nach meinem Bruder?«

»Gwen«, setzte er an.

»Ich weiß, dass er irgendwo da draußen ist«, beharrte sie. »Er ist nicht im Meer verloren. Wissen Sie noch, das Meeresschloss?«

»Ja«, meinte er.

»Warum suchen Sie dort nicht nach ihm?«

»Na ja, ich weiß nicht, wo es ist«, gestand er. »Malst du immer noch diese Bilder, die du mir gezeigt hast?«

»Ja, und noch viele mehr«, sagte sie.

»Weißt du«, meinte er behutsam. »Meine Frau Jackie arbeitet mit ganz vielen Künstlern zusammen. Sie sieht sich so gern Bilder und Zeichnungen an. Würdest du ihr vielleicht dein Heft zeigen?«

»Ich möchte es eigentlich niemandem zeigen«, sagte sie.

»Aber mir hast du es gezeigt«, sagte er vorsichtig. »Und es hat mir sehr zu denken gegeben.«

Gwen senkte ihren Kopf, sodass sie kurz ihr Gesicht im Nackenfell des Yorkshire Terriers vergrub. »Jackie hat sich gut um Maggie gekümmert«, sagte Gwen mit gedämpfter Stimme.

»Das hat sie«, pflichtete Tom ihr bei.

»Okay, dann darf sie meine Bilder sehen«, sagte sie, stand auf und ging gefolgt von Maggie ins Wohnzimmer. Dort kletterte sie auf das Sofa, schob ihre Hand zwischen Armlehne und Sitzfläche und zog ihr Heft heraus.

Jackie und Lydia betraten das Wohnzimmer. Gwen schlug die Seiten um und Jackie kauerte sich neben sie, um jedes Bild zu betrachten. Die Bleistiftskizzen waren sehr detailliert, und manche hatte Gwen anschließend bunt ausgemalt.

»Die sind sehr schön«, fand Jackie. »Du bist eine richtige Künstlerin.«

»Vielen Dank«, antwortete Gwen schüchtern. Dann schaute sie hoch zu Tom. »Möchten Sie eins meiner neuen Bilder sehen?«

»Auf jeden Fall!«

Gwen blätterte weiter, bis sie zu einer Zeichnung kam, auf der ein großes Steinhaus mit einem Türmchen auf der einen und einem mit Zinnen verzierten Turm auf der anderen Seite zu sehen war. Die Zeichnung hatte Ähnlichkeit mit einem Bild, das Tom bereits im Krankenhaus gesehen hatte, enthielt aber viel mehr Einzelheiten. Dunkle Gargoyles in Form von Vögeln säumten Brüstung und Sims. Auf beiden Seiten des Hauses und im davor gemalten Garten waren Kiefern abgebildet.

Verwirrt dachte Tom kurz, dass er dies irgendwo schon einmal gesehen hatte. Vielleicht auf einer Zeichnung in einem Kinderbuch, das er früher gelesen hatte? Und das Gwen ebenfalls kannte?

Auf dem Dach stand ein kleiner Junge mit ausgestreckten Armen. Auf dem felsigen Boden saßen links und rechts des Palasttors ein König und eine Königin in Lehnstühlen. Den Himmel zierten blaue Farbwirbel und durch Wolken schwamm ein Fischschwarm.

»Was sind diese Linien im Himmel?«, wollte Jackie wissen. »Sie sind ziemlich faszinierend.«

»Das ist das Meer, nicht der Himmel. Und das sind Wellen«, erläuterte Gwen. »Die Fische schwimmen überall herum, so wie Vögel. Die Vögel …«, sie schaute auf, um sicherzugehen, dass Tom die Vogel-Gargoyles sah, »… sind wie Fische. Und das hier …«, dabei zeigte sie auf zwei kräftige, schwarz gekleidete Wachmänner, »… sind die Meermänner.«

Lydia kam hinzu und stellte ein Tablett mit Gläsern mit Eistee auf den Couchtisch.

»Ist es in Ordnung, wenn ich mir die Bilder auch ansehe?«, fragte sie.

»Ja«, erlaubte Gwen.

Tom beobachtete, wie sich Tante und Nichte anschauten und sich Lydia neben Gwen setzte und beschützend den Arm um sie legte. Gwen lehnte kurz ihren Kopf an die Schulter ihrer Tante, dann zeigte sie auf das Blatt Papier.

»Es geht um Charlie«, erklärte Gwen. »So werden wir ihn finden.«

»Ach, Liebes«, sagte Lydia hilflos.

»Er lebt, Tante Lydia«, meinte Gwen bestimmt. »Dad glaubt mir nicht. Er meint, Charlie würde in Frieden bei unserer Mom ruhen, aber er ist noch da draußen! Ihr müsst mir glauben, damit wir die Hoffnung nicht aufgeben und weiter nach ihm suchen.«

»Gwen, hast du nicht gesagt, dass du das Schloss schon einmal auf einem Bild gesehen hast?«, fragte Tom.

»Ja«, meinte sie.

»In einem Buch?«

»Nein, auf einem Foto. Mit Männern in Affenanzügen.«

Anscheinend hatte Tom einen ziemlich verwirrten Gesichtsausdruck, denn Lydia lachte. »So nennt Dan immer seinen Smoking.«

»Ah«, machte Tom und zeigte auf die schwarz gekleideten Meermänner. »Diese Männer tragen also auch Smokings?«

»Ja«, meinte Gwen. »Sie gehen alle zum Tanzen. Auch Charlie. Das ist ein fröhlicher Ort, das Meeresschloss. Blumen und Boote und Vögel. Darum ist es okay, dass er dort ist, bis Sie ihn finden.«

»Wo sind diese Fotos jetzt?«, wollte Tom wissen.

Gwen zuckte mit den Achseln. »Irgendwo hier, schätze ich. Ich habe sie lange nicht mehr gesehen.«

»Aber das war hier in eurem Haus?«, hakte er nach.

Als Gwen nicht antwortete, sagte Jackie: »Du hast die Meermänner wirklich sehr toll gezeichnet. Sie sehen fast aus wie Seehunde, weil sie so glänzen.«

»Mhm«, machte Gwen.

»Liegt das daran, dass sie im Wasser schwimmen?«, fragte Jackie.

»Natürlich«, antwortete sie. »Sie lieben das Meer.«

»Wie viele waren es?«, fragte Tom.

»Zwei«, sagte sie. »Einer hat sich über Bord gebeugt, um Charlie zu fassen, und einer hat meinen Namen gerufen.« Dann hielt sie kurz inne. »Einer könnte aber auch eine Meerjungfrau gewesen sein.«

»Eine Frau?«, fragte Jackie erstaunt.

»Vielleicht. Ich weiß es nicht. Ich möchte euch noch etwas zeigen«, sagte Gwen.

Sie blätterte weiter zu einer Zeichnung, die Tom noch nicht gesehen hatte. Diese zeigte das Innere eines Schlosses mit langen Vorhängen vor hohen Fenstern und majestätischen Möbeln. Auf einem mit Juwelen verzierten Thron saß ein kleiner Junge mit einer Krone. Neben ihm stand ein Tisch voller Kekse. Im Hintergrund sah man eine Strichzeichnung einer Hexe mit Besen. Sie hatte verfilzte Haare, schlitzförmige Augen und spitze Zähne; ihr Körper war nicht ausgemalt – im Gegensatz zu dem des Jungen. Tom fragte sich, ob das ein Geist sein sollte. Hinter die Figur hatte Gwen ein großes Viereck gezeichnet, so als ob sie einem Rahmen entsteigen würde.

»Wie außergewöhnlich«, fand Jackie. »So viele Details. Du bist eine tolle Malerin, Gwen.«

»Danke«, sagte Gwen.

»Jackie hat recht«, fand auch Tom. »Du bist wirklich gut. Gwen, dürfte ich wohl ein oder zwei Fotos von deinen Zeichnungen machen?«

»Ja, klar«, erlaubte Gwen, woraufhin Tom ein paar Bilder machte.

Jackie zeigte auf die Gargoyles. »Die sehen ganz schön unheimlich aus.«

»Das sind Raben«, erläuterte Gwen. »Sie haben gebogene Schnäbel und scharfe Krallen. Und sie fressen Tiere.«

»Gwen, wer ist die Frau mit dem Besen?«, wollte Jackie wissen.

»Ein schlimmer Mensch«, meinte Gwen.

»Warum ist sie da?«, fragte Jackie. »Sie sieht ziemlich böse aus.«

»Ist sie auch«, fand Gwen. »Ich habe Daddy einmal mit jemandem reden gehört. Keine Ahnung, mit wem. Das war am Telefon und er hatte es laut gestellt. Die andere Person meinte, jemand hätte alles ruiniert und müsse verschwinden. Dass sie es nicht tun müssten, wenn sie nicht alles kaputt machen würde.«

»Was kaputt machen?«, hakte Tom nach.

Gwen zuckte mit den Schultern.

»Haben sie über deine Mutter gesprochen?«, fragte Lydia mit zitternder Stimme.

»Nein, über eine andere Frau.«

»Was ist das für ein Viereck hinter ihr?«, fragte Jackie.

»Ein Rahmen. Sie lebt darin.«

»Sie lebt in einem Rahmen? Das haben sie gesagt?«, fragte Jackie verwundert.

Gwen nickte: »Ja, genau.«

»Und ist sie ein Geist?«, fragte Tom. »So wie du sie gemalt hast, sieht ihr Körper hohl und durchscheinend aus.«

»Nein, kein Geist. Sie ist einfach nur klar, so wie Wasser manchmal klar ist.«

»Wieso klar?«, wollte Tom wissen.

»Das ist ihr Name. Klar«, erklärte Gwen. »Sie sagten, Klar hätte alles ruiniert.«

»Was für ein merkwürdiger Name«, fand Lydia und drückte Gwen fester an sich.

»Warte«, rief Jackie aus. »Könnte es auch ›Claire‹ gewesen sein? Meinst du, sie haben vielleicht *Claire* gesagt?«

Gwen schaute erst zu Jackie, dann zu Tom, antwortete aber nicht.

»Und sie lebt in einem Rahmen«, fügte Jackie hinzu.

»Objektrahmen«, sagte Tom, und Gwen nickte.

37

Conor

»Puh«, sagte Conor am Telefon, nachdem sein Bruder Tom ihm fünf Minuten lang ohne Luft zu holen vollkommen wirres Zeug erzählt hatte, das sich eher nach einem qualvollen Traum anhörte als nach etwas, das auch nur annähernd der Realität entsprechen konnte.

»Hast du mir nicht zugehört?«, fragte Tom. »Sie sagte ›Klar‹, aber ich bin mir sicher, sie meinte ›Claire‹. Jackie denkt das auch. Dan hat am Telefon mit jemandem gesprochen und gesagt, ›sie hat alles ruiniert‹ und ›sie muss verschwinden‹.«

»Gwen hat halluziniert«, meinte Conor. »Das hab ich doch schon gesagt, und du weißt es auch. Keinesfalls sind irgendwelche Meermänner hinter der *Sallie B* hergefahren und haben Charlie gerettet und in irgendein verwunschenes Schloss gebracht, wo eine furchterregende Frau in einem Rahmen lebt.«

»Sie hat bestimmt gehört, wie sie etwas von ›Objektrahmen‹ gesagt haben«, sprach Tom weiter, als ob Conor gar nichts gesagt hätte.

Conor holte tief Luft. Er spürte die Anspannung in der Stimme seines Bruders, was für ihn sehr verständlich war, schließlich war Tom nach der furchtbaren Explosion der Erste vor Ort gewesen und hatte die Benson-Tochter gerettet, den Sohn aber nicht gefunden. Conor kannte nur zu gut das Gefühl von Schuld, wenn er einen Fall nicht lösen konnte und eine Familie ohne Antwort dastehen lassen musste.

»Hörst du mir nicht zu?«, meinte Tom verärgert. »Du warst sehr interessiert daran, ihr Skizzenheft zu sehen, sogar interessiert genug, um mit mir deshalb ins Krankenhaus zu fahren. Und nun willst du dir nicht einmal die Mühe machen, das nachzuprüfen?«

»Hol bitte erst einmal tief Luft«, empfahl Conor.

Tom tat wie ihm geheißen und gab einen lauten Seufzer der Frustration von sich.

Conor saß an seinem Schreibtisch in der Polizeistation und schaute auf die Fotos an seiner Wand: von Claire Beaudry Chase, der Garage, wo man ihr Blut gefunden hatte, von den Beweismitteln aus dem Gullyschacht und der Recyclingtonne der Galerie auf der Main Street von Black Hall. Er dachte, er hätte Tom deutlich gesagt, dass er davon überzeugt war, dass diese Geschichte nur durch ein Gefühl von Schuld und Trauer entstanden sei; er hatte angenommen, dass sein Bruder dies mittlerweile auch so sähe.

»Ich glaube, jemand hat das Boot manipuliert und Charlie mitgenommen«, sagte Tom dann.

»Das passt alles nicht zusammen«, widersprach Conor und versuchte, ruhig zu bleiben. »Jen hängt sich richtig in den Fall rein und dein eigener Kollege hat ihr erklärt, dass Kraftstoff in die Bilge getropft ist und das Boot darum explodierte. Es war schlicht und einfach ein Unfall und nicht mehr als das.«

»Aber da sind zu viele Aspekte, die sehr wohl zusammenpassen«, entgegnete Tom. »Der Name – Klar oder Claire. Und Rahmen – das muss doch was mit ihrer Arbeit zu tun haben, Objektrahmen! Und die Tatsache, dass sie alles ruinieren würde.« Nachdenklich hielt er inne.

»Und du meinst, Dan hat über Claire gesprochen, als er sagte ›sie haben sie‹?«, fragte Conor.

Tom räusperte sich. »Weißt du, Jackie ist sehr aufgebracht«, erklärte er. »Claire war … ist … ihre Freundin. Sie meint, das hätte alles etwas zu bedeuten. Das glauben wir beide. Gibst du die Infos wenigstens an Jen Miano weiter? Hast du ihr überhaupt von dem Skizzenheft erzählt?«

»Natürlich.«

»Hör mal«, meinte Tom. »Ich habe ein paar Fotos von Gwens Zeichnungen gemacht. Kann ich sie dir schicken? Würdest du zumindest einen Blick drauf werfen?«

»Ja, klar«, sagte Conor.

»Danke«, antwortete Tom etwas niedergeschlagen.

»Hey, wollen wir uns nachher auf ein Bier treffen?«, schlug Conor vor. Er machte sich mittlerweile Sorgen, weil er wusste, wie schnell aus einem Gefühl der Verantwortung und des Scheiterns Verzweiflung werden konnte, weshalb er ein Auge auf Tom haben wollte.

»Heute nicht«, lehnte Tom ab. »Ich bin im Dienst.«

»Sei vorsichtig«, meinte Conor.

»Du auch«, bat Tom.

Conor legte auf, und wenige Sekunden später surrte sein Handy. Toms Fotos waren angekommen. Conor schaute sie sich an und nahm sich dabei Zeit. Gwen hatte detailliert ein Schloss mit Gargoyles, Raben und schwarz gekleideten Wachen gezeichnet. Er betrachtete die Zeichnungen von »Klar«, der Meereshexe. Die Bilder änderten nichts an Conors Meinung und er hielt sie weiterhin für nichts anderes als den Versuch eines traumatisierten Mädchens, den eigenen Bruder im Geiste am Leben zu erhalten.

Er steckte sein Handy in die Tasche und ging los, um Jen zu suchen. Er fragte sich, wie er ihr die Fotos zeigen und erzählen sollte, was Tom gesagt hatte, ohne dass es sich anhörte, als hätte sein Bruder den Verstand verloren.

NEUN TAGE DANACH

38

Claire

Alles war neu und ungewohnt. Bei Tageslicht herumzulaufen, etwas, das jeder für selbstverständlich nahm, fühlte sich wild und gefährlich an. Ich hatte nichts, um mich zu verkleiden, und ich war mir sicher, ich würde erkannt werden, denn schließlich war Hubbard's Point ein Privatstrand in der Kleinstadt Black Hall. Dort lebte ich, ging einkaufen und hatte so viele Freunde. Und was die Menschen anbelangte, die ich nicht kannte: Mein Foto war überall in den Nachrichten.

In den letzten Tagen war ich wieder etwas zu Kräften gekommen und hatte einen Plan geschmiedet. Dafür brauchte ich einen Computer. Ich fand, ich hatte das Schicksal bereits genug herausgefordert, als ich einmal nach Hause gegangen war, weshalb ich nun durch die Wälder in die entgegengesetzte Richtung und somit von Catamount Bluff weglief, bis ich oben auf dem Hügel ankam, der Hubbard's Point überblickte.

Es war fast sieben Uhr morgens, also so früh, dass noch keine Menschen am Strand saßen. Es herrschte Ebbe und ich rannte auf dem festen Sand direkt am Wasser bis zur Fußgängerbrücke über der schmalen Bucht und dort die steilen, engen Steintreppen hinauf, die zu Jackies Cottage führten. Mir schlug das Herz bis zum Hals, als ich über den spärlich mit Weiß-Eichen und Sassafrasbäumen bewachsenen Hang lief. Das kleine Haus mit grauen Schindeln erhob sich direkt über mir auf dem Felsvorsprung. Regungslos stand ich da und lauschte auf Geräusche oder Gespräche der Familie beim Frühstück. Nichts.

Vorsichtig lugte ich über die Hügelkuppe, ob an der Steinmauer Autos geparkt waren. Es stand keins mehr dort. Tom ging häufig vor Sonnenaufgang zur Arbeit. Hunter verrichtete die Frühschicht bei der Polizei und ihre jüngere Schwester Riley war Rettungsschwimmerin am Stadtstrand. Die Galerie öffnete sonntags um zwölf; auch wenn es noch eine Weile hin war, bis Jackie sie öffnete, so ging sie vor der Arbeit häufig auf dem Sportplatz der Highschool laufen. Ich sehnte mich sehr danach, sie zu sehen und mit ihr zu sprechen, doch ich traute mich noch nicht, mich zu zeigen, nicht einmal ihr.

Neben dem Haus gab es eine Außendusche hinter einer mit Efeu und Heckenkirschen bewachsenen Gitterkonstruktion. Direkt dahinter befand sich eine grüne, von Wind und Salzluft ausgeblichene Tür, die in den Keller führte. Als ich sie aufzog, erschrak ich über ihre quietschenden Scharniere. Ich hielt die Luft an und lauschte auf Schritte über mir oder andere Anzeichen dafür, dass jemand mich gehört hatte, doch alles blieb still. Der Türrahmen war von der Feuchtigkeit aufgequollen und die Klinke hakte, sodass ich die Tür nicht mehr richtig hinter mir schließen konnte. Ich musste darauf achten, sie richtig zu verschließen, wenn ich das Haus wieder verließ.

Hier sah man den Unterschied zwischen dem schicken Komfort der Häuser in Catamount Bluff und der rauen Schlichtheit in Hubbard's Point: Erstere hatten stabile Fundamente mit Weinkellern und, zumindest im Fall der Familie Chase, einen temperaturkontrollierten Raum, um

Antiquitäten und Kunstwerke aufzubewahren. Jackies Cottage hingegen war direkt auf den Granitfels gebaut. Im Keller befanden sich Krabbenkörbe, Netze und Angeln. Eine wackelige Leiter führte zu einer Falltür, die sich zur Küche hin öffnen ließ.

Lange stand ich regungslos da und lauschte. Als ich oben niemanden herumlaufen hörte und ich mir sicher war, dass niemand zu Hause war, kletterte ich hinauf und öffnete die Luke einen Spaltbreit, blickte mich um und hievte mich schließlich in die Küche. *Gratuliere, Claire*, dachte ich. *Du bist gerade in das Haus deiner besten Freundin eingebrochen.* Und ich sollte noch Schlimmeres tun.

Im Wohnzimmer, das direkt an die Küche grenzte, stand auf einem Klapptisch ein Apple-Notebook. Ich setzte mich und klickte die Maus an. Erleichtert stellte ich fest, dass das Notebook nicht passwortgeschützt war. Ich öffnete Safari und dann Facebook, wo noch Jackies Profil geöffnet war. Ich loggte mich aus, öffnete aber nicht meinen eigenen Account, sondern erstellte einen neuen Nutzernamen: Anne Crawford. Dieser Name ergab nur für mich einen Sinn. Anne war mein zweiter Vorname und Crawford der Name, den englische Siedler Tantummaheag gegeben hatten.

Ich brauchte ein Profilbild, also scrollte ich durch Jackies Fotos und, in der Hoffnung, sie würde mir vergeben, nahm eins von uns beiden, das uns von hinten am Ufer und auf den Horizont schauend zeigte. Da man unsere Gesichter nicht sah, schien es mir eine sichere Sache zu sein. Für das Titelbild lud ich ein Foto von einem Sonnenaufgang hoch, das genau an dieser Stelle von Jackies Haus aus gemacht worden war und auf dem der Strand und die dahinter liegenden Wälder zu erkennen waren.

Danach ging ich sofort zu der WO IST CLAIRE BEAUDRY CHASE?-Gruppe und schickte eine Beitrittsanfrage. Wenige Minuten später erhielt ich eine Nachricht von Kiley M, der

Administratorin: *Hallo! Ich habe eine Frage. Du hast keinen einzigen Facebook-Freund. Bist du ein Bot?*

Nein, schrieb ich zurück. *Ich bin eine reale Person.*

Ohne Freunde?

Ich habe mich gerade erst bei Facebook angemeldet und konnte noch keine Freundschaften schließen.

Okay, ich muss dir noch eine Frage stellen: Warum möchtest du unserer Gruppe beitreten? Und warum willst du beitreten, ehe du überhaupt Freunde gefunden hast?

Der Fall interessiert mich. Ich will wissen, was mit Claire passiert ist. In dem Moment, als ich diese Worte schrieb, fiel mir auf, dass nichts mehr der Wahrheit entsprach als das.

Okay, du kannst beitreten. Aber wir sind eine ernsthafte Gruppe, wir sind für Claire da! Keine Selbstwerbung, kein Claire-Bashing, kein Bashing anderer Mitglieder.

Warum sollte jemand Claire bashen?

Es gibt so viele Hater. Auch in Gruppen wie dieser hier. Sogar ihr Angreifer könnte als Troll irgendwas schreiben, ohne dass wir es überhaupt merken würden. Wir sind sehr vorsichtig und sobald irgendwas in der Art vorkommt, wenden wir uns an eine Strafverfolgungsbehörde.

So wie ihren Ehemann?

Den behelligen wir mit so was nicht, der hat genug um die Ohren. Aber die Polizei auf jeden Fall. Benimm dich also!

Werde ich, danke.

Zwei Minuten später hatte ich meine erste Freundschaftsanfrage – Kiley M, die ich akzeptierte.

Als Nächstes suchte ich nach Fenwick388. Ich fand ihr Profil unter Kileys Freunden. Es war auf privat gestellt, doch weil wir Kiley M als gemeinsame Freundin hatten, konnte ich mir ihre Fotos ansehen. Ich fand auch die, die sie von mir gepostet hatte und die letzte Woche gemacht worden waren, als ich die Galerie betrat beziehungsweise wieder verließ.

Ich scrollte durch ihre Alben und suchte nach Hinweisen darauf, wer sie war. Gemeinsame Bekannte und so weiter. Es gab einige Landschaftsaufnahmen vom Südosten Connecticuts, weshalb ich annahm, dass sie aus der Region kam. Ein Album trug den Titel *Gefahr*, und es enthielt jede Menge Fotos, die im Gericht und davor aufgenommen worden waren. Darunter waren auch mehrere Bilder von Griffin.

Bei einem weiteren Album mit dem Titel *Verbindung zwischen C und S* stockte mir der Atem.

Jedes Foto betraf entweder mein Leben oder das von Sallie Benson. Da waren Ford und Alexander im Jachtclub; Griffin und ich beim Tanzen auf dem Ball zur Amtseinführung des Gouverneurs; Griffin und mehrere Mitglieder des Last Monday Clubs, darunter Wade Lockwood, Edward Hawke und Neil Coffin – die vier Mitglieder, inklusive Griffin, die in Catamount Bluff lebten; ich, wie ich ein Seminar im Connecticut College hielt. Ich konnte nicht genau sagen, ob es sich dabei um frei im Internet verfügbare Fotos handelte oder Fenwick388 sie selbst geschossen hatte.

Die Bilder von Sallie hingegen waren Werbefotos für ihre Designagentur. Wahrscheinlich stammten sie von ihrer Website: Sallie lächelnd und Stoffmuster hochhaltend in einem Showroom; an ihrem Schreibtisch, auf dem sich Probenbücher stapelten; in einer Ausgabe der *Architectural Digest*; und im Hafen mit ihrem Mann und den Kindern, die alle in die Kamera winkten.

Das letzte Foto stammte aus einem Zeitungsartikel über Daniel Benson und darüber, dass Vorwürfe der häuslichen Gewalt gegen ihn durch Griffin Chase fallen gelassen worden waren. Darunter hatte Fenwick388 *Zwei Soziopathen* geschrieben.

Meine Hände zitterten, als sie über die Tastatur glitten. Ich wollte Fenwick388 eine Nachricht bezüglich ihrer Fotos schicken, aber was ich viel nötiger hatte, war ein Gespräch mit ihr. Doch weder hatte ich mein Handy dabei, das ich ja sowieso nicht hätte benutzen können, noch hatte ich die Möglichkeit, in einem Laden ein Prepaid-Handy zu kaufen.

Allerdings hatten die Reids noch einen Festnetzanschluss, wie viele von uns an der Küste, weil es durch die Küstenstürme häufig zu Stromausfällen kam. Jackies Nummer kannte ich auswendig, sodass ich nun eine private Nachricht an Fenwick388 schrieb.

Hallo. Ich habe Ihre Posts in der Gruppe WO IST CLAIRE BEAUDRY CHASE? gelesen und würde gern noch ein paar Dinge erfahren und habe außerdem auch ein paar Infos. Falls Sie Interesse an einem Gespräch haben, bin ich noch in der nächsten halben Stunde unter dieser Nummer zu erreichen.

Dann gab ich ihr Jackies Nummer, schickte ihr eine Freundschaftsanfrage, lehnte mich abwartend zurück und starrte auf das Telefon. In dem Moment sah ich eine handschriftliche Notiz von Jackie an einer Pinnwand über dem Schreibtisch:

Klar = Claire?
Furchterregende Frau, die in einem Rahmen lebt = Objektrahmen?
Meermänner???
Vermisster Junge in verwunschenem Schloss …
Unheimliche Raben.
Gargoyles?

Stirnrunzelnd versuchte ich einen Sinn hinter all diesen Worten zu erkennen. Ich schnappte mir ein Blatt Papier und hatte gerade die ersten drei Zeilen von Jackies Notiz abgeschrieben, um sie später noch einmal lesen zu können, als das Haustelefon klingelte. Nervös ging ich ran.

»Hallo?«, fragte ich.

»Hallo«, sagte die Stimme. »Könnte ich bitte mit Anne sprechen?«

»Ich bin Anne.«

»Hier ist Fenwick388«, sagte sie. »Was wollten Sie mir erzählen?«

»Ehrlich gesagt, hatte ich gehofft, Sie könnten mir sagen, was Sie über Claires Fall wissen. Ich habe die Fotos auf Ihrer Seite gesehen und gelesen, was Sie über Griffin Chase geschrieben haben. Ich frage mich, warum Sie sagen, dass er ein Soziopath ist …«

Einen Moment lang herrschte Stille.

»Sind Sie Journalistin?«, wollte sie wissen.

»Nein.«

»Warum interessieren Sie sich für den Fall?«

»Ich komme aus der Gegend«, erklärte ich. »Ich kenne Claires Kunstwerke. Und habe in der Zeitung über ihren Mann gelesen.«

Wiederum schwieg sie.

»Bitte sagen Sie mir, warum Sie ihn so genannt haben«, drängte ich. »Und warum haben Sie so viele persönliche Bilder von Claire? Wie die, wo sie letzte Woche die Galerie betrat. In der Facebook-Gruppe haben Sie das Gericht erwähnt. Kennen Sie Griffin von dort?«

»Daher und von anderen Orten«, antwortete sie knapp.

Ich versuchte, mich auf ihre Stimme zu konzentrieren. Kam sie mir bekannt vor? War ich der Frau schon einmal begegnet? Waren wir Freunde?

»Warum glauben Sie, dass es eine Verbindung zwischen den Schicksalen von Claire und Sallie Benson gibt?«, fuhr ich fort.

»Ich bin gerade dabei, das Puzzle zusammenzusetzen.«

»Sind Sie von der Polizei?«, wollte ich wissen.

Sie lachte. »Weit davon entfernt. Wissen Sie, es war nett, mit Ihnen zu sprechen, aber ich muss jetzt los.«

Ich wusste, ich musste etwas sagen, was sie interessierte, damit wir weitersprechen würden und ich herausfinden konnte, in welcher Beziehung sie zu meinem Mann stand und was mit mir geschehen war.

»Es stimmt, dass er Frauen hasst«, meinte ich darum. »Sie haben recht.«

»Wie bitte?«

»Griffin Chase. Sie haben recht, was ihn anbelangt.«

»Ja, habe ich«, sagte sie langsam. »Aber woher wissen Sie das?«

»Von der Art und Weise, wie er seine Frau behandelt, wenn er glaubt, niemand würde es sehen.« Ich musste schlucken. »Und wegen etwas, das er vor langer Zeit getan hat. Einer jungen Frau angetan hat.«

Eine ganze Weile sagte sie nichts, sodass ich schon dachte, sie hätte aufgelegt.

»Sie reden von Ellen, richtig?«, meinte sie endlich.

»Ja«, sagte ich, verblüfft, den Namen zu hören. »Kannten Sie sie?«

»Nicht gut, aber ich weiß, warum er sie getötet hat. Wegen etwas, das er in Cancún getan hat. Mit meiner besten Freundin. Und was Ellen gesehen hat. Er konnte nicht zulassen, dass sie das erzählt.«

»O mein Gott«, flüsterte ich.

»Wir sollten uns treffen«, sagte sie. »Oder ich komme zu Ihnen, jetzt sofort. Sie müssten mir nur sagen, wo Sie sind.«

»Kennen Sie Hubbard's Point?«, fragte ich sie und erzählte ihr von dem Pfad am Ende des Strandes.

39

Jackie

Jackie hatte früh bei der Arbeit sein wollen, um sich um die Buchhaltung zu kümmern und die Rechnungen für Claires Kunstwerke, die fast alle verkauft worden waren, zu verschicken.

Auf dem Weg zur Galerie hielt sie am Sportplatz der Highschool an und lief fünf Kilometer. Ihre Arbeitskleider waren hinten im Kombi. Zumindest dachte sie das. Nachdem sie die letzte Runde gelaufen und sich schwitzend und außer Atem darauf freute, im Apartment über der Galerie unter die Dusche zu springen, ging sie zu ihrem Wagen und schaute auf den Rücksitz, doch ihre Sporttasche war nicht da.

»Na toll«, sagte sie laut. Sie hatte ihre Tasche mit der schwarzen Hose, der weißen Bluse und den Slippern zu Hause vergessen. Sie sah sie noch auf der Steinmauer vor der Küchentür, wo sie sie abgestellt hatte, als sie nach drinnen lief, um sicherzugehen, dass sie die Kaffeemaschine ausgestellt hatte.

Was sie natürlich hatte. Dafür hatte sie allerdings die Tasche stehen gelassen.

Vom Parkplatz der Schule bog sie nach links ab und fuhr durch die Stadt zurück, vorbei an der Galerie, der Congregational

Church und den zwei schmalen Flüsschen und dem weiten Salzsumpf, die auf ihrem Heimweg lagen.

Jackie hatte nie an Depressionen gelitten – sie war von Natur aus optimistisch, ausgeglichen und hoffnungsvoll. Sogar als ihr erster Ehemann ausgeflippt war und sie ihn verlassen hatte, sogar als die Mädchen zu einem Segelabenteuer aufgebrochen waren und sie sich Sorgen gemacht hatte, war sie stets tapfer und stark geblieben und davon ausgegangen, dass schon alles gut werden würde. Die Mädchen waren hervorragende Seglerinnen und sie hatte absolutes Vertrauen, dass sie sicher wieder zurückkommen würden – was sie auch taten.

Aber seit Claires Verschwinden und all dem Blut in ihrer Garage war Jackie in einem ständigen Zustand der Angst. Nicht zu wissen, was passiert war, war für sie am schlimmsten und machte sie verrückt. Ununterbrochen dachte sie daran, wo Claire wohl war, was sie durchmachen musste. Hielt jemand sie gefangen?

War dies eins dieser Horrorszenarien, wo eine Frau in einem Keller, einer abgelegenen Hütte oder einem Warenlager eingesperrt wurde? Nachts lag sie wach und ihre Gedanken rasten und waren schlimmer als jeder erdenkliche Albtraum.

Die Zeitungen waren voller Artikel und Kommentare, und obwohl die Polizei nicht alle Details freigegeben hatte, war manches durchgesickert und es kursierten Gerüchte, darunter auch die von einem pensionierten Forensiker vorgebrachte Möglichkeit, dass Claire zu viel Blut verloren hatte, um den Angriff überlebt haben zu können. War sie umgebracht und ihre Leiche vom Mörder in einen Sumpf, Wald oder eine tiefe Meeresschlucht geworfen worden, wo sie niemals gefunden werden würde? Dann würde Jackie nie erfahren, was mit ihr geschehen war.

Als sie unter der Eisenbahnbrücke hindurchfuhr, die den Eingang zu Hubbard's Point darstellte, wurde es Jackie noch schwerer ums Herz. Sie und Claire hatten hier ihre gesamte Kindheit verbracht und jeder Zentimeter erinnerte sie an ihre Freundin. Sie parkte auf der Straße vor ihrem Haus und lief hügelaufwärts. Dort lag ihre Sporttasche. Als sie sie sich schnappte, hörte sie ein schlagendes Geräusch.

Es kam aus dem Cottage. Als sie dem Geräusch nachging, sah sie, dass die Kellertür in der Junibrise auf- und zuschwang. Merkwürdig – die Familie achtete immer darauf, dass sie geschlossen war. Als sie durch die Tür lugte, sah sie einen Lichtstrahl bei der Küchenluke – auch die Luke war nicht richtig geschlossen.

Niemand betrat das Haus über diesen Weg. Die Luke stammte noch aus den Dreißigerjahren, als das Haus gebaut worden war, und hatte damals als Fluchtweg in den Keller gedient, falls es aufgrund eines Hurrikans oder Ähnlichem unsicher war, vor die Tür zu gehen oder oben zu bleiben, wenn die Gefahr bestand, dass große Bäume vom Wind umgeworfen werden konnten.

Sie erklomm die Leiter, stieg in die Küche und schaute sich um. Dort sah alles normal aus und so, wie sie es morgens verlassen hatte.

Plötzlich dachte sie daran, dass ein Eindringling im Haus sein könnte, doch sie spürte, dass sie allein war. Hatte Claire gewusst, dass jemand in der Garage darauf wartete, sie zu verletzen? Der Gedanke machte ihr Angst.

Vielleicht sollte sie die Polizei rufen, sagen, dass die Luke offen und möglicherweise jemand eingebrochen war. Sie könnte Hunter anrufen – oder Conor. Ihr Handy hatte sie im Auto liegen gelassen, darum eilte sie ins Wohnzimmer und schloss die Tür hinter sich.

Sie nahm den Telefonhörer ab und wollte gerade wählen, als sie einen Zettel auf dem Schreibtisch entdeckte. Er war eine genaue Kopie ihres eigenen Notizzettels – die Hinweise zum

Benson-Fall und ihre Gedanken zu Klar/Claire und der Frau im Rahmen/Objektrahmen. Ihr Herz schlug so schnell, dass sie sich setzen musste.

Mit dem Ellbogen stieß sie gegen das Mousepad und weckte somit den Computer.

Auf dem Bildschirm sah sie ungläubig ein ihr unbekanntes Facebook-Profil. Jemand mit dem Namen Anne Crawford hatte sich auf ihrem Computer eingeloggt. Annes Profilfoto zeigte Jackie und Claire; Tom hatte es von hinten aufgenommen, als sie sich den Sonnenaufgang über dem goldfarbenen Meer angeschaut und nicht gewusst hatten, dass er hinter ihnen gestanden hatte.

Jackies Blick fiel auf Annes Nachnamen. Sie musste daran denken, wie Claires Vater sie beide als Kinder zu Wanderungen auf den engen Pfaden im Naturreservat am Ende des Strands mitgenommen hatte. Immer wenn sie oben auf dem felsigen Hügel ankamen, wurde er ganz still, denn es handelte sich um die Begräbnisstätte des Stammes der Pequots, dessen Anführer Tantummaheag war. Die weißen Siedler hatten seinen Namen in »Crawford« geändert, sodass er denselben Namen wie ein Kapitän aus der Region trug.

Jackie sah, dass Anne zwei Freunde hatte: Kylie M und Fenwick388.

Dann bemerkte sie eine Messengerkonversation und las alles, was Anne und Fenwick388 miteinander geschrieben hatten. Dabei ging es nur um Claire.

Sie kann es nicht sein, dachte Jackie. *Oder doch?* Der Name *Crawford* erschien ihr wie ein Zeichen. Er war eine Verbindung zu Hubbard's Point, den Wäldern am Ende des Strands und zu Tantummaheag. Der Gedanke, dass Claire irgendwo da draußen war und mit Unbekannten auf Facebook kommunizierte, sie aber nicht wissen ließ, wo sie war, war für Jackie fast unerträglich.

Jackie schickte sich selbst eine Freundschaftsanfrage von Anne. Dann öffnete sie ihre eigene Facebook-Seite und akzeptierte die Anfrage. Jetzt hatte Anne drei Freunde: Kylie M, Fenwick388 und Jackie R. Jackie lehnte sich im Schreibtischstuhl zurück, schloss die Augen und dachte über ihre neue Facebook-Freundin nach.

Sie starrte auf den Zettel, den Anne liegen gelassen hatte. Sie nahm ihn hoch und schaute ihn sich genauer an. Dann füllten sich ihre Augen mit Tränen, denn Annes Handschrift war die von Claire. Claire war am Leben, sie war noch immer auf Erden. Eine ganze Weile saß Jackie einfach nur da.

Dann wusste sie, wohin sie gehen musste.

40

CLAIRE

Vielleicht hatte ich gerade den größten Fehler meines Lebens begangen – ich hatte mich einverstanden erklärt, eine Frau aus dem Internet zu treffen, die behauptete, sie wüsste etwas, was kaum zu glauben war. Aber ich konnte mich nicht für immer in meiner Hütte verstecken, und wenn ich mich retten wollte, musste ich mir ihre Geschichte anhören.

Mittlerweile waren ein paar Menschen am Strand und stellten Liegestühle und Sonnenschirme auf, doch ich hatte mir eine von Toms Küstenwachenkappen und ein großes Handtuch aus Jackies Kleiderschrank geliehen. Mit gesenktem Kopf und dem Handtuch über meinen Schultern ging ich auf dem Uferdamm oberhalb des Strandes entlang und schaffte es bis zum Pfad, ohne entdeckt zu werden. Es gab geeignetere Orte, um sich mit einer fremden Person zu treffen, doch ohne Auto waren meine Möglichkeiten begrenzt. Ich wollte Fenwick388 nicht in Richtung meiner Hütte führen, weshalb ich sie nach rechts zur Granitbank am Rand des Sumpfes statt der Wälder leitete.

Ich wartete in einem Pinienhain, der so dicht und schattig war, dass die Morgensonne nicht durch die Äste drang. Dort konnte man mich nicht sehen, wobei ich hingegen die Bank beim Salzwassertümpel und bei den kleinen Flüsschen, die sich durch das weite grüne Sumpfgebiet wanden, im Blick hatte. Hier verbrachten viele Kinder aus Hubbard's Point glückliche Stunden beim Krebsfang. So wie auch ich in meiner Kindheit. Dazu banden wir einen Fischkopf an eine Schnur und zogen anschließend eimerweise blaue Schalen aus dem Wasser.

Auch Vogelbeobachter liebten diesen Ort, denn man konnte hervorragend Watvögel beobachten. Während der Vogelwanderung im Herbst und Frühjahr flogen Grasmücken in Scharen vorbei, und im Schilf hockten Menschen mit ihren Spektiven. Doch jetzt war die Küste menschenleer.

Mir kam ein Frühling mit Nate ins Gedächtnis. Ich liebte die Arbeiten von Roger Tory Peterson, dem hervorragenden Künstler und Ornithologen, der nur ein paar Meilen weiter nördlich lebte. Als Nate und ich heirateten, schenkte er mir ein altes Zeiss-Fernglas, wie auch Peterson eins benutzt hatte.

Im Vergleich zu moderneren Ferngläsern wog es eine Tonne, war aber gestochen scharf, hell und hatte ein sehr weites Sichtfeld.

Genau dort, zwischen den Pinien, hatten wir uns hingekauert und ein Eistaucher-Pärchen beobachtet. Diese grazilen schwarz-weißen Vögel mit roten Augen, die über lange Strecken tauchen und unter Wasser bleiben können, werden bis zu fünfundzwanzig Jahre alt.

»Die Pärchen bleiben ihr Leben lang zusammen, weißt du«, erklärte Nate.

»Das behaupten die Leute bei allen Vogelarten«, entgegnete ich. »Schwäne, Kardinäle, Reiher ...«

»Weil es ja auch stimmt«, sagte er und ließ sein Fernglas an der Kordel um seinen Hals baumeln, um mich zu sich zu ziehen.

»Du möchtest doch nur, dass es so ist«, meinte ich. »Weil du so ein Romantiker bist.«

»Du etwa nicht?«, fragte er.

Ich antwortete nicht, weshalb er mich küsste und sanft auf das Bett aus Piniennadeln drückte. Die Bäume waren so dicht, dass niemand uns sehen konnte, sodass wir uns gegenseitig auszogen und miteinander schliefen. Als ich meine Arme um ihn schlang, schloss ich meine Augen und wollte so gern glauben, dass eine Liebe für immer halten könnte.

Manchmal fragte ich mich, warum ich Nate verlassen hatte. Er war ein so guter Mensch, so aufmerksam und für mich genau richtig. Und ich denke, genau darin lag das Problem. Durch den Verlust meiner Eltern war ich auf eine merkwürdige Art und Weise so haltlos geworden, dass mein Verstand es gar nicht begreifen konnte; ich hatte aufgehört, daran zu glauben, dass etwas, insbesondere wenn es mir wichtig war, ewig halten konnte.

Jetzt, wo ich auf Fenwick388 – wofür auch immer dieser Nickname stand – wartete, war ich in höchster Alarmbereitschaft. Seit dem Angriff fühlte ich mich quasi wie auf links gedreht, als ob sich all meine Nervenenden auf der Außenseite meines Körpers befänden. Genauestens beobachtete ich den Strand und blickte in die Richtung, aus der sie kommen würde. Er füllte sich mehr und mehr mit Menschen. Es war ein strahlender, warmer Junitag und viele Schulkinder hatten bereits frei. Wie eine Hintergrundmusik vernahm ich ihre Rufe und Freudenschreie, als sie ins Wasser liefen.

Als ich zurück in Richtung des Pfades schaute, sah ich eine Frau, die in meine Richtung eilte. Sie hatte schulterlanges, blondes Haar und hohe Wangenknochen und trug eine weite Hose, die sie wie einen Fernsehstar aus den 1940ern wirken ließ. Ich erkannte sie nicht, doch aufgrund der Uhrzeit wusste ich, dass sie Fenwick388 sein musste. Als sie näher kam, spannte sich mein Körper an und ich versank weiter in den Schatten der Pinien. Jetzt würde sich alles entscheiden: Sobald sie mich sah, kannte jemand mein Geheimnis – dass ich am Leben und genau hier war.

Sie erreichte die Steinbank und war gerade einmal fünfzehn Meter von mir entfernt. Sie drehte sich einmal im Kreis und hielt eindeutig nach jemandem Ausschau. Ich konnte erkennen, dass wir ungefähr gleich alt waren. Mein Herz schlug so schnell, dass ich den Puls in meiner Halsschlagader spürte, als wäre ich gerade zwei Kilometer gesprintet. Mein Hals fühlte sich trocken an.

»Anne?«, rief sie. Dann lauter: »Anne!«

Ich konnte mich kaum bewegen. Wie konnte ich auch nur glauben, dass ich einer Fremden von Facebook mehr vertrauen konnte als Jackie oder Conor? Auch jetzt dachte ich, es könnte sich um eine Falle handeln, doch ich trat aus dem Schatten des Pinienwaldes ins grelle Sonnenlicht.

»Fenwick388?«, fragte ich.

Vor Erstaunen stand ihr der Mund offen und sie kam langsam zwei Schritte auf mich zu.

»O mein Gott«, sagte sie. »Claire!«

41

Conor

Wade Lockwood hatte Conor angerufen, weil er sich mit ihm treffen wollte. Allerdings nicht in seinem Haus in Catamount Bluff, sondern in seinem Büro in Easterly. Auf Conors Frage, worum es ginge, hatte Lockwood nur »Claire« gesagt und dass er den Rest erst bei ihrem privaten Treffen verraten wollte.

Conor war früh dran, weshalb er durch den Drive-Through von Dunkin' Donuts und anschließend an der schroffen Küste von Easterly entlangfuhr. Er passierte Backsteingebäude aus dem 19. Jahrhundert, von denen in manchen im Erdgeschoss Bars und Cafés und im ersten und zweiten Stock Wohnungen untergebracht waren. Andere wiederum standen leer. Das Schild eines längst verrammelten Elektronikladens war von Sonne und salzhaltiger Luft ausgeblichen. Ein altes Varietétheater mit verzierten Säulen und Simsen war schon mit Brettern zugenagelt, seit Conor denken konnte.

Als er bei Lockwood's Harborfront ankam, parkte er am Uferdamm und trank seinen schwarzen Kaffee. Im Gegensatz zum ruhigen Stadtzentrum ging es auf diesem Gelände, das vor

Kurzem gespendet worden war, um in einen Park umgebaut zu werden, sehr geschäftig zu.

Wade hatte große Teile der Küste von Easterly erschlossen, und dies war eine der letzten unberührten Parzellen gewesen. Bis vor Kurzem hatten eine baufällige Mühle, eine Fabrik und drei wackelige Piers den Platz besiedelt. Das Land war seit zwei Jahrhunderten im Besitz der Familie Lockwood und erzählte die Geschichte des Niedergangs der Produktion an der Küste Connecticuts. Die Lockwoods hatten nicht nur überlebt, sondern auch durch Investitionen und den Kauf und Verkauf von Grundstücken an der Küste prosperiert.

Bulldozer und Hecklader hatten die Erde plattgemacht und Löcher für große Wurzelballen bereits hochgeschossener Bäume ausgehoben. Ein Architekturunternehmen hatte ein aufwendiges, viktorianisch anmutendes Bootshaus-Restaurant gebaut, wo irgendwann die Menschen essen und Kajaks ausleihen konnten. Landschaftsarchitekten legten geschäftig Rasen aus, pflanzten die teuren, riesengroßen Bäume, legten Blumenbeete an und stellten Bänke auf.

Am anderen Ende des Parks war ein Bereich von einem hohen Zaun abgetrennt. Conor wusste, dass auf manchen Baustellen Flächen vorübergehend abgetrennt wurden, um dort über Nacht die Baumaschinen abzustellen, doch er konnte keine Fahrzeuge sehen. Der Boden war kahl, denn bislang war noch kein Rasen verlegt worden. Er fragte sich, wofür die Fläche bestimmt war.

Ein gemeinnütziger Verein der Freunde von Lockwood's Harborfront war gegründet worden, aber Conor wusste, dass Wade und Leonora Lockwood den Großteil hierfür bezahlten. Er schaute auf seine Uhr, trank seinen Kaffee aus und fuhr um das zukünftige Parkgelände herum. Beim Vorbeifahren warf er einen genauen Blick auf das eingezäunte Brachgelände, das fast so groß wie ein Baseballfeld war. Vielleicht war genau das dort geplant – ein Spielfeld. Er fuhr auf den Parkplatz hinter einem renovierten Backsteingebäude und stellte den Wagen ab.

Die Eingangshalle war elegant mit weißem Marmorboden und hohen Fenstern, die den Hafen überblickten, und man hatte den Eindruck, man wäre in einem gläsernen Hochhaus in Boston statt hier im düsteren Easterly. Conor ging zur Informationstafel, wo er sah, dass das Büro von Edward Hawke, Rechtsanwalt, im dritten und das von Lockwood Ltd. im vierten, im obersten Stock war.

Conor nahm den Aufzug und betrat einen großen, offenen und modernen Raum. *Lockwood Ltd.* war auf eine Glasplatte hinter einem Schreibtisch geätzt. An dem Tisch saß an einem Computer eine junge Frau mit langem, blondem Haar. Conor schaute sich um. Im Wartebereich standen hellbeige, lehnenlose Ledersofas und Stühle, die auf so merkwürdige Art und Weise nach hinten geneigt waren, dass sie nicht bequem aussahen.

Die Inneneinrichtung unterschied sich stark vom altmodischen Catamount Bluff und war nicht das, was Conor erwartet hatte.

»Sie müssen Detective Reid sein«, sagte die Frau lächelnd. Ihre Haare reichten ihr bis zu den Ellbogen und sie sah aus, als ob sie noch im Collegealter war.

»Ja«, antwortete Conor. »Ich möchte bitte zu Wade Lockwood.«

»Er erwartet Sie bereits«, sagte sie und führte ihn einen langen Flur entlang, auf dem auf beiden Seiten geschlossene Türen lagen. Am Ende befand sich ein Büro, das mindestens so groß war wie der Empfangsbereich und im gleichen spärlichen, zeitgenössischen Stil eingerichtet war.

Der Raum verfügte über eine Wand aus Glas und überblickte Easterly und sogar bis nach Fishers Island. Lockwood saß mit dem Rücken zum Fenster an einem Tisch gegenüber der Tür und stand auf, als Conor eintrat.

»Detective«, sagte er. »Danke, dass Sie gekommen sind.«

»Ich bin sehr gespannt, was Sie mir zu sagen haben«, antwortete Conor.

»Ja, natürlich. Darf Priscilla Ihnen einen Kaffee bringen? Tee?«

Conor schüttelte den Kopf. »Aber vielen Dank«, sagte er.

Lockwood entließ die junge Frau mit einem Kopfnicken. Er war groß, hielt sich aber gebeugt, hatte schneeweiße Haare und noch immer strahlend blaue Augen. Das Büro war zwar hochmodern, sein blauer Blazer, die rot-blau gestreifte Krawatte und die gut gebügelte graue Flanellhose dafür umso klassischer. Er machte Conor ein Zeichen, sich auf einen der Lederstühle vor dem Tisch zu setzen.

Die Sonne, die hinter Lockwood stand, blendete Conor, sodass er Lockwoods Gesichtsausdruck schlecht erkennen konnte. Die Einrichtung war eindeutig zum Nachteil des Besuchers angeordnet worden.

»Also, Mr Lockwood, was wollten Sie mir sagen?«, fragte Conor.

»Ein Mann, der direkt zur Sache kommt!«, konstatierte Lockwood. »Kein Small Talk, kein ›Oh, was für ein toller Ausblick‹. Das gefällt mir.«

»Nun ja, der Ausblick ist tatsächlich toll«, fand Conor.

»Danke«, sagte Lockwood. »Ich bin damit aufgewachsen. Mein Großvater hatte sein Büro an genau der gleichen Stelle – es sah nur ein wenig anders aus, wie Sie sich wahrscheinlich vorstellen können. Damals besuchte ich ihn und anschließend meinen Vater. Ich schaute aufs Meer hinaus, und alles, was ich wollte, war, darauf davonzusegeln. Ich ging zur Navy, wollte die Welt sehen und das trostlosgraue Easterly hinter mir lassen. Und raten Sie mal, was passiert ist. Wie von einem Magneten wurde ich an diesen Ort zurückgezogen.«

»Ich verstehe, warum«, meinte Conor. »Also, Sie haben etwas von Claire gesagt.«

»Ja«, ging Lockwood darauf ein. »Wie ist der Stand des Falls?«

»Wir gehen Hinweisen nach«, erklärte Conor.

»Womit Sie also sagen wollen, dass Sie keine Ahnung haben, wo sie ist.«

»Was glauben Sie, wo sie ist, Mr Lockwood?«

»Ich mache mir Sorgen«, meinte er seufzend und lehnte sich in seinem Stuhl zurück. »Um sie und den Rest ihrer Familie.«

»Stehen Sie ihnen nahe?«, wollte Conor wissen.

»Ja. Griffin ist der Sohn, den ich nie hatte. Die Jungen sind für mich wie meine eigenen Enkel. Sie sind am Boden zerstört, seit sie Claire verloren haben. Griffin kann ein gutes Pokerface aufsetzen, das muss er ja für seinen Job. Aber er ist völlig außer sich.«

»Wie läuft ihre Ehe?«, wollte Conor wissen.

»Keine Ehe ist perfekt«, meinte Lockwood. »Von außen betrachtet, sind die beiden sehr verschieden. Griffin ist ein knallharter Staatsanwalt und Claire eine sensible Künstlerin, sehr naturverbunden. Und anscheinend stehen sie an entgegengesetzten Enden des politischen Spektrums – er ist konservativ, sie liberal. Aber ich kann Ihnen sagen, ich habe noch nie mehr Liebe zwischen zwei Menschen gesehen. Er war total verrückt nach ihr. Leonora und ich haben versucht, ihn ein wenig auszubremsen, als sie das erste Mal zusammen waren ...«

»Warum?«, wollte Conor wissen.

»Wegen seines Geldes«, antwortete Lockwood monoton. »Das hört sich vielleicht unschön an, ist aber Realität. Ihm liefen zahlreiche Frauen über den Weg, die vor allem das große Haus, die Boote, die Adresse sahen. Wir wünschten uns für ihn, dass er ein Leben wie das unsere führte, mit echter Liebe und Gleichberechtigung.«

»Aber er war verrückt nach Claire«, meinte Conor nachdenklich.

Lockwood nickte. »Ja. Nach dem Verlust seiner Collegefreundin – wieder eine Tragödie. Ellen Fielding.«

»Claire hat damals ihre Leiche gefunden«, fügte Conor hinzu.

»Ja, sie und Griffin waren gemeinsam am Strand. Furchtbar für beide. Das besiegelte es für Leonora und mich – die Art und Weise, wie Claire für ihn da war. Er hatte bereits so viel durchgemacht; wir machten uns Sorgen um ihn. Sie war ihm eine Stütze.«

»Da Sie ihn so gut kennen und Sie und Ihre Frau so etwas wie Eltern für ihn sind, müssen Sie auch Ellen gekannt haben.«

»Ja, sehr gut.«

»Und …«

»Labil. Manche meinten, sie hätte Selbstmord begangen. Das war für uns nicht unvorstellbar.«

»Warum meinen Sie, dass sie labil war?«

»Oh, sie war unglücklich. Überempfindlich. Sie klammerte an Griffin, bis sie eines Tages nach ihrem Abschluss plötzlich meinte, sie sollten ihre Beziehung beenden. Wir fragten ihn, warum, aber er hatte keine Ahnung. Der arme Junge.«

»Hört sich schlimm an«, fand Conor.

»Hm, ja«, meinte Lockwood. »Und als sie dann ertrunken ist … einfach furchtbar. Ich war bei der Navy, ich weiß, wie in Bruchteilen einer Sekunde solche furchtbaren Unfälle auf dem Wasser passieren können – jemand rutscht auf dem feuchten Deck aus, oder in Ellens Fall auf den Felsen. Ein schrecklicher Unfall.«

Conor spitzte die Ohren. Furchtbarer Unfall, schrecklicher Unfall. Der alte Mann machte es unmissverständlich klar.

»Aber es gab einen Lichtblick – er kam mit Claire zusammen«, sagte Lockwood.

Conor schaute Lockwood fragend an, denn noch immer wusste er nicht, warum dieser ihn in sein Büro gebeten hatte. Die Reichen waren wirklich anders; dieser alte Mann betrachtete Frauen als Goldgräberinnen. Er mochte Claire, weil sie Griffin aufgebaut hatte – als ob es der Sinn ihres Lebens wäre, einen verletzten Mann zu heilen. Und er hatte Conor angerufen und um dieses Treffen gebeten. Aber warum? Um ihn mit hilfreichen Informationen zu versorgen oder um herauszufinden, was die Polizei wusste?

»Glauben Sie, Griffin hat Claire etwas angetan?«, fragte Conor und schaute ihn eindringlich an.

»O mein Gott, natürlich nicht!«, widersprach Lockwood. »Haben Sie nicht gehört, was ich gerade gesagt habe? Er ist am Boden zerstört.«

»Haben Sie mich deshalb hierhergebeten? Um sicherzugehen, dass ich das verstanden habe?«

»Ich dachte, Sie wären klug genug, das selbst herauszufinden«, meinte Lockwood. »Ich wollte Sie nur wissen lassen, dass Leonora und ich Ihre Untersuchungen so gut wir können unterstützen. Wir möchten, dass dieser Fall gelöst wird.«

»Okay«, sagte Conor. »Jetzt habe ich eine Frage. Wie beeinflusst Claires Verschwinden Griffins Wahlkampf? Sie sind einer seiner größten Unterstützer, richtig?«

»Ich mag Ihren Tonfall nicht, aber ja, ich unterstütze ihn. Ich spende für seinen Wahlkampf. Und es ändert sich nichts; für Griffin kommt das Leben im öffentlichen Dienst direkt nach seinem Familienleben. Ich kann kaum in Worte fassen, wie sehr ich diese Charaktereigenschaft an ihm bewundere.«

»Noch eine Frage«, meinte Conor. »Kommen wir noch einmal kurz auf Ellen zu sprechen. Sie meinen, sie hätte geklammert.«

»Ja. Sie hing ständig an ihm.«

»Wo haben Sie dieses Verhalten gesehen?«

»Ach, das weiß ich nicht mehr. Es ist lange her«, meinte Lockwood mürrisch.

Conor konnte erkennen, dass der alte Mann bereute, das Thema überhaupt zur Sprache gebracht zu haben. Damals hatte er die Akte zu Ellen Fielding gelesen; Griffin war ausschließlich von Tuck Morgan, dem Polizeikommissar, befragt worden. Das war schon eher ungewöhnlich, aber dann auch nur im Beisein eines Freundes der Familie. Und die Ermittlungen waren eingestellt worden, ehe sie überhaupt richtig angefangen hatten. Könnte es sich bei diesem Freund um Lockwood gehandelt haben?

»Sagen Sie mir, Mr Lockwood. Haben Sie noch Kontakt zum früheren Polizeikommissar Morgan?«, wollte Conor wissen.

»Tuck? Ja, natürlich«, antwortete Lockwood ihm. »Ein hervorragender Mann, schon lange ein Freund …« Dann unterbrach er sich und schaute Conor aus zusammengekniffenen Augen an, als ob er gerade bemerkt hatte, dass er ausgetrickst worden war.

Lockwoods Handy vibrierte und er nahm den Anruf an. Kurz hörte er zu, dann stand er auf und reichte Conor die Hand, womit er ihn verabschieden wollte. »Ich habe jetzt ein anderes Treffen«, meinte er. »Bitte rufen Sie mich an, wenn ich Ihnen behilflich sein kann. Und ich wäre Ihnen dankbar, wenn Sie mich über die Fortschritte in dem Fall auf dem Laufenden halten würden.«

»Wir reden nicht über laufende Ermittlungen, Mr Lockwood«, wies Conor ihn ab.

»Weiß ich«, antwortete Lockwood plötzlich scharf und kalt. »Ich werde alles tun, um Griffin zu helfen. Wenn Sie gegen ihn ermitteln, machen Sie einen Fehler.«

»Ich werde daran denken«, entgegnete Conor und schaute den alten Mann eindringlich an.

Lockwood starrte unbeeindruckt zurück.

In der Eingangshalle sah Conor drei Männer am Fenster stehen. Zwei waren aus Catamount Bluff: Edward Hawke und Neil Coffin. Den anderen kannte Conor nur aus den Nachrichten und weil er ihn im Gericht gesehen hatte: Maxwell Coffin, Neils Bruder.

Sie alle waren politische Unterstützer von Griffin Chase. Und wie Chase und Lockwood Mitglieder des Last Monday Clubs. Neil Coffin nickte Conor zu, als dieser vorbeiging, doch Hawke und Maxwell Coffin drehten sich weg.

42

Jackie

Die Begräbnisstätte.

Jackies Gedanken rasten und in ihrem Kopf schwirrte alles, was sie bei sich zu Hause gesehen hatte: Claires Handschrift, die Facebook-Seite von Anne Crawford. Der Name allein verriet ihr so viel. Er brachte Kindheitserinnerungen zurück an all die Male, die sie und Claire durch die Wälder am Ende des Strandes gelaufen waren. Claire hatte eine sehr enge Verbindung zu ihrem Vater gehabt; er hatte ihnen von Häuptling Tantummaheag erzählt, darum glaubte Jackie zu wissen, wo sich Claire versteckte.

Die Pequots hatten in diesem Teil an der östlichen Küste von Connecticut gelebt, hatte Mr Beaudry ihnen erzählt. Im Sommer fischte der Algonkin sprechende Indianerstamm im Long Island Sound, suchte Krebse und Meeresfrüchte im Sumpfgebiet und baute Mais und Kürbisse in den Feldern an. Jeden Winter zogen die Menschen in Langhäuser im dichten Wald nördlich von Black Hall, wo sie vor Stürmen und der kalten Meeresluft geschützt waren.

Bis zu den 1740er-Jahren waren die englischen Siedlungen stark angewachsen und die Kolonisten drängten die Pequots, ihr Land und ihren Lebensstil aufzugeben. Viele Stammesmitglieder verließen das Gebiet, und die, die blieben, hatten es immer schwerer, nach ihren Traditionen zu leben; sogar ihre Friedhöfe fielen der Bebauung zum Opfer. Die Leichen der Pequots, die am Half-Moon Beach östlich von Black Hall begraben worden waren, wurden auf einen Friedhof in der Stadt umgebettet. In der ganzen Region wurden viele Gräber der Pequots würdelos mit Bulldozern plattgemacht.

Claires Vater hatte auch von dem furchtbaren Massaker an den Stämmen erzählt. 1637 überfiel der englische Captain John Mason ein Dorf der Pequot in Mystic, wobei mehr als fünfhundert Männer, Frauen und Kinder getötet wurden.

Bei archäologischen Grabungen stieß man auf Grabschächte, die nach Südwesten hin ausgerichtet waren und deren Leichen in Fötusposition auf der rechten Seite beerdigt worden waren.

Ihre Knochen erzählten eine Geschichte, hatte Mr Beaudry Claire und Jackie erzählt. Als man die Skelette untersuchte, hatte man auf den Rippen Narben durch Tuberkulose und andere Hinweise auf Krankheiten entdeckt, die von den englischen Siedlern über den Atlantik mitgebracht worden waren.

»Das ist der Friedhof von Tantummaheags Stamm«, hatte Mr Beaudry zu den Mädchen gesagt und auf die Lichtung oben auf dem Hügel gezeigt.

»Crawford«, hatte Claire gesagt. »Warum haben die Siedler ihn so genannt?«

»Sie nannten ihn ›Uncle Crawford‹. Das war despektierlich gemeint«, hatte Mr Beaudry erklärt. »Es sollte seine Kultur auslöschen.«

»Die Gräber werden aber doch hier hoffentlich nicht geschändet, oder?«, hatte Jackie gefragt, die schon beim Gedanken daran furchtbar traurig wurde.

»Nein«, hatte er geantwortet. »Nie. Es ist vorgekommen, auf anderen Friedhöfen und zu anderen Zeiten. Das war nicht nur boshaft, sondern auch ein Sakrileg. Aber hier wird das niemals passieren. Eher sterbe ich, als dass ich das zulasse.«

Es war schon später Nachmittag, weshalb er den Mädchen sagte, sie sollten über die Baumwipfel in Richtung des Long Island Sound blicken, wo die Sonne langsam unterging und auf der Wasseroberfläche einen goldenen Streifen hinterließ.

»Die Grabschächte zeigen in diese Richtung«, hatte er erklärt. »Weil Tantummaheag glaubte, dass die Seele, wenn sie den Körper verlässt, nach Südwesten reist.«

Anne Crawford, dachte Jackie, rennt am Strand entlang. Ihre eigene Stimmung stieg merklich und sie machte sich auf zum geheiligten Ort. Dabei lief sie an Freunden und Nachbarn vorbei, die es sich mit Sonnenschirmen und Decken am Ufer gemütlich gemacht hatten. Sie nahm sie kaum wahr. Sie beeilte sich so sehr, als ob ein Leben davon abhinge – denn möglicherweise ging es tatsächlich um Claires Leben. Claire, die den Namen eines bewundernswerten Mannes angenommen hatte, den ihm Menschen gegeben hatten, die ihn kontrollieren wollten. Jackie dachte an Griffin und daran, wie er Claire dominiert hatte, und sie erkannte den schwarzen Humor in der Namenswahl ihrer Freundin.

Die Sonne glitzerte am Ende der breiten, blauen Bucht. Sie blinzelte und wünschte, sie trüge eine Kappe, um ihren Augen Schatten zu spenden. Es war so hell, dass sie kaum sehen konnte, weshalb sie ihren Schritt verlangsamte. Der Hügelpfad lag direkt vor ihr. Sobald sie das Sumpfgebiet umgangen und in das Dickicht der Bäume geschlüpft wäre, würde sie alles wieder gut erkennen können. Dann sah sie zwei Frauen, die schnell von der Steinbank in Richtung Parkplatz gingen.

Eine der beiden war hochgewachsen, wirkte mondän und hatte einen selbstsicheren Gang. Die andere Frau war ihr sehr vertraut; sie war zierlich, wirkte aber dennoch stark, und sie trug Toms blaue, vom Salzwasser ausgeblichene Küstenwachenkappe. Jackie hätte sie überall erkannt, und ihr stockte vor Glück der Atem.

Die Frauen hatten einen Vorsprung und als Jackie sie endlich eingeholt hatte, öffnete die fremde Frau gerade die Tür eines silberfarbenen Renaults. Jackie wollte sich Claire schon in die Arme werfen, da trafen sich ihre Blicke: Claires Gesichtsausdruck war erschrocken. An Gesicht und Hals hatte sie Prellungen und ihre Hände waren von Schnitten übersät.

»Claire?«, fragte Jackie.

»Schnell, ins Auto«, befahl Claire panisch, und Jackie kletterte auf den Rücksitz.

»Was ist los?«, fragte Jackie und beobachtete, wie Claire sich duckte, als die andere Frau sie durch Hubbard's Point, unter der Brücke hindurch und auf die Shore Road fuhr.

»Du hast nicht gesagt, dass du noch jemanden mitbringen würdest«, sagte die Frau und schaute auf Claire hinab.

»Das war nicht geplant«, erklärte Claire. »Aber Jackie ist meine beste Freundin.«

»Claire«, sagte Jackie und streckte den Arm aus, um ihr die Schulter zu drücken. »Wo warst du? Ich war verrückt vor Sorge. Waren wir *alle*.«

»Es gibt viel zu erzählen«, meinte Claire.

»Wohin fahren wir?«, wollte Jackie wissen. »Was ist eigentlich los?«

»Das ist Fenwick388«, erläuterte Claire. »Wir haben uns gerade erst kennengelernt.«

»*Fenwick388* ist mein Nickname im Internet. In Wahrheit heiße ich Spencer Graham Fenwick.«

Jackie schaute zu Claire und konnte einen Schimmer des Erkennens in ihren Augen sehen.

»Wir fahren zu mir«, sagte Spencer. »Dort ist Claire in Sicherheit und wir können reden.«

»Claire, können wir nicht einfach Conor anrufen?«, schlug Jackie vor. »Das sollten wir jetzt tun und uns irgendwo mit ihm treffen.«

»Nein, das geht nicht«, meinte Claire. »Nicht, bis ich weiß, auf wessen Seite er steht.«

»Auf wessen Seite er steht?«, fragte Jackie ungläubig. »Es gibt nur eine Seite – deine. Er sucht nach dir. Er wurde mit deinem Fall beauftragt!«

»Genau das ist der Punkt«, mischte sich Spencer ein. »Polizei und Staatsanwalt arbeiten eng zusammen. Möglicherweise versorgt er Griffin mit Informationen.«

»Er ist mein Schwager!«, rief Jackie aus.

»Ich weiß, Jackie«, meinte Claire beschwichtigend. »Aber ich kann jetzt einfach noch nicht sicher sein.«

»Was ist dann mit mir?«, fragte Jackie. »Stehe ich auch auf der falschen Seite? Warum hast du *mich* nicht um Hilfe gebeten?«

»Es tut mir so leid«, meinte Claire und drehte sich um, um Jackie in die Augen schauen und ihre Hand nehmen zu können. »Jackie, ich liebe dich aus ganzem Herzen. Es tut mir leid, dass es so gelaufen ist. Aber jetzt sind wir zusammen. Ich bin so froh, dass du hier bist.«

»Ich auch«, meinte Jackie und drückte fest Claires Hand und wollte sie gar nicht loslassen.

»Das Wichtigste ist, dass Claire in Sicherheit ist. Sie ist jetzt hier und wir müssen einen Plan schmieden«, meinte Spencer, als sie in Richtung Osten fuhr.

»Hat Griffin dir das angetan?«, fragte Jackie mit einem Blick auf die Prellungen in Claires Gesicht und die Schnitte an ihren Händen.

»Ich glaube ja«, meinte Claire. »Aber er trug eine Maske, sodass ich sein Gesicht nicht sehen konnte. Das macht mich verrückt, Jackie. Darum habe ich mich versteckt und nicht einmal dich angerufen. Ich wusste nicht, wem ich trauen konnte.«

Als Spencer sie durch Städte am Ufer fuhr, die Jackie schon ihr Leben lang kannte, und über Straßen, die ihr so vertraut waren wie ihre eigene, hatte sie das Gefühl, in einer ganz fremden Umgebung zu sein, an einem unbekannten und unfreundlichen Ort, den sie niemals zuvor betreten hatte.

Die Fahrt dauerte lange, denn statt auf dem Highway fuhren sie über Nebenstraßen bis nach Charlestown, Rhode Island. Spencer bog von der Route 1 nach rechts in Richtung Meer ab, wo sie ein Schild passierten, auf dem *Ocean State Seaside Haven* stand. Eine sandige Straße führte durch ein Küstenwäldchen aus Kieferngewächsen und an einer Reihe von identisch aussehenden, eingeschossigen Cottages vorbei. Sie parkte den Renault neben dem letzten Cottage, lehnte sich über Claire, um ein Notizbuch aus dem Handschuhfach zu fischen, und schlug es zu.

Jackie und Claire folgten ihr zur Haustür und Spencer schloss auf. Das Innere bestand aus einem einzigen Raum mit einem Doppelbett, einer Couch und einem Lehnstuhl, einem Beistelltisch und einer kleinen Küche. An den Wänden hingen zwei kitschige Meeresbilder, wie sie häufig in Souvenirshops verkauft werden, auf denen stand: *Zum Strand geht's da lang!* und *Der schlimmste Tag beim Angeln ist immer noch besser als der beste Tag bei der Arbeit!*

»Setzt euch«, sagte Spencer einladend. »Ich koche Tee. Du hast bestimmt Hunger, Claire.«

»Mach dir darüber keine Gedanken«, meinte Claire nur und setzte sich neben Jackie auf das Sofa. Aufgeregt sagte sie plötzlich zu Spencer: »Ich weiß, wer du bist!«

Lächelnd und voller Mitgefühl schaute Spencer Claire an. »Wirklich? Der Großteil meiner Arbeit erfolgt eigentlich fern der Öffentlichkeit.«

»Ich habe im Laufe der Jahre viel über häusliche Gewalt gelesen«, berichtete Claire. »Deine Klientinnen posten auf Reddit. Im Darkweb wahrscheinlich auch, schätze ich. Du hilfst Opfern bei ihrer Flucht.«

»Ich bezeichne sie niemals als ›Opfer‹«, erklärte Spencer. »Sie sind so stark. Sie sind durch die Hölle gegangen. Eine Hölle, in die sie sich aus purer Liebe begeben haben. Missbraucher sind schwach. Sie locken Frauen in die Falle, die ein großes Herz haben und die diesen armen, traurigen, verletzten Vögelchen helfen wollen.«

»Das denke ich auch«, stimmte Claire nickend zu. »Diese Frauen tragen die Last der Welt auf ihren Schultern.«

»Absolut. Die Missbraucher wissen das, und es macht ihnen Spaß, ihre Partner niederzumachen. Das ist Teil ihrer Freude, und außerdem bekommen sie all diese Liebe, die ganze Aufmerksamkeit.«

»Spencer«, sagte Jackie, die der Konversation verwirrt zugehört hatte. »Anscheinend weiß Claire, was du machst. Aber ich leider nicht.«

»Ich habe eine Stiftung«, erläuterte Spencer. »Ich helfe Frauen, aus missbräuchlichen Beziehungen zu fliehen.«

»Die Spencer Graham Fenwick-Stiftung«, fügte Claire hinzu.

»Genau«, sagte Spencer. »Mein Name stammt von den Frauen in meiner Familie. *Spencer* und *Graham* waren die Geburtsnamen meiner Mutter und ihrer Mutter. Sie haben mir so viel beigebracht – beide durch das, was sie in ihrem Leben tun konnten beziehungsweise nicht tun konnten. Ich hätte die Stiftung nach Marnie benennen können. Ich habe sogar darüber nachgedacht. Aber ich wollte die Frauen in meiner Familie ehren.«

»Marnie?«, fragte Claire.

»Ja«, sagte Spencer und blickte Claire traurig an. »Sie war meine beste Freundin.«

»Bitte erzähl mir von ihr«, bat Claire. »Und sag mir auch, was du über Griffin weißt.«

Spencer nickte. »Ich hätte nie damit gerechnet, dir zu begegnen. Ich dachte, ich würde auf jemanden namens Anne treffen. Ich dachte, ›Anne‹ und ich würden uns über unser jeweiliges Wissen über Claires Fall austauschen, darüber, dass du vermisst wirst, über all das Blut in eurer Garage, über Griffin … Weißt du, ich habe auch eine Geschichte über Griffin. Wobei es eigentlich eine Geschichte über Marnie ist.« Sie legte das Notizbuch vor sich auf den Beistelltisch. Es war dick, weil es viele Zeitungsartikel und zusätzliche lose Blätter enthielt.

»Erzähl sie uns«, forderte Claire sie auf.

Jackie beobachtete, wie sich Spencer in den Lehnstuhl sinken ließ, die Augen schloss und tief Luft holte. Sie schien sich darauf vorzubereiten, den schlimmsten Moment ihres Lebens noch einmal zu durchleben. Und dann fing sie zu erzählen an.

43

Claire

Gebannt lauschte ich Spencer, einer Frau, über die ich gelesen hatte und die eher wie ein Phantom im Internet als eine echte Person gewirkt hatte.

»Marnie Telford war meine beste Freundin«, erzählte Spencer. »Seit der sechsten Klasse. Ihr wisst ja, dass sich Menschen manchmal auseinanderleben, wenn sie älter werden. Bei uns war das Gegenteil der Fall. Wir wurden mit der Zeit immer enger.«

»Genau wie bei uns«, sagte ich und blickte zu Jackie.

»Ich wünschte, Marnie und ich könnten das jetzt auch sagen. Können wir aber nicht. Sie hat diese Welt viel zu früh verlassen. Alles begann – und endete – auf einer Reise, die wir als Juniors im College unternommen haben.«

»Nach Cancún«, sagte ich und merkte, wie sich mir der Magen umdrehte. War es das? Würde ich die Geschichte zu hören bekommen, die alles erklärte?

»Ja«, sagte Spencer.

Anfangs war es sehr aufregend gewesen. Es war das erste Mal, dass sie wirklich alleine waren – weg vom College, nicht mehr unter der Aufsicht ihrer Eltern, ihr eigenes Geld verdienend. Sie arbeiteten im Las Ventanas Resort, einem Luxushotel mit Privatstrand. Es war ein Traum gewesen. Das Hotel war zu gehoben für die gewöhnliche Spingbreak-Klientel, aber es waren einige Jugendliche mit ihren Eltern dort.

»Oder, wie im Fall von Griffin, mit Freunden der Familie«, fügte Spencer hinzu.

»Wade und Leonora Lockwood«, ergänzte ich.

»Ja, sie waren die Gastgeber. Eine Freundin von Mrs Lockwood war mit ihrem Stiefsohn Dan dabei. Außerdem Griffin und seine Freundin Ellen. Die Gruppe erschien wie die typischen Gäste. Superreich und gekommen, um zu angeln, am Strand rumzuhängen und jede Menge Cocktails zu schlürfen. Marnie und ich arbeiteten tagsüber als Zimmermädchen und abends servierten wir Cocktails – wir übernahmen extra viele Schichten, weil wir Geld sparen wollten.«

»Und ihr habt sie bedient, oder?«, fragte ich.

Spencer nickte. »Zuerst waren wir nur Angestellte, aber Griffin, Ellen und Dan waren in unserem Alter, und so wurde es sozusagen freundschaftlich zwischen uns.«

»Habt ihr mit ihnen zusammen zu Abend gegessen?«, wollte Jackie wissen.

»Nein«, erklärte Spencer. »Das hätten die Lockwoods nicht zugelassen. Ihr müsst euch den Ort mal vorstellen. Fünf Sterne, direkt am Strand, mit einem Restaurant, für das sich die Menschen abends extra in Schale warfen. Die Gäste kannten sich entweder aus Jachtclubs, aus geschäftlichen Gründen oder aus Yale – oder sie hatten voneinander im *Wall Street Journal* oder in der *Town and Country* gelesen. Das war ein ganz enger Kreis, zu dem Gesindel wie Hotelangestellte keinen Zugang hatte.«

»Ihr seid doch kein Gesindel!«, widersprach Jackie heftig.

Spencer lächelte. »Unsere Eltern stammten aus Washington und hätten es problemlos mit den Leuten im Resort aufnehmen können – aber sie waren nun einmal nicht da. Für Menschen wie die Lockwoods waren Marnie und ich einfach nur Angestellte.«

»Aber Griffin sah euch nicht so?«, fragte ich.

»Ich bin mir nicht sicher, wie er uns sah. Es fing eigentlich mit Ellen an. Sie lud uns an einem Tag nach dem Lunch, als wir gerade unsere Schicht beendeten, ein, abends mit ihnen zum Strand zu gehen. Der lag ein paar Kilometer vom Hotel entfernt, wir kannten ihn recht gut, weil wir manchmal dort Zeit fern von den Leuten im Resort verbrachten.«

Spencer und Marnie hatten zugestimmt und sich gefreut, dem Hotel für ein paar Stunden zu entkommen. Marnie fand Dan niedlich und im Vergleich zum perfekt gestylten Griffin eher lässig.

Die Mädchen trugen Sommerkleider und Sandalen und waren froh, ihre Ventanas-Uniformen los zu sein. Ellen war freundlich zu den beiden und sagte, sie sei erleichtert, noch andere Mädchen um sich zu haben. Aber Spencer war etwas aufgefallen: die Art, wie Ellen Griffin anschaute. Darin lag viel Rücksicht und es wirkte, als ob sie von ihm kommende Signale lesen wollte.

»Ich spürte das fast unmittelbar, nachdem wir in den Wagen gestiegen waren. Es war ein Jeep. Die Lockwoods hatten ihn gemietet, um abseits der Straßen fahren und Yucatan erkunden zu können. Griffin fuhr und Ellen saß vorne; Dan saß hinten zwischen Marnie und mir. Er schwitzte – ich konnte das durch seine Kleidung spüren, anscheinend war er nervös wegen dem, was passieren würde – und Ellen schaute immer wieder zu Griffin und sprach leise mit ihm.«

»Was *sollte* denn passieren?«, fragte Jackie.

Ich lauschte Spencer, wie sie die Fahrt beschrieb: Das Radio lief, als sie die grellen Lichter und den Trubel des Hotelareals hinter sich ließen. Das Laub auf beiden Seiten der Straße war dicht und leuchtete dunkelgrün im Scheinwerferlicht. Das Quaken von Laubfröschen und das Rufen der Nachtvögel von Yucatan drangen durch die geöffneten Fenster. Sie tranken Coronas; als Griffin eins ausgetrunken hatte, warf er die leere Flasche gegen ein Straßenschild, sodass sie das Glas splittern hörten.

Griffin bog von der Hauptstraße ab und sie holperten über einen zerfurchten Weg, an dessen Seiten die Bäume so dicht standen, dass die Äste gegen die Seiten des Jeeps kratzten.

Schließlich taten sich vor ihnen eine Lichtung und der Strand Playa Mariposa auf. Vor ihnen lag ruhig und schwarz die Karibik, in der sich die Sterne spiegelten und die sich in unendliche Weiten erstreckte.

»Ellen sagte, sie hätte dort mit mehr Menschen gerechnet«, erzählte Spencer. »Sie klang nervös. Marnie sagte ihr, es sei dort sicher und dass wir ständig dorthin gingen – um den Menschenmassen im Resort zu entkommen. Nur Einheimische kannten den Strand. Und Jugendliche, die in den Hotels arbeiteten. Der Abend fing auch gut an, aber zwischen Griffin und Dan herrschte eine merkwürdige Stimmung.«

Irgendetwas an der Art, wie Griffin mit Dan sprach, ließ Spencer annehmen, dass die zwei keine wirklichen Freunde waren und dass Griffin sogar auf ihn herabblickte und er ihm peinlich war. Nach einer Saison im Resort merkte sie sofort die Unterschiede im Status – wer in einer Gruppe am meisten Geld hatte, wer das Sagen hatte, wer die Diva war, wer den Ton angab.

Ellen breitete eine Decke aus – Spencer wusste, dass sie aus dem Hotelzimmer stammte – und die Jungen brachten eine Kühlbox und eine Leinentasche ans Ufer. Dan zog einen kleinen CD-Spieler aus der Tasche und stellte die Musik an. Eine Landbrise hielt die meisten Insekten fern und sie hatten

Glück, dass es in letzter Zeit nicht geregnet hatte. Bei trockenem Wetter gab es weniger Moskitos.

Dan verteilte weitere Coronas, und Griffin öffnete eine Flasche Tequila mit einem silberfarbenen Etikett. Er hatte eine Limette mitgebracht, die er in der hohlen Hand hielt und mit einem Messer mit einem Griff aus Knochen in Scheiben schnitt.

Sie erzählten sich Geschichten über das College und ihre jeweiligen Heimatstädte, über das Leben in New England und in Washington, gefolgt vom üblichen Geplänkel über mögliche gemeinsame Bekannte. Spencers Zimmergenosse im ersten Jahr war im selben Internat wie Ellens Cousine gewesen; Marnies Stiefbruder hatte auf der Warteliste für Wesleyan – wo sowohl Griffin als auch Ellen waren – gestanden, war dann aber aufs Trinity College gegangen. Dans Familie fuhr jeden Frühling nach Washington, D. C., um seine Tante zu besuchen, und wie sich herausstellte, lebte sie im selben Block in Georgetown wie Marnie.

Während Spencer zuhörte, wie sich Dan und Marnie über die Q Street und das Schlangestehen für Eis bei Thomas Sweet unterhielten, goss Griffin eine weitere Runde Shots ein und reichte jedem einen. Die Musikmischung war gut. Er griff nach Spencers Hand, doch ihr Blick fiel auf Ellen und sie zog sie weg.

War Ellen nicht seine Freundin? Alle mit Ausnahme von Ellen fingen zu tanzen an; Ellen saß auf der Decke und schaute ihnen zu. Griffin legte seinen Arm um Marnie und begann, ganz langsam mit ihr zu tanzen.

»Griffin sagte, er wolle eine Runde schwimmen gehen«, erzählte Spencer. »Aber ich meinte, das sei keine gute Idee, weil dort nach der Dunkelheit Haie waren. Doch er ließ nicht locker und irgendwann fiel auch Dan mit ein. Ellen hingegen sagte nichts. Marnie mochte sie alle sehr gern, das spürte ich, und meinte, wir könnten ja zumindest unsere Füße ins Wasser halten.«

Sie gingen also alle ans Ufer und spielten mit den Wellen; das Wasser schlug gegen ihre nackten Füße und explodierte zu einer Million heller Sterne – biolumineszente marine Organismen, die in der Nacht leuchteten. Spencer und Marnie hatten das Phänomen jedes Mal gesehen, wenn sie zu einer Strandparty hierhinkamen; Urlaubskinder aus dem Norden waren davon immer erstaunt und entzückt.

Die fünf hielten sich an den Händen, tanzten im flachen Wasser und spritzten mit den Füßen das Wasser so hoch, dass sie alle in winzige Salzwassersterne gebadet wurden.

»Dan, Marnie und ich standen im Wasser, aber Griffin und Ellen gingen weg und stritten sich. Da wurde mir langsam schwindelig vom Tequila«, fuhr Spencer fort.

Sie ging zurück zur Decke, um sich hinzulegen. Dort schaute sie nach oben in die Sterne.

Sie sagte, es war so dunkel dort, ohne die Lichter von Hotels oder der Stadt, dass die Sterne wie in einem Regen neben ihr niederzugehen schienen und ihre Schulter streiften, als sie auf den Sand fielen.

Das Geräusch der Wellen auf dem Sand war rhythmisch und schön, und sie erinnerte sich daran, dass sie dachte, dass genau das der Grund gewesen war, warum sie und Marnie hatten reisen wollen – um so magische Nächte wie diese zu erleben, wo alles in einem friedlichen, aufregenden, spontanen, exotischen Moment zusammenkam.

Ihr war klar, dass sie in der Frühstücksschicht am nächsten Tag einen Kater haben würde, aber sobald sie könnte, würde sie einen Artikel über die perfekte Strandparty in einer Nacht in Yucatan schreiben.

Der Strand fing an, sich zu drehen; das fühlte sich nach mehr an als nach dem Alkohol. Sie hatte das Gefühl, Drogen genommen zu haben. Dann schloss sie die Augen und war ein paar Minuten lang weg. Oder länger. Verschwitzt und erhitzt wachte sie auf und spürte den Druck eines Beines auf ihrem Oberschenkel. Sie wollte sich herauswinden, doch ein Arm drückte sie runter. Marnie lag auf dem Rücken neben ihr und strampelte unter dem Gewicht Griffins. Dan drückte Spencer nach unten und sein Gesicht war dem ihren ganz nah. Vehement warf sie ihren Kopf hin und her, damit er sie nicht küssen konnte.

Sie schrie und schaffte es, ihre Hände zu befreien. So fest sie konnte stieß sie ihn an der Schulter und schlug ihm ins Gesicht. Er machte ein grunzendes Geräusch und schlug sie zurück, sodass sie wieder hinfiel. Betrunken tastete er sich wieder zu ihr und fummelte am Bund ihrer Unterhose, konnte sie aber nicht herunterziehen.

Schwer atmend befahl Dan ihr, stillzuhalten. Sie übergab sich in sein Gesicht und er sprang fluchend von ihr ab.

Marnie lag unter Griffin, der sie auf den Boden presste und ihre Arme an ihre Seite drückte. Spencer sah Griffins nackten Po; seine Jeans hatte er bis zu den Knöcheln heruntergezogen. Seine Brust drückte gegen Marnies Gesicht, doch Spencer hörte ihr gedämpftes Weinen.

»Er vergewaltigte sie«, berichtete Spencer. »Ich sprang ihm auf den Rücken, schlug so fest ich konnte mit den Fäusten auf ihn ein und schrie, er solle sie in Ruhe lassen.«

Brüllend schleuderte er sie von sich weg. Dann rieb er sich die Stelle am Kopf, wo sie ihn an den Haaren gezogen hatte. In dem Moment rollte Marnie unter ihm weg und rannte den Strand entlang. Sie verschwand in der Dunkelheit, aber Spencer hörte ein Platschen und lief hinter ihr her, konnte sie aber nicht einholen. Als sie am Ufer ankam, sah sie, wie Marnie ins Meer sprang.

»Ich sprang auch hinein«, fuhr Spencer fort. »Aber sie schwamm so schnell. Ich rief nach Ellen, damit sie mir half, aber sie war oben im Jeep und schaute in die andere Richtung.«

»Was war mit Dan?«, fragte ich.

»Er saß neben Griffin auf der Decke, als wäre nichts gewesen. Ich war rund dreißig Meter vom Ufer entfernt, als Marnie verschwand. Es war nur noch das schwarze Wasser zu sehen.«

Nicht einmal eine Spur in den fluoreszierenden Algen hatte sie hinterlassen.

»Ich tauchte nach ihr, wieder und wieder, und rief ihren Namen«, sagte Spencer mit geschlossenen Augen; sie schien tief in ihrem Inneren versunken.

Mehrere Minuten lang sprach niemand. Langsam, nach und nach, sammelte sich Spencer wieder. Das Fenster stand offen und eine warme Brise wehte durch ihr Rhode-Island-Cottage im Kiefernwäldchen. Sie wischte sich die Augen.

»Ich habe Marnie nie wiedergesehen«, sagte sie. »Ihre Leiche wurde zwei Tage später an Land gespült.«

»Es tut mir so leid, Spencer«, meinte ich.

»Danke. Ich werde nie darüber hinwegkommen, dass ich sie auf diese Art verloren habe. Immer wieder habe ich überlegt, ›Was hätte ich anders machen können, um ihr zu helfen, um sie zu retten?‹. Wenn ich nicht so viel getrunken hätte, oder wenn ich gemerkt hätte, dass sie uns unter Drogen gesetzt hatten. Wenn ich sie eingeholt hätte, ehe sie ins Wasser sprang ... Wenn ich ein besseres Bauchgefühl in Bezug auf Griffin gehabt hätte.«

»Du hast gesehen, was er dich sehen lassen wollte«, beschrieb ich ihn in dem Alter – in jedem Alter. »Charmant, lustig ...«

»Und er hatte eine Freundin«, fügte Jackie hinzu. »Darum konntest du nicht damit rechnen, dass er für euch gefährlich sein könnte.«

»Was passierte dann?«, hakte ich nach. »Nachdem du Ellen um Hilfe gerufen hast?«

»Nichts«, antwortete Spencer. »Ich hörte, wie Griffin sagte: ›Lass sie doch schwimmen gehen, wenn sie will.‹ Aus irgendeinem Grund wurde ich da plötzlich nüchtern. Ich begriff, dass ich, wenn ich weiterhin im Wasser blieb, um nach Marnie zu suchen, möglicherweise niemals zurückkommen würde.«

»Was tat Ellen?«, wollte ich wissen.

»Sie und die Jungs ließen mich dort zurück. Sie fuhren ins Hotel. Ich rief Ellen hinterher, sie solle Hilfe schicken. Es dauerte ewig, aber schließlich kam die Polizei, die sogenannte Polizei.«

»Waren sie etwa keine Polizisten?«

»Das waren die Sicherheitsleute vom Resort«, erklärte Spencer. »Sie trugen Uniformen und fuhren ein Fahrzeug mit Blaulicht. Ich war zu verwirrt, um es anfangs zu bemerken. Sie liefen den Strand hinunter, wickelten mich in eine Decke und wollten mich mitnehmen – ohne überhaupt ins Wasser zu steigen und auch nur zu versuchen, Marnie zu finden. Kein Rettungskommando – nichts.«

»Was war mit Griffin und Dan?«, fragte ich. »Und Ellen? Was haben sie gesagt?«

»Sie sind noch in derselben Nacht aus dem Resort abgereist«, erläuterte Spencer. »Sie alle. Die Lockwoods haben ausgecheckt und sind nach Connecticut zurückgefahren.«

»Gab es denn keine Nachforschungen?«, wollte Jackie wissen.

Spencer schüttelte den Kopf. »Wir hatten getrunken. Alle sagten, Marnies Tod sei ein Badeunfall gewesen – was es ja auch war, wenn man es von der Seite sieht, dass niemand sie unter Wasser gedrückt hat. Aber sie war in Panik – sie rannte ins Wasser, um Griffin zu entkommen. Als ich ihnen sagte, dass er sie vergewaltigt hatte und Dan versuchte hatte, mich zu vergewaltigen, führten sie nicht einmal Befragungen durch.«

Sie holte tief Luft. »Für sie waren wir einfach nur eine Gruppe Jugendlicher, die gefeiert haben, Spaß hatten.«

»Hat dich jemals jemand untersucht? Oder Marnie ... nachdem sie gefunden wurde?«

»Nein. Wir waren nur Zimmermädchen und sie zahlende Kunden – niemand stellte Fragen.«

»Die Lockwoods haben sie geschmiert«, meinte ich.

»Natürlich«, pflichtete mir Spencer bei.

Mir sträubten sich die Nackenhaare bei dem Gedanken daran, was Griffin Marnie angetan hatte. Mein Ehemann hatte eine junge Frau vergewaltigt. Und Ellen hatte es beobachtet und nichts getan. Dan Benson, der nun um seine Ehefrau trauerte, war Spencer gegenüber handgreiflich geworden. Und die Lockwoods – meine Freunde, Leonora und Wade – hatten die Jungen noch in derselben Nacht weggebracht, als ob sie niemals dort gewesen wären.

»Warum hat Griffin gesagt, sie sollten dich schwimmen gehen lassen?«, fragte Jackie.

»Ist das nicht eindeutig?«, gab Spencer zurück. Sie blickte zuerst Jackie an, dann mich.

Ich spürte, wie mir das Blut in den Adern gefror.

»Ich war unbequem«, erklärte sie.

»Er hoffte, du würdest auch ertrinken«, konstatierte Jackie.

»Ja. Denn dann hätte es außerhalb ihres Kreises niemanden gegeben, der die Geschichte erzählen konnte«, befand Spencer.

»Hast du es jemandem erzählt?«, wollte ich wissen. »Nach dieser Nacht?«

»Lange Zeit nicht«, antwortete sie. »Ich kündigte die Arbeit dort, ging zurück nach Hause zu meinen Eltern. Sie wussten nur, dass Marnie ertrunken war. Dass ich traumatisiert war. Ich schrieb ihren Eltern, sagte, wie leid es mir tat. Sie schrieben zurück, es sei nicht meine Schuld und dass furchtbare Unfälle nun einmal passieren. Unter unseren Freunden lautete die Geschichte irgendwann, dass Marnie unvorsichtig gewesen und ein Risiko zu viel eingegangen war. Ich habe ihnen niemals widersprochen.«

»Du hast ihnen nie von der Vergewaltigung erzählt?«, fragte ich erstaunt.

»Was hätte es gebracht? Sie war tot, sie mussten um sie trauern, und ich sah keinen Sinn darin zu erzählen, was Griffin getan hatte. Was sie durchgemacht hatte. Niemand da unten hatte mir geglaubt, es gab keine Beweise und niemand würde Griffin zur Rechenschaft ziehen. Ich wollte das alles nur noch vergessen.« Sie hielt kurz inne. »Darin war ich ganz gut. Es dauerte lange, bis ich wieder ins College ging. Fand sehr wirkungsvolle Methoden, um nicht daran denken zu müssen, was geschehen war. Doch dann wusste ich es.«

»Was wusstest du?«, fragte Jackie.

»Dass ich Frauen helfen musste, die mit Männern wie Griffin konfrontiert waren. Ich beendete das College und schrieb mich bei der juristischen Fakultät ein. Doch das war nicht genug. Ich konnte immer nur eine Frau gleichzeitig vertreten, darum gründete ich eine Stiftung, die viel mehr bewirken kann.«

»Ich weiß, dass du Kliniken finanzierst und Gewalttäter vor Gericht verfolgst«, meinte ich. »Aber wie bringst du das Geld dafür auf?«

»Ich habe einen Teil dessen, was ich von meiner Großmutter geerbt habe, dafür verwendet«, erklärte Spencer. »Das ist sehr in ihrem Sinne. Wir verfügen über ein Netzwerk aus Journalisten, die gezielte Geschichten publizieren, und diese Berichte bringen Spenden ein.«

Ich nickte und dachte über das Gesagte nach. Plötzlich fühlte ich mich voller Elan und wusste, dass ich mich einbringen wollte. Ich nutzte bereits meine Erfahrung, um meine Geschichte zu erzählen – und Ellens Geschichte. Durch

Objektrahmen wie *Fingerknochen*. Aber ich wollte noch mehr tun.

»Als ich über dich gelesen habe«, sagte mir Spencer, »da wusste ich, dass es Zeit war, mich auf Griffin zu konzentrieren. Was für eine Chuzpe – Kriminelle verfolgen, während er selbst noch viel schlimmer ist als die. Und jetzt kandidiert er für das Amt des Gouverneurs. Mit Marnies Tod ist er viel zu lange davongekommen. Ich konnte nicht zulassen, dass er auch mit deinem Tod davonkommt.«

»Und du möchtest ihn aufhalten«, murmelte ich.

»Du doch auch, oder?«

»Ja«, gab ich zu. »Ich wusste nichts von dir und Marnie. Aber ich wusste das von Ellen.«

»Er hat sie umgebracht, weil sie das damals mitangesehen hat. Außer mir war sie die Einzige. Als ich die Stiftung gründete, hatte ich Angst, er könnte mir dadurch auf der Spur sein, aber ich bin sehr vorsichtig. Mein Haus läuft auf den Namen der Stiftung; er würde es niemals finden«, erläuterte Spencer.

»Das war schlau von dir«, meinte ich. Spencer strahlte Stärke und Klugheit aus; ich wusste, dass sie Griffin nicht unterschätzte. »Was ist mit Dan? Er war doch auch dort und weiß alles. Ist er denn nicht in Gefahr?«

»Dan war an der Sache beteiligt«, meinte Spencer. »Sie sind ja so etwas wie Komplizen. Wenn einer es ausplaudert, geht er selbst mit drauf.« Sie schwieg kurz und schaute mir tief in die Augen. »Darum hat er versucht, dich umzubringen, weil du das mit Ellen weißt.«

»Ich habe sein Gesicht nicht gesehen. Er trug eine Maske und Handschuhe.«

»Wenn er dich umbringen wollte, warum sollte er sich darum kümmern, ob du ihn erkennen kannst? Wahrscheinlich wollte er sogar, dass du ihn siehst«, meinte Spencer.

Ich dachte darüber nach, genauso wie ich es jeden Tag seit dem Angriff getan hatte.

»Er ist ein Monster. Aber das kann er gut verstecken«, meinte ich. »Alle halten ihn für den Guten, auch wenn er Schmetterlingen die Flügel ausreißt, wenn keiner hinsieht.«

»Claire, wenn es nicht Griffin war, wer war es dann?«, fragte Jackie, die meine Hand hielt.

»Es war Griffin«, widersprach Spencer. »Er muss es gewesen sein.«

Das dachte ich auch, war mir aber nicht ganz sicher.

Und ich dachte darüber nach, dass Wade Lockwood geholfen hatte, die Geschichte mit Marnie unter den Tisch zu kehren und Griffin zu schützen, genauso wie auch ein paar Monate später, als Griffin Ellen tötete und Wade dafür sorgte, dass der Fall nicht untersucht wurde.

Ich fragte mich, was er wohl jetzt, nach dem, was mir passiert war, tat, um jeglichen Verdacht von Griffin Chase abzulenken, dem Sohn, den er nie gehabt hatte.

44

CONOR

Conor fuhr ganz in den Südosten Connecticuts, um dort zwei Männer zu treffen, die eine merkwürdige Geschichte zu erzählen hatten.

Einen Monat bevor Claire Beaudry Chase verschwand, liefen Lance Staver und Jim Dufour, Mitglieder des Jagdvereins »Ravenscrag«, über das eineinhalb Quadratkilometer große Clubgelände und bildeten ihre Deutsch Kurzhaarwelpen zu exzellenten Jagdhunden aus, als ihnen etwas Merkwürdiges auffiel: ein Haufen toten Laubs.

Als sie die Stelle genauer untersuchten, sahen sie, dass die Blätter eine Sperrholzplatte bedeckten, die sie beiseitetraten. Vor ihnen klaffte ein Loch im Boden, das rund zwei Meter lang, eineinhalb Meter breit und einen Meter tief war. Vier Säcke mit Branntkalk waren auf einer weißen Plastikfolie am Boden des Lochs gestapelt.

»Eindeutig ein menschliches Grab«, meinte Staver.

»Klar, welches Mitglied will wohl seine Frau töten?«, witzelte Dufour. Sie gingen davon aus, dass ein Vorstandsmitglied des Clubs das Loch geschaufelt hatte, um darin Tierkadaver zu verbuddeln. Nachdem ein Wild aufgebrochen und das Fleisch entfernt wurde, stellte sich die Frage, was mit dem Rest des Körpers passieren sollte. Ließ man es im Wald oder auf der Wiese liegen, wo es verrottete, zog es Raubtiere wie Kojoten und Rotluchse, Falken und Raben an.

Das wäre an sich kein Problem, außer dass sich in letzter Zeit ein paar Clubmitglieder mit kleinen Kindern über den Geruch beschwert hatten und meinten, es sei auf dem Clubgelände gefährlich, weil man jederzeit von gefährlichen Tieren angegriffen werden könnte. Staver und Dufour hielten das allerdings für ausgemachten Blödsinn. Wenn man mit der Tierwelt und der Nahrungskette nicht umgehen konnte, sollte man einem Country Club beitreten, keinem Jagdverein.

Hinterher vergaßen sie das Loch, bis überall in den Nachrichten, im Fernsehen und in den Regionalzeitungen tagtäglich vom Verschwinden von Claire Beaudry Chase berichtet wurde. Ihnen fiel ein, dass eine Gruppe aus dem Gebiet Black Hall-New London, aus dem die verschwundene Frau stammte, das Gelände für einen Ausflug während der Truthahnjagdsaison gepachtet hatte, und sie fanden das sehr merkwürdig.

Aufgrund ihres Anrufs war Conor auf dem Weg dorthin. Der Tag hatte mit Nebel begonnen, der um zehn Uhr morgens langsam abnahm. Bis er in North Stonington, wo der Club lag, ankam, war der Himmel strahlend blau und es war ein heißer Tag.

Jim Dufour war klein, rundlich und trug einen Haarkranz, der stark an die Tonsur eines Mönchs erinnerte. Lance Staver war stämmig, aber fit; er trug ein T-Shirt mit der Aufschrift *NAVY SEAL TEAM 6* und hatte auf einem Unterarm die amerikanische Flagge tätowiert und einen heulenden Wolf auf dem anderen.

»Vielleicht haltet ihr mich für verrückt«, sagte Dufour, als die drei einen Pfad hinter dem Clubgebäude – ein weißes

Farmhaus mit großer Terrasse und zwei Kaminen – entlanggingen, »aber das ist eindeutig ein Grab für einen Menschen.«

»Wann haben Sie es entdeckt?«, wollte Conor wissen.

»Ich glaube, im April. So Mitte des Monats«, antwortete Staver.

»Und Sie haben das nicht gemeldet?«, fragte Conor.

»Wir haben uns einfach nicht viel dabei gedacht, bis wir über diese Chase-Frau gelesen haben«, erklärte Staver.

»Und dann ist unser Hirn angesprungen. Was, wenn sie hier ist?«, sagte Dufour mit übertriebener Furcht. »Darum haben wir Sie angerufen.«

»Das war gut so«, sagte Conor.

Sie schritten über eine Wiese mit hohem Gras, an deren Ende ein dichter Wald lag. Sie gingen um Bäume herum, bis sie an einen Teich kamen. Staver erklärte, dass jeden Frühling Forellen in den Teich gesetzt wurden und der Club im Herbst Federwild freiließ.

»Da ist für jeden etwas dabei«, meinte er.

Conor schwitzte und zog seine Jacke aus, die er sich lässig über die Schulter warf. Staver nickte ihm anerkennend zu. »Klug von Ihnen, dass Sie etwas Langärmliges darunter tragen. Die Zecken sind in diesem Jahr eine wahre Plage.« Conor sagte nichts zu Stavers T-Shirt oder dazu, dass er Shorts in Tarnfarben trug.

»Wir sind gleich da«, meinte Dufour. »Sehen Sie dort die kleinen Hügel aus Unterholz und Blättern?« Er zeigte auf drei Stapel zwischen den Bäumen und dem Teich. »Die Leute meinen, wir würden hier nur Tiere töten, aber wir sorgen auch für den Naturschutz. Die Waldkaninchenpopulation ist in den letzten Jahren zurückgegangen. Zu viel Bebauung, sodass ihr Lebensraum durch immer mehr Häuser und Geschäfte verdrängt wurde. Darum bauen wir solche Unterholzstapel, damit die Kaninchen dort leben können.«

»Außerdem schießen wir sie nicht«, fügte Staver hinzu. »Wir schießen nur die, die nicht vom Aussterben bedroht sind. Aber worauf ich hinauswill: Solche Haufen aus Ästen und Laub sind für uns nichts Außergewöhnliches. Derjenige, der sie aufgeschichtet hat, wollte wahrscheinlich, dass sie so aussahen wie unsere Kaninchenhütten.«

»Hat aber nicht funktioniert«, meinte Dufour. »Man konnte erkennen, dass das gemacht worden war, um das Loch im Boden zu verdecken.«

»Und wieso haben Sie es mit Claire Beaudry Chase in Verbindung gebracht?«, wollte Conor wissen.

»Na ja, weil im März eine Gruppe Anwälte und so aus Black Hall hier war, um Truthähne zu schießen.«

»Anwälte?«, fragte Conor verblüfft. Doch statt zu antworten, blieben die zwei Männer abrupt stehen, sodass Conor ebenfalls nicht weiterlief.

»Oh«, meinte Staver. »Sieht anders aus.«

»Total anders«, fand auch Dufour.

»Hier lag das Sperrholz«, sagte Staver und zeigte auf eine Stelle am Boden, wo die Erde im Vergleich zu der ebenen Grasfläche ein paar Zentimeter eingesunken war. »Es hat eine tiefe Grube abgedeckt, die war bestimmt einen Meter tief, aber jetzt ist sie nur noch halb so voll.«

»Verdammt, da hat jemand eine Leiche in das Grab geworfen«, meinte Dufour und ging auf die Grube zu, doch Conor hielt ihn auf.

»Gehen Sie keinen Schritt näher ran«, befahl Conor.

Es handelte sich um einen potenziellen Tatort, also machte er Fotos mit seinem iPhone und rief sein Büro an, damit der Van des Major Crime Squad geschickt wurde. Während sie auf das Forensikerteam warteten, nahm Conor Stavers und Dufours Aussagen zu Protokoll.

Sie saßen im Clubhaus in Ledersesseln an einem steinernen Kamin. Die ganze Wand des Raums war voll von Geweihen mit Messingschildern, auf denen die jeweilige Spezies und der Name des Clubmitglieds, das das Tier erlegt hatte, angegeben waren. Daneben hingen mehrere alte Schwarz-Weiß-Fotografien von Männern im Smoking, eine sepiafarbene Nahaufnahme eines Ford Modell T und zwei weitere Fotos des anscheinend selben Wagens auf einer schneebedeckten Straße sowie vor einem großen, gotisch wirkenden Steingebäude.

»Wessen Auto ist das?«, fragte Conor, als er näher an die Fotografien herantrat.

»Von einem der Gründer«, antwortete Staver. »Zebediah Coffin. Dieses Grundstück gehörte seiner Familie – das Foto im Schnee wurde hier aufgenommen, auf der Straße zum Club. Damals haben sie hier noch Landwirtschaft betrieben.«

»Also, natürlich nicht sie selbst«, ging Dufour dazwischen. »Die Coffins haben irgendwelche armen Kerle zum Kühemelken angeheuert. Sie selbst lebten dort«, sagte er und zeigte auf das Foto des Steingebäudes.

»In der Nähe?«, fragte Conor.

»Unten am Wasser«, wusste Staver. »Selber Name wie hier das Grundstück. Die Reichen müssen ihren Besitztümern immer Namen geben. Es gehört noch immer dem ältesten Coffin-Bruder.«

»Er und seine Frau sind dort, wenn sie nicht gerade in einem ihrer anderen Häuser sind«, sagte Dufour abschätzig. »San Francisco, Saint Barts, Colorado. Wenn sie nicht zu Hause sind, kümmern sich Hausmeister um die Besitztümer. Wir haben hier jede Menge Erben der Gründer. Wir sollten ihnen dankbar sein, finden Sie nicht auch? Dass sie eine solche Weitsicht hatten, diesen Club zu gründen?«

An einer anderen Wand waren Forellen und Barsche auf Holzplaketten befestigt. Es gab auch mehrere eingerahmte

Sprüche, die wenig zusammenpassend mit Seidengarn gestickt worden waren, wie zum Beispiel *Entweder Sie schießen oder Sie laden; wenn du eine Waffe trägst, nennen dich die Menschen paranoid. Blödsinn! Wenn du eine Waffe trägst, hast du keinen Grund mehr, paranoid zu sein!*

Conor las die Schilder; er hatte vor Kurzem ähnliche an der Wand des Arbeitszimmers einer Familie gelesen, deren sechsjähriger Sohn die geladene Waffe seines Vaters in einer Schublade gefunden und damit die Brust seiner dreijährigen Schwester durchlöchert hatte, als sie Verstecken spielten.

»Waffenweisheiten«, sagte Staver, der Conors Blick gefolgt war. »Die wurden von einem unserer weiblichen Mitglieder gemacht.«

»Nicht Gewehre töten Menschen«, fügte Dufour hinzu. »Menschen töten Menschen.«

Und Sechsjährige töten Dreijährige, dachte Conor.

»Können Sie den Zeitraum, in dem Sie das Loch im Boden erstmalig gesehen haben, etwas einschränken?«, bat Conor.

»Warten Sie«, meinte Staver und scrollte durch seinen Kalender auf seinem Handy. »Es war an einem Wochenende. Ich weiß noch, dass Jimmy und ich die Kaninchenhöhlen kontrolliert haben. Ich musste mich beeilen, weil ich mit den Kindern dran war und meine Ex mich schon genervt hat und meinte, ich könnte sie nicht vor fünf haben, wegen irgendeiner Geburtstagsfeier. Ich kann mich aber nicht mehr erinnern, wessen Geburtstag es war. Einer ihrer Cousins, schätze ich.«

»Stimmt«, meinte Dufour. »Du warst ziemlich sauer.«

»Hab's!«, rief Staver und schaute auf. »Fünfter April.«

»Okay«, sagte Conor und notierte sich das Datum. »Und wann war die Gruppe Anwälte hier?«

»Das müssen wir Al fragen. Er ist für die Mitgliedschaften zuständig und kümmert sich auch, wenn das Clubgelände ab und an vermietet wird. Er ist heute aber nicht da«, sagte Staver.

»Es waren auch nicht nur Anwälte. Auch Geschäftsleute und so. Bürohengste halt.«

»Könnten Sie mir Als Nummer geben?«, bat Conor.

»Hab sie schon parat«, sagte Staver und las sie vor.

»Sie haben Black Hall erwähnt. Stammen sie von dort?«

»Irgendwo da in der Gegend«, sagte Dufour. »Darum kamen Stavie und ich auch auf den möglichen Zusammenhang mit der Chase-Frau.«

»Wissen Sie, wie der Club der Anwälte hieß?«

»Pff, das habe ich vergessen«, sagte Staver. »Das war keiner, von dem ich schon mal gehört hatte, aber ich mochte den Namen, das weiß ich noch.«

»Einer von ihnen musste ein Mitglied dieses Clubs sein oder zumindest ein Mitglied kennen, denn wir sind nicht für die Öffentlichkeit zugänglich«, erläuterte Dufour.

»Und alle mussten die erforderlichen Genehmigungen haben«, fügte Staver hinzu. »Al wird sich darum gekümmert haben.«

»Okay, verstanden«, meinte Conor. »Glauben Sie, Al könnte mir eine Liste der Mitglieder geben?«

»Ach, das können wir noch viel besser«, sagte Staver und sprang aus dem Sessel. »Hier haben wir schon eine.« Er ging zu einer Pinnwand, nahm ein Blatt Papier ab und drückte es Conor in die Hand. »Wir sind ein kleiner Club. Wir nehmen nur eine bestimmte Zahl an Mitgliedern auf, weil wir keine Überfischung oder Überjagung unseres Grundstücks wollen. Das steht in unserer Satzung. Die Gründer haben es so geplant.«

Conor überflog die Liste mit rund dreißig Namen. Er stoppte bei *Wade Lockwood*.

»War vielleicht Lockwood das Mitglied, das die Gruppe hierhergebracht hat?«, fragte Conor.

»Kann sein«, antwortete Staver. »Guter Mann. Er liebt es hier, bringt eindeutig Gäste mit, weil er damit angeben will.«

Weiter unten auf der Liste stand ein weiterer ihm bekannter Name: *Neil Coffin.*

»Was ist mit ihm?«, fragte Conor und zeigte auf den Namen.

»Er bleibt eher für sich als Wade«, sagte Staver. »Er und sein Bruder Max kommen meist gemeinsam hierher.«

»Sie stammen sozusagen aus dem Ravenscrag-Königshaus«, frotzelte Dufour. »Zebediahs Ururenkel. Ihre Familie reicht bis zur Mayflower oder so zurück. Haben ihre Flinten direkt aus England mitgebracht. Sie brauchten einen Jagdverein, nicht wahr? Also gründeten der gute alte Zeb und seine Kumpane diesen hier.«

»Neils Frau ist so eine typisch kalifornische Yogatussi«, fügte Dufour noch hinzu. »Sie kommt zur Weihnachtsfeier und beschwert sich über all die Sprüche und Trophäen. Sie hat einen Stock im Arsch. Meine Frau meint immer: ›Wenn du es hier nicht magst, Schätzchen, dann musst du nicht hier sein. Wir respektieren, wie du dein Leben lebst, also respektier du auch unseres.‹ Aber wir können ihr nicht wirklich etwas sagen, weil sie ja eine Coffin ist. Wie gesagt, sie sind unsere Royaltys hier.«

»Genau, weil sie die Nachkommen von Zeb sind«, meinte Conor verständnisvoll.

»Ein Wochentag!«, rief da plötzlich Staver.

»Wie bitte?«, fragte Conor.

»Der Name ihres Clubs. Es war Samstag oder so.«

»Nicht Samstag«, widersprach Dufour. »Das würde Sinn ergeben, ein bisschen Aufregung am Wochenende. Es war Montag. Wer feiert schon einen Montag?«

»Der Last Monday Club?«, fragte Conor.

»Bingo!«, sagte Staver. »Das war's.«

Die Ermittler vom Major Crime Squad fuhren vor. Conor dankte Staver und Dufour für ihre Aussagen und sagte ihnen, er würde sich melden, falls er noch etwas wissen wollte. Dann bat er sie, die Kette, die die unbefestigte Straße zum Fischteich versperrte, zu entfernen. Conor stieg in den Van und leitete den Fahrer zum halb gefüllten, grabähnlichen Loch.

Das Team sperrte den Ort ab und machte sich an die Untersuchung des hohen Grases und der feuchten Erde am Teich. Die Ermittler in ihren weißen Schutzanzügen hoben langsam das Loch aus und durchsiebten vorsichtig wie Archäologen die weiche, erst kürzlich hineingeworfene Erde.

Als sie am Boden anlangten, wo die Erde hart und feucht war, fanden sie keine Leiche. Die Beutel mit Kalk waren nicht mehr dort, doch die Plane lag noch auf der kalten Erde. Conor fielen bei einem Blick auf die Plane Fußabdrücke auf, weshalb er sich hinkniete, um sie besser erkennen zu können. Die Sohlen der Schuhe hatten ein markantes, sich wiederholendes Wellenmuster aus feinen, parallelen Linien hinterlassen.

Conor machte zuerst selbst Fotos, ehe er den Ermittlern das Zeichen gab, die Abdrücke zu fotografieren, zu vermessen und Proben zu nehmen. Er hatte das Gefühl, er wüsste schon, zu welchem Ergebnis sie kommen würden: Bootsschuhe und Kalkstein. Sein Bruder trug Bootsschuhe mit genau dem gleichen wellenförmigen Muster in der Sohle, das verhinderte, dass man auf dem glatten und feuchten Deck den Halt verlor und somit über Bord ging.

Und Kalkstein verhärtete sich wie Zement. Das konnte auch die Feuchtigkeit der Erde nicht verhindern. Die Menschen glaubten, dass Branntkalk verwendet wurde, um den Leichenzerfall zu beschleunigen, allerdings war das genaue Gegenteil der Fall und die Leichen wurden besser konserviert. Zweck war, Fäulnis zu verhindern, denn durch den Geruch nach Verwesung wurden Insekten und Tiere angezogen. Was das anbelangte, konnten Staver und Dufour recht haben – dass das Loch für die Überreste erlegter Tiere gebuddelt worden war.

Allerdings glaubte Conor das nicht.

Die Plastikplane war sehr gleichmäßig ausgelegt worden und ein größeres Rinnsal Branntkalk war aus den Säcken ausgelaufen, die die beiden Männer gesehen hatten. Ein Bootsfahrer oder zumindest jemand, der Bootsschuhe trug, hatte in diesem Loch gestanden und es als Grab vorbereitet. Die ganze Zeit über hatte das Loch auf eine Leiche gewartet.

Claires Leiche, dachte er. Hier war wieder die Verbindung: Er dachte an die Bootsschuhe und sah vor seinem inneren Auge den Schlüsselanhänger zusammen mit anderen Gegenständen, die mit ihrem Verschwinden im Zusammenhang standen, im Gullyschacht. Der Anhänger stammte von der *Sallie B*.

Dan Benson war ein Mitglied des Last Monday Clubs. Conor fragte sich, ob er wohl mit den anderen, die von den Gründern des Jagdreviers »Ravenscrag« abstammten, im März zur Truthahnjagd hier gewesen war. Vielleich hatte er nach einer abgeschiedenen Stelle gesucht, um eine Leiche zu entsorgen. Zwei tote Ehefrauen. Hatten sich Griffin und Dan zusammengetan, um Claire und Sallie zu töten? Hatte Griffin Dan genötigt, Claire zu töten? Und hatte Dan im Gegenzug Griffin oder jemanden aus seinem Umfeld dazu gebracht, die *Sallie B* mit seiner Frau an Bord zu zerstören?

Conor dachte an Wade Lockwood. Den Mann, der Griffin Chase wie einen Sohn liebte und der Conor gewarnt hatte, er solle Chase in Ruhe lassen. Wie stand das alles in einem zeitlichen Zusammenhang mit Chases Gouverneurswahlkampf? Eine tote Ehefrau verlieh ihm Sympathiepunkte, sofern er nicht zu den Verdächtigen gehörte.

Conor holte sein Handy hervor und wählte Jens Nummer. Sie mussten einen Durchsuchungsbefehl für Dan Bensons Haus, Büro, Autos und das Wrack seines Bootes beantragen, um zu sehen, ob er ein Paar Bootsschuhe mit Resten von Branntkalk besaß.

Sie würden nach DNA, Waffen, GPS-Koordinaten und allem, was ihn sonst noch in Verbindung mit dem Verschwinden von Claire Beaudry Chase bringen konnte, suchen.

45
TOM

Tom versuchte, Jackie zu erreichen, doch jedes Mal, wenn er sie in der Galerie oder auf ihrem Handy anrief, ging direkt die Mailbox ran. Er schrieb ihr eine Nachricht, hatte aber auch nach drei Stunden noch keine Antwort erhalten. Das war ungewöhnlich und gab ihm zu denken, aber richtiggehend Sorgen machte er sich noch nicht. Vorbei am Van, drei Wagen der State Police sowie Conors kennzeichenlosem Auto lief er über den Parkplatz bis zum Bootsschuppen, in dem die Reste der *Sallie B* lagerten.

Verglichen mit der Hitze, die draußen herrschte, war es im Gebäudeinneren kalt, aber es roch noch immer stark nach Rauch. Er ging zum Bootsrumpf und betrachtete das verkohlte, klaffende Loch direkt unterhalb der Höhe des Wasserspiegels. Da hörte er Polizisten, die sich für die Arbeit fertig machten. Sein Chefermittler, Matthew Hendricks, stand bei den Detectives.

Die Ermittler des Major Crime Squad hatten immer wieder das Boot unter die Lupe genommen, aber gestern Abend hatte Conor angerufen und ihn informiert, dass sie noch einmal kommen würden.

Als Tom näher kam, sah er seinen Bruder am Heck der *Sallie B* stehen, wo er sich einen Stapel Papiere durchlas.

»Was hast du da?«, fragte ihn Tom.

»Eine Kopie des Durchsuchungsbefehls«, antwortete Conor und schaute auf. »Wir haben ihn schon an deinen Kommandanten weitergeleitet, aber hier ist auch einer für dich.«

Tom nahm die Papiere entgegen und las die erste Seite.

DURCHSUCHUNGS- UND BESCHLAGNAHMEBESCHLUSS/BUNDESSTAAT CONNECTICUT, SUPERIOR COURT für die Durchsuchung der Sallie B, eines zwölf Meter langen Loring-Motorboots (der Farbe Weiß, registriert auf Daniel und Sallie Benson, zurzeit bei Pier B der United States Coast Guard in Easterly, Conncecticut).

Hiermit wird die Durchsuchung des oben beschriebenen Eigentums nach folgenden Gegenständen angeordnet:

Blut, Speichel, Körperflüssigkeiten, Sekrete und genetisches Material, Haare, Fasern, Fingerabdrücke, Handabdrücke, Fußabdrücke, Schuhabdrücke, Erde, Schmutz, Staub, Proben von Farben und Chemikalien sowie nach Gegenständen, die Spuren davon tragen könnten; Beile, Äxte, Messer und andere scharfklingige Utensilien und Schneidewerkzeuge, Schaufeln und andere Gegenstände zum Graben, stumpfe Gegenstände, Glas und Plastikteile, Spuren von Geräten, die für den Zugang zu abgeschlossenen Geländen oder Behältern verwendet wurden; Mobiltelefone und elektronische Kommunikationsgeräte, darunter SIM-Karten, Computer und elektronische Speichergeräte, digitale Bildgebungsgeräte; Infotainmentsysteme/Fahrzeugelektronik/GPS-Navigationsgeräte; Fotos oder handschriftliche Notizen über beziehungsweise von den Opfern, männliche/weibliche Kleidung und/oder Schuhe; Spuren von oder Säcke mit Branntkalk. Die Beweismittel werden gesammelt und an die Abteilung für öffentliche Sicherheit von Connecticut, das kriminaltechnische Labor und/oder andere qualifizierte Strafverfolgungsbehörden geschickt und dort physisch, wissenschaftlich und forensisch analysiert.

»Und was hofft ihr zu finden?«, fragte Tom und tippte auf den Durchsuchungsbefehl.

»Schuhe vor allem.«

»All das für Schuhe?«

»Bootsschuhe«, erklärte Conor und zeigte auf Toms Füße. »Mit geriffelter Sohle. So wie deine.«

»Und was ist mit dem Rest von dem, was im Durchsuchungsbefehl steht? ›Infotainmentsystem‹?«, fragte Tom.

»Die Bensons haben in jedem ihrer Autos und auf dem Boot SiriusXM-Radios. Die Systeme sind mit Ortungsdiensten versehen. Vielleicht hat jemand sein Handy oder GPS ausgestellt, aber das Radio vergessen.«

»Kennt ihr denn die Fahrtroute der *Sallie B* nicht?«

»Wir suchen nach allem, was wir übersehen haben könnten.«

»Steht Benson unter Arrest?«, wollte Tom wissen.

»Nein, noch nicht.«

»Wird er?«, fragte Tom, wobei er an Gwen und daran, was das mit ihr machen würde, denken musste.

»Kommt drauf an, was wir finden. Aber möglicherweise. Jen hat Teams zu seinem Büro und dem Haus der Bensons geschickt. Sie sind gerade unterwegs dorthin.«

Das Haus, dachte Tom. Es war fast halb vier, und sofern sie nicht noch in der Schule war, würde Gwen wohl daheim sein.

»Ist es okay, wenn ich vorbeifahre?«, fragte Tom. »Um zu schauen, ob es Gwen gut geht?«

»Ja, das wäre sogar sehr gut«, meinte Conor. »Es ist furchtbar, was sie durchmachen muss. Wie viel schlimmer ist es dann noch für sie, falls ihr Vater tatsächlich daran beteiligt war.«

Tom fuhr auf direktem Wege zum Haus. Jen Miano war noch nicht da. Er stellte seinen Wagen auf der Straße ab, weil er nicht von den Polizeiautos zugeparkt werden wollte. Als er den Bürgersteig vor dem Haus entlangging, sah er, wie Lydia Clarke und Gwen im Garten arbeiteten. Maggie preschte bellend auf ihn zu.

»Hallo, meine Kleine«, sagte er und nahm den Hund auf den Arm. Der Yorkshire Terrier wandte sich wohlig in seinem Arm und leckte ihm übers Gesicht. Er hatte keine Zweifel daran, dass sie sich an ihn und ihre Zeit bei ihm und Jackie erinnerte.

»Hallo«, rief Lydia, die inmitten von Gartengeräten und Töpfen mit jungen Pflanzen stand – Löwenmäulchen, Zinnien, Cosmeas und andere Pflanzen, wie die, die Jackie kaufte, um ihre Blumenkästen zu befüllen.

»Hallo, Tom«, rief Gwen, die sich um ein Lächeln bemühte, obwohl ihre Augen ihre Traurigkeit verrieten.

»Wow, was für ein Garten!«, sagte Tom möglichst fröhlich. »Der ist wirklich toll.«

»Normalerweise pflanzt meine Mom die hier«, meinte Gwen. »Das sind ihre liebsten Sommerblumen.«

»Wirklich sehr schön«, sagte Tom anerkennend.

»Ihr würden sie auch gefallen«, fand Gwen.

»Da bin ich mir ganz sicher«, pflichtete Tom ihr bei. Er lauschte, ob er Polizeiautos hörte, und versuchte, Lydias Blick zu erhaschen. Sie bemerkte es, wischte sich die Erde von den Händen und stand auf.

»Wie wäre es, wenn du uns etwas Limonade holst?«, bat sie Gwen.

»Ich möchte aber weiterpflanzen«, widersprach Gwen. »Der Garten ist für Mom und Charlie. Und wenn er nach Hause kommt, kann er beim Gießen helfen.«

Tom und Lydia gingen um die Hausecke.

»Die Polizei kommt mit einem Durchsuchungsbefehl«, erklärte Tom. »Es wundert mich, dass sie noch nicht hier ist. Sie sollten Gwen besser wegbringen.«

»Wonach suchen sie denn?«, fragte Lydia.

»Die Liste ist lang.«

»Geht es dabei um das, was Sallie passiert ist?«, fragte Lydia.

»Teilweise«, meinte er.

»Gut«, fand sie.

»Was meinen Sie damit?«

Lydia lehnte sich vor, um sicherzustellen, dass Gwen sie nicht hören konnte.

»Irgendetwas stimmt mit Dan nicht«, meinte sie. »Er schenkt Gwen kaum Aufmerksamkeit; Sallie erwähnt er nie. Und wenn ich die Sprache auf sie bringe, schaut er mich wütend an. Außerdem hängt er die ganze Zeit am Telefon, schreibt Nachrichten oder telefoniert. Ich bin mir sicher, dass er etwas verbirgt. Ich weiß nur nicht, ob es etwas mit Sallies Tod zu tun hat.«

»Haben Sie das meinem Bruder erzählt?«, fragte Tom. »Oder Detective Miano?«

Lydie runzelte die Stirn. »Nein«, erklärte sie. »Ich bin mir doch bei all dem gar nicht sicher. Und auch wegen Gwen. Das würde für sie doch alles nur noch schlimmer machen.«

»Okay, wir sollten sie jetzt von hier wegbringen, damit sie nicht sehen muss, wie ein Haufen Polizisten durch das Haus stürmt.«

»Ich sollte bleiben, oder?«, fragte sie. »Zu Hause sein, wenn sie kommen?«

»Das müssen Sie nicht«, antwortete er.

Doch kopfschüttelnd meinte sie: »Ich möchte es tun, für Sallie. Ich möchte nicht, dass eine Horde Fremder durch ihr Haus stapft.«

»Das werden sie ohnehin«, meinte Tom. »Ich denke, es ist wichtiger, dass Sie sich um Gwen kümmern.«

»Sie vertraut Ihnen«, sagte Lydia. »Haben Sie gerade kurz Zeit? Können Sie sie vielleicht mitnehmen? Sie liebt den Strand, können Sie mit ihr einen Spaziergang machen oder ein Eis essen oder ...«

»Kein Problem, das mache ich«, stimmte Tom zu. Lydia beeilte sich, Maggies Leine und einen Sonnenhut für ihre Nichte zu holen, und Gwen fühlte sich mit Tom so wohl, dass sie nicht einmal fragte, warum sie plötzlich mit ihm fahren sollte.

»Und werden wir auch Jackie treffen?«, fragte Gwen, als sie losfuhren.

»Sie war heute Morgen beschäftigt«, meinte er. »Aber wir können sie gleich mal anrufen und fragen, ob sie Zeit für uns hat.«

Gerade als er den Anruf tätigte, kam ihnen das erste Polizeiauto entgegen. Dann noch eins. Insgesamt waren es sechs Autos. Er schaute zu Gwen hinüber, aber sie schien die Fahrzeuge nicht zu bemerken. Tom dachte schon, er würde erneut auf dem Anrufbeantworter landen, doch diesmal nahm Jackie den Anruf entgegen und er hörte ihre Stimme über die Lautsprecher des Pick-ups.

»Hi. Wo warst du die ganze Zeit?«

»Ich habe dir einiges zu erzählen«, sagte sie. Ihr Tonfall verriet ihm, dass es sich um eine große Sache handelte. »Du wirst es nicht glauben und du darfst es auch noch nicht Conor erzählen. Ich bin hier mit ...«

»Jackie, Gwen sitzt neben mir im Auto«, sagte er schnell, damit sie nichts preisgab, was das Kind nicht hören sollte.

»Oh«, machte Jackie. »Hallo, Gwen.«

»Hi, Jackie«, antwortete Gwen.

»Wir machen einen Spaziergang am Strand«, sagte Tom. »Möchtest du mitkommen?«

»Ich kann jetzt nicht«, sagte Jackie. »Aber sollen wir uns später treffen? Wir könnten im Paradise frittierte Muscheln essen. Wie klingt das, Gwen?«

Gwen nickte. »Gut«, sagte sie.

Tom und Jackie schwiegen kurz. Er wollte, dass sie ihm erzählte, was los war, aber er spürte, dass sie sich wegen Gwen zurückhielt.

»Jackie, ganz kurz: Geht es dir gut?«

»Tom«, sagte Jackie. »Du kannst dir nicht vorstellen, wie gut es mir geht. Ich kann es nicht erwarten, dich zu sehen. Aber bis dahin: Viel Spaß am Strand. Gwen, sammelst du gern Meerglas?«

»Ja, und wie!«

»Ich kenne dafür einen guten Ort«, erklärte Jackie. »In Stonington, der kleine Strand neben dem Leuchtturmmuseum. Besonders bei Ebbe.«

»In ungefähr einer Stunde ist Ebbe«, meinte Tom. Er mochte Stonington, eine kleine Stadt mit vielen alten Häusern, einer leider schrumpfenden Fischfangflotte und einem seiner Lieblingsrestaurants mitten in einer Bootswerft. Er fuhr fast jedes Mal, wenn er auf Patrouille war, auf dem Wasserweg an Stonington vorbei.

»Das hört sich toll an«, meinte Jackie. »Habt viel Spaß!«

»Danke«, sagte Tom. »Du auch. Bei was auch immer du gerade machst.«

»Werden wir«, antwortete Jackie.

Tom hörte das Lächeln in ihrer Stimme und freute sich. Er legte auf, schaute zu Gwen, um zu sehen, ob mit ihr alles in Ordnung war, dann fuhr er in Richtung Osten.

46

Conor

Die Polizei durchsuchte Dan Bensons Büro und Haus, das separate Gebäude, das als Garage diente, und seine Fahrzeuge. Benson war an keinem der Orte. Das Team war voller Spannung, denn es hatte das Gefühl, der Fall würde bald gelöst.

Conor und Jen hatten sich zusammengetan und eine – so nannte es die Presse – »Sondereinheit« gegründet, auch wenn es dafür von der Abteilung noch keinen offiziellen Namen gab. Ziel war es jetzt, Claire aufzuspüren, falls sie noch am Leben war, oder ihre Leiche zu finden.

Als Conor Reid beim Haus der Bensons ankam, sah er, dass die Straße hinauf zwei Fernsehübertragungswagen standen. In Fällen, wo es um bekannte Personen ging, stalkten die Medien häufig die Häuser von Opfern und Verdächtigen. Und anscheinend hatte es sich herumgesprochen, dass das Haus durchsucht wurde. Zwei Beamte der State Police, darunter Hunter, waren am Anfang der Einfahrt zu den Bensons stationiert worden, um die Öffentlichkeit fernzuhalten.

Die Journalisten riefen ihnen laut Fragen zu. Abwinkend ging Conor an ihnen vorbei.

Zu den meisten hatte er ein gutes Verhältnis und vielen bereits nach dem Mord an Beth Lathrop und der anschließenden Verurteilung ihres Mörders Interviews gegeben, aber er würde nichts sagen, ehe die heutige Durchsuchung abgeschlossen war. Wenn überhaupt.

Conor betrat das Haus durch die Vordertür. Lydia Clarke saß im Wohnzimmer und hielt eine Kopie des Durchsuchungsbefehls in den Händen. Sie war dünn und hatte weißblondes Haar; im Bücherregal hinter ihr stand ein gerahmtes Foto von Sallie, die ihre Arme um Gwen und Charlie gelegt hatte. Conor gab es einen Stich ins Herz, als ihm auffiel, wie sehr sich die beiden Schwestern ähnelten.

»Detective«, sagte sie und stand auf, um ihm die Hand zu schütteln.

»Es tut mir leid, dass wir hier so eindringen, Miss Clarke«, antwortete er.

»Das braucht es nicht. Und bitte nennen Sie mich Lydia. Ihr Bruder hat Gwen mitgenommen, damit sie das hier nicht mitansehen muss. Nur das ist wichtig«, meinte sie.

Conor nickte. Als er Tom einen zeitlichen Vorsprung gegeben hatte, war er sogar davon ausgegangen, dass er das tun würde. »Können Sie mir sagen, wo Ihr Schwager momentan ist?«

»Ich habe keine Ahnung«, antwortete sie. »Dan und ich stehen uns nicht sonderlich nahe. Er sagt mir nicht, wohin er geht oder wann er zurück ist.«

»Gibt es einen Ort in diesem Haus, an den er sich alleine zurückzieht? Ein Büro vielleicht?«

»Unten im Keller«, sagte sie.

»Könnten Sie es mir bitte zeigen?«, bat Conor.

»Natürlich«, sagte sie und führte ihn an den mit der Suche beschäftigten Polizisten im Erdgeschoss vorbei. Die Kellertür lag direkt hinter der Küche.

Unten standen eine Werkzeugbank, ein Eichentisch mit kunstvollen Schnitzereien, ein Billardtisch und zwei Retro-Flipperautomaten. Ein vom Boden bis zur Decke reichendes Regal war bis obenhin mit Büchern gefüllt. Ein Einbauschrank diente als Bar und hinter zwei geschlossenen Türen gab es einen großen Kleiderschrank und ein Badezimmer.

Conor schaute sich Kleiderschrank und Badezimmer genau an. Dann ging er zum ledernen Schreibtischstuhl und untersuchte diesen. Er öffnete die Schreibtischschubladen und schaute hinein. Die oberste, flache Schublade umfasste die gesamte Schreibtischbreite und war ungeordnet mit Stiften, Büroklammern und anderen Büroutensilien gefüllt.

In der nächsten Schublade waren Stapel mit Briefumschlägen, die von Gummibändern zusammengehalten wurden. Conor blätterte sie durch; es schien sich größtenteils um Rechnungen zu handeln. Die konnten sich die forensischen Buchhalter anschauen.

In derselben Schublade fand er mehrere gebundene Jahresberichte des Last Monday Clubs und des Ravenscrag-Jagdreviers. Von jedem nahm er sich den Band des aktuellen Jahres und öffnete die Mitgliederliste. Er legte beide Listen Seite an Seite, um sie miteinander zu vergleichen. Maxwell Coffin war Präsident von beiden.

Er wusste, dass Max und Neil Brüder waren. Eine weitere Verbindung zu Catamount Bluff. Mit seinem iPhone fotografierte er jeweils die Liste der Vorstandsmitglieder ab.

Im Jahresbericht des Last Monday Clubs steckte eine handschriftliche Notiz.

Conor las die folgenden Zeilen:

Ausstellung startet um 17 – GC Alibi für ganzen Nachmittag, wird um 17 in Galerie sein.

CBC – 16–16:30 optimal.

Stelle vorbereitet, Entsorgung MUSS bis 19 Uhr erfolgen. Ermittlungen bei CB bis dahin gestartet.

Conor wusste, dass dies der zeitliche Ablauf des Freitags war, an dem Claire verschwand. Es war sozusagen das Drehbuch für ihren Mord, ihre Entsorgung und für ein Alibi für Griffin – GC. Er fragte sich, wessen Handschrift es war, und tütete den Zettel ein.

Schließlich öffnete er die unterste Schublade, in der sich mehrere, in braunes Leder eingebundene Fotoalben befanden. Als er sie herausnahm, fragte er sich, warum sie in der Schublade und nicht in einem Bücherregal oder an einem anderen Ort standen, wo die Familie sie durchblättern und betrachten konnte.

»Da sind sie also«, sagte Lydia, die ihn von der Türschwelle aus beobachtete.

»Was meinen Sie damit?«, fragte Conor.

»Ach, Sallie und Dan waren ganz groß darin, Fotoalben zu erstellen. Darin müssen Hunderte an Fotos sein.« Sie schwieg kurz in Gedanken versunken. »Die Kinder lieben es, sie sich anzuschauen. Insbesondere Gwen. Sie will am liebsten alles über ihre Familien erfahren.«

Conor blätterte durch das Album oben auf dem Stapel und erkannte, dass die Bilder nicht aus diesem Jahrzehnt waren. Die Kleidung entsprach nicht der aktuellen Mode und er erkannte einen viel jüngeren Dan Benson mit einer Ponyfrisur am Strand. Er trug Shorts zum Baden und neben ihm stand Griffin Chase mit langen Haaren, einer Ray-Ban-Sonnenbrille und dem gleichen arroganten Gesichtsausdruck, den er auch heute noch hatte. Zwischen den beiden strahlte eine junge Frau und machte ein Peace-Zeichen; er erkannte in ihr Ellen Fielding.

Als er durch das Album blätterte, sah Conor noch mehr Fotos des Trios, aber auch andere bekannte Gesichter: Wade und Leonora Lockwood. Auf einer Sportjacht, Cocktails schlürfend unter einer strohbedeckten Strandhütte, am Strand, beim Abendessen. Eindeutig im Urlaub an einem tropischen Reiseziel. Auf einem Foto des Hotels war die mexikanische Flagge zu sehen.

Als Conor auch die anderen Alben durchging, musste er Lydia recht geben – die Familie hatte viele Fotos gemacht, insbesondere von den Kindern.

Zeitlich reichten die Bilder von Sallie und Dans Hochzeit, zu Gwens und Charlies Geburt und bis in ihre Kindheit. Darauf bauten sie Sandburgen, spielten Baseball, trugen Kostüme für Schulaufführungen und Konzerte, öffneten Weihnachtsgeschenke, Gwen stand an ihrer Kommunion in einem weißen Kleid vor einer Kirche …

Auf dem letzten Album, das ganz unten in der Schublade lag, prangte ein Wappen im grünen Ledereinband: das gleiche, das Conor schon auf den Hemden von Griffin und Edward gesehen hatte – ein majestätischer schwarzer Vogel mit ausgebreiteten Flügeln und darunter die lateinischen Worte: *Corvus corax*. Als Conor es durchblätterte und die Bilder darin sah, stockte ihm der Atem.

Das waren Fotos des Meeresschlosses.

Plötzlich musste er an die Bilder denken, die sein Bruder ihm geschickt hatte, und es lief ihm eiskalt den Rücken hinunter. Gwen hatte exakt die gleiche Szenerie gezeichnet. Zwei Männer im Smoking standen auf dem Balkon einer großen Steinvilla am Ufer. Die Meermänner.

Einer war Griffin, der andere Dan. Gargoyles türmten sich hinter ihnen auf. Er zählte eins und eins zusammen – das war dasselbe Haus, das auch in der Fotogalerie im Jagdclub zu sehen war und über das Staver gesagt hatte, es trüge denselben Namen wie der Club: Ravenscrag. Und nun ergab auch das Wappen auf den Hemden der Männer und auf der Vorderseite dieses

Albums einen Sinn; es war nicht nur irgendein schwarzer Vogel – es war ein Rabe.

Das Album war dem Haus und den Menschen darin gewidmet.

Anhand der Autos, die vor dem Haus standen, konnte Conor sagen, dass die Fotos aus der jetzigen Zeit stammten, aber den abgebildeten Szenen haftete ein Hauch vergangener Zeiten an.

Steife Porträts von Männern im Smoking, Gruppenaufnahmen, die anscheinend auf einem Ball gemacht worden waren, Männer und Frauen, die zu den Klängen eines Orchesters tanzten.

Er erkannte Wade und Leonora Lockwood, Edward und Sloane Hawke, Neil und Abigail Coffin, Maxwell Coffin, Dan und Sallie Benson sowie Griffin und Claire Chase. Eine Frau war dabei, die er noch nie zuvor gesehen hatte. Auf einem anderen Bild standen die zwei Ehepaare, die Chases und die Bensons, zusammen.

Und Dan hatte behauptet, er hätte Claire nie kennengelernt.

Auf den letzten Fotos waren jüngere Menschen zu sehen. Möglicherweise Kinder der Clubmitglieder, überlegte Conor. Die alte Garde wollte wahrscheinlich neues Blut, damit ihre Traditionen und Lebensweise fortgesetzt wurden. Die Hälfte der Bilder zeigte Ford und Alexander Chase. Auf manchen waren sie formell gekleidet und anscheinend auf denselben Bällen wie ihr Vater und Claire, doch auf anderen trugen sie lässigere Kleidung und waren mit Jugendlichen ihres Alters zu sehen: auf dem Tennisplatz, bei einem Picknick, beim Segeln.

Drei weitere Bilder zogen Conors Aufmerksamkeit auf sich: Ford, Alexander und Emily Coffin in einem kleinen Rennboot. Der Schiffsrumpf war weiß und Abbildungen von Raben prangten auf der Seite.

Das Schwarze-Vogel-Boot, das Gwen gesehen hatte, als es der *Sallie B* folgte.

Conor nahm die Fotos aus der Sichthülle des Albums, um es besser erkennen zu können. Auf einem Foto, das von hinten gemacht worden war, konnte er den Namen des Boots und den Heimathafen am Heckspiegel erkennen:

RAEN
STONINGTON, CT

Auf einer Nahaufnahme von Emily Coffin sah er dasselbe Wort, *Raen*, in schwarzen Buchstaben auf ihrem weißen T-Shirt.

Lydia stand neben ihm und blätterte durch eines der Alben, die er vorher schon durchgearbeitet hatte. Mit einem Blick auf die Fotos, die Conor in der Hand hielt, sagte sie: »Hübsches Mädchen.«

»Kennen Sie sie?«, fragte er.

»Nein, sie ist die Tochter von Freunden von Dan und Sallie. Ich war aber neugierig, und einmal hat mir Sallie die Fotos in diesem Buch gezeigt und gemeint, das sei eins der größten Häuser in Connecticut. Ich fragte sie nach dem Wort auf dem T-Shirt des Mädchens und sie meinte, es würde *Rabe* auf Schottisch bedeuten.« Lydia schloss das Album und zeigte auf das Wappen. »*Corvus corax* ist Lateinisch für *Rabe*«, fügte sie hinzu. »Ich fragte sie, was das bedeutete, und sie erklärte mir, dass der Rabe einer der klügsten Vögel und zudem komplett schwarz sei, damit er nachts nicht gesehen werden konnte. Es gibt eine Legende, die bis ins Mittelalter zurückreicht, und die besagt, dass England nicht besiegt werden kann, solange es noch Raben im Tower of London gibt.«

»Ah, okay«, sagte Conor in skeptischem Ton. Allerdings musste er zugeben, dass diese Gruppe Männer tatsächlich in einer anderen Welt lebte. Sie hatten andere Regeln, und Legenden zählten für sie mehr als Gesetze.

»Sallie meinte, dass im Tower of London bis zum heutigen Tage Raben sind. Sie werden vom Rabenmeister der Yeoman Warders, der früheren Leibwache des Königs, gefüttert. Hört sich ein bisschen an wie aus einem Märchen, oder?« Dann schwieg Lydia kurz. »Ich fand es nicht gut, Sallie mit Menschen wie Dans Freunden zu sehen.«

»Wieso?«, hakte Conor nach.

»Egal, wie die Legenden in Großbritannien oder in der Mythologie lauten, für Dans Freunde sind die Raben hier, um den Reichtum der Gruppe zu bewachen. Sie halten sich für sehr wichtig, meinen, sie würden gewisse Privilegien verdienen, weshalb sie auch tun dürften, was sie wollen.«

»Von wem genau sprechen Sie?«, fragte Conor.

»Griffin Chase«, antwortete sie, ohne zu zögern. »Er ist ihre große Hoffnung für die Zukunft. Er wird dafür sorgen, dass die Gesellschaft wieder weiß, was Anstand und Strukturen sind.« Sie schnaufte abfällig. »Das reden sie sich vielleicht ein, aber was sie wirklich von ihm wollen, ist, dass er ihnen genehmigt, jeden Zentimeter der Küste zu bebauen und sich die Taschen vollzustopfen. Sallie erzählte, Dan hätte ihr einmal gesagt, sie würden für ihn töten.«

»Für Griffin?«, fragte Conor.

»Ja«, antwortete Lydia. »Sie meinte, Dan hätte es im Scherz gesagt. Aber ich bin mir da nicht so sicher, dass sie das wirklich so aufgefasst hat.«

Conor dachte an das Grab inmitten des Ravenscrag-Jagdreviers und fragte sich erneut, ob sie es für Claire geschaufelt hatten.

Sie war die Ehefrau, die zu viel wusste. Er dachte an die fehlenden Säcke mit Branntkalk.

»Lydia, Ihre Schwester war anscheinend eine hervorragende Gärtnerin. War das ein Hobby, das sie und Dan teilten?«

»Sallie war eher die mit dem grünen Daumen. Ich habe sie dafür wirklich bewundert. Ich kann gerade mal ein paar Pflanzen in die Erde setzen. Ich mache das auch nur für Gwen. Dan ist aber auch ganz gut bei der Gartengestaltung. Er wollte ein paar Rhododendronbüsche und einen Blumenhartriegel pflanzen, hat es aber bislang nicht geschafft.«

»Haben Sie bei Sallies Gartenutensilien jemals Säcke mit Branntkalk gesehen?«, wollte er wissen.

»Ich glaube nicht. Warum?«

»Wo bewahrte Sallie ihre Gartenutensilien auf?«, fragte er, ohne auf ihre Frage einzugehen.

»In einem Behälter auf der Terrasse«, antwortete sie.

Conor wollte sie gerade bitten, ihm diesen Behälter zu zeigen, da schoss ihm ein Gedanke durch den Kopf. »Wann haben Sie davon gehört, dass Dan diesen Baum pflanzen wollte?«

»Das hat mir Sallie ein paar Tage vor ihrem Tod erzählt. Es hat sie genervt, weil er den Boden schon fertig und das Loch gebuddelt hatte. Sie meinte, das war schon seit einem Monat so und die beste Zeit, um den Baum und die Büsche zu pflanzen, war schon vorbei. Sie hatte Angst, eins der Kinder könnte in das Loch fallen.«

»Das Loch?«, fragte er ungläubig. »Wo ist es denn?«

»Hinten, direkt neben der Garage«, meinte sie.

»Es ist mir gar nicht aufgefallen, als wir gekommen sind.«

»Jetzt, wo Sie es sagen, mir auch nicht«, erklärte Lydia.

Conor eilte zur Tür hinaus und lief um das Gebäude herum. Dort fiel es ihm sofort auf: ein rechteckiges Stück frisch umgegrabener Erde von exakt der gleichen Form wie das, was er im Jagdrevier gesehen hatte.

»Das ist merkwürdig«, fand sie. »Gestern war hier noch ein riesiges Loch. Warum hat er es aufgefüllt, statt die Rhododendren zu pflanzen?«

»Kommen Sie, gehen wir zum Haus zurück«, meinte Conor. Drinnen traf er auf Jen und ein paar Forensiker in weißen Schutzanzügen. »Holt eure Schaufeln«, sagte er ihnen und führte sie zu dem kürzlich aufgefüllten grabförmigen Loch. Ihm war übel, denn er fragte sich, ob sie nun auf Claires von weißem Branntkalk staubige Leiche treffen würden.

»Geht es dir gut?«, fragte Jen.

Er schüttelte den Kopf. »Ich möchte sie finden, aber nicht so ...«

»Ich weiß, Conor«, sagte sie verständnisvoll. Dann fügte sie hinzu: »Da würde schon Mumm dazu gehören, sie direkt hinter diesem Haus zu vergraben.«

Die Polizei errichtete tragbare Zelte, um Schaulustige abzuhalten und zu verhindern, dass Drohnen sehen konnten, was sie da taten. Als die Kriminaltechniker zu graben begannen, nahm Conor Jen beiseite und zeigte ihr eins der Fotos von Ravenscrag.

»Das ist der Ort, den Gwen gezeichnet hat«, erklärte er.

»Wohin ihrer Meinung nach die Meermänner Charlie gebracht haben«, sagte Jen.

»Wir sollten die Dienststellen an der Küste anrufen und fragen, ob jemand weiß, wo dieses Haus ist. Es ist ja nicht gerade unauffällig. Leute, die in der Nähe wohnen, müssen es kennen«, fand Conor. Ihm drehte sich der Magen um; er stand hier mit Jen Miano und sprach mit ruhiger Stimme zu ihr, während er gleichzeitig das Geräusch der buddelnden und Dreck aufwirbelnden Schaufeln hörte. Das Geräusch war rhythmisch und entschlossen.

Er und Jen standen regungslos da und schwiegen. Seine Gedanken wanderten zu Claire. Ein paar Minuten später verklang das Geräusch der Schaufeln.

»Detectives«, sagte einer der Kriminaltechniker und winkte sie herüber.

Conors Herz setzte einen Schlag aus, als er zum Loch ging und sich dafür wappnete, in das Gesicht von Claire Beaudry Chase zu blicken.

»Ach du Scheiße!«, rief Jen aus.

Und Conor empfand ebenso, sagte aber nichts, als sein Blick auf die Leiche von Dan Benson mit einem Einschussloch im Kopf fiel.

47

Claire

Spencer fuhr uns nach Hubbard's Point zurück, wo sie uns bei Jackies Haus absetzte. Uns über Marnie zu erzählen, hatte sie sehr aufgewühlt, und sie wollte den Rest des Tages alleine verbringen.

Als wir bei Jackie ankamen, war Tom nicht zu Hause. Eigentlich hatte ich mir gewünscht, er wäre da, denn ich war bereit, aus dem Schatten zu treten, und wollte sowohl Tom als auch Conor erzählen, was passiert war und was ich wusste. Jackie reichte mir ein sauberes Handtuch und ich ging nach oben, um zu duschen. Ich streifte meine alten Kleider ab, die so schmuddelig waren, dass Jackie sie sofort wegwarf, und stellte mich lange unter den Strahl heißen Wassers. Das Gefühl, sauber zu sein, war so schön, dass ich gar nicht mehr zu duschen aufhören wollte. Als ich hinaustrat, zog ich eine Kakihose von Jackie und ein blaues Vineyard-Vines-T-Shirt an und ging in die Küche.

Jackie hatte uns Tunfischsandwiches gemacht, die wir zusammen mit Kartoffelchips und Eistee aßen, genau wie wir es als Kinder gemacht hatten. Noch nie hatte eine Mahlzeit so gut geschmeckt. Während wir aßen, brachte mich Jackie auf den neuesten Stand und erzählte mir von Artikeln, die über mich in den Zeitungen erschienen, und von Berichten, die im Fernsehen gelaufen waren.

»Ich habe keine Ahnung, wie du es geschafft hast, dich so lange zu verstecken«, meinte sie. »Dein Gesicht ist überall. Es war sogar ein Artikel über dich in der *People*.«

»Na super. Nach all den Jahren, in denen ich Kunst gemacht habe, bin ich jetzt berühmt, weil ich vermisst werde.«

Jackie lachte. »Nun ja, zumindest funktioniert es. Die Galerie hat Anrufe von überallher gekriegt und jede Menge Leute kommen vorbei.«

Ich dachte an die Galerie und daran, dass ich an dem Tag angegriffen wurde, an dem meine Ausstellung eröffnet worden war. Wie nervös und aufgeregt ich gewesen war – nicht nur aus Vorfreude auf die Eröffnung und aus Angst vor der Meinung von Kritikern und Sammlern über mein neuestes Werk, sondern auch wegen Griffin. Weil ich ihm meinen Objektrahmen gezeigt hatte – *den* Objektrahmen.

»Was passierte am Abend der Eröffnung?«, wollte ich wissen.

»Sie war erfolgreich«, erklärte Jackie. »Fast alles wurde verkauft.«

»Erinnerst du dich an das Werk, das ich am späten Nachmittag gebracht habe?«, fragte ich.

»Natürlich. *Fingerknochen*.«

»Wusstest du, wovon es handelte?«, wollte ich wissen.

»Ich wusste, dass es mit Ellen zu tun hatte«, meinte sie. »Damit, dass du ihre Leiche in dem Gezeitenbecken gefunden hast.«

»Ich habe keine Beweise«, gestand ich ihr. »Aber ich weiß, dass Griffin sie getötet hat.«

Schweigend schaute sie mich an. »Er hat es gekauft, weißt du? *Fingerknochen*.«

»Tatsächlich?«, fragte ich, wobei ich erschauerte.

»Ja«, sagte Jackie. »Er hat es noch am selben Abend mitgenommen. Aber dann wurde es vor der Galerie in der Mülltonne gefunden. Ein paar Meter die Straße hinauf wurden andere Dinge entsorgt. Kinder haben sie entdeckt. Darunter auch ein Messer, das Conors Meinung nach mit dem Angriff auf dich zusammenhängt. Die Polizei hat die ganze Nachbarschaft abgesucht. Entweder hat jemand Griffin den Objektrahmen geklaut, oder er selbst hat ihn weggeworfen.«

Ich versuchte mir vorzustellen, wie Griffin in die Stadt fuhr und Kunstwerke und Waffen in Mülleimer stopfte. »Was haben die Kinder, abgesehen vom Messer, noch gefunden?«

»Einen Schlüsselanhänger. So einen aus Styropor, wie ihn Bootsleute oft haben. Er war von der *Sallie B*.«

Es gab also eine Verbindung zwischen Sallie und mir. Alles ergab plötzlich Sinn. Spencers Geschichte war das fehlende Puzzleteil – die Rolle, die Dan dabei spielte.

»Bei dem Ganzen geht es um das Timing«, sagte ich ruhig.

»Was für ein Timing?«

»Griffins Wahlkampf«, meinte ich. »Er hatte zu viel zu verlieren. Ich wollte ihn verlassen. Es war schwer für mich, jahrelang einen Verdacht wegen Ellen gehabt zu haben. Ich hätte doch nicht zulassen können, dass er zum Gouverneur gewählt wird, wenn er in Wahrheit ein Mörder ist. Er hat immer gewusst, dass ich ihn verdächtigte. Aber bis gestern habe ich nicht verstanden, warum er es getan hat.«

»Wegen dem, was in Cancún geschehen war«, sagte Jackie. »Ellen wusste es.«

»Genau wie Dan, der es wahrscheinlich Sallie erzählt hat«, fügte ich hinzu. »Jetzt, wo der Tag der Wahl näher rückte, haben sie sie ermordet. Und mich fast umgebracht. Weil ich es auch wusste.«

»Griffin und Dan? Was ist mit den Kindern?«, fragte Jackie. »Wie konnten sie denn ihr Leben riskieren? Charlie ist tot und Gwen stark traumatisiert. Sie ist gerade bei Tom. Hat er mir am Telefon erzählt.«

»Ich möchte sie treffen«, sagte ich, wobei ich mich innerlich leer fühlte. »Wir sind die beiden Überlebenden. Was kann ich tun, um ihr zu helfen?«

Jackie holte tief Luft. »Ich weiß es nicht. Es geht ihr nicht gut, aber wie könnte das anders sein? Und wie kann sie jetzt bei ihrem Vater leben, wenn er das Sallie tatsächlich angetan hat? Sie hat da diese lebhafte Fantasie, dass Charlie in einem Schloss im Meer festgehalten wird. Sie hat unglaublich detaillierte Zeichnungen einer Villa mit Türmchen und furchtaussehenden, rabenähnlichen Gargoyles gemalt.«

»Hast du die Zeichnungen?«, fragte ich.

»Nicht die Originale«, antwortete Jackie. »Aber Tom hat Fotos gemacht und mir aufs Handy geschickt. Warte kurz.« Sie scrollte durch ihre Textnachrichten und zeigte mir dann die Fotos. Darauf sah ich das Schloss, die Klippen und Mauerbrüstungen, die Gargoyles mit dicken schwarzen Schnäbeln und angelegten Flügeln, die Männer, die auf dem Balkon standen.

»Das ist kein Ort ihrer Fantasie«, erklärte ich. »Das Haus gibt es wirklich.«

»Was? Woher weißt du das, Claire?«

»Weil ich schon dort war. Bei einer Spendenveranstaltung für Griffin. Es gehört Emilys Vater Maxwell Coffin, einem von Griffins Förderern. Das ist eine vollkommen verrückte, total übertriebene Nachbildung eines ›Stammsitzes‹, wie sie es nennen, in Schottland. Von der Straße aus kann man das Haus nicht sehen – es befindet sich auf einem riesigen Grundstück am Ende einer langen Zufahrt. Außerhalb von Stonington.«

»Das ist komisch«, meinte Jackie erschrocken. »Tom ist gerade jetzt mit Gwen auf dem Weg zum Leuchtturm in Stonington. Wie kommt es, dass du die Besitzer kennst?«

»Kenne ich nicht wirklich. Max ist Neils älterer Bruder. Wir sind uns ein paar Mal über den Weg gelaufen, mehr nicht. Er und seine Frau haben mich damit beauftragt, einen Objektrahmen ihres Hauses zu machen. Von Ravenscrag.«

Ich erzitterte bei der Erinnerung an jene Nacht – und an den Brief, den ich im Anschluss erhielt. Vor meinem inneren Auge sah ich die gotisch angehauchte Villa, die mit Zinnen versehenen Türmchen, die Wände voller englischer Pferdegemälde und strenger Familienporträts aus dem 19. Jahrhundert. Neben der geschwungenen Marmortreppe hingen Fotos, die am Anfang des 20. Jahrhunderts aufgenommen worden waren und auf denen Männer im Smoking oder im Landhausstil mit Gewehren neben weiß-braunen Cocker Spaniels posierten.

Es war eine sehr elegante Veranstaltung voller Pomp gewesen. Max' Frau, Evans, hatte ein mauvefarbenes Satinkleid mit einem mit Strasssteinen besetzten Oberteil getragen. Die beiden hatten mich nach unten zum Deich geführt, wo sich die Wellen an den Steinen brachen und nach oben spritzten, damit ich von dort aus einen Blick auf die Villa werfen und mir ausmalen konnte, wie mein Objektrahmen auszusehen hatte.

Evans beobachtete mich die ganze Zeit, während Max über mein großes Talent sprach und sagte, er sei mein Bewunderer, seit Griffin ihm erstmalig von meinen Werken erzählt hatte. »Überragend« hatte er meine Kunst genannt. Mysteriös, eine Geschichte erzählend, gefühlvoll. Immer wieder schaute ich zu Evans herüber und anfangs dachte ich, sie sei sauer, weil ihr Mann mir so viel Aufmerksamkeit schenkte.

Doch ihr Gesichtsausdruck sagte etwas anderes – es war ein inständiger, warnender Blick, als ob sie mich zur Vorsicht ermahnen wollte. Aber wovor? Ich wusste eindeutig, wie es war, einen gefährlichen Ehemann zu haben, aber was hätte ich von ihrem denn zu befürchten gehabt? Das sollte ich erst ein paar Wochen später herausfinden, als ich den Brief erhielt.

Abigail und Neil Coffin waren natürlich auch da; ebenso weitere unserer Nachbarn aus Catamount Bluff, die häufig zu Griffins Benefizveranstaltungen kamen. Griffin und ich waren zusammen mit Wade und Leonora Lockwood herübergefahren.

Alexander und Ford lebten im Gästecottage, sodass sie auf das Haus aufpassen konnten, wenn die Familie in einem ihrer anderen Häuser in St. Barts, Vail oder San Francisco übernachtete. Ford war an jenem Abend nicht da, aber Alexander und Emily halfen dabei, die Getränke auszuschenken. Max war der erste, der einen dicken Scheck für Griffins Wahlkampagne zum Gouverneur von Connecticut ausstellte.

Abigail, Sloane und ich standen zusammen. Ich war Abigail dankbar, dass sie uns das Haus gezeigt hatte, denn ich konnte Griffins Stimme, mit der er die Menge umschmeichelte, nicht ertragen. Ich hatte durchschaut, wie er wirklich war und was er getan hatte. So lange hatte es mich innerlich aufgefressen und ich wusste, das Ende meiner Zeit mit ihm war gekommen.

Ich weiß noch, dass Sloane Hawke und ich darüber witzelten, sie hätte endlich jemanden gefunden, der einen genauso merkwürdigen Mädchennamen trug wie sie, und dass Abigails Schwägerin, Evans Coffin, sie in der Hinsicht sogar noch überboten hätte. Ich hätte gedacht, dass Evans sich zu uns gesellen oder sogar das Haus zeigen würde, aber sie blieb im Salon und lauschte meinem Ehemann. Als ich an ihr vorbeiging, bedachte sie mich wieder mit diesem Blick: Sei vorsichtig.

Zumindest las ich das darin.

Und wie sich herausstellte, hatte ich es richtig interpretiert.

Abigail identifizierte die meisten der gesetzten Personen auf den Familienporträts und sagte, die Fotos der Männer mit

Gewehren seien im Jagdrevier der Familie ein paar Kilometer weiter nördlich geschossen worden.

»Das, in dem die Männer noch immer jagen gehen?«, fragte Sloane, als wir das Arbeitszimmer mit den vielen Bücherregalen an den Wänden betraten.

»Ja«, antwortete Abigail. »Das, das nach diesem Haus hier benannt wurde. Oder umgekehrt? Das vergesse ich immer. Neils und Max' Großvater mochte es gern einheitlich und außerdem wollte er jeden an den, ähm, Familienstammsitz in den schottischen Highlands erinnern.« Wir alle kicherten.

Ich schaute mir die ausgestopften Tiere an, darunter auch viele Vögel, insbesondere Raben, Falken und Eulen, die auf den Regalen im ganzen Raum verstaubten. Doch was mir tatsächlich den Atem verschlug, war, dass neben einem Raben mit ausgebreiteten Flügeln eine Reihe von Nates Büchern stand. Zehn Bände meines Ex-Mannes Nate Browning. Ich schlug eins auf und sah eine Widmung in Nates Handschrift: *Für Max, der weiß, was zählt. NB.*

»Da prallen zwei Welten aufeinander«, fand Abigail, die neben mir stand. »Diese Leute lesen die Bücher deines ersten Ehemannes und versuchen gleichzeitig dafür zu sorgen, dass dein zweiter Ehemann gewählt wird. Und glaub mir, Max lässt dich nicht in Ruhe, ehe du einen Objektrahmen für ihn baust.«

Ich setzte ein fröhliches Lachen auf, aber innerlich war ich sehr aufgewühlt; Nate war ein Akademiker und nicht politisch, ein Wissenschaftler, der seine Zeit entweder auf Forschungsreisen oder hinter seinem Schreibtisch verbrachte – wenn er politisch Stellung bezog, dann wählte er den Kandidaten, der sich für den Klimaschutz einsetzte. Das war es, was für Nate zählte.

War Max mit ihm einer Meinung?

Griffin war in politischer Hinsicht gnadenlos und gab vor, er würde sich für den Naturschutz interessieren. Selbstverständlich tat er alles, um das Land, das sein Haus umgab, zu schützen, aber

Land am anderen Ende des Bundesstaates war eine ganz andere Geschichte. Niemals hätte er die Umwelt an die erste Stelle gesetzt, und erst recht nicht auf Kosten seiner Geschäfte oder zum Nachteil großer Unternehmen, die sich im Bundesstaat ansiedeln wollten. Darum ging es bei der Versammlung: Unterstützer für ihn und sein Programm zusammenzutrommeln. Ich ging davon aus, dass Max genauso dachte wie Griffin und nicht wie Nate.

»Warum hat Gwen wohl ein Bild von dem Haus gezeichnet?«, fragte Jackie jetzt.

»Ich weiß es nicht«, meinte ich, war aber gedanklich noch dabei, dass ich dort Nates Bücher gesehen hatte. Mir fiel ein, dass ich es ihm hatte sagen wollen und mir vorgestellt hatte, wie wir darüber lachen würden – politische Spieler, die sich für seine poetischen Forschungen interessierten. Und ich wollte ihm von den Raben-Gargoyles erzählen und dem absurden Prunk eines rund eintausendfünfhundert Quadratmeter großen schottischen Schlosses in New England in einer Stadt mit Herrenhäusern und bunten Fischer-Cottages, und dass die Coffins wollten, dass ich genau dieses Haus in einem Objektrahmen nachbildete.

Und dass ich genau damit angefangen hatte, weil es einfach so übertrieben gotisch war, zu sehr von Hecken und englischen Gärten umgeben war und wie aus einem Traum stammte, der schon an einen Albtraum grenzte. Mein Ehemann war der einzige Grund, warum ich in Ravenscrag war: eine Horde Schlangen, die sich zusammenrottete, um für die Wahl von Griffin Chase ein Vermögen aufzubringen.

»Claire, ich weiß, in deinem Versteck hast du dich sicherer gefühlt, aber wir müssen Conor anrufen. Und Tom. Sie beide müssen wissen, dass es dir gut geht, und auch von diesem Ort erfahren. Wir haben alle geglaubt, Gwen würde fantasieren, aber vielleicht ...«

»Das Haus ist real«, meinte ich. Meine Gedanken rasten, ich musste an das Werk denken, das ich begonnen hatte, an die Notizen, die ich mir aufgrund der Gespräche mit Max Coffin gemacht hatte, und an das Geheimnis, das ich hinter dem Rahmen versteckt hatte.

»Ich glaube dir«, meinte sie. »Wir müssen Tom und Conor sofort anrufen.«

»Darf ich zuerst einmal deinen Computer benutzen? Ich muss davor erst noch eine E-Mail schreiben.«

»Natürlich«, antwortete sie. »Da wird aber jemand sehr überrascht sein, von dir zu hören.« Am Schreibtisch loggte ich mich am selben Laptop, den ich benutzt hatte, um Spencer zu kontaktieren, in mein Gmail-Account ein. Ich ignorierte die Hunderte von E-Mails und schrieb stattdessen an Nate: Ich bin am Leben. Ich hätte nie gedacht, dass du einer von denen bist. Nie. Warst du in den Plan eingeweiht? Wusstest du, dass sie mich umbringen wollten? Nicht du, Nate. Warum musstest du ein Teil des Ganzen sein?

Meine Augen waren feucht vor Tränen, als ich auf ›Senden‹ klickte. Von allen Menschen in meinem Leben hätte ich gerade Nate für vollkommen aufrichtig gehalten. Es fühlte sich mutig an, meine Stimme zu erheben, aber das hier war erst der Anfang. Ich hatte noch einigen Menschen eine Menge zu sagen. Ich spürte meine ganze Stärke – sie war zurück und ich würde sie einsetzen. Doch zuerst musste ich diesen Brief holen.

»Jackie, du rufst Tom und Conor an, okay?«, bat ich. »Ich muss in mein Atelier. Da gibt es ein Beweisstück. Jetzt, wo ich erfahren habe, dass Ravenscrag beteiligt ist, muss ich es holen. Das ist das Verbindungsstück.«

»Das ist verrückt, Claire«, entgegnete sie. »Du kannst nicht alleine dorthin gehen, nicht nach dem, was dir passiert ist.«

»Niemand wird mich sehen«, meinte ich. »Ich werde über den Pfad am Strand gehen. Außerdem weißt du ja, wo ich bin. Das gibt mir ein Gefühl von Sicherheit.«

»Conor wird dich befragen wollen ...«

»Du kannst ihm sagen, wo ich bin. Er findet mich in Catamount Bluff, ich kann ihm dort alles direkt erzählen. Ich tue das Richtige, Jackie. Ich passe auf mich auf und ich verspreche dir, ich werde diese Typen zu Fall bringen. Insbesondere Griffin.«

Jackie wollte mich nicht gehen lassen, aber sie wusste, dass ich immer tat, was ich mir in den Kopf setzte.

Sie wollte mich fahren, doch ich lehnte ab. Ich musste durch die Bäume nach unten zum Pfad gehen und an der Stelle vorbei, wo Ellen gestorben war. Dafür würde ich all meine Stärke benötigen – und die erhielt ich von den Wäldern, dem Gezeitenbecken, dem Sumpfgebiet und der Begräbnisstätte. Meine Kraft kam vom Puma und dem Geist meines Vaters und dem Wissen, das ich endlich über Griffin und seine Taten verfügte.

Also gab ich meiner Freundin zum Abschied einen Kuss auf die Wange und drehte mich um, um zum hoffentlich letzten Mal nach Catamount Bluff zu gehen.

48

Tom

Als sie in Mystic vom Highway abfuhren, waberte der Nebel, der sich hinter der Küste auf dem Meer gesammelt hatte, langsam auf das Land zu. Tief und schaurig erklangen die Nebelhörner und Gwen sackte in ihrem Sitz immer tiefer, als ob das Wetter und die damit verbundene Stimmung alle Luft aus ihr pressen würden.

Draußen war es feucht und kühl geworden, weshalb Tom fand, dass ein Spaziergang am Meer vielleicht doch nicht das Richtige für Gwen sei; sie war noch immer zerbrechlich und brauchte Ruhe.

Außerdem hatte er das Gefühl, dass er, als er auf Patrouille an diesem Landstrich vorbeigekommen war, etwas Wichtiges gesehen hätte, das im Zusammenhang mit Gwens Zeichnungen stand. Sie fuhren auf der Route 1 in Richtung Osten nach Stonington. Das Wasser lag rechts von ihnen, hinter den Geschäften und Häusern. Niedrige Hügel wechselten sich mit Salzsümpfen und felsigen Buchten ab.

»Fahren wir zum Leuchtturm?«, fragte Gwen.

»Ja«, antwortete er. »Aber ich dachte, für den Strand wäre es vielleicht zu nass.«

»Ich gehe gern bei Nebel am Strand spazieren«, erklärte sie. »Und bei Regen. Hat Mom auch gemacht. Bei jedem Wetter.«

Tom warf ihr ein Lächeln zu. »Ganz nach meinem Geschmack«, meinte er. »Ich bin nämlich auch so. Ich bin auch immer am Meer und am Strand, egal, wie das Wetter ist.«

Sie nickte, dann blickte sie wieder aus dem Fenster. Während er fuhr, schaute sich Tom beide Seiten der Straße genau an. Das war eine Gewohnheit von ihm; auf Patrouille hatte er seine Augen auch immer überall und nahm alles in sich auf, denn er konnte nie wissen, wann er jemanden in Not oder einen Fischer, der Hummerreusen herauszog, die nicht die seinen waren, oder Trümmerteile im Wasser erblicken würde. Jackie und ihre Töchter zogen ihn immer damit auf und sagten, er sei zur Hälfte mit ihnen im Auto oder auf dem Segelboot, zur anderen Hälfte würde er gerade Leben retten, die allerdings gar nicht in Gefahr seien.

An diesem Straßenabschnitt lagen viele große Anwesen; die meisten von ihnen hinter hohen Hecken oder am Ende langer Auffahrten. Die Reichen bezahlten viel für Privatsphäre, und große Grundstücke schützten sie vor neugierigen Augen. Er fuhr langsam und reckte den Hals, um einen Blick auf Ausschnitte der Häuser hinter den Bäumen zu erhaschen, als er plötzlich die Steinsäulen entdeckte.

Groß und imposant standen auf beiden Seiten einer asphaltierten Auffahrt, die sich durch Eichenbäume einen Hügel hinaufwand, Säulen, auf deren Spitzen Raben mit weit ausgebreiteten Flügeln thronten. Am linken Torpfosten zeigte eine Granitplatte den Namen des Hauses an: *Ravenscrag*.

Um einen besseren Blick zu haben, fuhr er so langsam, dass er schon fast anhielt, als Gwen die Vögel auf den Säulen entdeckte.

»Tom, das sind sie!«, rief sie aufgeregt. »Das sind genau dieselben wie auf Daddys Bildern! Das ist der Ort, an den die Meermänner Charlie gebracht haben. Fahren Sie rein, wir müssen ihn holen.«

»Wir sollten zuerst meinen Bruder anrufen«, widersprach Tom. »Schließlich ist er Polizist und …«

»Nein, wir müssen sofort dahin!«

Tom zögerte. Was, wenn sie sich irrten und dies nur eins der vielen Stonington-Anwesen war? Sie konnten allerdings auch die Einfahrt hinauffahren, einen Blick auf das Haus werfen und wieder wegfahren.

Falls ihn jemand anhielt, zog die Ausrede »falsch abgebogen« eigentlich immer. Aber was wäre, wenn Charlie tatsächlich dort war? Was sollte er dann tun?

Tom wählte die Nummer seines Bruders, als er hügelaufwärts fuhr. Oben angekommen, kam das Haus in Sicht und er hielt abrupt an. Zuvor hatte er dieses Gebäude, das man getrost als Schloss betiteln konnte, nur vom Meer aus gesehen. Das massive Feldstein-Gebäude verfügte über zwei quadratische Türme und ein kleineres, rundes Türmchen.

Gargoyles – Raubvögel – hockten entlang der gesamten Dachlinie.

»Das Meeresschloss!«, rief Gwen. Und das war es tatsächlich. Tom erkannte das Haus von ihren Zeichnungen. In dem Moment ging Conor ans Telefon und fragte: »Was gibt's?«

»Warte kurz«, sagte Tom und hielt hinter einem Mercedes SUV an, der unter einem alten Ahornbaum geparkt war. »Ich bin gerade bei diesem sehr merkwürdigen Haus vorgefahren und ich muss umdrehen und wieder rausfahren – ich rufe dich noch mal an, sobald ich wieder auf der Straße bin. Du solltest unbedingt hierhinkommen.«

Gwen öffnete die Tür des Pick-ups. Tom versuchte noch, sie zurückzuhalten, doch sie war zu schnell und rief ihm noch zu: »Charlie ist dadrin! Ich gehe ihn holen.«

»Warte«, sagte Tom zu Conor und sprang aus dem Auto und lief Gwen hinterher. Er erreichte sie und hielt sie fest. »Wir holen Hilfe, Gwen. Aber jetzt komm bitte mit mir.«

»Nein«, rief sie. »Er ist hier. Charlie!«

Da öffnete sich die Vordertür und ein junger Mann mit Baseballkappe trat heraus. Tom erschrak – er hatte ein Foto des Jungen in der Zeitung gesehen. Es war einer von Griffin Chases Zwillingssöhnen.

»Kann ich Ihnen helfen?«, fragte der junge Mann. Hinter ihm streckte eine junge Frau ihren Kopf hervor. Ihre Hände lagen auf den Schultern eines kleinen Jungen. Tom glaubte seinen Augen kaum: Es war Charlie. Gwen hatte die ganze Zeit über recht gehabt.

»Charlie!«, rief Gwen und rannte zum Haus. Dort schmiss sie sich ihrem Bruder in die Arme und hielt ihn fest, um ihn von der Frau wegzuziehen. Tom stand mittlerweile direkt hinter Gwen, wobei er seinen Blick auf die beiden Erwachsenen geheftet hatte.

Adrenalin flutete seinen Körper.

»Gwen, Charlie«, sagte er so ruhig wie möglich. »Wir gehen jetzt. Kommt mit.«

Gwen hob den Blick – in ihren Augen strahlte pures Glück, was ihn fast lächeln ließ. Sie ergriff Charlies Hand und ging auf Tom zu. Dieser ließ die beiden vorgehen und schaute sich zur Vordertür um. Dort stand nur die Frau.

»Alexander, halt sie auf!«, rief sie.

Tom und die Kinder schafften es bis zum Pick-up.

»Ich hab das hier, Emily«, sagte Alexander Chase und hielt eine halb automatische Sig Sauer in der Hand, dasselbe Modell, das auch Conor bei sich trug. Toms eigene Dienstwaffe lag sicher bei ihm zu Hause.

»Ihr seid der Meermann und die Meerjungfrau«, sagte Gwen mit erstauntem Blick auf Alexander und Emily. »Ihr seid uns in eurem Boot gefolgt und habt Charlie gerettet.«

»Das stimmt«, meinte Emily. »Ich bin froh, dass du das weißt. Und jetzt werden wir uns auch um dich kümmern.«

»Aber wir müssen nach Hause. Unser Daddy wartet auf uns.«

Alexander machte ein frustriert klingendes Geräusch. »Verdammt«, sagte er.

»Sei leise«, raunte Emily ihm zu.

»Na los, kommt, Gwen, Charlie«, befahl Tom, der die Waffe keine Sekunde aus den Augen ließ. Er hörte, wie sein Bruder ihn über das Telefon im Pick-up rief. Er war also noch immer in der Leitung.

»Hör nicht auf ihn, Charlie«, sagte Emily und machte einen Schritt nach vorn. »Komm, wir zeigen deiner Schwester alles hier. Die ganzen tollen Räume und den Turm und das Schwimmbad …«

»Ich weiß, dass ihr nett seid, aber wir gehen mit Tom«, bestimmte Gwen und hielt ihren Bruder fest umschlungen.

»Sie sind nicht nett«, entgegnete Charlie und fing zu weinen an. »Sie sind uns nach Block Island gefolgt. Um Daddy zu erschießen, wenn er von Bord gegangen wäre. Aber Ford hat es stattdessen getan. Der, der zu unserem Haus kam, an dem Tag, an dem Mom und Dad sich angeschrien haben.«

»Halt die Klappe!«, befahl Alexander.

»Ich habe euch aber gehört«, weinte Charlie. »Ich habe gehört, dass ihr das gesagt habt. Du meintest, er würde deinen

Vater verraten und dann würde dein Vater verlieren, und du hast gesagt, er hat Daddy erschossen.«

Tom versuchte, Alexander einzuschätzen. Er war ein großer, junger Mann, wirkte eher weich, war leicht stämmig. Und seine Hand zitterte, was darauf schließen ließ, dass er sich mit der Waffe nicht wohlfühlte.

Tom überlegte – würde Alexander tatsächlich auf sie schießen?

»Du hast Daddy getötet? Hast du auch unsere *Mutter* getötet?«, fragte Gwen.

»Nein«, sagte Emily in zuckersüßem, schmeichelndem Ton. »Wir hatten keine Ahnung, dass das Boot explodieren würde. Das war ein furchtbarer Unfall. Wir hätten euch doch niemals wehtun wollen.«

»Em, bitte hör auf«, sagte der junge Mann und machte ihr Zeichen in Richtung Tom.

»Was macht das schon für einen Unterschied?«, fragte sie. »Wen interessiert es schon, was er hört? Du weißt, was du zu tun hast.«

»Du musst gar nichts tun«, sagte Tom so ruhig wie möglich. »Bislang hast du nichts Schlechtes getan. Du hast Charlie gerettet. Ohne dich hätte er es nicht geschafft. Die Explosion war ein Unfall. Egal, was Ford gemacht hat, du hast niemanden erschossen …« Er hatte seine Arme um Gwen und Charlie gelegt.

»Geh weg von ihnen!«, rief die junge Frau.

»Ihr steckt in keinerlei Problemen«, meinte Tom. »Ihr wollt uns nichts tun, das weiß ich. Ihr habt Charlie gerettet. Ihr gehört zu den Guten. Wir werden jetzt gehen.«

Er hob Charlie hoch und führte Gwen zu seinem Pick-up, wobei er weiterhin die ganze Zeit auf die Waffe schaute. Sein Herz klopfte wie wild. Da ließ der Mann seinen Arm sinken und neigte den Kopf. Er würde nicht schießen.

Tom öffnete die Tür und schob die beiden Kinder hinein.

»Du Idiot!«, rief Emily und griff Alexanders Arm. »Du kannst sie nicht gehen lassen. Nach alldem? Was werden unsere Väter sagen?«

Tom kletterte auf den Fahrersitz. Der Motor des Pick-ups lief noch, das Telefon war noch immer auf Lautsprecher gestellt und er vernahm Conors Stimme: »Ich habe alles gehört. Sieh zu, dass du da rauskommst.«

»Verstanden«, sagte Tom. »Verlasse jetzt Ravenscrag.« Er legte hastig den Rückwärtsgang ein, woraufhin die Reifen durchdrehten und auf dem Asphalt quietschten. Tom warf einen Blick in den Rückspiegel und sah, wie Emily Alexander die Pistole aus der Hand riss und mit ausgestrecktem Arm auf den Wagen zulief.

»Los, Tom, schnell!«, schrie Gwen, die Emily kommen sah.

Tom legte den Vorwärtsgang ein und drückte aufs Gaspedal, als die junge Frau die Waffe abfeuerte. Er spürte einen Stoß an der Schulter, als das Glas des Fensters der Fahrertür zersplitterte und ihm das Blut heiß aus dem Loch in der Schulter floss. Das Letzte, was er hörte, war die Stimme seines Bruders, der immer wieder über das Telefon seinen Namen rief, was nur von den Schreien von Gwen und Charlie ertränkt wurde.

49

Conor

Conor vernahm das unverkennbare, grausame Geräusch eines Pistolenschusses, und sein Bruder hörte auf zu sprechen. Die Verbindung war hingegen nicht unterbrochen. Er hörte die Kinder schreien. Jetzt sagte eine weibliche Stimme scharf: »Kommt mit mir, beide. Sofort!«

»Ich will nach Hause!«, schluchzte Charlie.

»Du hast Tom getötet!«, rief Gwen.

»Das ist deine Schuld, Gwen«, behauptete die Frau. »Ich habe dir und Charlie gesagt, dass ihr mit mir kommen sollt. Schau, was du angerichtet hast.«

»Tom!«, weinte Gwen.

»Kommt jetzt mit«, sagte eine Männerstimme. »Los, Gwen, du bist hier in Sicherheit. Du willst doch bei deinem Bruder sein, oder? Wir kümmern uns um euch und auch um das hier.«

»Charlie, renn weg! Wir müssen Hilfe für Tom holen!«

Conor hörte ein lautes Krachen, als ob jemand gerade geschlagen worden wäre, dann schluchzten beide Kinder.

»Passiert das wirklich?«, fragte die Frau. »Wir müssen uns jetzt mit *zwei* Gören rumplagen? So lautete der Plan aber nicht!«

»Ach komm, wir haben unseren Teil erfüllt«, meinte der Mann. »Ich habe meinem Vater bewiesen, was ich wert bin. Und du auch.«

»Der Unterschied ist, dass ich das niemals musste! Meine Eltern respektieren mich. Zumindest bis jetzt! Soll meine Familie sich jetzt für immer um diese Gören kümmern? Warum musste das Boot auch explodieren? Ein verdammter, unerwarteter Albtraum – ihre Mutter sollte noch am Leben sein und sich um sie kümmern.«

»Was machen wir jetzt?«, fragte der Mann.

Da Ravenscrag Max Coffin gehörte, musste die Frau Emily, Alexanders Freundin, sein.

»Ich habe meinem Vater bewiesen, was ich wert bin«, hatte der Mann eben gesagt. Was für ein Vater ließ ein Kind beweisen, was es wert ist, indem es jemanden erschoss? *Griffin Chase,* dachte Conor, und wenn die Frau Emily war, musste das Alexander sein.

»Wir bringen die Kinder rein und dann rufen wir Hilfe«, sagte der Mann.

»Die Polizei rufen?«, fragte die Frau. »Spinnst du?«

»Nein. Meinen Dad. Er wird wissen, was zu tun ist«, meinte der Mann.

Conor hatte seiner Dienststelle bereits eine Textnachricht geschrieben, damit die Polizei und ein Krankenwagen nach Ravenscrag in Stonington geschickt wurden. Tom lag möglicherweise im Sterben. Conor raste auf den Highway und lauschte jedem Wort, jeder Veränderung der Stimmen am Telefon. Er drückte fester aufs Gas.

»Tom«, sagte Gwen mit zitternder Stimme. »Tom muss ins Krankenhaus …«

»Ich halte das nicht mehr aus!«, brüllte die Frau.

Gwen fing zu schreien an, dann fiel Charlie mit ein, dann wurde das Kreischen leiser, als ob sie weggezerrt wurden. Conor hörte ganz genau hin. Er hörte schabende, tastende Geräusche, als ob einer der Kidnapper bei Toms Pick-up geblieben war. Dann hörte er ein gurgelndes Geräusch, als ob sein Bruder an seinem eigenen Blut erstickte und zu atmen versuchte.

»Scheiße«, sagte der Mann. »Du lebst noch?«

Conor wusste, dass das seine Chance war.

»Hören Sie mir zu, Mr Chase«, brüllte Conor. »Hier ist die State Police. Legen Sie nicht auf.«

»Was zum Teufel …?«, fragte der Mann verwirrt.

»Alexander, ich gebe Ihnen jetzt ganz genaue Anweisungen«, sagte Conor. »Ich weiß, wo Sie sind, und ich bin auf dem Weg dorthin. Genauso wie ein Krankenwagen und die örtliche Polizei. Tom Reid sollte besser am Leben und auf dem Weg ins Krankenhaus sein, wenn ich ankomme.«

Stille.

»Ich höre ihn atmen«, fuhr Conor fort. »Sollte ihm irgendetwas passieren, lautet die Anklage Mord. Ich weiß nicht, wer auf ihn geschossen hat – Sie oder Emily. Aber jetzt sind Sie für ihn verantwortlich. Haben Sie das verstanden? Wenn er stirbt, sind Sie sein Mörder.«

Keine Antwort.

»Haben Sie mich gehört?«, fragte Conor. »Sie und Emily Coffin sollten besser dafür sorgen, dass es den Kindern und meinem Bruder gut geht. Verstanden?«

»Scheiße«, sagte der Mann. Conor hörte ein Knacken, dann war die Leitung tot.

Conor rief bei seiner Dienststelle an und bat um genaue Richtungsangaben nach Ravenscrag. Man sagte ihm, es läge direkt abseits der Route 1, östlich des Stadtgebiets, keine Hausnummer, die Einfahrt war von zwei Steinpfosten mit Raben auf der Spitze gesäumt. Seine Kollegin sendete ihm die GPS-Koordinaten auf sein Handy.

»Schickt jede verfügbare Einheit«, bat Conor. »Schickt auch sofort einen Rettungshubschrauber. Es gibt mindestens eine Schussverletzung, männlicher Erwachsener. Emily Coffin und einer der Söhne von Chase halten die zwei Benson-Kinder gefangen, Gwen und Charlie.« Er musste schlucken. »Das Schussopfer ist mein Bruder Tom.«

»Das tut mir leid, Detective Reid«, sagte die Leitstellendisponentin. »Wir tun alles, was wir können, jeder Einzelne von uns.«

»Danke«, brachte Conor mühsam hervor.

So schnell er konnte, fuhr er nach Stonington. Seine Gedanken rasten, der Schrecken, mit Tom zu reden, dann den Schuss zu hören, das furchtbare Geräusch – wie oft hatte Conor es schon in seinem Leben gehört, an Tatorten, das Todesröcheln von Opfern, die an ihrem eigenen Blut erstickten? Wie viel Zeit blieb Tom noch?

Er versuchte, sich Tom vorzustellen – seinen älteren Bruder, der immer für ihn da gewesen war, der ihn beschützt hatte, als er klein gewesen war, den unglaublich toughen Küstenwachenkommandeur Thomas Reid – der alleine in seinem Pick-up starb.

Conor hielt sich auf der linken Spur, hatte die Sirene eingeschaltet und passierte Autos, die die Spur wechselten, um ihn durchzulassen. Als er an eine Engstelle an der Waterford-Kreuzung der I-95 und der I-395 kam, teilte er die Spur in zwei und fuhr in der Mitte hindurch.

Als er die Ausfahrt nach Stonington Borough nahm, hörte er Sirenen und blickte nach oben, wo der Rettungshubschrauber kreiste. Hatte er Tom bereits aufgenommen, um ihn nach Yale New Haven in das nächstgelegene Traumacenter zu fliegen?

Nein, er landete in diesem Moment. Conor konnte kaum atmen. Er folgte dem Helikopter, hörte das Flapp-Flapp des

Rotors, als er durch das Steintor hügelaufwärts zum monströsen Haus fuhr, das er bereits auf den Fotos von Dan Benson und im Clubhaus des Jagdreviers gesehen hatte.

Beim Rondell vor dem Haus standen zahlreiche Wagen der örtlichen Polizei und der State Police sowie zwei Krankenwagen mit blinkenden Lichtern. Am Vordereingang wimmelte es von Polizisten, darunter auch eine taktische Einheit in Einsatzanzügen. Der Helikopter landete auf einer offenen Grasfläche etwas südlich des Hauses. Toms Pick-up stand am Rand der Einfahrt; beide Vordertüren waren geöffnet.

Conor sprang aus seinem Wagen und rannte zum Auto seines Bruders.

Auf dem Fahrersitz war eine riesige Lache Blut, das in den Ledersitz gesickert, die Türinnenseite hinuntergelaufen und auf die Fußmatte getropft war. Tom war nicht da. Eine Blutspur – keine Tropfen, sondern dicke, verschmierte Blutschwaden – führten von der Einfahrt zu einem Wachsmyrtenstrauch, als ob sich Tom dort ins Gebüsch geschleppt hätte.

Conor lief dorthin und hatte sowohl Angst, Tom zu finden, als auch, ihn nicht zu finden. Letzteres war der Fall. An einem niedrigen Zweig hing ein Stück blauen Stoffes und er entdeckte eine blutbeschmierte Rolex, deren Edelstahlarmband gerissen war. Die Uhr lag mit dem Ziffernblatt im Dreck und Conor glaubte, auf der Rückseite eingravierte Buchstaben zu sehen.

Conor wusste genau, wenn sein Bruder jetzt hier wäre, würde er ihm sagen, dass die Uhr seinem Angreifer gehörte und dass Tom sie ihm in einem heftigen Kampf vom Handgelenk gerissen hatte. Der Gedanke, dass sein Bruder stark genug für einen Kampf war, ließ Conor hoffen.

Er ließ die Beweismittel an Ort und Stelle und ging auf die Tür des Hauses zu. Die SWAT-Beamten kamen gerade zur Vordertür hinaus, was bedeutete, dass sie das Haus durchsucht und wahrscheinlich niemanden angetroffen hatten. Zumindest niemand Lebenden.

»Jemand dadrin?«, fragte Conor Trooper Rich Sibley, der an der Tür stand.

»Nein, niemand«, antwortete Sibley. »Trooper Allen hat sich die Bänder der Sicherheitskamera angeschaut und anscheinend haben vor zwanzig beziehungsweise fünfundzwanzig Minuten zwei Autos die Garage verlassen. Wir haben keine Personenbeschreibung und auch keine Nummernschilder. Die Aufnahmen sind in Schwarz-Weiß, darum haben wir auch keine Wagenfarben.«

»Was ist mit Tom Reid?«, fragte Conor.

»Kein Anzeichen von ihm«, meinte Sibley. »Er ist oberste Priorität. Ebenso wie die Kinder.«

»Danke«, sagte Conor. Er überlegte, ob sein Bruder vielleicht zusammen mit Gwen und Charlie verschleppt worden war oder ob er es vielleicht geschafft hatte zu fliehen. Er wusste, dass bereits eine Suchanzeige über das Radio der State Police rausgegangen sein würde. Die Leitstellendisponentin würde das CTIC, das Connecticut Intelligence Center, informieren, das wiederum alle Polizeibehörden im Bundesstaat benachrichtigte. Weil es sich um eine vermutete Entführung handelte, würde das NCIC, das National Crime Information Center, das zum FBI gehörte, ein Fernschreiben schicken, um im ganzen Land die Polizei zu informieren.

Conor ging zum Van des Major Crime Squad. Maria Stewart war die in diesem Bereich des Bundesstaats zuständige Forensikchefin. Conor kannte sie, seit er als junger Trooper bei der Polizei angefangen hatte, und sie hatte sich als forensische Wissenschaftlerin einen Namen gemacht. Sie hatten schon bei vielen Fällen zusammengearbeitet. Er traf sie in weißem Overall und Einwegüberziehschuhen im Van.

»Hey, Conor«, sagte sie.

»Hallo, Maria.«

»Ich habe gerade das von Tom gehört. Wie ist sein Zustand?«

»Ich weiß es nicht, er hörte sich am Telefon nicht gut an. Er hat viel Blut verloren und er ist nicht hier.«

»Alle Einheiten im Bundesstaat sind an der Sache dran, Conor. Versprochen.«

»Detective! Rettungskräfte! Hierher!«, rief ein forensischer Techniker.

Conor raste über die Auffahrt und kam ein paar Sekunden vor dem Rettungspersonal an. Ein flacher Wasserablauf verlief entlang einer Hecke, und darin lag Tom. Ein Schwall Blut sickerte aus seiner linken Schulter, aber seine Augen waren geöffnet und er nickte, als er Conor sah.

Eilig hockte sich Conor neben ihn, zog seine Jacke aus und presste sie auf die Wunde.

»Tom? Bleib bei mir, okay?«

»Sie hatten Charlie – und sie haben Gwen mitgenommen. Die Frau hat auf mich geschossen. Ich war kurz davor, die Kinder hier rauszubringen«, sagte Tom.

Es schmerzte Conor zu sehen, dass Tränen in den Augen seines Bruders standen. Tom kniff sie zusammen und presste die Lippen aufeinander, als ob er seine Schmerzen nicht zeigen wollte.

»Sir, wir sollten uns jetzt um ihn kümmern«, sagte einer der Sanitäter.

»Ich bleibe bei ihm«, beschloss Conor.

»Nein. Such und finde Charlie und Gwen«, sagte Tom undeutlich. »Du findest sie, sorgst dafür, dass es ihnen gut geht. Der Hund ... sie werden Maggie sehen wollen. Dann fühlen sie sich besser. Frag einfach Jackie, sie wird dir von Maggie erzählen ...« Tom versagte die Stimme.

Seinem Bruder von der Seite zu weichen, war das Schwerste, das Conor jemals getan hatte. Er sah noch, wie die Rettungssanitäter Toms Vitalwerte überprüften, die Wunde versorgten und ihn auf eine Trage legten.

Dann luden sie ihn in den Rettungshelikopter, schlossen die Tür und hoben ab. Conor musste schlucken und blickte nach oben, bis der Helikopter außer Sichtweite war. Dann stieg er in seinen Wagen, stellte die Sirene an und raste auf den Highway in Richtung Catamount Bluff.

50

CLAIRE

Ich nahm den steilen Pfad am Ende des Strands von Hubbard's Point und lief im Zickzack in den Wald. In diesen Wäldern hatte ich an den Tagen nach dem Angriff gelebt. Ich hatte meine Wunden versorgt und im Long Island Sound gebadet. Ich hatte mich darauf verlassen, dass der Geist meines Vaters und die Rufe des Pumas mich beschützen würden. Schutz erhielt ich in mehrerlei Hinsicht. Meine Liebe zur Natur und zu meinem Vater sowie ihre Liebe für mich hatten mich stark und mutig gemacht, und ich hatte überlebt.

Ich passierte die felsige Bucht, wo ich vor fünfundzwanzig Jahren, in der Sommernacht, in der ich Ellens Leiche fand, ein Teil des Geheimnisses geworden war. Noch immer konnte ich sehen, wie ihr Goldarmband im Licht der Sterne funkelte.

Hatte Ellen das Armband in Cancún getragen? Hatte die römische Münze, die an den schweren Gliedern baumelte, die Biolumineszenz des Ozeans, das Meeresfeuer eingefangen, als sie Zeugin geworden war, wie Griffin Marnie Telford vergewaltigte? Spencers Beschreibung jener Stunden am Strand schwirrte mir im Kopf herum und verlieh mir sogar noch mehr Mut und stärkte meinen Willen, meinen Weg hinunter nach Catamount Bluff fortzusetzen.

Aus den Wäldern trat ich auf die Lichtung, auf das offene Gelände, das zwischen den Häusern und dem Rand der Bäume verlief. Ich roch Heckenkirschen und Rosen; alle Gärten standen in Blüte. Statt mich schutzsuchend zu ducken, hielt ich meinen Kopf hoch und ging auf mein Atelier zu. Wellen brachen an den Felsen und das Geräusch mischte sich mit dem eines Rasenmähers irgendwo die Straße hinunter.

Es war später Nachmittag, doch die Sonne stand noch hoch am Himmel. Wir näherten uns dem längsten Tag des Jahres. Ich fragte mich, wer in Catamount Bluff wohl zu Hause war und vielleicht aus dem Fenster sah. Wenn jemand mich sah, würde er oder sie glauben, ich sei von den Toten auferstanden? Wade und Leonora waren wahrscheinlich in ihrem Haus und würden bald anfangen, Cocktails zu schlürfen.

Ich kümmerte mich nicht darum, wer mich sah. Jackie wusste, dass ich hier war, und ich war bereit dafür, dass all dies nun endete.

Als ich über den Rasen ging, hörte ich, wie ein Auto vor dem Haus vorfuhr, sich Türen öffneten und wieder zuschlugen, und leise Stimmen. Mein Körper spannte sich an und mein Herz raste. Also rannte ich zu meinem Atelier und schlüpfte hinein. Durch das Fenster blickte ich zum Haus. Niemand war draußen zu sehen und auch niemand kam zum Atelier, darum ging ich davon aus, dass ich unentdeckt geblieben war. Gut, das gab mir Zeit; außerdem war ich mir sicher, dass Conor auf seinem Weg hierhin sein würde, sobald er mit Jackie gesprochen hatte.

In meinem Atelier war es aufgeräumt. Das war nicht immer so, denn wenn ich mitten in einem Projekt steckte, verlor ich jeglichen Sinn für meine Umgebung und verteilte meine Materialien im ganzen Raum. Doch nachdem ich die Werke für die Ausstellung fertiggestellt hatte, hatte ich fast jeden Winkel sauber gemacht. Mit Ausnahme des urigen Bauerntisches in der Ecke – den Tisch hatte ich auf einem Flohmarkt in den Berkshires gekauft, kurz nachdem Griffin und ich geheiratet hatten.

Wir waren im Urlaub zum Skilanglauf und übernachteten in einem alten Gasthaus nördlich von Stockbridge. Die Loipen waren wunderschön – Felder bedeckt mit frischem Pulverschnee auf einer festen Schneedecke, die von hohen Kiefern und Fichten, deren Äste voller Schnee hingen, gesäumt waren. Gäbe es ein Handbuch für romantische Winterwochenenden, dann wäre diesem – zumindest der ersten Nacht – ein ganz eigenes Kapitel gewidmet worden. Ein Kaminfeuer in unserem Schlafzimmer, Schneegestöber vor dem Fenster, ein gemütliches Gasthaus aus dem Jahre 1890. Griffin hatte mir eine Erstausgabe mit Gedichten von Emily Dickinson gekauft. Sie hatte in Amherst gelebt, nur eine Stunde weiter östlich.

»Danke, Griffin, ich liebe es«, sagte ich, als ich das Buch in den Händen hielt. Nicht, weil ich Gedichte so gern mochte, sondern weil er so aufmerksam gewesen war und mir ein unerwartetes Geschenk gemacht hatte. Ich war die ganze Zeit vorsichtig gewesen, war wie auf Eierschalen gelaufen, um zu verhindern, dass er eine seiner Launen bekam, darum war dieses Wochenende wie Balsam auf meiner Seele gewesen. Kein Streit, kein Ärger.

»Ich werde dir eins vorlesen«, sagte er.

»Soll ich eins aussuchen?«, fragte ich.

»Nein, lass mich das machen.«

Wir lagen auf dem Teppich vor dem Kamin, kuschelten uns in die Bettdecken und das Licht des Feuers spiegelte sich oben an der Decke wider.

»Ich hab eins«, sagte er und las eins ihrer überbordendsten Gedichte vor:

»Wilde Nächte – wilde Nächte!
Wäre ich dein
Wilde Nächte sollten …«

Ich lachte und drückte ihn fest an mich. Ich liebte die Stimmung des Gedichts und die Energie und die Gefühle, mit denen er es vorgelesen hatte. Wir machten Witze darüber, dass wir unsere eigene wilde Nacht haben würden, und unsere Leidenschaft ließ uns so lange wach bleiben, dass wir das Frühstück verschliefen und erst gegen Mittag zum Skilaufen aufbrachen.

Auf dem Heimweg hielten wir am Long-Brook-Flohmarkt an, um etwas zu kaufen, das uns immer an das Wochenende und unsere wilde Nacht erinnern würde. Ich hatte an eine Kleinigkeit gedacht, aber sobald er den Tisch sah – altes, narbiges Ahornholz, das von Holznägeln zusammengehalten wurde –, sagte er, er hätte das Richtige gefunden.

»Für dein Atelier«, meinte er. »So kannst du den ganzen Tag arbeiten und gleichzeitig an mich denken.«

»Ich werde sowieso immer an dich denken«, antwortete ich.

»Aber das ist etwas anderes«, sagte er und legte den Arm um mich.

»In diesem Tisch wirst du deine Utensilien aufbewahren, deine Sachen für die Kisten.«

»Objektrahmen«, sagte ich.

»Stimmt«, sagte er und lachte – und dieses Lachen war für mich das Zeichen, dass jetzt alles wieder anders würde. »Objektrahmen, entschuldige. Das hört sich an wie etwas, das Kinder im Kunstunterricht anfertigen. Aber egal, in dem Tisch kannst du all die merkwürdigen kleinen Dinge aufbewahren, die du so sammelst. Er wird sie stützen, so wie ich es mit dir mache.«

»Nun ja, das machen wir ja gegenseitig«, sagte ich. Ich weiß nicht, ob er sich dabei auf das Geld bezog – er hatte eindeutig mehr als ich, aber ich verkaufte meine Kunst und hatte ein Auskommen.

»Tu nicht so, als ob das gerecht verteilt wäre«, sagte er. Er zückte gerade seine Geldbörse, um den Tisch zu bezahlen.

»Was genau meinst du?«, fragte ich.

»Unterstützung«, antwortete er. »Ich gebe dir alles, was ich habe.«

»Und tue ich nicht dasselbe für dich?«

»Du könntest verständnisvoller sein«, meinte er, wobei sich sein Kiefer anspannte und seine Augen dunkler wurden. Ich wusste, dass ich die Wahl hatte – ich konnte mich gegen seine Aussage wehren, für mich einstehen und ihm sagen, dass es schwer war, für jemanden Verständnis zu haben, der so schnell aus der Haut fuhr. Doch stattdessen ergriff ich seine Hand, drückte sie und zwang mich zu einem Lächeln. Ich entschied mich dafür zu glauben, dass das Wochenende ein neuer Anfang war.

Ich versuchte, nicht an Nate zu denken – den unkomplizierten, ausgeglichenen Nate, den Ehemann, den ich für selbstverständlich gehalten und verlassen hatte. Immer wieder sagte ich mir, dass Griffin in seiner Kindheit so viel durchgemacht, eine schlimme Zeit mit Margot gehabt hatte und dass ich geduldig sein musste, während er lernte, mich zu lieben. Ja, ich war dabei, mich in eine neuzeitliche Heilige zu verwandeln.

Wir luden den Tisch hinten in den Jeep. Als wir zu Hause in Catamount Bluff ankamen, trafen wir Wade Lockwood auf der Straße, und er half uns, meinen neuen Arbeitstisch in das Atelier zu bringen und genau dorthin zu stellen, wo er jetzt noch immer stand. Ich hatte ihn seitdem nicht von der Stelle gerückt.

In und auf ihm befanden sich meine Materialien, die ich gesammelt hatte, um den Objektrahmen für Max Coffin zu bauen. Aus dem Gedächtnis fertigte ich eine Skizze von Ravenscrag an. Grundlage dafür war der Spaziergang, den ich mit Evans und Max zum Deich unternommen hatte und bei dem ich zum Haus zurückgeschaut und all die bizarren Eigenheiten entdeckt hatte.

Meine Zeichnung war noch immer auf dem Spiralblock. Ich hatte körbeweise schwarze Federn gesammelt – ob sie von Krähen, Grackeln, Amseln oder Raben stammten, konnte ich nicht mit Sicherheit sagen.

Den Rahmen hatte ich bereits angefertigt. Er war fünfunddreißig mal vierzig Zentimeter groß und zehn Zentimeter tief. Aus Balsaholz hatte ich die Grundform – die Hausumrisse und die Zinnen der Türme – geschnitten und in den Rahmen geklebt, um anschließend weitere Elemente hinzuzufügen. Auch wenn ich mich im Haus fürchtete, freute sich die Künstlerin in mir darüber, dass ich es geschafft hatte, den Rahmen wie Ravenscrag aussehen zu lassen.

Ich hatte mich darauf verlassen, dass Griffin sich so wenig für meine Arbeit interessierte, dass er diesen Objektrahmen nicht anrühren würde – und ich hatte recht gehabt. Ich hob den falschen Boden an und fand darin den Umschlag, wegen dem ich gekommen war.

Ich zog Evans Brief hervor. Er war mit blauer Tinte in kleinen, engen, handschriftlichen Buchstaben auf blassblauem Briefpapier geschrieben. Erhalten hatte ich ihn ein paar Tage vor dem Übergriff auf mich. Darin hatte ich endlich erfahren, was sie mir am Abend von Griffins Spendenveranstaltung hatte sagen wollen.

> Liebe Claire,
> ich schreibe diesen Brief mit der Hand, weil Max meine E-Mails liest und die Anrufliste auf meinem Telefon überprüft.
>
> Wie du weißt, hat der Last Monday Club zwanzig Mitglieder. Doch innerhalb dessen gibt

es noch eine viel kleinere Gruppe, und zwar meinen Ehemann, seinen Bruder, Wade und Griffin. In den letzten zwei Monaten haben sich diese Männer vom Club absentiert und sind stattdessen hier nach Ravenscrag gekommen. Denn hier haben sie die Privatsphäre, die sie benötigen, um den Wahlkampf deines Mannes strategisch zu planen. Alexander und Ford waren beim letzten Treffen dabei.

Sie sind die mächtigsten Männer in Connecticut, und sie zählen auf Griffin, um die Gesetze und Schutzvorkehrungen auszumerzen, die ihre unternehmerischen Vorhaben einschränken.

Sie zählen auf ihn als Gouverneur, damit er ihnen allen zu noch mehr Reichtum und Macht verhilft.

Ich habe sie reden gehört. Sie glauben, dass du etwas »gegen ihn in der Hand hast«, was seine Wahl verhindern könnte. Du bist für ihn – für sie alle – eine Bedrohung.

Vielleicht habe ich eine zu lebhafte Fantasie. Vielleicht existiert die Gefahr, in der du dich befindest, größtenteils nur in meinem Kopf, aber ich bin mir ganz sicher, dass mehr dahintersteckt und du nicht die Einzige bist. Auch Dan Benson, ein weiteres Clubmitglied, der aber nicht dem inneren Kreis angehört, hat etwas gegen Griffin in der Hand und muss ebenfalls vorsichtig sein …

Ich vernahm Schritte und Stimmen, also schob ich den Brief schnell wieder in den Umschlag zurück und blickte aus dem

Fenster. Alexander und Emily liefen mit zwei Kindern zum Strand. Ich erkannte die beiden sofort aus den Zeitungsartikeln: Gwen und Charlie Benson. Ich wusste, dass Gwen gerettet worden war, hatte aber gedacht, Charlie sei tot. Genau wie ich, war er wieder von den Toten auferstanden.

Meine Gefühle spielten verrückt – am liebsten wollte ich mir die Kinder schnappen und sie von hier wegbringen. Ich zögerte nur kurz, denn Alexander hatte ich immer für anständig gehalten. Ganz anders als Ford. War es möglich, dass er und Emily nur das Beste für die Kinder im Sinn hatten? *Nein,* dachte ich dann. Er konnte das Böse in ihm nur einfach besser verbergen, genau wie sein Vater. Er war bei dem Treffen dabei gewesen und gehörte zur Gruppe, die sich Dan und mich zum Ziel gemacht hatte. Ich musste Gwen und Charlie retten.

Ich schob den Brief in meine Tasche und holte tief Luft. Dann trat ich vor die Tür meines Ateliers, bereit, Alexander zu rufen und so zu tun, als ob ich ihn noch für einen der Guten hielt. Ich wollte verbergen, dass ich alles wusste.

»Claire«, sagte da Griffin ruhig.

Ich fuhr herum. Beim Klang seiner Stimme ballte ich die Hände zu Fäusten – bereit, mich zu verteidigen und ihn abzuwehren. Er stand nur drei Meter von mir entfernt im Schatten der Ligusterhecke.

»Ich habe mich schon gefragt, was mit dir passiert ist«, sagte er.

»Ich bin entkommen«, antwortete ich und starrte in seine grünen Augen.

»Welch ein Pech«, meinte er nur.

»Ich werde schreien«, sagte ich und zeigte auf Alexander, Emily und die Kinder.

»Das würde nichts bringen«, erwiderte er. »Meine Söhne werden mich immer unterstützen.«

Wir hatten ein Publikum – die vier standen regungslos da und beobachteten uns. Würde Griffin mich direkt vor ihren Augen umbringen? Ich blickte auf seine Hände; anscheinend hatte er keine Waffe.

»Ich habe dich hier nicht erwartet«, sagte er in fast entschuldigendem Ton. »Ich wollte die Kinder treffen und überlegen, wo sie in Zukunft leben können.«

»Die Benson-Kinder?«, fragte ich.

»Ja«, antwortete er. »Der Tod ihrer Mutter war ein furchtbarer Unfall. Wer hätte damit rechnen können? Nur Dan sollte sterben. Ein schneller Schuss in den Kopf, wenn sie in Block Island angekommen wären. Und du solltest natürlich auch gehen.«

»Warum?«

»Weil ich keinem von euch beiden trauen konnte, dass ihr den Mund haltet. Dass ihr diskret und loyal seid. Du konntest Ellen nicht vergessen.«

»Und Marnie«, sagte ich. »Auch sie verdient es, dass man sich an sie erinnert.«

»Siehst du? Du bist besessen. Woher weißt du das überhaupt? Ich habe es dir niemals erzählt. Ich schätze, es gibt da draußen noch jemanden, der mich zur Strecke bringen möchte. Du wirst mir jetzt verraten, wer es ist!«, sagte er. »Jackie? Hast du ihr davon erzählt?«, fragte Griffin.

Ich dachte an Jackie und Spencer, biss die Zähne zusammen und spürte, wie mir der kalte Schweiß den Rücken hinablief, denn ich musste sie warnen und beschützen.

»Ich war jung und ... überaktiv«, sagte Griffin. »Menschen machen Fehler, aber sie verdienen es, dass man ihnen verzeiht. Insbesondere, wenn sie ihr Leben in den öffentlichen Dienst gestellt haben. Komm, wir gehen nach drinnen und du kannst mir erzählen, wem du es sonst noch gesagt hast«, fuhr er fort.

Ich achtete auf seine Augen, denn sie waren das Barometer für seine Wut. Sie waren noch immer grün.

»Was ist mit Gwen und Charlie?«, fragte ich schnell. »Du sagtest, du wolltest sie irgendwo unterbringen?«

»Natürlich«, meinte er. »Sie sind unschuldig. Und außerdem sind sie jetzt Waisen.«

»Du hast Dan getötet?«

»Ford hat es getan. Wie ich sagte: Meine Söhne werden mich immer unterstützen.« Er schaute mich eindringlich an. »Du machst dir Sorgen um die Benson-Kinder. Brauchst du nicht. Ich weiß, wie es ist, als Kind zu leiden, schlecht behandelt zu werden, verlassen zu werden. Das könnte ich ihnen niemals antun. Es wird ihnen gut gehen.«

»Wohin bringst du sie?«, fragte ich voller Furcht vor einer weiteren von Griffins Machenschaften, vor seinem Spiel mit dem Leben anderer, davor, dass er Menschen einfach entsorgte, wenn sie eine Bedrohung darstellten oder er sie nicht mehr brauchte.

»Wir haben Freunde«, meinte er. »Die sich um sie kümmern werden. Du musst dir keine Sorgen machen, Claire. Sie werden alles haben, was sie jemals brauchen werden. Oder haben wollen.«

»Mit Ausnahme ihrer Eltern.«

Er lachte. »Gerade du redest hier über Familie. Wie ironisch.« Seine Augen verengten sich zu Schlitzen. »Du wolltest uns verlassen, war es nicht so, Claire? Ich habe es gespürt. Ich konnte fast deine Gedanken lesen. Du kanntest meine politischen Pläne, wusstest, wie entscheidend dieses Wahljahr für meine Zukunft ist. Eine Trennung, Scheidung und welchen Müll auch immer du über Ellen veröffentlichen wolltest, um mich zu ruinieren. Das würde unsere Zukunft zerstören.«

»*Unsere* Zukunft?«, fragte ich.

»Nicht deine und meine«, blaffte er. »Die meiner Söhne und Freunde. Meiner wahren Freunde.«

»Der innere Kreis?«, fragte ich. »Die Männer? Damit du sie noch reicher machen kannst? Die Macht teilen kannst?«

»Geh rein!«, befahl er, packte mich an der Schulter und schob mich zur Tür. Mit der anderen, freien Hand machte er Alexander ein Zeichen und brüllte: »Bring sie von ihr weg, *jetzt*!«

Die Kinder fingen zu weinen an und das Mädchen machte einen Satz nach vorn. Emily griff nach ihr und bekam sie zu fassen, wodurch Alexander und Griffin abgelenkt wurden.

Ich wand mich aus seinem Griff und rannte los. Es schoss durch meine Gedanken, wie Griffin mir an jenem Freitag in der Garage aufgelauert hatte – und dass er es war, dessen war ich mir sicher – und dass ich genau den gleichen Griff an meinem Arm gespürt und seinen von Hass und Gewalt durchtränkten Schweiß gerochen hatte.

Unterhalb der Klippe hörte ich den Motor eines Bootes. War es hier, um die Kinder abzuholen? Damit sie außer Landes gebracht würden? Wenn ich es nur schaffen würde, Griffin bis zu der wackeligen Treppe zuvorzukommen, könnte ich Alexander die Kinder entreißen. Als ich zu laufen begann, umrundete ich das Ende der Steinwand und sah, wie Wade Lockwood aus seinem Haus geeilt kam und mir den Weg zum Strand versperrte.

Griffin packte mich von hinten und hielt meine Arme so fest, dass ich dachte, er würde sie mir gleich auskugeln. »Du hättest nicht zurückkommen sollen«, flüsterte er.

Griffin legte seine Hände um meinen Hals und fing an, mich zu würgen. Erneut wand ich mich, versuchte wegzurennen, und in genau dem Moment, ehe er mich wieder fing, schaute ich in seine Augen und sah, dass sie schwarz waren. Dann packte er mich wieder.

»Stopp!«, rief Wade. »Nicht hier.«

»Was zum Teufel …?«, fragte Griffin, ließ aber die Hände sinken. Ich rieb mir den Hals und sah, wie Ford mit Leonora den Hügel hinabkam.

»Wade«, zeterte Leonora. »Hast du den Verstand verloren? Wenn du sie gehen lässt, ist alles verloren. Möchtest du im November gewinnen, ja oder nein?«

»Ich habe nicht gesagt, dass du sie gehen lassen sollst. Aber mach's nicht hier. Ich möchte nicht, dass so etwas in Catamount Bluff gemacht wird«, sagte Wade. »Bring sie irgendwo anders hin.«

»Ich bringe sie woandershin, Dad«, sagte da plötzlich Ford. »Du solltest sowieso nicht daran beteiligt sein. Wir werden dich schützen.«

»Guter Junge«, meinte Leonora. »Griffin, lass uns die Kinder von hier wegbringen.«

Ich wollte wegrennen, aber Ford und Wade packten mich und versuchten, mich zu Fall zu bringen. Schreiend trat ich um mich, bis mir Ford die Hand auf den Mund hielt. Ich biss ihn, so fest ich konnte, sodass er von mir abließ.

»Verdammt!«, brüllte Griffin und stürzte sich auf mich.

Ich kämpfte mit aller Kraft, zerkratzte ihm das Gesicht und rammte ihm mein Knie in die Leiste, bis er vor Schmerzen brüllte und von mir herunterrollte. Nach Luft schnappend, kniete ich mich auf ihn. Dann packte ich mit beiden Händen seinen Hals und drückte mit aller Kraft zu, so wie er es bei mir getan hatte. Seine Wangen waren von meinen Fingernägeln zerkratzt und blutig. Er seufzte vor Schmerz auf, als ich ihm zwischen die Beine trat, und verdrehte vor Qual seine Augen, doch ich drückte meine Daumen weiter in seinen Adamsapfel. Ich zwang ihn dazu, mich anzusehen.

»Du Mörder!«, rief ich. »Dein Leben ist zerstört, weißt du das? Und Frauen haben dich zu Fall gebracht.«

Ford packte mich an den Haaren und versuchte, mich von Griffin wegzuziehen, aber ich hatte die Kraft einer Wildkatze in mir. Mit dem Ellenbogen schlug ich ihm ins Gesicht; Knochen schlug auf Knochen und ich hörte, wie seine Nase brach. Er stöhnte vor Schmerzen, aber ich spürte und hörte, wie ein nicht menschliches Brüllen aus mir hervorquoll und sein erbärmliches Winseln übertönte. Sirenen heulten. Ihr Geräusch kam von der Shore Road und wurde lauter, als die Fahrzeuge mit hoher Geschwindigkeit nach Catamount Bluff fuhren.

»Griffin«, sagte ich, als ich schließlich seinen Hals losließ. Ich erhob mich und stellte mich über ihn. »Ich möchte, dass dir bewusst ist, dass genau dies der Moment ist, in dem sich alles für dich ändert. Genau in dieser Sekunde. Du bist am Ende. Und ich bin hier, um dabei zuzusehen.«

Griffin stolperte auf seine Füße. Leonora hatte Alexander und Emily gerufen und sie trugen die schreienden Kinder den Hügel hinauf zum Haus. Wade und Ford eilten zum Haus der Lockwoods; Griffin folgte ihnen humpelnd. Sie warteten nicht einmal auf ihn.

In unserem sonst so friedlichen Catamount Bluff brummte es vor Lärm. Ich hörte, wie der Bootsmotor im Leerlauf auf dem Wasser summte, und jetzt waren die Polizeiautos so nah, dass ich ihre Reifen auf der Einfahrt knirschen hören konnte. Die Kinder klammerten sich weinend aneinander. Beim Geräusch der Sirenen hatten die Erwachsenen sie mitten auf dem Rasen stehen gelassen.

Daraufhin ging ich zu den Kindern, kniete mich hin und legte meine Arme um sie.

»Ich bin Claire«, sagte ich. Meine Stimme war von Griffins Händen um meinen Hals heiser. »Seid ihr Gwen und Charlie?«

Gwen nickte mit vor Angst weit aufgerissenen Augen.

Als mein Blick zum Haupthaus schweifte, sah ich, wie ein Dutzend Polizisten von der State Police und aus Black Hall sowie andere Einsatzleute auf das Gelände strömten. Dann sah Conor Reid uns.

»Claire!«, rief Conor und kam herübergerannt.

»Sie haben Daddy getötet! Und sie haben versucht, Claire umzubringen!«, weinte Gwen.

Ich umarmte sie und, zitternd vor Kummer und Angst, ließ sie an meiner Schulter ihren Tränen ihren Lauf.

»Stimmt das?«, formte ich die Worte mit den Lippen und schaute dabei zu Conor. Er nickte ergriffen.

»Gwen«, sagte Conor schließlich und hockte sich neben uns.

»Ich werde dich und Charlie zu eurer Tante Lydia bringen. Sie wird sich so sehr freuen, euch zu sehen.«

»Du siehst aus wie Tom«, meinte da Charlie.

»Ja«, sagte Conor. »Er ist mein großer Bruder.«

»Sie haben auf ihn geschossen«, sagte Charlie leise.

»Er kommt wieder in Ordnung«, erklärte Conor. »Jackie ist gerade bei ihm im Krankenhaus.«

»Bring Maggie zu ihm«, riet Gwen und hob ihr Gesicht von meiner Schulter und versuchte, ihr Schluchzen zu unterdrücken. »Sie wird dafür sorgen, dass es ihm besser geht. Er muss immer lachen, wenn sie da ist. Wir können sie mit ihm teilen.«

Ich hielt Gwen und Charlie an den Händen und gemeinsam mit Conor gingen wir um das große Haus herum, in dem ich mit Griffin gelebt hatte, und vorbei an der alten Scheune, wo er mich fast getötet hätte. Das Rondell war voller Einsatzfahrzeuge. Ben Markham legte Griffin Handschellen an. Ich ließ die Kinder bei Conor und stellte mich vor Ben und Griffin. Griffin schaute mich an, seine Pupillen waren stark geweitet und seine Augen blitzten schwarz.

»Zum Glück geht es Ihnen gut, Claire«, sagte Ben.

»Mehr als gut«, sagte ich und ließ Griffin nicht aus den Augen.

»Bring mich von ihr weg, Ben«, verlangte Griffin.

»Scheint aber, als hätte sie dir etwas zu sagen«, widersprach Ben. »Du wirst ihr also zuhören.«

»Gefängnis«, sagte ich ganz ruhig zu Griffin. »Ich frage mich, wie es dort wohl für dich sein wird. Ich hoffe, wenn du heute Abend eingeschlossen wirst, denkst du daran, was ich dir drüben auf dem Rasen gesagt habe. Ich hoffe, du wirst dich dann und für den Rest deines Lebens daran erinnern, dass das der Moment war, in dem sich alles änderte. Und ich hoffe, dass du, wenn du deine Augen schließt, uns sehen wirst. Mich, Ellen, Marnie, uns alle. Das ist mein Wunsch für dich, Griffin.«

Dann nickte ich Ben zu, um ihm zu signalisieren, dass ich fertig war, und er öffnete die Tür seines Polizeiwagens und schob Griffin auf den vergitterten Rücksitz.

Andere Polizeibeamte umringten Ford, Alexander, Emily und die Lockwoods. Conor kam mit Gwen und Charlie auf mich zu. Eine Rettungssanitäterin kniete sich neben die Kinder und fragte sie behutsam, ob sie verletzt seien.

»Ich möchte, dass du auch durchgecheckt wirst«, meinte Conor zu mir.

»Was ist mit den Kindern?«

»Ich fahre sie ins Shoreline General. Und wir rufen ihre Tante Lydia an«, erklärte er. »Sie wird uns dann dort treffen. Sie weiß das mit Charlie noch nicht einmal. Aber keine Sorge, Claire. Sie ist jetzt ihr Vormund. Sie ist bereit dafür.«

»Ich hoffe es«, sagte ich und dachte an all das, was sie verloren hatten und was ihnen noch bevorstand. Plötzlich musste ich an Jackie denken und daran, wie sie mich unterstützt hatte, für mich da gewesen war und wie sehr ich sie verletzt hatte, weil ich mich so lange versteckt hatte. »Hat Jackie dich angerufen?«, fragte ich. »Um dir zu sagen, dass ich hierhingegangen war?«

»Es war ein Kopf-an-Kopf-Rennen«, sagte Conor. »Zwischen Jackie und deiner anderen Freundin.«

»Wie bitte?«

»Spencer Graham Fenwick«, antwortete er. »Sie hat mir eine schnelle Zusammenfassung von Griffins Taten gegeben und mir gesagt, ich soll auf dich achtgeben. Sie fürchtete, dass er es noch einmal probieren würde.«

»Spencer hat das alles hier geschafft«, meinte ich. »Ohne sie gäbe es keine Gerechtigkeit. Sie gab mir die entscheidende Erklärung, warum er das alles getan hat.«

Ich schloss die Augen und dachte an unsere Schwesternschaft: Wir alle waren von Griffins Gewalt betroffen. Ich wusste nicht genau, wann Spencer Charlestown verlassen wollte. Sie hatte wichtige Aufgaben zu erledigen, aber ich hoffte, sie würde zumindest eine Zeit lang bleiben. Wir hatten noch so viel zu bereden. Ich wollte von ihr alles erfahren, was sie über Monster wusste – Männer wie Griffin. Ich hoffte, dass ich vielleicht eines Tages irgendwie helfen könnte. Gerechtigkeit war eine Kunst für sich, sie brachte Licht ins Dunkel, war komplex, aber gleichzeitig auch ganz simpel: Sie brachte die Dinge wieder ins richtige Lot. Die Gerechtigkeit ließ Frauen wissen, dass ihre Erfahrungen, egal, wie furchtbar sie waren, in Wahrheit ihre Stärke waren. Die Gerechtigkeit zeigte ihnen, dass sie ihre eigenen Superhelden waren.

»Da ist noch jemand«, sagte ich. »Evans Coffin, Max' Frau. Du musst sie finden und beschützen. Sie hat mir das hier geschickt.« Ich griff in die Tasche und gab Conor den Brief. »Du wirst das alles verstehen, wenn du ihn gelesen hast. Ihr Ehemann und sein Bruder waren ebenfalls involviert.«

Conor nickte verständnisvoll. »Wir werden sie holen«, sagte er.

»Sorge bitte dafür, dass Evans und Spencer in Sicherheit sind. Griffin und seine Freunde sind hinter jedem her, der davon weiß.«

»Das werde ich«, versprach er. »Spencer kommt aufs Revier und ich nehme ihre Aussage zu Protokoll. Außerdem werde ich den Brief lesen und zu Evans fahren.« Dann schaute er mich lange an. »Du rufst besser Jackie an.«

»Werde ich«, sagte ich ihm lächelnd.

»Du hast ziemlich gute Freunde, weißt du das? Sie haben alle nicht aufgegeben.«

»Danke, Conor«, sagte ich.

Dann schaute er an mir vorbei in Richtung Strand. Erst dann bemerkte ich, dass das Geräusch des Bootsmotors verklungen war. Als ich mich umdrehte, kam der Bootsbesitzer auf mich zugerannt; er schnaufte wie jeder andere anständige Wissenschaftler mit dickem Bauch.

»Nate!«, rief ich erstaunt.

»Du lebst, du lebst!«, rief er, schlang fest seine Arme um mich und ließ mich gar nicht mehr los. »Ich glaube es kaum; für mich war die Welt so düster, weil du nicht da warst, Claire. Ich dachte, ich würde dich nie wiedersehen.«

Ich lehnte mich an ihn und genoss seine Umarmung. Doch mein Herz pochte heftig, als ich zu begreifen versuchte, was ich gedacht hatte, als ich die Bücher gesehen hatte, und was ich jetzt fühlte.

»Was war das mit der E-Mail?«, fragte er und hielt mich ein Stück von sich weg. »Woran war ich deiner Meinung nach beteiligt?«

»Ich habe deine Bücher in Ravenscrag gesehen«, erklärte ich.

»Was ist das?«

»Ein Haus. Es gehört Maxwell Coffin.«

Er kniff seine blauen Augen zusammen, als ob er sich an den Namen zu erinnern versuchte. Als er sie öffnete, lächelte er und um seine Augen zeichneten sich seine Lachfältchen ab. »Evans' Ehemann!«, sagte er.

»Du kennst Evans?«

»Ja«, sagte er. »Sie ist eine große Umweltschützerin. Kam zu einer meiner Lesungen und gab mir eine dicke Spende, um meine letzte Beringsee-Expedition zu finanzieren.«

»Warum hast du dann die Bücher für Max signiert statt für sie?«, wollte ich wissen.

»Weil er ein knallharter Industrieller ist, der am liebsten jedes Naturschutzgebiet auf diesem Planeten bebauen würde. Sie dachte, wenn ich die Bücher auf positive Art für ihn signieren würde, könnte das bei ihm zu einem Sinneswandel führen.«

»Ich schätze, das ist wohl eher nicht passiert«, meinte ich.

»Nicht wirklich. Na los, ich fahre dich ins Krankenhaus.« Sanft strich er mir über den Hals, über die wunde Stelle, wo das Seil gescheuert und gerieben hatte, dann beugte er sich vor und küsste mich auf die Stelle.

Conor hatte gehört, was Nate gesagt hatte, und nickte.

»Ich schaue später nach dir«, meinte er. »Dann nehme ich deine Aussage auf.«

»Danke«, sagte ich. Officer Peggy McCabe legte Emily Coffin und Alexander Chase Handschellen an; andere Polizisten hatten bereits Ford, Wade und Leonora in Gewahrsam genommen.

Conor öffnete die Hecktür seines Ford-Polizeiwagens, ließ Gwen und Charlie hineinklettern und schnallte die beiden an.

Ich sah ihnen hinterher, wie sie Catamount Bluff verließen.

Dann schaute ich zu Nate. »Wir sitzen hier wohl fest«, meinte ich.

»Nein«, widersprach er.

»Es ist ein ziemlich langer Fußweg aus Catamount Bluff heraus.«

»Darum finde ich, wir sollten das Boot nehmen«, sagte er. »Es ist ein herrlicher Tag.«

Von dieser Idee war ich sofort begeistert. Mein Ex-Mann und ich hielten Händchen und liefen durch den nachmittäglichen Schatten am Haus, der Scheune und dem Atelier vorbei und quer über den Rasen. Auf halbem Weg vor den wettergegerbten Stufen zum Strand hielt ich inne und lauschte.

»Hast du das gehört?«, fragte ich. Ich hätte schwören können, dass ich in einiger Entfernung den Puma gehört hatte.

Nate schaute mich mit einem Gesichtsausdruck an, den man als skeptisch hätte bezeichnen können. Doch dann wurde sein Lächeln immer breiter und zeigte mir, dass es ein Wunder war.

»Habe ich«, meinte er.

»Ich habe es mir nicht eingebildet?«, fragte ich.

»Nein«, sagte er. »Da ist ein Puma in diesen Wäldern.«

»Ich wusste es«, sagte ich. Und flüsterte: »Ich liebe dich, für immer.«

Ob ich das zum Puma, zu meinem Vater oder dem Geist von Ellen Fielding sagte, wusste ich nicht genau, doch ich wusste, dass die Kinder und ich in Sicherheit waren und dass Griffin und die anderen inhaftiert worden waren, und ich konnte die Musik des Meeres, des Strandes und der Wälder, die mein Leben gerettet hatten, hören.

Und als Nate meine Hand drückte und sagte: »Ich habe das gehört«, realisierte ich, dass er dachte, ich hätte es ihm zugeflüstert. Und ich fühlte mich wohl dabei. Denn ganz tief im Inneren und auf die einzige Art und Weise, die wichtig war, entsprach es der Wahrheit.

Dank

Mein großer Dank gilt Liz Pearsons, meiner fantastischen Lektorin bei Thomas & Mercer. Ich danke Charlotte Herscher, meiner Entwicklungslektorin, Shasti O'Leary Soudant, meiner Cover-Designerin, und meinem ganzen T&M-Team, darunter Sarah Shaw, Laura Barrett, Alicia Lea, Susan Stokes, Brittany Russell und Lindsey Bragg. Ein dickes Danke geht auch an Gracie Doyle. Grenzenlose Dankbarkeit an meine Agentin und enge Freundin Andrea Cirillo.

Mein besonderer Dank gilt auch allen bei der Jane Rotrosen Agency: Jane Berkey, Meg Ruley, Chris Prestia, Annelise Robey, Christina Hogrebe, Rebecca Scherer, Amy Tannenbaum, Jessica Errera, Kathy Schneider, Sabrina Prestia, Hannah Rody-Wright, Julianne Tinari, Donald Cleary, Michael Conroy, Ellen Tischler, Hannah Strouth und natürlich der Legende höchstpersönlich: Don Cleary.

Vielen Dank an meinen lieben Freund und Filmagenten Ron Bernstein.

Cynthia McFadden ist eine brillante Journalistin. Als ich in diesem Roman über den Missbrauch von Menschen und den Missbrauch von Macht schrieb, dachte ich daran, wie sehr sich

Cynthia einsetzt, um die Wahrheit ans Licht zu bringen. Ich bin ihr für ihre inspirierende Arbeit dankbar.

Ich danke Colette Harron für ihr wunderbares Herz. Und sie kennt all diese magischen Häuser ...

Andrew Griswold, der Leiter von »EcoTravel for the Connecticut Audubon Society«, ist ein toller Freund und einer der besten Vogelkundler und Naturforscher, die ich kenne. Zwar heißt es, in Connecticut wären die letzten Pumas Ende des 19. Jahrhunderts ausgestorben, doch seitdem wurde über viele Sichtungen berichtet; 2011 wurde ein Puma auf dem Wilbur Cross Parkway überfahren. Ich danke Andy dafür, dass er mit mir über den Lebensraum meines fiktiven Pumas gesprochen hat.

Mein Dank gilt auch Teri Lewis für ihre unglaubliche Güte als Freundin und Assistentin und dafür, dass sie so süß zu den Katzen ist, wenn ich nicht bei ihnen sein kann.

Ich danke Sergeant Robert Derry von der Connecticut State Police für seine Geschichten und Berichte über die Strafverfolgung auf den Highways und Nebenstraßen von Connecticut.

Danke an meinen überschwänglichen und kreativen Social-Media-Manager, Patrick Carson.

Mein ewiger Dank gilt auch William Twigg Crawford dafür, dass er auf den Himmel achtet und mich immer über die Windgeschwindigkeit bei Ledge Light auf dem Laufenden hält.

Ich danke auch Katherine Verano und Melissa Zaitchik von Safe Futures. Ihre Unterstützung war von unschätzbarem Wert. Safe Futures hilft Menschen, die im Südosten von Connecticut unter häuslicher Gewalt, sexuellen Übergriffen, Stalking und Ähnlichem leiden. Bitte kontaktieren Sie, falls Sie oder jemand, den Sie kennen, Hilfe benötigt, das Hilfetelefon »Gewalt gegen Frauen«.

Für immer dankbar werde ich meiner Schwester Maureen Rice Onorato, die ich sehr bewundere, und meinem Schwager Olivier Onorato sein. Wir telefonieren jeden Abend miteinander, ganz gleich, was passiert. Sie nehmen mich mit zum Segeln auf der *Merci*, führen mich durch Saint-André-de-Cubzac und Saint-Émilion, erzählen mir von ihrer Katze Georgie und den Weißbrustkleibern, die im Häuschen der Blaukehl-Hüttensänger ihr Nest gebaut haben, und bringen mich bei fast jedem Gespräch zum Lachen. Es gibt nichts Besseres, als das Leben mit den Menschen zu teilen, die einen lieben, und für mich beginnt diese Liste mit Maureen und Olivier.